우리 시대 43인의
시인에 대한 헌사

우리 시대 43인의
시인에 대한 헌사

이재복

작가

　다소 빛바랜 책이 한 권 내 앞에 놓여 있다. 『현대시학』 1998년 11월호다. 두 번째 장을 넘기면 왼쪽 맨 윗자리로 '내가 읽은 이달의 작품' 이라는 자주색 글씨가 눈에 띈다. 지난 달 발표된 시 중에서 한 편을 선정해서 원고지 20~30매 정도로 쓰는 『현대시학』의 고정란이다. 나의 시 비평은 바로 여기에서 시작되었다. 그때 내가 선정한 첫 작품이 김혜순의 「文身」이었고, 첫 시 비평이 '몸 혹은 준재의 견고함' 이었다. 지금 읽어보면 부끄러움이 앞서는 아주 촌스러운 글이다. 마치 우연한 기회에 한 건 잡은 촌놈이 나름대로 폼을 잡고는 있지만 세련되고 은밀하게 숨기는 법을 몰라 그 욕망을 줄줄 흘리고 다닌다거나 낯설고 물설은 세계에 잔뜩 긴장한 기색이 역력한 표정을 짓고 있는 것처럼 촌스러운 그 글이 내 시 비평의 첫 문신이었던 것이다.

　그러나 누가 뭐래도 이 글이 기반이 되어 나는 시 비평가로서의 이름을 알리고 그 나름의 입지를 마련하게 되었다. 본격적으로 시 비평을 하게 되면서 더 많은 시를 읽고 쓰고 하는 일에 대부분의 시간을 보냈을 뿐만 아니라 무엇보다도 시인들과 직접 만나는 일이 빈번하게 되었다. 이들과의 만남은 청탁을 불문했다. 어느 때 어느 곳을 가도 시인 한 두 명쯤은 늘 만나게 되었다. 이들과 인사동이나 혜화동 아니면 신촌의 어느 곳에서 만나 나눈 말과 마신 술과 부른 노래 등은 이루 다 헤아릴 수 없을 것이다. 어쩌면 가족보다도 내 인생의 30 · 40대를 이들과 함께 한 시간이 많았다고 말해도 크게 틀리지 않을 것이다. 이 과정에서 나는 이들에게 참으로 많은 상처를 받기도 했고 또 상처를 주기도 했다. 때때로 이들은 가망 없는 희망을 꿈꾸는 이상주의자 같기도 했고, 절해고도인 소도蘇塗의 나라(?)에서 세상과의 불통을 즐기는 은둔주의자 같기도 했고, 온갖 자학과 피학 그리고 자기연

민과 자기애의 늪에서 헤어나지 못하는 위중한 에고이스트 같기도 했다.

나는 이들의 이러한 태도가 무척이나 흥미로웠고 또 가여워보였다. 이 냉정하고 음험한 세상과는 전혀 맞지 않는 정신 구조와 행동 양태를 보이는 이들을 주시하면서 나는 이들과의 차이에서 오는 어떤 안도감 같은 것을 가지게 되었다. 나는 이 차이가 내 속에서 묘한 우월감으로 자리하고 있다는 것을 깨달았다. 하지만 이 우월감은 차츰 이 가여운 존재들에게서 어떤 이상한 혹은 견고한 힘 같은 것을 느끼게 되면서 산산이 부서지게 되었다. 내가 이들에게서 느꼈던 힘은 오래전 백석의 시 「나와 나타샤와 흰 당나귀」를 읽었을 때 느꼈던 이상한 전율 같은 것이었다. 이 시에서 내가 특히 이상한 전율을 느낀 곳은

언제 벌써 내 속에 고조곤히 와 이야기한다
산골로 가는 것은 세상한테 지는 것이 아니다
세상 같은 건 더러워 버리는 것이다

눈은 푹푹 나리고
아름다운 나타샤는 나를 사랑하고
어데서 흰 당나귀도 오늘밤이 좋아서 응앙응앙 울을 것이다

라는 대목이다. 시인은 산골로 가는 것에 대해 세상한테 지는 것이 아니라 자신이 세상을 버리는 것이라고 당당히 말하고 있다. 이 말은 단순히 세상이 더럽기 때문에 버린다는 의미가 아니다. 시인은 '세상 같은 건 더러워 버린다'고 말하고 있다. 이것은 세상의 어떤 구속과 속박으로부터 벗어난 절대적인 자유 의지와 그 경지를 표상하고 있는 말이라고 할 수 있다. 시인은 이곳에서 신생을 꿈꾸고 있는 것이다. 이런 점에서 '응앙응앙 우는 흰 당나귀의 울음'은 그 신생을 알리는 신성한 소리라고 할 수 있다.

내가 만난 시인들은 백석이 그러했듯이 이미 흰 당나귀가 응앙응앙 우

는 세계 속에서 신생을 꿈꾸고 있었던 것이다. 나는 그것을 뒤늦게 깨달았고, 운 좋게도 때때로 '내 속에 고조곤히 와 이야기하' 는 시인들의 목소리를 들을 수 있었다. 적어도 이제 나는 이들이 신산한 내 삶의 깊숙한 곳에 자리하고 있다는 것을 안다. 내 안에 자리하고 있는 이들의 존재는 너무 크고 높기 때문에 언제나 숭고의 대상이다. 이들은 내 속에서 고조곤히 와 이야기하지만 그 목소리는 강렬한 기운으로 나를 늘 긴장하게 하고 또 엄청난 매혹으로 나를 사로잡는다. 이들의 이야기를 듣다보면 이들이 왜 세상을 구원할 선지자로 불리게 되는지를 이해하게 되고, 기꺼이 '세상 같은 건 더러워 버린다' 는 이들의 목소리에 이끌리게 된다. 세상 같은 건 더러워 버림으로써 새로운 세상을 꿈꾸고 그것을 이룰 수 있다는 이 지독한 역설을 온전히 이해한 것은 아니지만 나는 적어도 이들의 말이 지니고 있는 진정성만큼은 이해한다.

이들이 갈망하고 또 이들이 이루려는 세상에 기꺼이 발을 들여놓고 싶어서 나는 오늘도 시인들을 만나고 또 이들의 시를 읽는다. 1998년 가을 이후 지금까지 내가 만나고 읽은 시인과 시는 이루다 헤아릴 수 없을 정도로 많다. 나는 이 만남을 내 인생에서 가장 소중한 만남 중의 하나라고 감히 말하고 싶다. 이 무수한 만남 중에서 오늘 여기에 부끄러움을 무릅쓰고 내놓은 '우리 시대 43인의 시인과 시' 는 그 중에서도 각별한 것들이다. 나는 이들과 이들의 시로부터 과분할 정도의 따뜻한 위안과 세상의 이면을 들여다볼 많은 기회와 내 삶의 먼 곳을 바라보면서 새로운 세상을 꿈꾸고 그것을 이루고 싶은 진정한 용기와 열정을 배웠다. 나는 이들과 이들의 시를 위해 미력하지만 내 마음을 가득 담아 43인의 시인과 이들의 시에 대한 獻詞의 글을 올린다. 앞으로 이 헌사는 여기에서 그치지 않고 이들과 이들의 시에 대한 만남이 이어지는 한 계속될 것이다. 바라건대 새해에는 더 많은 시인들의 응앙응앙 우는 소리를 듣고 싶다. 어려운 부탁임에도 불구하고 선뜻 출간을 허락해준 작가의 손정순 시인께 감사한다.

2012년 새해 뚝섬의 陋屋에서

책머리에

Ⅰ. 그늘과 감성

Ⅱ. 몸과 파토스

Ⅲ. 언어와 감각

IV. 일상과 서정

V. 우리 시대의 감성과 신서정

Ⅰ. 그늘과 감성

거리의 식사

이민하

하나의 우산을 가진 사람도 세 개의 우산을 가진 사람도
펼 때는 마찬가지
굶은 적 없는 사람도 며칠을 굶은 사람도
먹는 건 마찬가지

우리는 하나의 우산을 펴고 거리로 달려간다
메뉴로 꽉 찬 식당에 모여
이를 악물고 한 끼를 씹는다

하나의 혀를 가진 사람도 세 개의 혀를 가진 사람도
식사가 끝나면 그만
그릇이 비면 조용히 입을 닥치고

솜털처럼 우는 안개비도 천둥을 토하는 소나기도
쿠키처럼 마르면 한 조각 소문

하나의 우산을 접고
한 켤레의 신발을 벗고

하나의 방을 가진 사람도 세 개의 방을 가진 사람도
잠들 땐 마찬가지
냅킨처럼 놓인 침대 한 장

—『현대시』, 2010년 7월호

아름다운 허기

　시의 묘미는 발견에 있다. 시인은 사물이나 세계의 이면에 은폐되어 있는 사실을 발견하는 자이다. 발견의 과정에 시인이 과도하게 개입하거나 도구적인 연관성을 통해 그것을 드러내려 하면 이 세계는 왜곡되거나 훼손될 수밖에 없다. 시에서 진정한 차원의 발견이란 어떤 도구적인 연관성 없이 스스로 은폐된 의미를 탈은폐 할 때 사물이나 세계의 이면에 내재한 것들이 온전히 그 모습을 드러낼 수 있다.

　시인 개인의 주관이 흘러넘치는 시, 관념이나 이념 같은 도구적인 것을 앞세운 시를 읽을 때 우리는 쉽게 지치고 그것과 공감을 하지 못한다. 어떤 사물이나 세계는 그 자체의 고유한 형상을 지니고 있다. 시인은 그 형상을 자연스럽게 들추어내기만 하면 되는 것이다. 어떤 사물이나 세계가 은폐하고 있는 형상이란 누구나 공감할 수 있는 차원을 지닌다. 사물이나 세계가 은폐하고 있는 이 형상은 시인의 이면에도 존재한다. 이둘이 서로 맞닥뜨렸을 때 발견의 묘미 혹은 미적인 충격을 경험하게 되는 것이다. 좋은 시 혹은 아름다운 시란 그 이상도 이하도 아니다.

이민하의 「거리의 식사」에는 바로 이러한 묘미가 있다. 시인이 다루고 있는 시적 대상은 '비오는 거리의 저녁 풍경'이다. 이 풍경은 말랑말랑하고 축축한 정서를 불러일으키는 하나의 질료와 형상임에 틀림없다. 하지만 이 말랑말랑하고 축축한 정서가 풍경이 은폐하고 있는 온전한 질료와 형상은 아니다. 흔히 여기에 초점을 맞추다 보면 시는 풍경의 이면에 은폐된 의미를 제대로 구현해내지 못한 채 표피적이고 감상적인 차원으로 흐를 위험성이 있다.

그러나 「거리의 식사」는 이러한 차원과는 달리 정서적인 견고함을 유지하면서 풍경 속에 은폐된 의미를 발견하여 그것을 예각적으로 들추어내고 있다. 비오는 거리의 저녁 풍경 속에서 시인이 발견한 것은 '예외 없음의 아름다움'이다. 그것은 '비가 오면 모두가 비에 젖을 수밖에 없는' 이치와 같은 것이다. 다양한 차이에도 불구하고 모두가 자연스럽게 그렇게 될 수밖에 없는 그 예외 없음의 아름다움이란 시인이 억지스럽게 만들어낸 것이 아니라 풍경 속에 이미 그렇게 은폐되어 있는 것이라고 할 수 있다. 이 풍경의 은폐된 존재는 시인뿐만 아니라 우리 모두가 지니고 있는 탈은폐의 욕망에 다름 아니다. 이런 점에서 우리는 시인이 풍경의 은폐된 모습을 들추어낼 때 시인 못지않은 강한 공감과 함께 전율을 체험하게 된다. 가령 시인이

하나의 우산을 가진 사람도 세 개의 우산을 가진 사람도
펼 때는 마찬가지
굶은 적 없는 사람도 며칠을 굶은 사람도
먹는 건 마찬가지

라고 말할 때 우리는 아무런 거리낌 없이 여기에 공감한다. 하나의 우산

을 가진 사람도 세 개의 우산을 가진 사람도 비가 오면 그 우산을 펴야 하고, 굶은 사람이든 굶은 적이 없는 사람이든 먹어야 한다는, 어쩌면 지극히 당연하고 평범한 사실을 시인은 비 오는 거리의 저녁 풍경 속에서 찾아낸 것이다. 이것은 시인이 없는 사실을 창조해낸 것이 아니다. 창조가 아니라 발견이기 때문에 시적 대상은 오히려 강한 호기심과 매력으로 존재하게 된다. 우리는 비가 오면 우산을 펴고 또 배가 고프면 먹는다. 우리가 일상에서 행하는 이러한 사실은 시인이 그것을 발견하기 전에도 늘 존재해온 것이다. 따라서 어떤 것이 시가 되고 또 시인이 된다는 것은 사물이나 세계에 은폐된 사실을 발견하느냐 못하느냐의 차이에 지나지 않는다. 우리가 흔히 미학의 기본원리로 내세우는 '낯설게 하기' 라는 것도 따지고 보면 발견과 다른 것이 아니다. 쉬클로프스키가 우리에게 낯설게 하기를 주문할 때도 그 토대는 일상이다. 일상에 대한 폭력을 통해 세계를 낯설게 인식하려는 그의 의도는 일상 속에 은폐된 의미를 발견하고 그것을 들추어내려는 것과 다르지 않다.

일상 속에 은폐된 의미는 시인의 발견을 기다린다. 일상 속에 은폐된 의미는 중층적이다. 이 사실은 은폐된 의미들이 시인의 발견을 통해 끊임없이 현현되고 또 다양하게 변주될 수 있다는 것을 말해준다. 시인의 발견은 '우산' 에서 '혀' 로 '혀' 에서 '안개비' 와 '소나기' 로 다시 '소나기' 에서 '방' 으로 이어진다. 이러한 이어짐은 다시 '입' 에서 '소문', '소문' 에서 '침대' 와 중층적으로 연결되면서 다양한 의미를 파생시킨다.

하나의 혀를 가진 사람도 세 개의 혀를 가진 사람도
식사가 끝나면 그만
그릇이 비면 조용히 입을 닥치고

솜털처럼 우는 안개비도 천둥을 토하는 소나기도
쿠키처럼 마르면 한 조각 소문

하나의 우산을 접고
한 켤레의 신발을 벗고

하나의 방을 가진 사람도 세 개의 방을 가진 사람도
잠들 땐 마찬가지
냅킨처럼 놓인 침대 한 장

　이 시에서 보여주는 비오는 거리의 저녁 풍경은 여느 시인의 시에서와는 사뭇 다르다. 그것은 다양한 풍경의 질료들과 그것을 형상화하는 방법이 세련되었기 때문이다. 이 시는 온전히 정서에 의존하지도 또 이미지에 의존하고 있지도 않다. 이 시에서 은폐된 의미의 발견은 반복과 비유라는 형식 논리적인 방식을 통해 이루어지고 있다. 반복을 통해 은폐된 의미를 극대화하고 비유를 통해 그것을 예각화한다. 특히 ‘마찬가지‘, ‘소문’, ‘침대 한 장’ 등 명사형으로 끝나는 시적 어법은 비오는 거리의 저녁 풍경을 단절시키면서 동시에 연결시키는 절묘한 미적 효과를 불러일으킨다.

　그러나 이 시가 지니는 미의 원천을 여기에서만 찾는 것은 마치 나무만 보고 숲을 보지 못하는 것과 같다. 이 시가 불러일으키는 보다 큰 아름다움의 원천은 ‘거리’와 ‘방’에 있다고 할 수 있다. ‘거리’와 ‘방’은 ‘길’과 ‘집’이라는 오래된 원형의 변주에 지나지 않는다. ‘길’과 ‘집’의 원형은 낡은 것 같지만 그 낡음 속에 누구나 공감하는 보편적인 미의 원천이 자리하고 있는 것이다. 그것은 마치 하나의 우산을 가졌든 세 개의 우산을 가졌든 그것을 펼 수밖에 없는 것처럼 인간이면 누구나 '길'과 '집'의 존재성으로부터 벗어날 수 없다.

시인에게 '길'과 '집'이란 일종의 허기를 표상하는 질료이다. 시인이 '거리'를 나선 이유는 '식사' 때문이다. 시인은 '굶은 자'와 '빈 그릇', '한 조각의 마른 쿠키', '냅킨' 등에 대해 이야기한다. 시인이 채우려고 하는 것은 삶의 허기이다. 시인의 허기는 '거리'와 '방', 다시 말하면 '길'과 '집'으로 표상된다. 시인의 '거리'의 식사는 '방'으로 이어지고, '방'은 다시 '거리'로 이어진다. '길'과 '집'으로 표상되는 이 삶의 허기를 시인은 '거리의 식사'라고 명명하고 있다. 이런 점에서 볼 때 시인이 그리고 있는 비오는 거리의 저녁 풍경은 단순한 감상이나 감각을 넘어 삶의 실존이나 존재의 차원에 닿아 있다고 할 수 있다. 비오는 거리의 저녁 풍경 속에 은폐되어 있는 이러한 실존의 허기를 발견한다는 것은 시인 자신이 실존의 허기를 느끼고 있다는 것을 말해준다. 일상 속에 은폐되어 있는 실존의 허기를 발견하고, 그것의 의미를 세련되게(모던하게) 드러내는 시인의 솜씨는 주목에 값한다고 할 수 있다. 하지만 이 솜씨가 단지 솜씨로만 그쳐서는 알 될 것이다. 시인이 「거리의 식사」에서 보여준 이러한 발견은 시인의 시적 퍼스펙티브(perspective)로 이어져야 한다. '거리의 식사'로 표상되는 이 아름다운 실존의 허기가 시인뿐만 아니라 우리 시의 허기도 채워주기를 바란다.

붉은 돼지들

송찬호

돼지 운반차량이 전복되고
간신히 살아남은 붉은 돼지들이
가까운 언덕을 오르고 있었다

지친 네다리로 땅만 보고 걷는
그들의 걸음걸이는 한결같았다
그들은 그들의 무리를 표시하는
어떤 나뭇가지도 입에 물지 않고 있었다

언덕에는 지난 여름 지독한 피부병을 앓은
버짐나무들이 몇 그루 서 있었고
약수터로 올라가는 구불구불한 길은
오래전 이 길을 지나간
어떤 종교의 이동경로와 흡사했다
그러기에 그들의 다치고 지친 몸을 쉬기에
언덕은 지나치게 통속해져 있었다

그러나 그들은 붉은 돼지들이었다
환란이 오면 그들은

면도날처럼 날카로운 후각으로 땅을 헤쳐
붉은 돼지씨를 심는 것이었다

그들은 지난 다섯달동안 쉼없이 살을 찌웠고
만족할만한 무게로 계체량을 통과했다
돼지 운반차량은 그들을 싣고
새벽별 돋는 초승달 도축장을 찾아가는 중이었다

언덕을 오르며 돌부리를 디딜 때마다
두 갈래로 갈라진 그들의 발굽에서
오래 걸은 자들의 나막신 소리가 났다

환란이 올때마다
붉은 돼지들에게 전해지는 말,
흙으로 가라
언덕으로 가라

— 『시와 세계』, 2010년 봄호

붉은 알레고리의 미학

'붉은 눈 동백'의 이미지가 선연하다. 그것은 붉은 이미지가 그때(『붉은 눈 동백』을 읽었을 때)처럼 강렬하게 다가온 적이 없었기 때문이다. 문자로 표기된 붉은 동백이 단순한 대상이 아니라 하나의 주체로 느낀 것은 정말이지 그때가 처음이다. 동백이라는 하나의 사물에 은폐된 붉은 눈을 발견하고 그것을 선명하게 들추어낸다는 것이 어디 그렇게 말처럼 쉬운 일인가. 기본적으로 이것은 사물에 대한 일급의 미감을 시인이 지니고 있었기 때문에 가능한 일이다.

'붉은 눈 동백'의 강렬함 때문일까? '붉은 돼지'의 이미지가 친숙하면서도 낯설다. 이 낯설음의 정체는 단순히 '동백'과 '돼지' 사이의 차이에서 비롯된 것이라고 할 수 없다. 이것은 동백과 돼지가 처한 상황의 차이에서 비롯된 것이라고 할 수 있다. 동백은 '山經(산경)' 안에 있고 돼지는 '患亂(환란)' 안에 있다. 이런 점에서 동백은 미학에 가깝고 돼지는 알레고리에 가깝다. 이 사실은 돼지가 현실의 비극성을 내포하고 있다는 것을 의미한다. 사자처럼 솟구쳐 오르는 동백은 서정의 한 대상은 될 수 있어도 그것이 서사, 좀더 구체적으로 말하면 하나의 이야기가 될 수는 없다.

「붉은 돼지들」에는 이야기가 있다. 이 이야기의 주인공은 '붉은 돼지들'이다. 시인은 그 붉은 돼지들에 대해 이야기하는 관찰자에 불과하다. 시인이 직접적으로 사물이나 대상에 개입해버리면 이야기는 고백이나 독백으로 흐를 여지가 크다. 하지만 이 시에서의 이야기는 내적 고백이나 독백이 아닌 외적 현실과의 대화를 지향하고 있다. 이 시에서 외적 현실을 강하게 표상하고 있는 시어는 환란이다. 이 환란은 표층적으로는 돼지를 향하고 있지만 심층적으로 그것은 인간의 현실을 향하고 있다고 할 수 있다. 이런 점에서 이 시의 이야기는 단선적이지 않고 중층적이다.

표층에 드러난 사실만 놓고 보면 환란은 돼지들에게 닥친 것이다. 돼지에게 닥친 환란의 비극은 '도축장'으로 표상된다. 돼지들의 삶의 최종 귀착지가 도축장이라는 사실은 그들에게는 어떤 희망도 주어지지 않는다는 비극성을 강하게 환기한다. 돼지들의 삶이 비극성으로 귀결될 수밖에 없는 것은 이들이 자신의 삶의 생사 결정권을 가지고 있지 않기 때문이다. 돼지들이 할 수 있는 일은 도축장으로 보내지기 위해 쉼 없이 살을 찌워 만족할만한 무게로 계체량을 통과하는 것이다. 이러한 맥락에서 보면 돼지들은 상황에 대한 무지로 말미암아 비극적인 희생의 제물로 전락하는 '속죄양'의 존재에 불과하다.

그러나 이 시에는 반전의 코드가 있다. 반전은 돼지 운반 차량의 전복에서 비롯된다. 이 전복은 돼지들의 방향을 돌려놓는다. 돼지들은 도살장이 아닌 '흙'과 '언덕'을 향한다. 이 방향 전환은 상황 자체를 알레고리화한다. 방향 전환 전의 돼지들은 늘 누군가(인간)에 의해 도살장으로 보내지는 존재들이지만 방향 전환 후에는 상황이 역전된다. 이제 인

간이 돼지들을 도살장으로 보내는 것이 아니라 돼지들이 인간을 도살
장으로 보내는 것이다. 이 둘 사이의 위치 전도는 돼지들이 예지력을 가
진 존재로 표상되면서 부터이다. 이 시에서의 인간이라는 존재는

> 그들은 지난 다섯달동안 쉼없이 살을 찌웠고
> 만족할만한 무게로 계체량을 통과했다
> 돼지 운반차량은 그들을 싣고
> 새벽별 돋는 초승달 도축장을 찾아가는 중이었다

에 잘 드러나 있듯이 돼지들을 도축장으로 보내는, 죽임의 권력을 끊임
없이 생산하는 존재로 표상된다. 인간의 이런 행위는 돼지들이 예지력
을 가진 존재가 되면서 인간이 돼지들보다도 더 못한 비극적인 상황에
처해 있다는 것을 강하게 환기한다. 죽임의 권력을 끊임없이 생산하는
인간의 행위가 가져올 비극에 대한 무지함은 이성적인 존재로서의 인
간의 우월함을 한순간에 깊은 나락으로 떨어뜨려버린다. 상황이 이러
하다면 누군가 예지력을 가진 자가 나와 그 어리석음을 일깨워주어야
한다.

　결과적으로 그 존재가 시에서는 붉은 돼지들로 표상된다. 붉은 돼지
들은 환란이 오면 척박한 상황에서도 그것에 맞선다. 그들의 실천 행위
는 여느 종교의 그것보다도 강렬하다. '환란이 오면 그들은 면도날처럼
날카로운 후각으로 땅을 헤쳐 붉은 돼지씨를 심' 는다. 환란이 오면 붉
은 돼지씨를 심는 그들의 행위는 끊임없이 죽임만을 생산하는 인간의
행위와는 뚜렷이 대비된다. 붉은 돼지들의 예지력은 환란이 닥쳐서 생
겨난 것이 아니라 이미 오래전부터 전해져오는 일종의 전통 속에서 만
들어진 것이다. 오랜 시간 동안 축적되어온 전통의 지혜가 붉은 돼지들

에게는 존재한다. 이들은 어떻게 이런 지혜를 축적하게 된 것일까? 이 물음에 대한 답은 '오래 걸은 자들의 나막신 소리가 났다'에 암시되어 있다. 이들은 오래 지치고 다친 몸을 이끌고 고난의 길을 걸어온 것이다. 이 과정에서 이들은 환란을 예지하고 그것에 대처하는 지혜를 배운 것이라고 할 수 있다.

여기까지 오면 이 시에서 보여주는 붉은 돼지들의 이야기가 인간에 대한 하나의 알레고리라는 사실을 분명하게 이해할 수 있을 것이다. 미래에 대한 전망의 상실로 인해 죽임의 문명만을 끊임없이 생산하고 있는 인간 존재에 대한 경고와 함께 오랜 시간 동안 축적해온 인류의 전통 속에서 그 위기를 넘어서는 어떤 지혜를 발견해야 한다는 의미가 알레고리의 형식을 통해 강렬하게 암시되고 있는 것이다. 이런 점에서 '붉은 돼지들에게 전해지는 말'이라고 되어 있는 '흙으로 가라', '언덕으로 가라'는 마치 선지자의 묵시록적인 계시처럼 들린다. 묵시록적인 계시는 언제나 불안이 투영되어 있기 때문에 두려움을 강하게 환기한다.

하지만 이 두려움 속에 죽음이 아닌 삶의 길이 제시되어 있다는 것을 간과해서는 안 된다. '붉은 돼지들'이라고 할 때 그 '붉은'은 삶과 죽음을 동시에 표상한다. '붉은 돼지들'이나 '붉은 돼지씨'가 섬뜩한 것은 그것이 '피'의 원형을 드러내기 때문이다. 피란 죽음을 표상하기도 하지만 또 삶을 표상하기도 한다. '붉은 돼지들'이라는 그로테스크한 대상을 '지금', '여기'에서의 우리의 삶의 불안을 표상하는 미적인 질료로 치환하고 있는 시인의 상상력은 미를 위한 미를 추구하는 태도를 넘어서고 있다는 점에서 주목에 값한다. 지금, 이 시대의 불안한 인간의 삶과 그들이 구축해 놓은 문명을 묵시록적인 성찰을 통해 미적으로 형상화하고 있는 시인의 태도는 다치고 지친 몸을 이끌고 간신히 언덕을 오르는 붉은 돼지들의 모습과 다르지 않아 보인다.

　시인의 알레고리가 단순한 현실 반영을 넘어 굴절의 양상을 띠는 것은 미학에 대한 자의식이 강하게 작용하고 있기 때문이라고 할 수 있다. 알레고리의 묘미는 그것이 현실을 어떻게 드러내고 또 숨기느냐에 달려 있다고 해도 과언이 아니다. 현실을 너무 직접적으로 드러내거나 과도하게 숨기는 알레고리는 시에서 긴장을 불러일으키지 못해 결국 현실에 대한 미적 저항을 약화시키는 결과를 초래한다. 이 시의 알레고리는 일정한 긴장을 불러일으키고 있다. 이것은 시인이 인간의 탐욕에 의한 돼지들의 도축과 살처분이라는 현실적인 사건을 인간과 동물의 위치 전도라는 전통적이면서도 아방가르드적인 미학 원리로 구조화함으로써 드러남과 숨김이라는 알레고리의 난해한 문제를 해결하고 있기 때문이다. '붉은 돼지들'의 그로테스크한 이미지들은 현실과 환상의 경계 어딘가에 고정되지 않은 채로 존재하면서 끊임없이 의미의 바다를 떠돌고 있다.

봄 저녁의 어두운 질주에 관하여

박형준

난 저녁의 어두운 골목길을 마구 달려갈 것이다
한 번의 비에 다 져버린
목련꽃 아래 죽은 새를 들고
짧은 봄의 시간을 바람 속에 묻으러,
봄 저녁의 골목길을 마구 달려갈 것이다

죽은 자의 지붕에서
별이 하나씩 돋아나
가슴을 견딜 수 없게 조이는데,
가로수 곁에서 창녀들이
하나둘 새어나와
감정없는 손길을 던진다

등뼈를 가진 생물은 울어야 하는
이 길, 이 어두운 골목길에서
슬픔은 뼛속까지 갉아먹는다
아침마다 새 아파트가 반짝이는
이 서울의, 어느 저녁엔
어둠 속에서 살아나는 퍼런 죽음이 있다

목련꽃 아래 죽은 새를 들고
나는 영원히 낡아가는
이 어두운 저녁의 골목길에서 마구 달리며
대기에 무덤을 갖고 날아오를 것이다

— 『시안』, 2010년 여름호

어둡고 낡은 봄날 저녁의 시

봄이 아름다운 것은 꽃이 있기 때문이다. 꽃은 늘 매혹적이지만 그것이 봄과 만났을 때는 아주 특별한 의미를 발산한다. 봄은 천지의 숨은 생명들이 깨어나 저마다의 본색을 드러내는 계절이다. 꽃 역시 자신이 은폐하고 있는 생명의 본색을 드러낸다는 점에서 다른 뭇생명들과 다르지 않다. 하지만 봄에 피는 꽃은 특별한 데가 있다. 꽃은 봄이 되면 일제히 망울을 터트려 천지를 환하게 밝힌다. 지상에 존재하는 그 무엇이 봄에 피는 저 꽃보다 환할 수 있겠는가. 그냥 핀 것이 아니라 흐드러지게 핀 봄꽃은 그 자체로 감각적(특히 시각적)인 충만함을 불러일으키기에 부족함이 없다. 울긋불긋한 꽃의 색이 환기하는 감각적인 이미지는 다른 무엇보다도 먼저 우리의 눈을 즐겁게 한다.

미학의 시작이 감각에 있다는 점을 고려한다면 이러한 봄꽃의 이미지는 충분히 주목에 값한다고 할 수 있다. 하지만 봄꽃의 아름다움은 여기에 머물러 있지 않다. 만일 봄꽃의 아름다움이 여기에 머물러 있다면 그것은 하나의 강렬한 미학의 상징으로 인식되지 않았을 것이다. 봄꽃의 강렬한 미학성은 눈을 넘어 마음의 차원에 놓일 때 발생한다고 할 수 있다. 봄꽃이 눈을 넘어 보다 강렬하게 마음의 차원에 놓이기 위해서는 '핀다' 만으로는 부족하다. '핀다' 와 '진다' 가 동시에 작용해야 한다. 흐드러지게 핀 봄꽃이 어느 순간 시들어 처연하게 질 때 마음 깊숙한 곳에서 미적 파토스가 일어난다고 할 수 있다. '핀다' 와 '진다' 의 대비는 우리의 정서를 어느 한 방향으로 흐르지 않게 하면서 '그늘' 이라는 보다 깊은 정서를 불러일으킨다고 할 수 있다.

이 시는 시인이 봄날 저녁 어두운 골목길에서 '목련꽃 아래 죽은 새' 를 보면서 시작된다. '한 번의 비에 다 져버린' 이 말해주듯이 이 '죽은 새' 는 곧 '목련꽃' 이다. 이러한 치환은 목련꽃이 지니는 핀다와 진다의 의미를 극대화한다. 목련꽃이 새로 치환됨으로써 핀다와 진다가 각각 비상(상승)과 추락(하강)이라는 의미를 지니게 되면서 자연의 순리에 입각한 자연스러움보다는 시인의 의지가 개입된 욕망의 파토스를 강하게 환기한다. 추락한 새 혹은 죽은 새는 시인의 좌절된 꿈이나 욕망이라고 할 수 있다. 이러한 수직적인 추락은 봄날 저녁 어두운 골목길의 수평적인 질주와 다르지 않다. 질주가 곧 추락이기에 시인의 슬픔은 언제나 죽음에 닿아 있다. 자신이 처해 있는 슬픔의 정도를 시인은 '뼛속까지 갉아먹는다' 는 말로 드러낸다. 여기에서 중요한 것은 '뼈' 가 아니라 '뼛속' 이다. 겉이 아니라 속으로 슬픔이 파고 든다는 것은 그 슬픔이 자란다는 것을 의미한다. 그것은

죽은 자의 지붕에서
별이 하나씩 돋아나

나

이 서울의, 어느 저녁엔

어둠 속에서 살아나는 퍼런 죽음이 있다

혹은

이 어두운 저녁의 골목길에서 마구 달리며

대기에 무덤을 갖고 날아오를 것이다

에 잘 드러나 있다. '죽음'과 '별의 돋음', '퍼런 죽음', '무덤의 날아오름' 등의 이미지는 죽음의 비상 혹은 상승의 의미를 내재하고 있다. 시인의 봄날 저녁의 어두운 골목길에 대한 이러한 시적 태도는 '한 번의 비에 다 져버린 목련꽃 아래 죽은 새'를 살리려는 의지의 표현이다. 비에 다 져버린 목련꽃, 다시 말하면 죽은 새를 살리기 위해 시인이 선택한 것이 추락하는(어둠, 죽음) 쪽으로의 질주라면 과연 그것이 겨냥하고 있는 것은 무엇일까?

어둠이나 죽음이 상승하면 상대적으로 하강하는 것은 밝음이다. 시인은 밝음에 대해 오히려 부정적이다. 시인은 '아침마다 새 아파트가 반짝이'면 이 서울의, 어느 저녁엔 어둠 속에서 살아나는 퍼런 죽음이 있다'고 노래한다. 새 아파트의 반짝거림으로 인해 어둠을 보지 못한다는 것이다. 시인이 서울에서 주목한 것은 새 아파트의 반짝거림이 아니라 봄 저녁 어두운 골목길에서 살아나는 퍼런 죽음이다. 이 사실은 시인의 눈을 통해 골목의 어둠이 살아난다는 것을 의미한다. 환한 아침에는 보이지 않던 골목의 어둠이 비로소 시인의 눈을 통해 은폐되어 있던 세계를 드러내는 것이다. 시인에 의해 탈은폐 된 골목은 '새것'으로서의 그것이 아니라 '낡아가는 것' 으로서의 풍경이다.

이처럼 골목이 영원히 낡아갈 수밖에 없는 것은 그것이 죽음의 무성함만을 생산하기 때문이다. 봄 저녁의 어두운 골목은 '목련꽃 아래 죽은 새' 와 '죽은 자의 지붕에서 돋는 별' 과 '감정없는 손길을 던지는 창녀들' 을 생산한다. 무수한 생명의 생산 이면에 봄이 이렇게 죽음의 무성함을 내장하고 있다는 시인의 상상력은 그가 세계에 은폐되어 있는 '어둠' 을 발견했다는 사실을 말해준다. 어둠이란 우리가 부정하려고 해도 부정할 수 없는 존재의 한 모습이다. 밝음이 있으면 반드시 어둠이 있는 것이다. 시인이 보고 상상하려고 하는 세계가 바로 이 어둠의 세계인 것이다. 어둠의 세계는 어둡기 때문에 보다 낯설고 신비한 채로 은폐되어 있다.

시인의 봄 저녁의 어두운 질주는 이런 점에서 볼 때 미학적인 긴장을 내포하고 있다고 할 수 있다. 시인의 미학적인 긴장은 '질주' 로 표상된다. 질주가 중요한 것은 우선 '대기에 무덤을 갖고 날아오르는 것' 과 관계가 있다. 날아오르기 위해서는 질주가 필요하기 때문이다. 하지만 질주의 의미가 여기에 그치는 것은 아니다. 질주가 진정으로 중요한 것은 '목련꽃 아래 죽은 새를 들고' 와 관계가 있다. 시인의 궁극이 목련꽃 아래 죽은 새를 날아오르게 하는 것이다. 이것은 시인이 실제로 죽은 새를 살린다는 의미보다는 그것을 미적으로 고양시킨다는 의미가 강하다. 죽은 새를 살려서 날게 하는 것이 아니라 죽음 그 자체로 날아오르게 하는 것이다. 시인이 가지고 날아오르려는 것이 무덤이라는 사실이 그것을 잘 말해준다.

이러한 시적 논리는 어둠을 어둠으로 고양시키는 것과 다르지 않다. 어둠을 넘어 밝음을 지향하는 것이 아니라 어둠을 어둠으로 넘어보려는 의도가 여기에 내재해 있는 것이다. 봄이 왜 그토록 오랜 시간 동안 미적 질료로 사랑받고 있는지 그 이유가 이와 무관하지 않다. 우리가 흔히 봄을 애상적이라고 하는데 그것은 봄이 탄생뿐만 아니라 죽음, 다시 말하면 핀다 뿐만 아니라 진다의 의미를 내재하고 있기 때문이다. 이런 점에서 시인이 발견한 골목은 공포를 자아내는 막다른(막힌) 곳도 아니고, 그렇다고 온갖 사람들의 말과 숨결이 넘쳐나는 그런 흥성스러운 곳도 아니다. 시인이 발견한 골목은 어둡고 낡은 세계이며, 시인은 언제든지 그 세계로 날아오를 수 있다. 이것이 바로, 봄 저녁 어두운 골목길의 재발견이 아름다운 이유인 것이다.

사월

김형술

　저녁 무렵 벚나무는 분홍 구름을 낳았다. 체육관 넓은 창문 너머 태어나는 둥근 구름의 행렬. 기다렸다는 듯 달려온 어둠이 구름을 키운다. 살진 구름, 구름들 몸피 점점 부풀자 어둠은 툭, 구름을 놓아버린다. 무겁다, 무겁다는 듯 등 떠밀어 하늘로 밀어올린다.

　점. 점. 점
허공으로 떠오르는 지상의 무게들.

　밤까마귀 운다. 구름에서 날아 나온 까마귀 한 마리 창틀에 내려앉아 실내를 엿본다. 훠이훠이 손사래에도 날아가지 않는다. 눈을 마주쳐 온다. 사람을 들여다보는, 사람 너머 먼 곳을 응시하는 까마귀 눈 속 검고 아득한 허공.

　누군가 발을 헛디딘다.
누군가 쿵 제 발등 위로 덤벨을 떨어뜨린다

　날개를 펼친 커다란 까마귀들 창문 가득 거꾸로 매달려 있다. 러닝머신의 속도를 올리고 전속력으로 까마귀를 향해 달려가는 사람들, 젖은 어깨마다 검은 날개들 돋아난다. 발자국 소리, 쿵쾅거리는 음악

소리 사이, 낮고 무거운 까마귀 울음소리 뒤섞이는

　늦은 밤 벚나무는 분홍 무덤을 낳았다. 까마귀떼를 숨긴 둥근 꽃무덤, 밤이 깊을수록 선명해진다. 백열등 아래 땀으로 번들거리는 몸들 하나둘 창밖으로 걸어나간다. 무덤과 무덤 사이 허공을 걷고 달린다.

　텅 빈 실내 가득 수많은 까마귀떼 날아와 앉아 있다.

— 『현대문학』, 2010년 8월호

사월의 레퀴엠

'4월은 잔인한 달'이라고 노래한 이는 T. S 엘리어트이다. 하지만 그가 노래한 잔인함은 '죽은 땅에서 라일락을 키워내는' 잔인함이다. 이것은 강한 전망을 내포한 역설이다. 죽음이 곧 삶이 된다는 역설은 단순한 아름다움과는 차원이 다른 것이다. 이 시어가 드러내고 있는 역설은 삶과 죽음을 관통하는 생명의 심원함과 강렬한 재생 의지를 담고 있다는 점에서 아름다운 것이다.

황무지에서 우리가 체험하는 매혹이 여기에 있다면 그것은 분명 수직 상승하는 원형의 힘이라고 할 수 있다. 죽음과 소멸로 표상되는 겨울의 하강하는 힘이 바닥을 치면서 차츰 상승하다가 어느 순간 그것이 현현될 때까지의 일련의 과정이 바로 죽은 땅에서 라일락을 키워내는 4월의 잔인함인 것이다. 죽은 땅(황무지)에서 라일락을 키워내야 하기 때문에 여기에서 오는 고통은 그 정도가 클 수밖에 없다. 이 고통은 죽은 땅의 고통이면서 동시에 시인의 고통인 것이다. 시인에게 이 고통은 중심의 힘을 요구한다. '흙 밑으로부터 밀고 올라오는 치열한 중심의 힘'

(김지하)이 있어야 라일락의 꽃대가 흔들리면서 잔인할 정도로 아름다운 생명의 꽃이 피는 것이다.

그러나 어떤가? 김형술 시인의 「사월」도 그러한가? 그렇지 않다는 것을 '분홍 무덤'과 '까마귀'는 잘 말해 준다. 이 두 질료가 환기하는 그 어둠과 죽음의 이미지는 죽은 땅에서 라일락을 키워내는 생명의 이미지와는 다르다고 할 수 있다. 먼저 '분홍 무덤'부터 보자. 이 질료는 '벚나무', 좀더 정확히 말하면 벚꽃이 만개한 모습으로 치환된 것이다. 벚꽃의 만개함은 그 자체가 생명의 현현이요 충만함이다. 하지만 시인은 그것을 분홍 무덤으로 보고 있다.

시인의 이러한 상상력은 죽음에 대한 허무의 의지를 연상케 한다. 시인이 연상하는 분홍 무덤은 '벚나무가 낳은 분홍 구름'이다. 벚꽃이 구름과 만나면서 분홍 무덤의 이미지는 점점 부풀어 오르면서 확산되기에 이른다. 급기야 이 구름은 하늘로 밀어 올려 진다. 하늘이 분홍 무덤이 된다는 것은 죽음의 이미지의 전일적인 지배를 의미한다. 하늘이 죽음의 이미지로 가득하면 땅도, 그리고 사람도 그러할 수밖에 없다. 하늘과 땅과 사람 모두가 죽음의 이미지로 가득하다면 그것은 안정이나 균형이 아닌 혼란이나 균열의 개념으로 드러날 수밖에 없을 것이다.

이러한 혼란과 균열의 개념을 시 속에서 구현하고 있는 구체화된 질료가 바로 '까마귀'이다. 벚나무 혹은 벚꽃이 구름이나 어둠과 만나면서 동적인 이미지를 지니게 되는 것이 사실이지만 그것만으로 혼란과 균열의 이미지를 제대로 구현할 수 없다. 어둠이나 죽음이 살아 있는 감각성을 획득하기 위해서는 그것이 은폐하고 있는 동적인 이미지를 잘 구현하고 있는 어떤 대상이 존재해야 한다. 어둠이나 죽음의 이미지를 강렬하게 환기하면서 그것이 정적이지 않고 살아 움직이는 동적인 속성을 지닌 대상이 존재해야 하늘과 땅과 인간 사이의 균열이 구체화될

수 있는 것이다. 가령

　　밤까마귀 운다. 구름에서 날아 나온 까마귀 한 마리 창틀에 내려앉
아 실내를 엿본다. 훠이훠이 손사래에도 날아가지 않는다. 눈을 마주
쳐 온다. 사람을 들여다보는, 사람 너머 먼 곳을 응시하는 까마귀 눈
속 검고 아득한 허공.

이나

　　날개를 펼친 커다란 까마귀들 창문 가득 거꾸로 매달려 있다. 러닝
머신의 속도를 올리고 전속력으로 까마귀를 향해 달려가는 사람들,
젖은 어깨마다 검은 날개들 돋아난다. 발자국 소리, 쿵쾅거리는 음악
소리 사이, 낮고 무거운 까마귀 울음소리 뒤섞이는

에서 까마귀의 존재는 각별하다. 이 시에서의 까마귀는 강렬한 감각성
을 구현하는 존재로 등장한다. 까마귀의 울음과 까마귀의 눈은 이 시의
시간과 공간 자체를 동적인 이미지로 충만하게 한다.

　그러나 우리가 이 시에서 특히 주목해야 할 것은 '까마귀'와 '사람'
의 관계이다. 일반적으로 시적 주체는 사람이다. 시적 주체인 사람의 시
각으로 시의 세계가 구성되고, 까마귀는 하나의 대상으로 존재하는 것
이 보통이다. 하지만 이 시를 지배하고 있는 시적 주체는 사람이 아니라
까마귀이다. 까마귀가 '사람을 들여다보'고, '사람들이 전속력으로 까
마귀를 향해 달려간'다. 심지어는 사람들의 몸에서 까마귀처럼 '검은
날개가 돋아난'다. 까마귀와 사람 사이의 위치 전도가 이루어지고 있는
것이다.

사람의 시각이 아니라 까마귀의 시각으로 이루어진 시에서 중요한 것은 시적 주체의 세계에 대한 태도이다. 이런 점에서 단연 이 시에서 주목해 보아야 할 대목은 '사람 너머 먼 곳을 응시하는 까마귀 눈/속 검고 아득한 허공' 이다. 까마귀의 시선이 가 닿는 곳은 사람 너머의 '검고 아득한 허공' 이다. 까마귀의 이미지를 통해 구현되는 세계를 더 세계답게 하는 것이 바로 이 검고 아득한 허공이라고 할 수 있다. 이 시를 지배하고 있는 정조가 어둠과 죽음이라면 이 검고 아득한 허공은 그것이 얼마나 깊은가를 잘 말해주는 질료라고 할 수 있다. 한번 검고 아득한 허공 속에서 허우적대는 사람들의 모습을 상상해 보라.

사람들이 전속력으로 달려가는 곳이 다름 아닌 검고 아득한 허공이라면 그 속도란 허무의 의지에 다름 아닌 것이다. 아무리 속도를 내 달려도 검고 아득한 허공에서 벗어날 수 없다는 인식은 지극히 비극적인 것이다. 그래서 시인은 '무덤과 무덤 사이 허공을 걷고 달린다' 라고 노래하고 있는 것이다. 시인이 노래하고 있는 사월이 이처럼 죽음으로 가득한 검고 아득한 허공으로 존재한다면 그것은 어쩌면 레퀴엠보다도 무거운 풍경이 아닐 수 없다. 벚나무 혹은 벚꽃의 만개를 통해 이런 풍경을 상상한다는 것은 세계를 평면적으로 인식하는 시적 태도 하에서는 도저히 일어날 수 없는 일이다. 그것은 세계를 역설적(입체적)으로 인식한 데서 비롯된 것이라고 할 수 있다. 시인이 본 벚나무(벚꽃)는

까마귀떼를 숨긴 둥근 꽃무
덤, 밤이 깊을수록 선명해진다.

에 잘 드러나 있듯이 그것은 어둠이나 죽음 속으로의 내적인 팽창 혹은 폭발을 담지하고 있는 세계라고 할 수 있다. '밤이 깊을수록 선명해 진

다' 는 역설의 논리로 세계를 인식하는 시인이 만들어낸 사월의 레퀴엠, 이 무겁고 깊은 허공 속으로 빠져 들어가면서 만나게 되는 시의 묘미란 어떤 것일까? 어쩌면 이것은 시인이 시를 통해 우리에게 드러내 보이려고 한 욕망인지도 모른다. 나는 그것을 '검고 아득한 허공으로 떠오르는 지상의 무게들' 이라고 생각한다. 지상의 무게들이야말로 우리 모두가 한번쯤 보고 싶어 하는 욕망의 실체 아닌가. 지상의 무게는 밝고 투명할 수 없다. 그것은 언제나 검고 아득할 수밖에 없는, 그래서 허공으로밖에 표상할 수 없는 그런 것이라고 할 수 있다. 사월의 레퀴엠 그것은 검고 아득한 허공으로 떠오르는 지상의 무게들이다.

이상한 그늘

최호일

양산을 쓴 여자가 그늘을 끌고 간다 발로 배를 걸어 차버린 강아지처럼 따라 간다 그늘은 말이 없고 성실하다

양산을 썼기 때문에 태양에 가장 가깝게 걸어간 그늘 같다 뜨겁고 무덥고 무겁 고 다리가 있어 오래된 뼈와 살로 만들어진 그늘 같다

천변에는 지나가는 사람에게 침을 뱉듯 꽃이 피었다 꽃은 참을성이 없고 당신 은 태연하다 나무 계단의 삐거덕거리는 소리를 들으며 혼자 변두리 짜장면을 먹 으러 오르는 사람은 무겁다

저녁이 오는 쪽으로 사람들은 죽고
여우가 여러 번 울어서 밤이 오면, 아무도 그것이 어둠을 열고 사라진 검고 이 상한 사람인 줄 모른다 그늘이 조금씩 먹어치우고 있다는 것을

— 『시안』, 2010년 가을호

그늘의 식성

최호일 시의 매혹은 모호하고 환각적인 세계에 있다. 이 세계는 현실 너머에 있는 것이 아니라 현실과 비현실 사이에 있다. 시인의 상상이 현실을 훌쩍 뛰어넘어 버리면 그 세계는 '지금', '여기' 와는 차원이 다른 투명함이 있지만 그것이 현실과 비현실 사이에 있으면 그 세계는 이쪽도 저쪽도 아닌 아주 낯설고 불투명한 제3의 지대를 표상할 수밖에 없다. 시인의 상상이 형상화하고 있는 세계가 이렇게 모호하고 환각적인 것은 시인 자신이 끊임없이 그러한 지향 의식을 가지고 있기 때문이라고 할 수 있다. 시인을 둘러싸고 있는 세계의 투명함을 무화시켜버리려고 하는 의식이 시인의 저변에 잠재해 있는 것이다.

그러나 이러한 의식을 너무 강하게 드러내다 보면 그것 자체가 도그마적인 언어를 생산할 위험성이 있다. 우리는 종종 이러한 자의식의 과잉으로 인해 낯설고 불투명한 세계가 지니고 있는 그 무한한 미지의 시적 잠재태를 상실하게 되는 경우를 보게 된다. 자의식의 과잉을 드러내는 시들은 대부분 세계와의 긴장을 상실하게 됨으로써 언어는 매혹의 상태로 존재하는 것이 아니라 환멸의 상태로 존재한다. 시인이 현실과 비현실 사이에서 자의식의 과잉을 드러내지 않고 낯설고 불투명함으로 표상되는 긴장을 유지한다는 것은 생각처럼 쉬운 일은 아니다. 시인의 세계를 무화시키려는 의지가 오히려 새로운 세계를 만들어내는 일종의 역설의 효과는 단순한 시적 인식으로는 불가능한 고도의 감각과 지적 통찰이 요구된다고 할 수 있다.

최호일의 「이상한 그늘」은 이러한 그의 시의 특장을 잘 보여준다. 다른 무엇보다도 이 시에서 시인의 사물과 세계에 대한 감각과 통찰이 엿보이는 것은 '그늘'을 시적 질료로 삼고 있다는 점이다. 그늘은 이미 그 안에 불투명하고 애매모호한 의미를 지니고 있는 그런 질료이다. 그늘은 밝은 것도 아니고 어두운 것도 아닌 그 사이를 말한다. 따라서 그늘은 밝으면서 어둡고 어두우면서 밝은 세계이다. 이것은 그늘이 밝은 것과 어두운 것을 모두 수렴하면서 동시에 그것을 넘어서는, 어떤 제3의 세계를 만들어내는 미학의 핵심 개념이라는 것을 의미한다. 그늘에 우주적인 창조성 같은 거창한 의미 부여를 하지 않더라도 그것이 드러내는 현상을 섬세한 감수성으로 통찰한 사람이라면 그 오묘하고도 심원한 미학의 세계를 인식할 수 있을 것이다.

시인은 그늘을 시적 질료로 삼으면서 그것을 '이상하다'고 규정해버린다. 왜, 시인은 그늘을 이상하다고 한 것일까? 이와 관련하여 시인은 다음과 같이 말한다. 첫째, '그늘은 말이 없고 성실'하며, 둘째, '그늘은 태양 가장 가깝게 걸어간 존재'이고, 셋째, '그늘은 오래된 뼈와 살로 만들어진 뜨겁고 무덥고 무거운 다리가 있는' 그런 존재라는 것이다. 그늘에 대한 이러한 규정은 '양산을 쓴 여자의 이미지'로부터 만들어진 것이다. 여자가 양산을 쓰면 자연스럽게 그늘이 생기고, 그 그늘은 여자 혹은 여자의 양산과 분리될 수 없기 때문에 시인은 그것을 주인 잘 따르는 강아지에다 비유해서 '말이 없고 성실하다'고 본 것이다. 또한 시인은 여인이 쓴 양산 위로 따갑게 내리 쬐는 햇빛(태양)에 주목한다. 이 과정에서 '태양', '양산', '여자의 다리', '그늘'이 연상의 대상으로 떠오르게 된다.

그런데 여기에서 특히 주목해야 할 것은 태양, 양산, 여자의 다리가 그늘로 수렴되고 있다는 사실이다. 이것은 태양, 양산, 여자의 다리와 그늘을 분리될 수 없는 관계로 인식한 결과이다. 뜨겁게 쏟아지는 태양 속을 양산을 쓴 채 걸어가는 여자를 보면서 시인은 그 정도가 너무나 직접적이고 강렬하기 때문에 그녀를 태양 가장 가깝게 걸어간 존재로 규정하고 있다. 이렇게 규정해버리면 시인의 눈에 가장 초점화되어 드러나는 것은 '걷는다'가 될 수밖에 없다. 하지만 시인은 그 걷는 주체를 양산을 쓴 여자만으로 규정하지 않고 있다. 시인은 그 주체를 양산, 여자의 다리(여자), 그늘로 보고 있다. 그래서 시인은 '그늘은 오래된 뼈와 살로 만들어진 뜨겁고 무덥고 무거운 다리가 있는' 존재라고 말하고 있는 것이다. 이 말 속에는 여자의 다리와 양산 혹은 양산대의 이미지가 겹쳐 있다. 여자의 다리가 뼈와 살로 만들어졌고, 태양을 받아 뜨겁고 무덥고 무거운 것처럼 우산 혹은 우산대 역시 뼈대와 살로 만들어졌고 (우산살이라는 말을 상기해 보라), 태양을 받아 뜨겁고 무덥고 무겁다고 말하고 있는 것이다.

시인의 상상대로라면 이렇게 겹쳐진 두 존재는 그늘이다. 이 사실은 그늘이 어떤 사물이나 대상의 단순한 그림자를 넘어 그것들을 온전히 수렴하는 존재 그 자체로 인식되고 있다는 것을 의미한다. 그늘이 사물이나 대상을 수렴하는 모습을 시인은

천변에는 지나가는 사람에게 침을 뱉듯 꽃이 피었다 꽃은 참을성이 없고 당신
은 태연하다 나무 계단의 삐거덕거리는 소리를 들으며 혼자 변두리 짜장면을 먹
으러 오르는 사람은 무겁다

저녁이 오는 쪽으로 사람들은 죽고
여우가 여러 번 울어서 밤이 오면, 아무도 그것이 어둠을 열고 사라진 검고 이
상한 사람인 줄 모른다 그늘이 조금씩 먹어치우고 있다는 것을

에서처럼 하나의 '식성' 으로 표현하고 있다. 그늘의 식성은 사람들을
죽게 하고 또 어둠을 연다. 죽음은 어둠이지만 그 어둠은 다시 열리기
때문에 그것은 죽음이 아니라 삶과 통한다고 할 수 있다. 따라서 우리는
그늘의 식성을 헤아릴 수 없다. 그늘의 어두컴컴함은 그 크기를 헤아릴
수 없다는 점에서 無(무)와 닮아 있다고 할 수 있다. 무는 존재하는 모든
것 有(유)을 수렴하고 또 생성한다. 시인이 그늘의 이미지를 어두컴컴
하게 형상화하고 있는 이유가 바로 여기에 있다.

시인이 형상화하고 있는 저녁, 죽음, 밤, 어둠은 말할 것도 없고 꽃이
나 사람 역시 어두컴컴하다. 천변에 지나가는 사람에게 침을 뱉듯 핀 꽃
이나 삐거덕 거리는 소리를 들으며 혼자 변두리 짜장면을 먹으려는 사
람의 이미지는 어두우며, 이것은 시인이 묘사하고 있는 풍경 자체가 그
늘을 드리우고 있다는 것을 말해준다. 시인은 직접적으로든 아니면 암
시적으로든 이 시에서 그늘의 존재를 집요하게 드러내고 있다고 할 수
있다. 이처럼 시인이 그늘의 존재를 집요하게 드러낸다는 것은 그늘에
자신의 의지를 강하게 투사하고 있다는 것에 다름 아니다. 시인이 그늘
을 '이상한 그늘' 로 규정하고 있지만 기실 그것은 자신이 추구하는 이
상적인 존재의 모습이라고 할 수 있을 것이다.

　이런 맥락에서 보면 시인이 규정한 '이상한 그늘'은 곧 '어둠을 열고 사라진 검고 이상한 사람'이라고 할 수 있다. 시인이 규정한 이상한 그늘이 그렇듯 어둠을 열고 사라진 검고 이상한 사람 역시 그 식성을 헤아릴 수 없을 정도로 무한하다. 시인의 식성의 정도는 시인이 연 어둠의 크기에 비례한다. 어둠 혹은 어두컴컴한 무의 세계를 열고 싶어 하는 시인의 식성은(욕망은) 그의 시가 추구하는 경계의 불투명함이나 환각의 세계를 살찌우게 할 것이다. 어쩌면 시인이 발견한 이상한 그늘은 시의 세계에서는 전혀 이상한 것이 아닌지도 모른다. 우리가 흔히 정상이라고 생각하는 이성의 논리나 합리성의 논리를 훌쩍 넘어선다는 점에서 시란 원래가 이상한 것 아닌가? 이상한 그늘이 조금씩 어떤 세계를 먹어치울 때 그만큼 또 다른 세계는 생겨나는 것 아닌가?

중독

이장욱

　오늘은 어제의 거리를 다시 걷는 오후. 현대백화점
너머로 일몰. 이건 거의 중독이야. 하지만 어제는 또
머나먼 일몰의 해변을 거닐었지.

　이제 삼차원은 지겨워. 그러니까 깊이가 있다는 거
말야. 나를 잘 펴서 어딘가 책갈피에 꽂아줘. 조용한
평면, 훗날 너는 나를 기준으로 오래된 책의 페이지를
펴고. 또 아무런 깊이가 없는 해변을 거니는 거야.

　완전한 평면의 바다. 그때 바다를 바라보는 너로부
터 검은 연필로 긴 선을 그으면, 어디선가 점에 닿는
것. 그 점을 섬이라고 하자. 그리고 그 섬에서 꿈 없
는 잠을. 너는 나를 접어 종이비행기를, 나를 접어 종
이배를, 나를 접어 쉽게 구겨지는 학을.

　조용한 평면처럼 어떤 내부도 지니지 않는 것들과
함께. 그러므로 모든 것이 어긋나 버렸는지도 모르지.
서서히 늪에 잠겨가는 사람처럼, 현대백화점 너머로
일몰. 일몰을 배경으로 포즈를 취한 백화점 옥상에서,

지금 막 우울한 자세로 이륙하는 종이비행기.

— 『현대문학』, 2002년 10월호

몽환 그 조용한 평면의 깊이

이장욱의 「중독」은 섬세한 읽기를 요구한다. 이 섬세함은 꼼꼼하게 읽기와는 다른 의미를 가진다. 아무리 꼼꼼하게 읽어도 그의 시는 명증하게 다가오지 않는다. 알 듯 모를 듯 애매모호한 시상만이 떠오를 뿐이다. 이 애매모호함은 시를 난해함 속으로 빠뜨리고 있지만 시적 체험 자체를 불가능하게 하는 것은 아니다.

「중독」의 시적 체험은 '걷는다'를 통해 표상된다. '걷는다'는 이장욱 시를 대표하는 기표이다. 그의 첫 시집인 『내 잠 속의 모래산』을 보면 '걷는다'는 통사론적이고 의미론적인 차원과 긴밀하게 연결되어 있음을 알 수 있다. '걷는다'가 시적 표상이 되는 예는 우리 시인들의 시에서 어렵지 않게 발견할 수 있지만 그의 경우처럼 잠 속을 가로지르는 그런 몽환적인 걷기는 흔하지 않다. 잠 속에서 행해지기 때문에 그의 걷기는 뚜렷한 방향성과 목적성이 존재하지 않을 뿐만 아니라 모든 시공간을 가로지를 수 있다.

『현대문학』 2002년 10월호에 실린 「중독」 역시 이와 다르지 않다. 이 시는 걷기에 중독된 시적 자아의 몽환적인 내면을 다루고 있다. 시적 자아는 '걷는다'는 사실 자체에 대해 '이건 거의 중독이야' 라고 고백하고 있다. 걷기 중독이 무엇인지 여기에 대한 자세한 사실은 드러나 있지 않다. 그것은 다만 '일몰의 해변'의 이미지를 통해 드러나고 있을 뿐이다. '일몰의 해변'이란 밝음과 어둠(의식과 무의식, 의미와 무의미)의 이미지가 교차하는 어떤 경계의 세계를 의미한다고 할 수 있다. 하지만 이 세계는 궁극적으로 어둠을 향해 나아가는 과정에 놓여 있다는 점에서 몽롱하고 몽환적일 수밖에 없다. 그렇다면 이 시가 드러내는 몽롱하고 몽환적이란 어떤 세계일까? 이 물음에 대한 답은 다음 대목에 있다.

> 이제 삼차원은 지겨워. 그러니까 깊이가 있다는 거
> 말야. 나를 잘 펴서 어딘가 책갈피에 꽂아줘. 조용한
> 평면, 훗날 너는 나를 기준으로 오래된 책의 페이지를
> 펴고. 또 아무런 깊이가 없는 해변을 거니는 거야.
>
> 완전한 평면의 바다. 그때 바다를 바라보는 너로부
> 터 검은 연필로 긴 선을 그으면, 어디선가 점에 닿는
> 것. 그 점을 섬이라고 하자. 그리고 그 섬에서 꿈 없
> 는 잠을. 너는 나를 접어 종이비행기를, 나를 접어 종
> 이배를, 나를 접어 쉽게 구겨지는 학을.

'이제 삼차원이 지겹'다는 시적 자아의 독백은 '오늘은 어제의 거리를 다시 걷는' 반복되는 현실(삼차원)로부터 벗어나 '머나먼 일몰의 해변을 거닌'다는 사실과 다르지 않다. ('오늘은 어제의 거리를 다시 걷는 오후. 현대백화점 너머/로 일몰. 이건 거의 중독이야. 하지만 어제는 또

머나먼 일/몰의 해변을 거닐었지'의 시행에서 '하지만'의 의미를 상기해 보라. 여기에서 '하지만'이라는 접속사는 그 앞의 현실 세계와는 다른 또 다른 어떤 세계를 지시한다고 할 수 있다.) 이 '일몰의 해변', 다시 말하면 몽롱하고 몽환적인 세계는 삼차원과는 다른 어떤 세계이다. 이 시에 따르면 그 세계는 '깊이가 없는, 조용한 평면의 세계'인 것이다.

이러한 해석이 가능한 것은 몽롱하고 몽환적인 세계의 특성에서 기인한다. 이 세계는 아주 낮은 환상의 상태를 의미한다. 이 세계에서는 '꿈 없는 잠'이 가능하다. 잠에 꿈이 없다는 것은 잠자는 주체가 결핍이 없다는 것으로 이해할 수도 있을 것이다. 그러나 여기에서 잠에 꿈이 없다는 것은 그런 의미가 아니다. 삼차원의 세계에 살고 있는 인간의 잠은 꿈이 없을 수가 없다. 모든 인간은 꿈을 꾼다. 다만 우리가 그 꿈을 온전히 기억하지 못하는 것은 '현실몽'이 아닌 '잠재몽'을 꾸기 때문이다. 따라서 꿈이 없는 잠은 삼차원의 세계에서는 불가능하다.

꿈이 없는 잠은 시적 자아의 상상 속에서나 가능한 것이다. 그것은 '완전한 평면의 바다'('깊이가 없는 해변을 가진 바다') 위에 선을 그어 만들어진 섬에서만 실현가능하다. 이 평면의 세계 속에서 시적 자아는 꿈이 없는 잠을 즐길 뿐만 아니라 어디론가 멀리 떠나고 싶어 한다. 이것은 '걷는다'로 표상되는 몽환적인 걷기의 연장으로 볼 수 있다. 평면의 세계 속에서 시적 자아는 '종이비행기'도 되고, 또 '종이배'와 '학'도 된다. 이것들은 모두 '걷는다'(떠난다)를 표상하는 질료이다. '너'에 의해 '종이비행기'가 된 '나'는 '현대백화점 너머로 일몰. 일몰을 배/경으로 포즈를 취한 백화점 옥상에서, 지금 막 우울한 자세/로 이륙한'다. 이 떠남은 삼차원이 아닌 '평면의 바다'로 표상되는 세계에서의 또 다른 몽환적인 걷기의 시작이라고 할 수 있다.

　시적 자아의 이러한 세계로의 몽환적인 걷기 중독은 '어떤 내부도(깊이도) 지니지 않' 았기 때문에 혹은 '모든 것이 어긋나 버렸' 기 때문에 삼차원의 세계에서보다 훨씬 가벼울 수 있고, 또 자유로울 수 있다.

　「중독」은 이런 의미에서 '걷는다' 로 표상되는 몽환적인 걷기라는 그의 시의 또 다른 변주를 드러내고 있는 것으로 볼 수 있다. 몽환적인 걷기는 그의 시의 한 매력으로 볼 수 있다. 그의 시를 읽으면 아주 낮은 환상을 견디는 몽롱한 시인의 언어를 만나게 된다. 이 체험은 우리 시의 흐름에서 흔한 것은 아니다. 점점 패턴화되어 가고 획일화되어 가는 우리 시의 경향을 돌아 볼 때 그의 시는 어떤 가능성으로 존재하는 것이 사실이다. 하지만 그의 시의 몽환성은 때때로 불안할 때가 있다. 몽환성을 드러내기 위한 그의 지적인 조작이 정서의 섬세함과 만나지 못하고 관념으로 흐를 때이다. 그의 시의 몽환성이 모던함을 드러내는 데에 이 지적인 조작은 큰 힘을 발휘하지만 그것이 지나칠 때는 관념 과잉으로 흐를 위험성이 있다. 이 시 「중독」의 경우에도 이러한 위험성은 존재한다. '조용한 평면' , '완전한 평면의 바다' 등 평면의 이미지를 활용하고 있는 대목에서 엿보이는 것은 감각 내지 감성화되지 않은 관념의 덩어리이다. 이 관념은 그의 시의 몽환성을 어설픈 포즈로 만들어버릴 수 있다. 관념에의 중독은 그의 시를 병들게 하는 독이기 때문이다.

남지장사 1

이성복

우록에는 십년 전 와보았지만
그때는 염소탕과 수육을 먹기 위해서였다
근래 우리 학생 하나가 그곳에 집을 짓고 산다기에,
한나절 놀다가 뒷산 기슭 남지장사까지 가보았다
아름드리 송림이 길길이 뻗어 있고 송림
끝나는 곳에는 이깔나무 군락이 이어져
눈 코 귀 입, 옷에도 나무향이 묻어나
뭐 이런 데가 다 있나 감탄하다가,
소방도로 한켠에 멍투성이 뿌리를 드러내고
줄기와 가지를 부채표 활명수처럼 뻗친 떡갈나무를 보았다
오래된 둥치는 제멋대로 썩어 싯누런 속내를
툭툭 불거진 제 뿌리 위에 흩어 두고
나무는 이게 해방 전인지, 새천년 다음인지도 모른 채
낮인 듯 밤인 듯 미동도 없이 서 있었다
그 넓고 푸른 그늘 아래 오래 서성거리다가,
근래 들어 좀체로 강팍해져 가까운 이름들
하나하나 살생부에 올려놓고 지워 나가던 나는
가만히 속으로 약조하였다 지금은 내가 이 나무를
내 안으로 들여와 성가신 일, 열 받는 일, 낙담하는 일
모두 그 뿌리 위에 부려 두고, 내 몸이 끝나는 날

재를 거두어 그 뿌리 밑에 묻어 주면
나무와 나는 하나 되리라고, 그러면 나도 없고
나무도 없고 짙푸른 그늘만 남게 되리라고……
남지장사 깊은 숲에서 낙조가 아름다운
저녁에 잠시 해 본 다짐이었다.
그때 나무가 얼마나 섬짓했을지, 생각도 못 하고서

—『현대시』, 2010년 4월호

관계, 그 이타적 상상력의
아름다움에 대하여

이성복의 「남지장사 1」은 시적 긴장과 울림이 있다. 이 긴장과 울림은 단순한 기교로는 드러날 수 없는 것이다. 시가 언어를 매체로 하지만 그 언어란 자연 혹은 우주의 모방이어야 한다. 자연을 모방하거나 해방하는 것이 바로 시인 것이다. 시 속에 들어온 자연은 진짜 자연 그대로가 아니라 시인에 의해 구성되고 만들어진 것이다. 이때 중요한 것은 '구성된다' 는 말이 지닌 의미이다. 이때의 구성은 시인의 순수한 창조적 행위로 해석된다기보다는 일종의 '발견' 의 행위로 해석된다고 할 수 있다. 시인이 시 속에 구성하는 형상이나 질료는 이미 자연 속에 은폐되어 있는 것이고, 시인은 그것을 발견하여 탈은폐 시키는 것이 바로 진정한 의미에서의 구성이라고 할 수 있다. 이것은 마치 조각가가 부처의 형상을 드러내는 것은 존재하지 않는 것을 새롭게 창조하는 것이 아니라 이미 자연 혹은 돌 속에 은폐되어 있는 부처의 모습을 발견하여 그것을 그대로 드러내는 것과 같은 이치이다.

시의 구성에 대한 이러한 이해는 시인의 개별적인 능력을 부정하는 것이 아니라 그 능력이 자연이나 우주와 같은 보편성을 토대로 할 때 의미가 있다는 것을 말해준다. 시란 시인 개인의 독백이지만 그 독백 역시 자연이나 우주의 보편성 속에서 소통 가능한 상징이나 이미지로 존재할 때 의미가 있는 것이다. 만일 시가 이런 소통 가능한 상징이나 이미지를 지니고 있지 못하다면 그것은 시 혹은 예술이 아닌 것이다. 소통의 이해의 정도란 그것이 지적인 능력의 소산일 수도 있지만 그것보다는 '공통 감각' 이나 '집단 무의식' 에서 비롯되는 능력의 소산이라고 할 수 있다. 만일 시인이 자신의 시의 불통에 대해 그것을 무지몽매한 독자 탓으로만 돌린다면 그것은 시의 진정한 존재성에 대한 이해의 부족에서 비롯된 것이라고 할 수 있다.

　최근 우리 시인 중에는 이러한 생각을 가진 이가 있는 것 같다. 소통되지 않는 시가 하나의 미덕이라고 생각하는 이상한 현상이 '지금', '여기' 에서 벌어지고 있는 것이다. 아무리 읽어도 도무지 무엇을 말하고 있는지 이해할 수 없는 시를 어떻게 시라고 할 수 있을까? 이것은 존재에 대한 이해나 고민 없이 그저 술술 읽히는 시가 좋은 시라고 말하려는 것이 아니다. 최소한 시를 통한 소통에 있어서 공통 감각이나 집단 무의식에 대한 기본적인 이해가 필요하다는 것을 말하려고 하는 것이다. 우리 시가 점점 소통 불능의 서술 편향으로 흐르는 것에 대해 우려를 표하는 이들이 많다. 이중에는 압축과 운율의 묘가 시라고 생각하는 사람들이 없는 것은 아니지만 그것보다는 '지금' , '여기' 에서 쓰여 지고 있는 소통.불능의 우리 산문시에 대한 우려라고 할 수 있을 것이다. 산문시 역시 그 특유의 운율과 리듬 그리고 형식이 존재한다.

　이성복의 「남지장사 1」은 산문시 특유의 운율과 형식을 지니면서 자연스러운 소통을 전제하고 있는 아름다운 시편이다. 어디 한 군데 소통 불능의 언어적인 상상이나 표현이 존재하지 않는다. 시적 상상과 표현이 자연스럽게 드러나면서도 그것이 겨냥하고 있는 주제나 의미는 결코 가볍지 않다. 시인이 상상하고 표현하고 있는 대상은 '남지장사' 라는 자연, 그 중에서도 '떡갈나무' 이다. 이 나무가 시인의 상상과 표현의 영역 안으로 들어오게 된 것은 혹은 시인의 상상과 표현이 이 나무의 존재성에 주목하게 된 것은 나무가 은폐하고 있는 '멍투성이 뿌리' 와 '넓고 푸른 그늘' 때문이다. 이 두 질료는 시인이 발견한 떡갈나무의 나무로서의 존재성이다. 떡갈나무가 은폐하고 있는 이러한 존재성에 시인이 자연스럽게 끌리게 된 것은 시간의 장구함에 대한 압도와 매혹 때문이라고 할 수 있다. 장구한 시간을 견딘 존재에 대한 끌림은 비단 시인에게만 국한된 것이라고 볼 수 없다. 그것은 시인 개인을 넘어 인간이라면 누구나 지니고 있는 존재에 대한 끌림이다. 이런 점에서 그것은 보편성을 띤다고 할 수 있다.

이러한 나무를 시인이 모방하기 위해서는 두 질료로 표상되는 나무의 은폐된 세계 속으로 뚫고 들어가서 그것의 존재성을 들추어내야 한다. 이 과정에서 문제가 되는 것은 나무의 존재성과 시인의 에고 사이의 충돌이다. 나무의 존재성을 그대로 들추어내기 위해서는 시인의 에고를 여기에 맞추어야 한다. 시인은 나무의 존재성에 대한 '가설' 을 끊임없이 상상하고 또 그것을 표현해야 한다. 시인은 떡갈나무에 대한 가설을 크게 두 차원에서 제시하고 있다. 하나는

근래 들어 좀체로 강퍅해져 가까운 이름들
하나하나 살생부에 올려놓고 지워 나가던 나는
가만히 속으로 약조하였다 지금은 내가 이 나무를
내 안으로 들여와 성가신 일, 열 받는 일, 낙담하는 일
모두 그 뿌리 위에 부려 두고, 내 몸이 끝나는 날

> 재를 거두어 그 뿌리 밑에 묻어 주면
>
> 나무와 나는 하나 되리라고, 그러면 나도 없고
>
> 나무도 없고 짙푸른 그늘만 남게 되리라고……

에 드러나 있고, 또 다른 하나는

> 남지장사 깊은 숲에서 낙조가 아름다운
>
> 저녁에 잠시 해 본 다짐이었다.
>
> 그때 나무가 얼마나 섬짓했을지, 생각도 못 하고서

에 잘 드러나 있다. 전자는 나무의 존재성을 시인의 에고적인 차원 안에서 유추한 것이고, 후자는 그것을 이타적인 차원 안에서 유추한 것이라고 할 수 있다. 에고의 차원에서 나무를 시인의 안으로 들여올 때 문제는 그러한 시인의 욕망이 나무의 욕망을 얼마나 잘 읽어내었느냐, 다시 말하면 나무의 존재성을 얼마나 잘 탈은폐시키고 있는가 하는 점이 중요하다고 할 수 있다. 시인은 자신의 '성가신 일, 열 받는 일, 낙담하는 일' 모두를 나무의 '뿌리 위에 부려 두고' 싶어 한다. 또한 자신의 '몸이 끝나는 날 재를 거두어' 나무의 '뿌리 밑에 묻어 주' 고 싶어 한다. 이것은 떡갈나무의 '멍투성이 뿌리' 와 '넓고 푸른 그늘' 과의 관계를 통한 유추라고 볼 수 있다. 나무의 상처와 그것을 오랜 시간 속에서 치유 받고 싶어 하는 욕망 사이의 친연성을 주목한 결과이다.

그러나 시인의 상처와 그것의 치유와 나무의 상처와 그것의 치유 사이에 어느 정도의 존재론적인 친연성이 있는 것일까? 무엇보다도 여기에서 우리가 주목해야 할 것은 시인과 나무가 과연 상처와 치유의 차원에서 존재론적인 친연성의 관계를 유지할 수 있는가 하는 점이다. 시인

안에 나무의 존재성이 내재해 있는 것이 사실이다. 상처와 치유의 차원에서 그 존재성이 분명 내재해 있다. 하지만 그것이 시 속에서처럼 그러한 시인의 욕망의 차원에서라고는 생각하지 않는다. 나무의 상처와 치유, 그것의 존재론적인 드러남인 '멍투성이 뿌리' 와 '넓고 푸른 그늘' 은 시인의 그것보다는 더 깊고 넓은 존재론적인 의미를 지닌다고 할 수 있다. 따라서 시인의 욕망은 나무의 존재성과 자연스럽게 융화되지 않고 겉돌고 있다는 생각이 든다. 이 사실은 이미 나무가 내 안으로 자연스럽게 들어온 것이 아니라 나무를 내 안으로 들여온 것이라는 사실에서도 드러난다. 나무는 시인에 의해 들여올 수 있는 것이 아니다. 시인은 단지 나무의 존재성을 발견하고 자연스럽게 그것을 들추어낼 수 있을 뿐이다.

이런 점에서 후자는 주목에 값한다. '그때 나무가 얼마나 섬짓했을지, 생각도 못 하고서' 는 시인 자신의 입장에서 나무를 본 것이 아니라 나무 그 자체의 입장에서 나무를 본 것에 다름 아니다. 이 말 속에도 시인의 욕망이 투사되어 있지만 그래도 그 욕망은 이타적인 것이다. 이타성이 중요한 것은 어떤 존재성, 이 시에서는 나무의 존재성을 드러내는 한 방법이기 때문이다. 이타성이란 어떤 대상을 바라보는 자의 입장에서가 아니라 그 대상의 입장에서 그것을 해석할 때 드러나는 것이다. 나무의 입장에서 그것을 해석할 때 진정으로 나무의 존재성이 드러난다는 것은 특별히 새로울 것이 없는 어쩌면 평범한 탈은폐의 방법이라고 할 수 있다. 시인이 나무를 드러내는 것은 곧 나무를 모방하는 것이면서 동시에 나무를 해방하는 것이다. 이런 점에서 시란 나무를 해방시키는 일이다. 나무의 해방은 그것을 시인의 욕망에 의해 구성할 때 성립되는 것이 아니라 나무 스스로의 욕망 속에서 성립되는 것이라고 할 수 있다. 시인은 단지 그 나무의 욕망을 발견하고 그것을 자연스럽게 들추어내면(모방하면) 되는 것이다.

　시인과 나무의 관계는 이런 것이다. 나무는 직접적으로 드러날 수 없다. 그것은 시인에 의해 모방될 때 드러날 수 있다. 하지만 이 모방은 시인의 이타성이 전제된 것이다. 이타성이 전제된 관계는 언제나 아름답다. 어쩌면 진정한 관계는 불교에서처럼 각각의 존재의 自性(자성)이 없을 때(無自性일 때) 가장 잘 드러나는지도 모른다. 나를 비워야 타자가 들어올 수 있는 것이다. 나를 비울 때 비로소 각각의 존재들이 그 형상을 드러내며 이것이야말로 가장 아름다운 관계의 시작이라고 할 수 있다. 시인의 인식이 여기에까지 이르렀다면 그것은 지나친 확대해석일까? 아무튼 이 시 속에는 이타적인 관계에서 오는 아름다움이 내재해 있다. 만일 시인이 이러한 시각으로 세계를 이해하고 해석한다면 관계의 심원함에서 오는 또 다른 긴장과 울림의 시가 탄생할 것이다.

퉁소

김선우

평범하기 그지없던 어느 일요일 낮잠에서 깨어난 애인이
잠자는 동안 우주가 맑아졌어, 라고 말하였다
평범하기 그지없던 그 일요일 낮잠에서 깨어난 내가
할아버지가 좋은 곳으로 가신 것 같아, 라고 말하였다

그 시간에 무슨 일이 일어난 걸까

평범하기 그지없던 일요일
가난한 연인들이 되풀이하며 걸었을 골목길을 우리도 걸었고
쓰려져 가는 담장의 뿌리를 환하게 적시며
용케도 피어난 파꽃들의 무덤을 보았고
변두리 야산 중턱 삐걱거리는 나무 의자에 앉아
상수리 나무 우듬지를 오래도록 함께 쳐다보았을 뿐
평생토록 한 곳에서 저렇게 흔들려도 좋겠구나,
속삭이는 우리의 낮은 목소리 위에서
생채기를 만들지 않고도 나무 그늘이 진자처럼 흔들렸다
이름을 알지 못하는 노란 새가 퉁소 소리를 내며 울었고
이 나무에서 저 나무로 무심한 무심한 장난처럼
가끔씩 구름 조각을 옮겨다 거는 동안

나와 애인은 머리를 맞대고 까마득한 낮잠에 들었을 뿐이다
너무 길지 않은, 너무 짧지도 않은
그 시간에 어떤 손들이 우리 이마를 쓸고 지나간 걸까

십이년 전 돌아가신 할아버지가 왜 갑자기 생각났는지
애인의 목젖 아래 아름답고 깊은 항아리로부터
우주, 라는 말이 왜 떠올라 왔는지 알 수 없지만
한 나무에서 다른 나무로 노래 소리와 구름 조각을 옮기던
새의 깃털 하나하나가 통소 구멍처럼 텅 비어
맑게 울리는 게 보였다

— 『시안』, 2000년 가을호

퉁소의 화법과 우주의 감각

　　김선우의 시는 참신하다. 적어도 그녀는 우리 시단에 만연한 언어의
未滿(미만)함으로부터 벗어나 있다. 온건하든 전위적이든 하나같이 바
람 빠진 풍선 모양을 하고 있는 우리 시의 언어를 보고 있노라면 갑자기
팽팽함을 기대하는 바람이 과도한 것이 아닌가 하는 의문이 들 때가 있
다. 도저히 상상할 수 없는 것까지 상상해내어 이제 더 이상 상상이 불
가능해 보이는 고갈의 시대, 심미적인 것과 비심미적인 것이 해체되는
시대에 언어의 참신함을 기대한다는 것 자체가 이미 불가능함을 전제
한 바람으로 볼 수 있을 것이다. 그러나 이렇게 시대 탓으로 돌리기에는
지금 우리 시는 그 안에 자체 모순을 너무나 많이 지니고 있다. 그 중에
서도 가장 심각한 것은 '모든 게 좋다' 혹은 '좋은 게 좋다' 는 식의 가
치의 무차별화이다.

　　지금 우리 시단의 저변에는 쓰면 그것이 모두 시가 되고 그 나름의 가
치를 가진다고 생각하는 잘못된 의식이 팽배해 있다. 가치의 무차별화
의 팽배로 인해 잡지에 실리는 시는 상상과 표현의 정도가 이미 위험 수

위를 넘은 지가 오래다. 최근, 상상과 표현이 수준 미달인(아니 상식 이
하라고 하는 편이 더 정확할 것이다) 시가 신작 특집이라는 제명 하에
버젓이, 그것도 우리 시 잡지 중에서는 가장 전통 있고 권위 있다고 하
는 그런 잡지에 실려 있는 것을 보고 참담함에 앞서 누가 그 시를 보면
어쩌나 하는 두려움과 부끄러움을 몸으로 체험한 적이 있다. 수준 미달
인 시를 보면서 이렇게 두려움과 함께 부끄러움을 동시에 느낀 것은 그
책임이 시인뿐만 아니라 비평가에게도 있기 때문이다. 상상과 표현이
수준 미달인 시, 無痛(무통)의 상처를 흘리지 않고 쓰여 진 시에 대해
'그것은 시가 아니다, 그것은 사이비요 가짜다' 라고 당당히 이야기해
온 비평가는 거의 없다. 비평가의 침묵은 사이비와 가짜 시의 창궐을 묵
인하고 조장했다는 점에서 그것은 일종의 직무유기이다. 그러나 사이
비 시인과 비평가가 한통속이 되어 놀아나도 좋은 시는 좋을 수밖에 없
다. 오히려 그럴수록 좋은 시는 더 돋보인다. 바로 김선우의 시가 그렇
다.

　「통소」의 아름다움은 화법과 상상력에 있다. 「통소」의 화자는 너무나
도 잔잔하고 담담한 어조로 평범한 일상 속에 숨겨진 無緣(무연)을 가
장한 필연을 들추어내고 있다. 무연을 가장한 필연의 들추어냄을 통해
하나의 거대한 흐름으로 존재하는 우주의 심원함이 낯설게 그러나 아
름답게 드러나고 있다. '할아버지의 죽음' 과 '우주가 맑아진 것' 은 하
나의 흐름 속에 놓인다. 이 사실은 '할아버지의 죽음' 이 단순한 죽음이
아니라 우주의 흐름 속에서 하나의 의미 있는 사건으로 존재한다는 것
을 말해준다. 할아버지가 죽던 날 시인의 주변에서 일어났던, '파꽃들
의 피어남' , '나무 그늘의 흔들림' , '노란 새가 통소 소리를 내며 운
것' , '어떤 손들이 이마를 쓸고 지나간 일' 등이 바로 그것의 구체적인
증거이다. 이것은 아무리 사소하고 무의미해 보이는 사건조차도 그것

이 하나의 거대한 흐름으로 존재하는 한 우주적인 울림을 가질 수 있다
는 시인의 상상에서 기인한다고 할 수 있다.

　시인의 이러한 상상은 존재에 대한 깊이 있는 통찰 없이는 불가능하
다. 이 시에서 시인의 통찰이 가장 돋보이는 곳은

　　한 나무에서 다른 나무로 노래 소리와 구름 조각을 옮기던
　　새의 깃털 하나하나가 퉁소 구멍처럼 텅 비어
　　맑게 울리는 게 보였다

라는 대목이다. 어떻게 '새의 깃털'에서 시인은 '퉁소 구멍'을 상상할
수 있었을까? 이 물음에 대한 답은 '새의 깃털'이 어떤 흐름을 가능하게
해 주는 힘의 실체라는 데서 찾을 수 있다. 무엇이 흐르기 위해서는 가
득 차서는 안 되고 텅 비어 있어야 한다. 텅 비어 있다는 것은 틈 혹은
구멍이 있다는 것이고 이 자체는 흐름이 존재한다는 것을 의미한다. 흔
히 불가나 도가에서 우주의 존재론에 대해 이야기할 때 '공허空虛하므
로 움직인다'라는 말을 즐겨 사용하는데, 이것이 가지고 있는 문맥이
바로 「퉁소」의 그것이다.

　텅 비어 있는 상태에서 흐름이 존재한다는 통찰은 그 자체로도 신선
하지만 정작 이 신선함을 더 신선하게 하는 것은 그 '비어 있음'이 '퉁
소 구멍'과 같다는 표현에 있다. '퉁소'가 개입됨으로써 이 흐름은 우
주처럼 둥글고 유장한 가락이 되고 노래가 된다. '할아버지의 죽음'을
'퉁소'로 치환된 우주론적인 흐름 속에 놓아버림으로써 죽음을 가락이
되게 하는 시인의 상상력과 화법은 그 넓이와 깊이의 심원함으로 인해
존재론적인 아름다움을 불러일으키기에 부족함이 없어 보인다.

칩거기蟄居期의 안개와 바람 2

– 선학仙鶴 두 마리를 곁에 잡아다 놓고

김용범

바람이 부는 날은 산에 올라
별 볼 일 없는 학 두어 마리를 잡아다 곁에 두고
경중경중 걸어 다니는 학춤을 즐기며
담담하게 차나 한잔 즐겨야지

바람은 바람대로 겨드랑이 밑을 지나게
그냥 두고, 시정市井의 일이사
그저 그대로 부는 바람이사 부는 대로 맡기고,
매사 그냥 그렇게 매사가 자연스레 풀려나가리니

산 아래 것들을 얕잡아 깔보며
선학이나 두어 마리 잡아다가 곁에 두고
낮술이나 즐길 일이다.

— 『할단새』(채륜, 2010년)

시인, 새를 명상하다

시인에게 새는 중요한 시적 질료 중의 하나이다. 우리의 상고적 시가인 유리왕의 「황조가」에서 고려시대의 「청산별곡」, 소월의 「산유화」, 김수영의 「푸른 하늘을」, 서정주의 「동천」에 이르기까지 새는 시인의 상상력의 원천으로 작용해 왔다고 해도 과언이 아니다. 그렇다면 시인에게 새가 이처럼 시적 질료로서 사랑을 받아온 이유는 무엇일까? 새는 별이나 달, 꽃, 바다와 같은 질료와는 달리 살아 있는 생명체로서의 동적인 이미지를 강하게 지니고 있기 때문에 시인의 마음이나 정서를 투사하기에 더없이 훌륭한 대상인 것이다. 새의 날개가 지니는 비상의 욕구와 울음소리가 지니는 자기 표출과 대상에 대한 간절한 부름의 욕구 등은 다른 어떤 질료들보다 새를 통해서만이 드러낼 수 있는 세계라고 할 수 있다.

새에게 투사된 이러한 욕구들은 반대로 그것이 표출되지 못하면 격렬한 파토스를 발생시킨다. 이를테면 날개의 비상이 새장의 구속으로 이어질 수도 있고, 새의 울음소리가 단절이나 절망의 공허함으로 이어질 수도 있다. 비상과 구속 혹은 소통과 단절이 새라는 질료를 통해 동시에 드러남으로써 아이러니라든가 패러독스 같은 시의 미적 형식이 성립되는 것이다. 우리는 흔히 갇혀 있거나 단절되어 있을 때 더 간절하게 그것으로부터 벗어나거나 어떤 대상과 소통하려는 욕구를 드러내는 것이 사실이다. 더 높이 나는 새는 더 멀리 볼 수도 있지만 더 높이 날기 때문에 더 깊이 추락할 수도 있다. 시에서의 미적인 파토스는 바로 여기에서 비롯된다고 할 수 있다.

『할단새』에서 시인이 보여주고 있는 세계 역시 이와 다르지 않다. 다만 시인은 아예 이 새를 '할단새'라고 명명까지 한다. 다소 낯선 이 할단새라는 말은 '단순하고 우매한 새'(「명징한 사물」)라는 의미이다. 그렇다면 시인은 왜 이러한 의미부여를 한 것일까? 할단새가 시인 자신의 대체된 욕망의 투사물이라면 여기에는 자신에 대한 성찰의 의미가 내포된 것이라고 할 수 있다. 시인의 존재가 할단새와 다르지 않다는 인식은 자기 자신과 자신의 삶에 대한 뼈아픈 자성인 동시에 그것을 보듬어 안으려는 의지의 한 표상으로 볼 수 있다. 시인과 시인의 삶이 할단새처럼 얼마나 단순하고 우매한 것인지는 '淵兮漫筆' 연작시에서 잘 드러난다.

'淵兮'란 조병화 시인이 지어준 시인의 호이다. 이 연혜만필 시리즈를 시집의 맨 앞머리에 둔 이유가 무엇이겠는가? 시인 자신을 되돌아보는 일이 다른 그 무엇보다도 먼저라는 사실을 그 자신이 알고 있었던 것이다. 이런 점에서 연혜만필 시리즈는 시인 자신의 고백이자 독백이라고 할 수 있다. 시인의 고백 중에서 가장 절실한 울림을 환기하는 것은 '나는 바람이려오. 자유로운 새가 되려오'(「淵兮漫筆 6」)라는 대목이다. 비록 '황진이를 생각 함'이라는 부제를 달기는 했어도 그것은 곧 황진이의 자유로움을 부러워한 시인의 원망이 투사된 말이라는 것을 누구나 다 알 수 있다. 바람처럼 자유로운 새가 되려는 시인의 원망은 역설적으로 자신이 처해 있는 상황이 그만큼 자유롭지 못하다는 것을 드러내는 것으로 볼 수 있다.

이처럼 시인을 구속하고 그로부터 자유를 빼앗아가는 것은 무엇인가? 이 물음에 대한 답은 '칩거기蟄居期의 안개와 바람' 시리즈에 있다. 시인은

> 바람은 바람대로 겨드랑이 밑을 지나게
> 그냥 두고, 시정市井의 일이사
> 그저 그대로 부는 바람이사 부는 대로 맡기고,
> 매사 그냥 그렇게 매사가 자연스레 풀려나가리니
> —「칩거기蟄居期의 안개와 바람 2」 부분 인용

라고 말한다. 시인의 자연스러움(자유로움)을 막고 있는 것은 '시정市井의 일'이다. 시정의 일에 구속되는 만큼 시인의 삶은 자유와는 멀어지게 된다. 시인은 시정의 일 혹은 시정의 삶의 속성을 잘 안다. 그래서 더 그곳(그것)으로부터 벗어나 자유롭게 살고 싶어 하는 것이다. 시인이 살고 있는 시정의 삶이란 곧 '끊임없이 내달려야 하는 삶' (「칩거기蟄居期의 안개와 바람 7」)이다. 하지만 누구나 이러한 시정의 삶의 속성을 간파하는 것은 아니다. 또한 설령 그것을 간파하고 있다고 하더라도 어떤 실천적인 대안을 마련하지 못한다면 그러한 삶은 계속될 것이다.

시인은 시정의 끊임없이 내달려야 하는 삶 속에서 자신이 어떻게 대처해야 하는지를 안다. 그것이 바로 '칩거'인 것이다. 시인에게 칩거란 '누군가 내게 베풀어준 축복' (「칩거기蟄居期의 안개와 바람 7」)이다. 칩거를 한다는 것은 시정의 삶으로부터 도피하는 것이 아니라 그 삶을 거

리를 두고 성찰하는 것이다. 다시 그 시정의 삶 속으로 들어가 살기 위해 잠시 칩거가 필요한 것이다. 만일 칩거와 같은 자기 성찰의 시간 없이 시정의 삶 속에서 살다보면 우리는 커다란 무엇인가를 상실하게 된다. 그것이 무엇일까? 바로 '별'과 같은 것이라고 할 수 있다. 끊임없이 내달리는 시정의 삶에 함몰되어버리면 우리는 하늘에 '명료하게 떠 있는 별'(「칩거기蟄居期의 안개와 바람 7」)을 볼 수 없다고 시인은 말한다.

하늘의 별을 상실하고 살아온 시정의 삶이 계속된다면 우리는 삶의 목적을 상실하게 될 것이다. 과연 나의 삶이 겨냥하고 있는 것이 무엇인지, 과연 나는 행복하게 잘 살고 있는 것인지 그것을 망각함으로써 우리의 삶은 점점 공허해지게 되는 것이다. 시인의 칩거는 단순히 외부와의 단절만을 의미하는 것은 아니다. 칩거를 통해 시인이 얻게 되는 것은 다른 그 무엇도 아닌 바로 '마음의 평화'이다. 시인은 '마음 속에 깊은 늪을 만들어 스스로 그 늪에 침몰해 평화'(「늪」)를 얻고 싶어 한다. 시인이 희구하는 이러한 마음의 늪을 하나씩 가지고 있다면 끊임없이 내달려야 하는 시정의 삶 속에서도 거기에 함몰되지 않은 채 자신의 삶을 살아갈 수 있다.

그러나 시정의 삶에 길들여진 사람에게 과연 그런 늪이 만들어질 수 있는 것일까? 시인은

내 집 새들은 왜 하루 종일 베란다에서

자유롭게 날아다니다가

왜 밤만 되면 반드시 새장에 들어가 잠을 잘까?

내 집 새들은 왜 창문을 열어 놓아도

창밖으로 날아가지 않을까?

내 집 새들은 왜 제 스스로 먹이를 찾지 않고

주인이 주는 모이만을 먹을까?

— 「새장 밖에 사는 세 마리의 새에 대한 명상」 부분 인용

라고 묻는다. 시인의 이 물음은 다른 그 누구도 아닌 바로 자신에게 하는 말이라고 할 수 있다. 시인 자신이 새와 다를 바 없는 존재라는 사실에 대해 자신에게 묻고 있는 것이다. 주인에게 혹은 시정의 삶에 철저하게 종속당한 채 살다보니 스스로 멀리 날아가는 법을 상실한 존재가 되어버린 새에게 날개는 더 이상 필요 없는 것이다. 이것은 오히려 시정의 삶의 속성을 인식하지 못한 채 살아가는 것보다 더 비참한 것이라고 할 수 있다. 그렇다면 새 혹은 시인은 영영 그러한 삶 속에 함몰되어 할딱새처럼 헐떡거리며 살 것인가?

시인은 이 물음에 대한 답을 다시 새를 통해 제시한다. 시인은 '바람처럼 자유로운 새'가 되기를 욕망해 왔다. 그래서 새에 자신의 그러한 욕망을 투사한 것이다. 하지만 시인의 그러한 욕망은 오히려 새장을 풀어놓아도 자유롭게 날아가지 못하는 새를 낳고 만 것이다. 이미 내가 새가 되어야 하겠다고 하는 것은 시정의 삶에 대한 집착만큼이나 시인 자신의 자유를 옭아메고 있는 것이다. 이것은 마치 자신의 자유의 포즈를 위해 새장에다 새를 기르는 일과 다른 것이 아니다. 새를 기르든 아니면 어떤 일을 하든 그것을 통해 무엇인가를 바라는 순간 이미 그것은 자신에게 엄청난 구속의 힘으로 돌아온다는 것을 깨닫지 못하면 진정한 자유는 이루어질 수 없는 것이다. 이와 관련하여 이야기할 수 있는 좋은 일화가 있다. 평생 몸소 무소유를 실천하고 떠난 법정 스님이 어느 날 '난' 선물을 받는다. 난 역시 생명체이기 때문에 스님은 그 난에 물도 주고 또 햇볕도 쪼이게 하고 맑은 공기도 공급해 준다. 하지만 스님은 곧 깨닫는다. 그것 자체가 난에 대한 집착이라는 것을. 그래서 스님은

그 난을 다시 돌려보낸다.

　어떤가? 지금 시인이 처한 상황이 이와 다르다고 할 수 있는가? 스님이 난을 다시 보냈듯이 시인 역시 새를 버려야 하는 것이다. 이런 문맥에서 보면 '느티나무, 과실은 맺지 못하지만 그늘을 나누어주는/느티나무, 꽃은 피우지 못하지만/푸른 잎새의 청아한 나무/느티나무 밑에 나를 뿌려 오랫동안/청정하게 살아있게 해' (「칩거기蟄居期의 안개와 바람 4」)달라는 시인의 청아하고 청정한 삶을 살고자 하는 바람조차도 역시 집착에 불과하다. 시인이 자유롭게 살려면 이러한 바람을 버려야 한다. 그래서 시인은

> 새에 대해 관심을 끊자
> 비로소 새도 나도 서로에게서 해방되었다.
> 베란다에다 새를 풀어준 날 이후부터
> 나는 내 집에 새가 있다는 사실을 잊어버렸다.
> 　　　　　　　—「몇 몇 새들에 대한 고독한 명상」 부분 인용

에서처럼 아예 새에 대한 관심을 끊어버린다. 어떤 것에 집착하다보면 오히려 그 대상을 구속할 뿐만 아니라 대상이 지니고 있는 진정한 모습을 제대로 볼 수 없게 된다. 집착이란 무엇인가를 끊임없이 채우려고 하는 욕망이다. 하지만 우리의 욕망은 그 무엇도 가득 채울 수 없다. 어떤 것을 모두 손에 넣었다고 생각하는 순간 또 저 멀리서 어떤 대상이 나를 욕망하게 하기 때문이다. 그렇게 끝없이 대상을 찾아 헤매다 결국 허무하게 끝나는 것이 집착하는 삶의 말로이다. 무엇인가 비우고 또 뭔가 '아쉽고 완전하지 않기 때문에 불만이 없는 삶' (「조금은 모자란 듯 조금은 부족한 듯한 2월에」)을 사는 것이 행복한 삶이다. 이 시집에는 모

두 아흔 아홉 편의 시가 실려 있다. 왜 백 편이 아니고 아흔 아홉 편인 가? 조금은 모자란 듯 조금은 부족한 것이 우리를 꿈꾸게 하고 행복하게 한다는 것을 이 아흔 아홉 편은 말해주고 있는 것이다.

　그러나 우리는 이러한 삶이 행복한 삶이라는 사실을 좀처럼 깨닫지 못한다. 우리는 대부분 이것을 좀더 '일찍 개달았으면' 하고 후회한다. 그것이 시인에게는 귀가 순해진다는 이순을 앞둔 바로 지금인 것이다. 시인 역시 지금까지 무엇에 집착하면서 욕망의 질퍽거리는 삶을 살아 온 것이다. 그러다 어느 날 헐떡거리는 자신의 모습과 소리를 보고 들으 면서 이것이 진정 자신이 꿈꿔온 삶이 아니라는 것을 깨달은 것이다. 시 인에게 이순을 앞둔 지금 이 시기란 '약간은 낡은 것이 편안해' (「칩거 기蟄居期의 안개와 바람 12」) 지고 '촛불 하나로 만족함' 「(별빛 보호지 대」)을 느끼는 나이 아닌가? 시인이 명상하는 할단새의 칩거가 어떤 모 습을 하고 있는지 조금은 알 듯도 하다. 이런 점에서 시인을 표상하는 할단새, 다시 말하면 '단순하고 우매한 새'의 의미가 결코 가볍지 않다 는 것을 알 수 있다. 단순하고 우매한 듯 보이는 할단새(시인)의 삶이란 기실 시정의 끊임없이 내달려야 하는 삶 속에서 찾은 시인의 삶의 정수 가 아니고 그 무엇이란 말인가?

나무 성자聖者

배한봉

가을이 청명한 것은

불타는 잎들이 천공天空 문질러

하루 맨 처음 햇빛을 팽팽히 잡아당겼기 때문이다

깡마른 팔 다리로

하늘 퉁기는

저 성자들

세간 근심 무거운 자들을 위해

세상에서 가장 겸손한 자세로

바람 끝에 제 살덩이인 잎들을 풀어놓는다

얼마 있지 않아 차갑게 식을 땅에

입맞춤으로 축복을 내리는

붉은 잎들의 환한 시간

나는 이보다 더 장엄한 단청불사를 본 적이 없다

그러므로, 오래도록 햇빛에 찔려 몸 구멍난

마음은 피리라도 된 것일까, 바람이

소슬한 가락 띄우자 새들은

줄 없는 천상의 거문고를 탄주한다

눈부신 예감의 숲이여

나는 이제 저녁 노을을 바라보아야 한다

나무 성자들은

영혼과 눈과 온 생명으로 등불을 내건다

궁핍 속에서 받쳐 든

자그마한 나뭇잎 등잔

나도 이제

내 몸의 기름으로 등잔 하나 밝혀야 하리

얽히고 설킨 길 위에

단풍 든 시간이 금가루를 흩고 있을 동안

— 『우포늪 왁새』(시와 시학사, 2002년)

우포늪 성자_{聖者}의 시

배한봉의 『우포늪 왁새』는 『흑조黑鳥』의 연장이자 확장이다. 『흑조』
에서 보여준 녹색과 원시에 대한 본능적인 감각이 이번 시집에서도 그
대로 이어지고 있다. 두 시집의 표제인 '흑조'와 '왁새'의 상징이 바로
그것을 말해준다. 흑조와 왁새는 모두 시인의 자의식이 투사된 객관상
관물이다. 둘 다 광폭한 세계로부터 고립되고 단절된 시인의 영혼의 심
연을 담담하게 보여주고 있다. '낭떠러지를 떠받친 암흑 속에서 날아오
르는'(「흑조」) 흑조나 '시퍼런 물살 몰아칠 때/일제히 깃을 치며 커다
란 고개를 넘어가는'(「우포늪 왁새」) 왁새 모두는 존재론적인 한계 상
황을 온몸으로 가로지르는 시인의 고뇌에 찬 의지를 반영한다고 할 수
있다.

이런 점에서 흑조와 왁새는 한 몸이다. 하지만 이 둘은 또한 다르다.
이 차이는 흑조와 왁새가 투영된 공간의 차이를 통해 확인할 수 있다.
흑조의 공간은 '결빙된 겨울 산'이지만 왁새의 공간은 '우포늪'이다.
이 사실은 흑조에 비해 왁새가 좀더 생 혹은 생명과 밀착되어 있다는 것

을 말해준다. 흑조의 겨울 산이란 생명을 감싸 안는 공간이라기보다는 그것을 밀어내는 공간이다. 흑조의 시적 자아가 정주하지 못하고 끊임없이 길을 따라 떠돌 수밖에 없는 것도 이와 무관하지 않다. 따라서 겨울 산을 삶의 배경으로 거느리고 있는 흑조는 언제나 공포에 가까운 긴장을 유지해야 한다. 이에 비해 우포늪을 삶의 배경으로 거느리고 있는 왁새는 떠남의 불안으로부터 벗어나 보다 견고한 定住(정주)의 삶을 영위하며, 긴장과 이완의 변증법적인 세계 속에서 좀더 탄력적으로 세계를 조망하기에 이른다.

흑조와 왁새를 통해 드러나는 이러한 차이가 두 시집의 차이를 말하는 것이라면 우포늪은 하나의 문제적인 공간으로 기능한다고 할 수 있다. 공간이 시인의 상상력을 결정하는 중요 인자라는 점을 고려한다면 우포늪은 두 번째 시집의 발생론적인 토대라고 해도 과언이 아니다. 이것은 두 번째 시집의 의미가 우포늪과 시인 사이의 감성적인 혹은 지적인 소통의 육화에서 찾아진다는 것을 말해준다. 공간과 시인 사이의 소통의 육화라는 차원에서 그동안 우리 시는 적지 않은 시도가 있었지만 그다지 뛰어난 성취를 보여주었다고 할 수 없다. 그 원인 중 가장 큰 것은 온몸(시인)으로 공간(세계)과 만나지 않았다는 사실에 있다. 온몸으로 공간과 만나지 않은 시인의 언어는 세계의 견고함을 담아 낼 수 없다. 몸과 언어가 분리된 것이 아니라 서로 넘나든다(침투적이다)는 점을 상기한다면 이런 시인들의 시는 자기기만적인 것이 될 수밖에 없다.

90년대 이후 우후죽순 격으로 쏟아져 나온 생태시의 경우 이 공간과 시인 사이의 소통의 육화라는 차원에서 보면 사이비적이라는 비난을 면할 수 없다. 대부분의 생태시들이 훼손된 공간에 대해 비명을 지르고 훼손되지 않은 공간에 대해 환희를 표하지만 그것은 어디까지나 시인 자신의 '본능적인 두려움' 아니면 계몽주의자의 '지적 우월감' 의 발로

에서 비롯된 것이지 타자로 존재하는 공간에 대한 진정한 이해와 깊은
교감에서 비롯된 것은 아니라고 할 수 있다. 문명에 대한 단순한 폭로나
전원에 대한 그리움 내지 전원적인 삶에 대한 예찬, 禪(선)의 세계로의
경도된 의식 등을 드러내고 있는 대부분의 생태시들이 이러한 혐의로
부터 자유롭지 못한 것이 사실이다.

　이에 비하면 『우포늪 왁새』는 진일보한 자리에 놓여 있다. 무엇보다
도 우포늪과 시인이 한 몸이 된 것이 그것이다. 이 말은 시인이 우포늪
에 정주한다는 의미를 넘어서는 것이다. 우포늪에 정주한다고 해서 모
든 이들이 그것과 한 몸이 될 수 없다. 한 몸이 되기 위해서는 우포늪 전
체와 교감할 수 있는 시인의 섬세한 감각과 깊은 통찰의 눈이 필요한 것
이다. 그는 이 모든 요건을 갖추고 있다고 할 수 있다. 이런 점에서 시인
자신을 '득음을 못하고, 그저 시골장이나 떠돌던/소리꾼'(「우포늪 왁
새」), 다시 말하면 '우포늪 왁새'에다 비유한 대목은 의미심장한 면이
있다. 그가 형상화하고 있는 소리꾼은 '한 대목 절창을 찾아' 혈혈단신
으로 떠돌아다니는 존재이다. 이 소리꾼에게 중요한 것은 제대로 된
'소리' 한 자락인 것이다. 그러나 이 소리는 아무나 손쉽게 가질 수 있
는 것이 아니라 '소리꾼 영혼의 심연이' 천지를 '자지러지도록' 뒤흔들
고서야 비로소 얻을 수 있는 것이다. 이것은 한 자락 소리를 얻기 위해
서는 온몸으로 세계와 만나는 치열함과 그것을 소리로 만들 수 있는 소
리꾼의 감각이 필요하다는 것을 말해주는 대목이라고 할 수 있다.

　이 소리꾼의 감각이 우포늪을 시가 되게 한 것이다. 소리꾼의 감각은
우포늪의 표층은 물론 심층까지 닿아 있다. 소리꾼의 이 감각은 시간과
공간의 심원함 속에 내장된 아름다움을 들추어내게 한다. '본래 출입구
가 없'(「늪에는 출입구가 없다」)는 우포늪은 시간과 공간이 화석화되어
있을 뿐만 아니라 먼 미래를 향해 무수한 생명들이 꿈틀거리고 있는 곳

이기도 하다. 이런 점에서 우포늪은 하나의 '사서史書'(「빗방울 화석」)
인 동시에 '자연 도서관'(「자연 도서관」)인 것이다. 시인은 우포늪에 떨
어지는 '빗방울' 속에서 이것을 발견한다.

> 나는 지금 1억 년 전의 사서史書를 읽고 있다
>
> 빗방울은 대지에 스며들 뿐만 아니라
>
> 물 속에 북두칠성을 박아놓고 우주의 거리를 잰다
>
> 신호처럼 일제히 귀뚜리의 푸른 송신이 그치고
>
> 들국 몇 송이 나즉한 바람에 휘어질 때
>
> 세상의 젖이 되었던 비는, 마지막 몇 방울의 힘으로
>
> 돌 속에 들어가 긴 잠을 청했으리라
>
> 구름 이전, 미세한 수증기로 태어나기 전의 블랙홀처럼
>
> 시간은 그리움과 기다림을 새긴 화석이 되었으리라
>
> 나는 지금 시詩의 문을 열고 뚜벅뚜벅 걸어오는
>
> 1억 년 전의 생명선線 빗방울을 만난다
>
> 사서史書에 새겨진 원시적 우주의 별자리를 읽는다
>
> ―「빗방울 화석」 전문 인용

　시인은 지금 우포늪이라는 '1억 년 전의 사서史書를 읽고 있' 다.　이
과정에서 시인은 '시詩의 문을 열고 뚜벅뚜벅 걸어오는/1억 년 전의 생
명선線 빗방울을 만난다.' 이 빗방울 속에 '북두칠성(우주)' 이 박혀 있
음을 본다. 시인은 그것을 '마지막 몇 방울의 힘으로/돌 속에 들어가 긴
잠을 청한' 것의 산물로 읽어내고 있다. 물방울 속에서 우주를 본다는
발상은 새로운 것은 아니다. (우리는 이미 이성선의 『물방울 우주』라는
시집을 갖고 있지 않은가) 하지만 시인의 이러한 발상은 동양적인 아포

리듬의 차원에서 끝나지 않는다. 이 점에서 그의 시는 새로움을 갖는다. 우포늪, 다시 말하면 '본래 출구가 없는' 우포늪에 떨어진 물방울은 영원한 흐름 속에 있다. 우포늪의 물은 모든 것을 탈영토화한다. 우포늪은 물의 이러한 흐름이 있기에 존재 가능한 것이다. 우포늪의 모든 생명체는 물이 키워낸 것이나 다름없다. 이 사실은 그의 시의 상상력의 기저에 물이 있다는 것을 의미한다. 시인이 빗방울을 '시詩의 문을 열고 뚜벅뚜벅 걸어오는/생명선線'으로 표현한 것을 상기해 보라.

　우포늪과 그의 시의 상상력이 물에 있다는 것을 보여주는 예는 얼마든지 있다. 시적 모티프는 말할 것도 없고, 소재나 주제 그리고 리듬이나 이미지 같은 차원에서도 그것을 발견할 수 있다. 형식과 내용을 아우르는 이 모든 것들은 시인이 의식적으로 만들어 낸 것이 아닐 뿐 아니라 의식적으로 만들어 낼 수도 없는 것이다. 이것은 물처럼 자연스럽게 흐르는 과정에서 생겨날 수 있는 것이다. 우리는 이 아름다운 예를 「소리의 꽃」에서 발견할 수 있다.

겨울 정오, 혼자 늪 기슭에 섰더니
물 속에서 아기 옹알이가 들렸다
벌레 울음 같기도 한 기묘한 음정이 자꾸만
내 귀을 당겼다. 살얼음을
담요처럼 덮은 물면에 떠다니는
소목마을 부근의 햇빛이 내 발목을 끌고
첨벙첨벙 그 소리의 근원을 찾아가는 것이었다
늪은 광활하고 수심은 무릎쯤,
습지식물 뿌리들의 젖은 잠이 밟혀왔다
그때

내 발바닥을 밀고 올라오는 부드러운 힘!
누군가 물 속에서 숨을 내쉴 때
올라오는 기포 같은 소리가 들렸다
이곳에서 물의 신이 살고 있다는 말인가
물은 사금파리 같은 냉기를 내 뼈 속까지 박아
넣었다. 온몸에 닿은 그 냉기의 알갱이들!
눈부셨다
…(중략)…

아, 엄동설한에만 생생히 피는
소리의 꽃!

─「소리의 꽃」 부분 인용

물 속에서 습지식물의 '아기 옹알이'를 느낄 수 있는 감각('습지식물 뿌리들의 젖은 잠이 밟혀옴'을 느낄 수 있는 감각)이란 보통 경지에 이르지 않고서는 불가능한 일이다. 이 시의 문맥에서 보면 그것은 '부드러운 힘'을 부드러운 힘으로 느낄 수 있는 감각이다. '부드럽다'는 의미 속에는 물의 속성이 내재해 있다는 점을 상기한다면 그 감각이란 물의 그것에 다름 아닌 것이다. 물의 부드러움은 엄동설한의 얼음 속에서 들려오는 소리를 몸으로 느낄 수 있게 할 정도의 힘을 가진다. 시인은 이 힘을 '푸른 힘'이라고 명명하고 있다. 이 푸른 힘이 '세상을 설레게 하'고, '세상을 웅숭깊게 한'(「푸른 힘이 세상을 설레게 한다」)다는 것이다.

그러나 이 힘은 세상을 설레게 혹은 웅숭깊게만 하는 것이 아니라 은유와 환유의 길을 만들기도 한다. 물의 부드러운 힘의 속성은 세계를 동일성의 원리로 묶으려고 할 뿐만 아니라 그것은 또한 경계와 경계 사이의 끊임없는 넘나듦을 통해 그것을 해체하기도 한다. 동일성과 비동일성 사이의 긴장은 시에 탄력을 더해준다. 시인의 상상력은 끊임없이 우포늪의 심층 속으로 스며들면서 보다 거대한 '물의 신전'을 만들어 낸다. 물의 신전에서는 모두가 '빛의 축복을 받은 동행자'(「물의 신전神殿」)가 된다. 모두가 빛의 축복을 받을 때 시인의 언어는 더욱 반짝일 수 있는 것이다. 이것은 우포늪이 반짝이는 것과 다르지 않다. 시인은 '우포늪이 반/짝이는 것은 크고 작은 우주들의 눈부신 운행이 그려내는 파문 때문이'(「반짝이는 늪에 관한 명상」)라고 말하고 있다. 여기에서 '크고 작은 우주들'이란 늪을 이루는 물방울을 지칭하는 것이다. 이 물방울 각각이 '영원히 멸하지 않을 생명'으로 존재할 때 우포늪은 하나의 의미 있는 텍스트로 남게 되는 것이다. 그의 시 역시 마찬가지이다. 그의 시의 언어 하나하나가 '영원히 멸하지 않을 생명'으로 존재할 때 그의 시는 하나의 의미 있는 텍스트로 남게 될 것이다. 이런 점에서 그는 자신이 노래한 「나무 성자聖者」처럼 '우포늪의 성자'가 되어야 한다.

가을이 청명한 것은
불타는 잎들이 천공天空 문질러
하루 맨 처음 햇빛을 팽팽히 잡아당겼기 때문이다
깡마른 팔 다리로
하늘 퉁기는
저 성자들
세간 근심 무거운 자들을 위해
세상에서 가장 겸손한 자세로

바람 끝에 제 살덩이인 잎들을 풀어놓는다

얼마 있지 않아 차갑게 식을 땅에

입맞춤으로 축복을 내리는

붉은 잎들의 환한 시간

나는 이보다 더 장엄한 단청불사를 본 적이 없다

그러므로, 오래도록 햇빛에 찔려 몸 구멍난

마음은 피리라도 된 것일까,

…(중략)…

나무 성자들은

영혼과 눈과 온 생명으로 등불을 내건다

— 「나무 성자聖者」 부분 인용

　우포늪 성자의 길은 나무 성자가 그렇듯이 쉬운 일이 아니다. 자신의 '깡마른 팔 다리'와 '제 살덩이를 풀어놓는', '장엄한 단청불사'를 감내할 때 비로소 얻게 되는 것이다. 시인도 이 시의 말미에서 '나도 이제 /내 몸의 기름으로 등잔 하나 밝혀야 하리'라고 노래하고 있다. 그의 의지가 느껴지는 말이다. 겸손의 표현이다. 지금까지 그는 이 '장엄한 단청불사의 길'을 묵묵히 걸어왔다고 할 수 있다. 그의 시의 언어들이 그것을 증명하고 있다. 자신의 몸을 짜 만들어낸 언어이기 때문에 그의 시는 어느 것 하나 버릴 것이 없다. 몸의 언어의 묘미를 그의 시에서 체험할 수 있는 이유가 여기에 있다.

　그는 '우포늪'과 '시' 모두를 생명의 빛으로 건져 올린 것이 사실이다. 우리 생태시가 나아 갈 길을 이번 시집에서 그가 보여주었다고 감히 말할 수 있을 것이다. 90년대 이후 우후죽순 격으로 쏟아져 나온 사이비 생태시인들에게 疼痛(동통)의 아픔을 안겨주었으리라고 본다. 생태시란 '뇌'가 아니라 '몸'으로 밀고 나갈 때 얻어지는 것이라는 사실을 새삼 일깨워 주었다는 점에서 그의 시는 값지다고 할 수 있다. 다만 그에게 한 가지 당부하고 싶은 것은 그의 시적 상상력이 우포늪에만 머물러 있어서는 안 된다는 것이다. 우포늪이 비록 생명 혹은 생태의 '사서史書'요 '도서관'이지만 그것은 '지금', '여기'에서 볼 때 하나의 순수한 성지일 뿐이다. 그곳을 굳건히 지키는 성자의 모습은 비극적 아름다움을 환기하지만 문명이라는 괴물은 그 아름다움마저 삼켜버릴 수 있다. 우포늪이 순수한 성지로 살아남을 수 없는 이유가 바로 여기에 있다. 그는 이제 우포늪과 문명 사이의 길을 터야 한다. 그가 문명에 길들여진 사람들에 대해 '황무지를 가진 자'(「그들이 황무지를 가진 것은」)라고 냉소하고 있지만 중요한 것은 그 황무지를 우포늪으로 바꾸는 주체는 그들이라는 사실이다. 그의 시의 또 다른 변모를 기대해 본다.

추운 바람을 신으로 모신 자들의 經典

이은규

어느 날부터 그들은
바람을 신으로 여기게 되었다
바람은 형상을 거부하므로 우상이 아니다

떠도는 피의 이름, 유목
그 이름에는 바람을 찢고 날아야 하는
새의 고단한 깃털 하나가 흩날리고 있을 것 같다

유목민이 되지 못한 그는
작은 침대를 초원으로 생각했는지 모른다
건기의 초원에 바람만이 자라고 있는 것처럼
그의 생은 건기를 맞아 바람 맞는 일이
혹은 바람을 동경하는 일이, 일이 될 참이었다

피가 흐른다는 것은
불구의 기억들이 몸 안의 길을 따라 떠돈다는 것
이미 유목의 피는 멈출 수 없다는 끝을 가진다

오늘밤도 베개를 베지 않고 잠이 든 그

유목민들은 멀리서의 말발굽 소리를 듣기 위해
잠을 잘 때도 땅에 귀를 댄 채로 잠이 든다지
생각난 듯 바람의 목소리만 길게 울린다지
말발굽 소리는 길 위에 잠시 머무는 집마저
허물고 말겠다는 불편한 소식을 싣고 온다지
그러나 침대위의 영혼에게 종종 닿는 소식이란
불편이 끝내 불구의 기억이 되었다는
몹쓸 예감의 확인일 때가 많았다

밤, 추운 바람을 신으로 모신 자들의 經典은
바람의 낮은 목소리만이 읊을 수 있다
동경하는 것을 닮아갈 때
피는 그 쪽으로 흐르고 그 쪽으로 떠돈다
地名을 잊는다, 한 점 바람

— 「동아일보」(2008년 신춘문예)

바람의 말, 새의 언어

이은규는 섬세한 감각의 소유자이다. 그녀의 섬세함은 어디에서 기인하는가? 언어에 대한 섬세함일까? 아니면 세계에 대한 탐색을 통해 드러나는 섬세함일까? 그녀의 섬세함은 이 두 차원을 모두 충족시키고 있는 것 같다. 섬세함이 언어의 차원으로만 드러나면 시의 울림은 단순 감각의 차원에 그칠 수 있다. 또한 그것이 세계 탐색의 차원으로만 드러나면 시의 울림은 인식의 차원에 그칠 수 있다. 시는 감각에서 출발해서 인식의 과정을 거쳐 완성될 때 비로소 존재성을 획득하는 것이다. 좋은 시는 이러한 조건을 충족해야 한다.

신인에게 이 두 가지를 모두 요구하는 것은 무리일 수 있다. 하지만 언어만 있고 세계가 없는 시편들이 신인이라는 이름으로 용서되는 것이 우리 시단의 현실이기 때문이다. 이런 점에서 그녀의 시는 돋보인다. 그녀의 시를 읽으면 우선 익숙한 것을 새롭게 만들어내는 능력을 발견할 수 있다. 그녀가 다룬 바람, 벚꽃, 콩, 새 등은 아주 익숙한 소재들이다. 하지만 이 소재들이 그녀의 손에 들어가면 하나의 미적 질료로 다시

태어난다. 「동아일보」 신춘문예 당선작인 「추운 바람을 신으로 모신 자들의 經典」에서 시인은

어느 날부터 그들은
바람을 신으로 여기게 되었다
바람은 형상을 거부하므로 우상이 아니다

떠도는 피의 이름, 유목
그 이름에는 바람을 찢고 날아야 하는
새의 고단한 깃털 하나가 흩날리고 있을 것 같다

(…중략…)

밤, 추운 바람을 신으로 모신 자들의 經典은
바람의 낮은 목소리만이 읊을 수 있다
동경하는 것을 닮아갈 때
피는 그 쪽으로 흐르고 그 쪽으로 떠돈다
地名을 잊는다, 한 점 바람
　　　　　—「추운 바람을 신으로 모신 자들의 經典」 부분 인용

이라고 노래한다. 이 시에서의 '바람' 과 '새' 는 단순한 자연의 소재로서만 기능하지 않는다. 여기에는 삶, 다시 말하면 유목민의 삶이 투영되어 있다. 바람과 유목, 새와 유목민이 결합하여 하나의 세계를 예각적으로 드러내고 있다. 그러나 이 예각성을 더욱 견고하게 해주는 것은 바람을 '경전' 으로 인식하고 있다는 점이고, 또 그것을 '우상' 이 아닌 '형

상'으로 해석하고 있다는 점이다. 형상을 거부하는 바람의 경전을 동경하는 유목민의 세계가 탄생하는 것이다. 그런데 '추운 바람을 신으로 모신 자들의 經典'은 '바람의 낮은 목소리만이 읊을 수 있'다. 이렇게 유목민의 삶, 아니 유목적인 삶이 가지는 고단한 운명을 섬세하게 건져 올리는 시인의 시선과 표현은 분명 예사 솜씨가 아니다. 시인의 이러한 솜씨는 「애콩」과 「화살 맞은 새」에서도 빛을 발한다.

「애콩」의 묘미는 콩꼬투리와 집을 연결하는 데에 있다. 콩꼬투리 안에 '날 비린내 나는 애콩이 몸을 말아 둥글게 누워 있' 듯이 집 역시 그런 날 비린내 나는 자식들이 자라고 있는 것이다. 하지만 그들은 그냥 자라는 것이 아니라 '덜 여문 날들을 다독이느라 푸른 물이 들었을 손'이 있기에 가능한 것이다.

철없는 애콩이
꼬투리 잡힐 과오들을 푸르름이라 착각하며
날 비린내의 몸을 말아 둥글게 누워있다

최초의 몸이면서 집인 콩꼬투리
덜 여문 날들을 다독이느라 푸른 물이 들었을 손
그 손이 인기척도 없이 방문을 닫는다
집은 아직 따뜻하다
나는 닫힌다, 한 철

— 「애콩」 부분 인용

「추운 바람을 신으로 모신 자들의 經典」에서 보여준 유목적인 삶의 차가움과는 다른 정주의 삶이 보여주는 따뜻함을 노래하고 있는 시이

다. 콩에서 가족의 따뜻함을 상상하는 것은 쉬운 일은 아니다. 이때 콩
과 가족을 매개하는 존재는 어머니이다. 어머니가 밤에 콩을 까는 것은
보다 따뜻하고 견고한 집을 가지기 위해서라는 시인의 상상력은 여기
에 대한 섬세한 관찰과 공감이 없으면 불가능한 일이다. 일상의 비범함
을 포착하는 능력이 곧 시를 만든다는 평범한 진리를 일깨우고 있는 그
런 시편이라고 할 수 있다.

「애콩」에 비해 「화살 맞은 새」는 일상을 넘어 관념의 세계를 노래한
다. 그러나 그 관념도 아름답다.

悅樂이 될 통증이라면 떨어져 나갈 살점마저 기꺼이!
花르르 花르르 피어 날아오르다 화살 맞은 새
관통의 흔적은 부서진 늑골과 반쯤 미친 동공뿐
새로 돋아날리 없는 영혼의 살점은 검게 죽어갔다
화살 맞은 새의 마지막은 추락이었나 몰락이었나
허공 언저리엔 그렇게 한 뼘 새의 거처가 지워졌다

—「화살 맞은 새」 부분 인용

새는 비상의 욕구를 표상한다. 그러나 그것은 언제나 추락을 전제한
것이다. 그것을 알면서도 비상하고, 그 과정에서 悅樂(열락)을 느끼는
것이 새로 표상되는 세계이다. 이 관념은 보편성이 만들어낸 것이라는
점에서 그것은 공감의 영역을 지니고 있다. 이것이 바로 관념이 아름다
운 이유이다. 하지만 그것은 약이 되기도 하고 또 독이 되기도 한다. 관
념이 드러내는 보편성이 진부함으로 떨어지면 그것은 독이 된다. 이 시
역시 그러한 위험성이 없는 것이 아니다. 새로 표상되는 비상의 욕구 이
면에 은폐되어 있는 참신한 세계에 대한 섬세한 탐색이 전제되지 않으

면 진부함의 차원으로 추락하는 것이다. 그것은 추락인 동시에 몰락인 것이다. 추락하지 않기 위해서 혹은 몰락하지 않기 위해서 시인은 끊임없이 바람의 말과 새의 언어를 찾아서 고된 방랑의 길을 떠나야 하리라.

II . 몸과 파토스

文身

김혜순

?누가 내게 가르쳐주었니

?이렇게 재빠르게 남의 몸에 낙인 찍는 법을

?벙어리처럼 손가락으로 말하는 법을

?네 손가락 하나하나가 바늘이 되는 법을

?왜 네가 새긴 무늬들은 내 심장 박동마저 방해하니

?도대체 너는 어디에서 배웠니

?무늬에서 뿌리가 자라게 하는 법을

?뿌리 끝마다 자잘한 닻을 내리는 법을

?너 나한테 이거 하나만 가르쳐줄래

?손가락 끝에서 어떻게 보이지도 않는 잉크가 나오는 거니

?숱한 그림자를 태워 만든 그 검은 잉크가 어떻게 나오니

?너는 어째서 내 몸에 보초를 세우니

?무늬 새겨진 몸은 왜 밖으로 나갈 수 없니

?너는 왜 나를 자꾸 상처로 가두니

?내 몸 속의 얇디얇은 실크 솔이 이 상처를 덮고 싶어서

?파르르 파르르 떠는 거, 너 아니

?레퀴엠보다 무거운 문신

?젖은 외투보다 무거운 문신

?그물보다 질긴 문신

?내가 그물 속의 노예처럼 울부짖는 소리 그렇게도 듣기 좋니
?그런데 어째서 아직도 이 문신은 깊어지기만 하니
?내 몸은 또 왜 이다지도 깊은 거니

— 『작가세계』, 1998년 가을호

몸 혹은 존재의 견고함

김혜순의 몸은 견고하다. 이 견고함으로 인해 그녀의 몸은 90년대의 다른 작가들의 몸과 구분된다. 장정일, 마광수, 채호기, 이연주, 연왕모, 함민복, 김지하, 정진규 등으로 대표되는 몸은 다소 인식의 차이는 있지만 모두 확고한 덩어리로 굳어지기 전의 물렁물렁한 감각의 상태에서의 몸이다. 장정일과 마광수의 불온한 섹스에 대한 욕구와 욕망으로 꿈틀대는 몸, 채호기, 이연주, 연왕모의 병리적이고 부패한 죽음의 이미지가 집적된 몸, 함민복의 속되고 천박한 동물(돼지)적인 이미지로 치환된 몸, 그리고 김지하와 정진규의 원시적이고 우주적인 생명력이 살아 숨 쉬는 몸 등은 기본적으로 그 상상력을 몸이 가지는 본능적인 욕구와 욕망에 두고 있다. 이들의 이러한 상상력은 위선과 허위, 단절과 추상, 인공과 가상으로 치닫고 있는 (후기)자본주의 사회에 대한 폭로와 비판, 그리고 반성과 대안의 담론으로서 그 위상을 드러내고 있다. 이 사실은 이들이 드러내는 몸 담론들이 '지금', '여기' 라는 시공 속에서 일정한 가치와 효용성을 지니고 있다는 것을 의미한다. 특히 몸의 생태성과 생명성의 문제를 강하게 드러내고 있는 김지하와 몸을 통한 계몽주의적인 깨달음과 반성을 지향하고 있는 정진규의 사유는 인간의 실존이라는 문제와 맞물려 새로운 대항 담론으로서의 입지와 본격적인 인식론적인 탐구의 길을 제공하고 있다.

그러나 몸을 기반으로 하는 상상력의 부상이 긍정적인 효과만을 불러일으킨 것은 아니다. 몸에 대한 깊이 있는 사유 없이 단순히 몸을 소재적이고 국부적인 차원에서 이해한 경우가 바로 그것이다. 이로 인해 몸에 대한 미적인 거리를 확보하는데 장애가 된 경우가 많다. 이것은 80년대에 일기 시작한 몸의 차이성을 기반으로 하는 페미니즘적인 글쓰기에도 적용되는 바이다. 수유, 생리, 임신, 낙태 등 여성의 몸이 가지는 생리적인 차원을 지나치게 개념화하고 도구화함으로써 진정한 여성성의 발견이라는 보다 깊고 큰 사유로 나아가는데 장애가 된 것이 사실이다. 이러한 몸 담론들이 대체로 간과하고 있는 것은 글쓰기 주체와 그 대상인 몸과의 거리이다. 이들의 담론 속에 드러나는 글쓰기 주체와 몸의 거리는 너무 가깝다. 이들의 담론 속에서는 감각 - 인지 - 이해 - 판단이라는 사유의 단계나 깊은 반성을 통해 의식의 환원을 거치지 않은 몸이 생짜로 튀어나오는 경우가 허다하다.

미적인 체험이란 너무 가까워도 또 너무 멀어도 성립되지 않는다. 미적인 판단에 있어서 거의 고전이 되어버린 이 명제를 많은 작가들이 간과하고 있는 것은 기본적으로 이들이 존재론적인 차원에서 몸과 그것이 생산해내는 텍스트에 대한 탐구를 진지하게 수행하고 있지 않다는 것을 의미한다. 존재의 차원에서 보면 몸은 어떤 개념에 의해 그 의미가 결정되어 있는 것이 아니라 일정한 사유와 의식의 환원을 거친 도구들(언어)에 의해서 그 의미가 무한히 자유롭게 구성되는 것이다. 이렇게 될 때 몸은 도구들, 즉 언어에 의해 상처받지 않고 고스란히 그 모습을 드러내게 되는 것이다.

이 점에서 김혜순의 「文身」은 다른 작가의 작품에서 드러나는 몸과는 다르다.

?누가 내게 가르쳐주었니

?이렇게 재빠르게 남의 몸에 낙인 찍는 법을

?벙어리처럼 손가락으로 말하는 법을

?네 손가락 하나하나가 바늘이 되는 법을

?왜 네가 새긴 무늬들은 내 심장 박동마저 방해하니

?도대체 너는 어디에서 배웠니

?무늬에서 뿌리가 자라게 하는 법을

?뿌리 끝마다 자잘한 닻을 내리는 법을

?너 나한테 이거 하나만 가르쳐줄래

?손가락 끝에서 어떻게 보이지도 않는 잉크가 나오는 거니

?숱한 그림자를 태워 만든 그 검은 잉크가 어떻게 나오니

?너는 어째서 내 몸에 보초를 세우니

?무늬 새겨진 몸은 왜 밖으로 나갈 수 없니

?너는 왜 나를 자꾸 상처로 가두니

?내 몸 속의 얇디얇은 실크 솔이 이 상처를 덮고 싶어서

?파르르 파르르 떠는 거, 너 아니

?레퀴엠보다 무거운 문신

?젖은 외투보다 무거운 문신

?그물보다 질긴 문신

?내가 그물 속의 노예처럼 울부짖는 소리 그렇게도 듣기 좋니

?그런데 어째서 아직도 이 문신은 깊어지기만 하니

?내 몸은 또 왜 이다지도 깊은 거니

「文身」은 다른 작가의 작품에서 쉽게 발견할 수 없는 몸의 존재성에 대한 진지한 탐구를 읽어낼 수 있다. 이 진지한 탐구는 곧 몸화에 대한 탐구이다. 몸화란 범박하게 말하면 몸 밖의 세계를 몸 안으로 끌어들여 하나의 새로운 존재를 구성하는 것을 의미한다. 이 몸화는 몸의 존재성을 드러내는 가장 기본적인 속성이면서 동시에 가장 중요한 속성이기도 하다. 이 점을 간파하고 그녀는 이 몸화의 과정을 포착해내기 위해 호기심 가득한 시선으로 탐색을 행한다. 그녀의 몸화에 대한 호기심은 단순한 호기심이 아니라 신비로움과 경이로움이 포함된 호기심이다. 이것에 대한 구체적인 예시가 바로 시행이 시작될 때마다 찍어놓은 22개의 물음표(?)이다. 시행의 끝이 아니라 맨 앞에 그것도 문장의 속성에 관계없이 찍어놓은 이 물음표는 일종의 '시적 허용'으로 몸화에 대한 호기심을 배가시키는 효과를 준다. 물음표가 먼저 오고 뒤이어 문장이 온다는 것은 여러 가지 의미로 해석할 수 있다. 첫째는 몸화의 과정이 말이나 언어에 앞서 느낌(?)으로 먼저 체험된다는 해석이며, 둘째는 몸화의 과정이 말이나 언어로는 쉽사리 표현할 수 없기 때문에 한 번의 휴지(?)를 거친 다음 에야 비로소 해석될 수 있다는 것이고, 셋째는 몸화의 과정이 너무 신비하고 경이롭기 때문에 말이나 언어로 표현하는 것을 잠시 잊었다(?)는 해석이 그것이다.

이러한 해석들은 몸이 말이나 언어와는 세계를 드러내는데 있어서 일정한 차이가 있다는 것을 의미한다. 몸은 말이나 언어에 비해 세계를 보다 더 직접적으로 드러낼 수 있다. 몸은 자아와 세계 사이에서 오관을 모두 열어놓고 있기 때문에 추상화되고 개념화된 말이나 언어보다는 보다 구체적이고 살아있는 세계를 함축하고 있는 존재라고 할 수 있다.

이 때문에 몸 혹은 몸화의 과정은 존재의 견고함 속에 있게 되는 것이다. 이 견고함 속에서 이루어지는 몸화의 과정은 '손가락으로 말하는 법과 손가락 하나하나가 바늘이 되는 법'을 터득한 누군가(너)에 의해 '재빠르게 찍혀진' 문신을 통해 표현된다. 여기에서 내 몸에 문신을 찍은 누군가(너)는 나 아닌 타자 곧 세계이며, 문신은 자아와 세계가 몸을 통해 만나 남긴 흔적이라고 볼 수 있다.

자아와 세계의 몸을 통한 만남은 운명적인 것이기 때문에 이 흔적은 지워질 수 없는 것이다. 지워지기는 고사하고 이 흔적에서는 '뿌리가 자라고', 그 뿌리는 내 몸 속에 '자잘한 닻을 내려 내 심장 박동을 방해하고, 내 몸에 보초를 세워 나를 자꾸 상처로 가두기'까지 한다. 나는 이 흔적이 만든 상처의 감옥에서 벗어나려고 몸을 '파르르 파르르' 떨어보기도 하고 '노예처럼 울부짖기'도 하지만 그럴수록 상처는 점점 깊어질 뿐이다. 상처가 깊어진다는 것은 자아와 세계 사이의 상실과 보충을 통해 이 둘 사이의 운명적인 만남이 강화된다는 것을 의미한다. 따라서 몸을 통한 자아와 세계 사이의 만남에서 비롯되는 상처는 깊으면 깊을수록 보다 더 진정한 가치를 가지게 되는 것이다.

> ?너는 왜 나를 자꾸 상처로 가두니
> ?내 몸 속의 얇디얇은 실크 숄이 이 상처를 덮고 싶어서
> ?파르르 파르르 떠는 거, 너 아니
> ?레퀴엠보다 무거운 문신
> ?젖은 외투보다 무거운 문신
> ?그물보다 질긴 문신
> ?내가 그물 속의 노예처럼 울부짖는 소리 그렇게도 듣기 좋니
> ?그런데 어째서 아직도 이 문신은 깊어지기만 하니

?내 몸은 또 왜 이다지도 깊은 거니

　진정한 몸화의 과정에는 상처가 수반되며, 이 상처가 진정한 가치를 가질 수 있다는 인식은 은폐된 몸의 존재성을 탈은폐(disclose) 시키고 있는 대목임에 틀림없다. 몸이 곧 상처라는 인식은 어떻게 보면 몸이 가지는 고통스러운 실존의 모습이다. 그녀는 이러한 몸이 가지는 존재성에 대해 '몸은 몸에게 다가가고 싶은 속성 때문에 스스로가 가진 존엄성 때문에 너무나 상처받기 쉽다. 상처는 우리에게 쉼 없이 고통을 제거하라고 명령한다. 우리의 몸은 우리로 하여금 상상할 수 없던 것까지 느끼고, 가지라고 명령한다. 열린 입, 생식기, 가슴, 코 등등이 몸을 계속 과정 속에 살도록 눈뜨자마자 몸을 독려하고, 밖으로 밀어낸다. 그러나 몸은 원하는 것을 모두 갖지 못한다. 몸의 수많은 구멍들이 그 불가능한 것 때문에 하루 종일 울부짖는다. 구멍의 비명은 몸의 안팎에 새겨 진다.' (『현대시학』 1998년 10월호, 「불교, 여성, 시의 몸」)고 말한 바 있다. 몸 혹은 몸화의 과정은 어떤 경우에도 상처 없이는 성립될 수 없기 때문에 이것에 대한 인식은 몸에 대한 소재적이거나 국부적인 논의를 넘어 본질적인 논의로 나아가는데 일정한 계기를 제공해 줄 수 있을 것이다.

　90년대 몸 담론에 눈을 떠서 이것을 의식적인 차원에서 집중적으로 전개한 작가는 많지 않다. 만일 몸화의 과정에서 드러나는 이 상처에 대해 누군가 존재론적인 접근을 시도한다면 몸에 대한 새로운 의미들이 드러날 것이다. 바로 이러한 점에서 「文身」에서 보여준 김혜순의 몸화를 통한 몸의 존재성에 대한 탐구는 비록 몸에 대한 집적된 담론을 생산하기에는 부족한 점이 있음에도 불구하고 그 나름대로의 의미를 가진다고 할 수 있다. 그녀가 「文身」에서 보여주고 있는 이와 같은 진지한 탐구가 많아질수록 90년대에 새로운 패러다임으로 부상한 몸은 그 존재성을 확고하게 확립할 수 있게 될 것이다.

소리의 음각

조용미

소리는 왜 발자국이 없는가 물처럼 흐르기만 하는가
당신의 목소리가 음각된 곳은 어디일까

눈을 감고 당신의 목소리를 귓바퀴로 감는 순간들
흐린 새벽 비의 예감과 간밤의 둥근달과
건기와 우기가 목소리의 진자를 통해

귀의 가장 안쪽을 거쳐 백회와 눈꺼풀까지 스며들 때
이 음각은, 돋을새김보다 섬세하고 머나먼 나선형의 세계는

보랏빛 그늘이 섞인 어둠 속에서 눈부심의 뒤편에서
호흡할 수 있는 연약한 것들의 숨결
삼각와의 골과 만곡을 거쳐 물결처럼 번지며

잠을 깨우는 소리의 파동들
달팽이관까지의 수많은 산과 들과 개울을 지나
마침내 당신의 손은 내게 도착한다

음각의 저 안쪽을 돋을새김으로 만져보는 이는 누구일까

소리의 물결에 잠긴 채 끝없는 계단을
철썩이며 돌아내려가는
푸른 몸은 어디까지 깊어지려는가

— 『한국문학』, 2010년 가을호

소리의 몸

　소리란 무엇일까? 소리는 그냥 소리이다. 소리만큼 추상적인 것도 없다. 만일 순수한 추상이 존재한다면 그것은 소리가 될 것이다. 실체가 없는 것은 아닌데 그것을 눈으로 볼 수 없기 때문에 소리는 언제나 우리의 감각을 곧추 세운다. 소리만큼 감각적이고 감성적인 것이 또 있을까? 소리야말로 무소부재요 무불통지다. 이로 인해 소리는 강한 집중과 동일성의 정서를 유발한다. 특히 소리가 아름다운 리듬을 지닐 때 그 소리는 이 세상의 어떤 무엇보다도 매혹적이고 마술적이다.

　소리의 리듬은 세계의 경계를 무화시킨다. 음악이 모든 경계를 초월해 인간의 마음을 사로잡는 이유가 바로 여기에 있다. 소리의 마술적인 힘은 인간이 본래부터 소리의 리듬을 지닌 존재이기 때문에 가능한 것이다. 인간은 몸이라는 형상으로 드러나지만 그 몸은 본래부터가 하나의 눈에 보이지 않는 리듬으로 이루어진 존재이다. 이 리듬은 자연 혹은 우주의 리듬과의 관계 속에서 끊임없이 변화하고 또 생성된다. 우주의 그 리듬 있는 소리가 바로 율려이고 인간의 몸은 언제나 그것을 法(법)

받거나 그것에 承順(승순)한다. 이런 점에서 소리는 본래부터 그 안에 리듬이 내재해 있다고 할 수 있다.

소리의 리듬이 인간을 넘어 자연, 더 나아가 우주를 이룬다면 비록 눈에 보이지 않는 순수한 추상의 형태로 존재하지만 그것은 '없는 것' 이 아니라 분명 '있는 것' 이다. 소리가 눈에 보이지 않는 순수한 추상의 형태로 존재하기 때문에 그것의 形象(형상)은 틀이 아니라고 할 수 있다. 소리의 형상이란 곧 소리의 몸에 다름 아니다. 하지만 이때의 몸은 눈에 보이지 않는 형상 아닌 형상인 것이다. 우리는 흔히 몸을 눈에 보이는 차원에서만 이해하려고 한다. 사실 몸은 눈에 보이지 않는 차원이 그것의 형상을 결정짓는다고 해도 과언이 아니다.

우리가 눈에 보이는 차원만 절대시하는 데에는 유물론의 영향이 크다. 유물론의 관점에서 보면 몸은 하나의 물질이고, 그 안에 마음이나 정신 혹은 영혼, 넋, 얼 같은 것이 종속되어 있는 것이다. 하나의 물질로서의 몸 속에 마음이 있다는 논리가 바로 유물론인 것이다. 유물론은 마음 속에 몸이 있다는 생각을 배제하거나 배척하는 속성을 드러낸다. 눈에 보이지 않는 것이 몸을 결정짓는다는 생각은 소리에 대한 이해와 깊은 관계를 가진다고 할 수 있다. 소리가 하나의 눈에 보이지 않는 몸으로 존재한다면 그 몸은 눈에 보이는 차원에서 제기할 수 없는 깊이와 넓이의 대상이 될 수밖에 없다. 소리의 몸은 우리의 투명한 인식으로는 도달할 수 없는 어두컴컴한 세계를 지니고 있을 뿐만 아니라 결정되지 않는 무한한 생성과 변화 그리고 섬세한 감각까지 포괄하고 있다고 할 수 있다.

소리의 몸이 지니는 이러한 세계를 조용미는 「소리의 음각」에서 잘 보여주고 있다. 시인은

소리는 왜 발자국이 없는가 물처럼 흐르기만 하는가
당신의 목소리가 음각된 곳은 어디일까

라고 하여 소리의 몸의 '음각'에 주목한다. 왜 양각이 아니라 음각일까? 양각이 눈에 보이는 차원이라면 음각은 눈에 보이지 않는 차원을 말한다. 이 사실은 왜 시인이 음각에 주목하는지를 잘 말해준다. 음양의 조화로 세계가 이루어지듯이 음각과 양각으로 소리의 몸이 이루어진다. 하지만 음과 양 혹은 양각과 음각의 관계에서 음(음각)은 양(양각)을 드러나게 하는 계기를 제공하고 또 그것의 특성과 성격을 결정짓고 완성하는 작용을 한다. 음이 없으면 양은 그 존재성을 구체화할 수도 또 실현할 수도 없는 것이다. 이런 맥락에서 보면 소리를 소리로써 드러내게 하는 것은 눈에 보이지 않는 차원에 놓여 있는 음각이라고 할 수 있다.
　소리의 음각에 주목함으로써 시인은 소리의 몸의 심층에 은폐된 보다 많은 것을 발견하게 된다. 시인은

눈을 감고 당신의 목소리를 귓바퀴로 감는 순간들
흐린 새벽 비의 예감과 간밤의 둥근달과
건기와 우기가 목소리의 진자를 통해

귀의 가장 안쪽을 거쳐 백회와 눈꺼풀까지 스며들 때
이 음각은, 돋을새김보다 섬세하고 머나먼 나선형의 세계는

보랏빛 그늘이 섞인 어둠 속에서 눈부심의 뒤편에서
호흡할 수 있는 연약한 것들의 숨결
삼각와의 골과 만곡을 거쳐 물결처럼 번지며

잠을 깨우는 소리의 파동들

달팽이관까지의 수많은 산과 들과 개울을 지나

마침내 당신의 손은 내게 도착한다

라고 고백한다. 시인이 드러내려는 대상은 '당신'이다. 하지만 '당신'
은 스스로 드러날 수 없다. '당신'은 소리의 음각을 통해 드러날 수 있
는 것이다. 시인은 '당신'의 소리 이면에 은폐되어 있는 음각을 찾아내
야 한다. 시인은 소리의 음각을 '돋을새김보다 섬세하고 머나 먼 나선
형의 세계'로 규정한다. 이러한 규정은 시인의 음각에 대한 규정일 뿐
어떤 절대적이고 보편타당한 규정은 아니다. 다만 이 규정은 시인이
'당신'의 목소리를 관찰한 결과라는 점에서 의의가 있다. 이를 위해 시
인은 눈을 감고 당신의 목소리를 귓바퀴로 감는다. 시인이 눈을 감는 것
은 '당신'의 목소리에 은폐된 음각을 발견하기 위해서이다. 눈을 감으
면 소리는 더욱 집중화되고 또 일체화된다.

　시인이 눈을 감고 당신의 목소리를 귓바퀴로 감는 순간 음각은 저 깊
은 심층에서 그 모습을 드러낸다. 그 모습이 바로 '돋을새김보다 섬세
하고 머나먼 나선형의 세계'인 것이다. 하지만 시인의 이 말은 개념화
된 것이다. 다시 말하면 소리의 음각의 심층에 드러나는 개념화 이전의
감각적이고 감성적인 이미지의 세계를 수렴하여 그것을 이러한 말로
개념화한 것이다. 개념화 이전에 시인이 발견한 소리의 음각은 '흐린
새벽 비의 예감과 간밤의 둥근달과 건기와 우기', '보랏빛 그늘이 섞인
어둠 속에서 눈부심의 뒤편에서 호흡할 수 있는 연약한 것들', '삼각와
의 골과 만곡을 거쳐 물결처럼 번지는 숨결', '수많은 산과 들과 개울'
등의 이미지로 변주되어 드러난다. 이 이미지들은 하나같이 흐리고 어

두우며, 예감의 기운으로 가득 차 있다. 모호하고 불투명하기 때문에 소리의 음각은 보다 깊고 넓은 의미를 담지한 몸으로 존재할 수 있는 것이다.

시인은 이러한 소리의 몸을 만져보고 싶어 한다. 그러나

음각의 저 안쪽을 돋을새김으로 만져보는 이는 누구일까

소리의 물결에 잠긴 채 끝없는 계단을
철썩이며 돌아내려가는
푸른 몸은 어디까지 깊어지려는가

에 드러난 것처럼 시인은 그것을 만져볼 수 없다. '음각의 저 안쪽을 돋을새김으로 만져보는 이는 누구일까' 에는 이러한 시인의 욕망이 강하게 투사되어 있다. 특히 돋을새김이라는 말의 표상이 그렇다. 시인이 소리의 음각의 저 안쪽을 만져볼 수 없는 이유는 소리의 몸이 점점 깊어지기 때문이다.

소리의 몸이 밖이 아니라 안으로 응축하면서 그것이 점점 팽창하기 때문에 그 깊고 넓은 세계를 만져본다는 것은 불가능하다고 할 수 있다. 시인이 할 수 있는 것이란 소리의 몸을 온전히 느끼는 것이 아니라 그 몸이 내는 철썩이는 소리를 그저 듣는 것 뿐이다. 소리의 몸과의 친밀한 접촉이 아닌 일정한 거리를 유지한 채 그 소리만 듣는다는 것은 음각의 도저한 세계의 이해에 이르지 못한다는 것을 의미한다. 소리의 몸이 지니고 있는 음각의 도저함은 도저함으로 느끼고 이해하면 되는 것이다. 음각의 도저함의 세계를 어떤 개념이나 범주로 틀 지어놓고 그것의 전모를 들추어냈다고 하는 것은 눈에 보이는 드러난 차원만이 전부라고

생각하는 것과 다르지 않다. 눈에 보이지 않는 숨겨진 차원이야말로 소리의 몸이 몸이게 하는 바탕 중의 바탕이라고 할 수 있다. 소리의 음각이 깊을수록 소리의 몸을 통해 드러나는 세계는 보다 더 새롭고 신비한 예감으로 돋을새김 될 것이다.

그가 내 얼굴을 만지네

송재학

그가 내 얼굴을 만지네

홑치마 같은 풋잠에 기대었는데

치자향이 水路를 따라 왔네

그는 돌아올 수 있는 사람이 아니지만

무덤 가 술패랭이 분홍색처럼

저녁의 입구를 휘파람으로 막아 주네

결코 눈뜨지 말라

지금 한 쪽마저 봉인되어 밝음과 어둠이 뒤섞이

는 이 숲은

나비떼 가득 찬 옛날이 틀림없으니

나비 날개의 무늬 따라간다네

햇빛이 세운 기둥의 숫자만큼 미리 등불이 걸리네

눈뜨면 여느 나비와 다름없이

그는 소리 내지 않고도 운다네

그가 내 얼굴 만질 때

나는 새 순과 닮아서 그에게 발돋움하네

때로 뾰루지처럼 때로 갯버들처럼

— 『그가 내 얼굴을 만지네』(민음사, 1997)

감각의 현존

　　시의 언어는 사물(외적 현실), 시인의 몸, 언어를 필요로 하며, 이 각각의 존재 사이의 격렬함과 긴장을 통해 탄생한다. 시의 이 기본적인 구도를 새삼스럽게 이야기하는 것은 시와 시인다움이 무엇인지를 말하기 위해서기도 하지만 그것보다는 송재학 시인에 대해 말하고 싶어서이다. 그는 우리 시대의 어느 시인보다도 이 문제에 대해 깊은 자의식과 통찰을 보여준 시인다운 시인이다. 우리는 그가 보여준 시에 대한 자의식과 통찰의 정도를 그의 시편 어디에서나 발견할 수 있다. 시인은 사물(외적 현실), 시인의 몸, 언어의 과정을 지극히 당연한 시적 사유의 방식으로 받아들이고 있다. 이것은 그의 시에 대한 순수한 집념이 시편에 강하게 투영되어 있다는 것을 의미한다. 시인의 이러한 순수한 집념을 나는 '풍경과 몸의 연대'라는 말로 이야기 한 적이 있다.

　　송재학 시의 새로움은 몸에 있다. '시란 수많은 풍경과 내 몸의 연대'라고 그가 규정했을 때, 풍경과 몸의 연대는 하나의 폭력적인 결합에 의한 '낯설게 하기'를 충분히 감당해내고 있다. 다른 무엇과도 아닌 몸과 연대하기 때문에 풍경은 그 의미가 고정되지 않고 끊임없이 변주가 가능한 것이다. 몸은 단순히 생물학적인 의미로만 존재하지 않는다. 몸은 생리학적?심리학적 현상일 뿐만 아니라, 사유, 느낌, 욕구의 역동적 복합성이다. 사유, 느낌, 욕구의 역동적 복합성은 곧 우리 몸의 통일적 역동성을 가능하게 한다. 이러한 몸과 풍경이 만나면 풍경은 풍경으로만 존재할 수 없게 된다. 풍경은 상실과 보충을 통해 몸화될 수밖에 없다. 이것은 풍경이 이전의 시에서처럼 하나의 배경(先景後情)으로 기능한다거나 단순한 탐미나 완상의 대상이 된다는 것을 의미하는 것은 아니다. '풍경의 몸화'란 풍경이 몸과의 살아 있는 접촉을 통해 몸이 담고 있는 인간의 '내우주Endokosmos를 들추어내는 것' (탈은폐 disclose)을 말한다. 우리는 몸을 실마리로 하여 인간우주(Kosmos Anthropos)의 구조, 즉 우리가 단지 우리 몸과의 살아 있는 접촉을 통해 체험하는 우리 몸적 조직의 무한 복합체인 내우주를 밝힐 수 있다. 이런 점에서 여기에서 말하는 인간의 '내우주'란 온갖 기운과 형상과 물질들이 서로 교차하고 충돌하면서 명멸을 거듭하는 그런 무한 실존의 장을 가리킨다고 할 수 있다. 따라서 이러한 인간의 '내우주'를 들추어내고 있는 풍경은 단일한 논리로 포착할 수 없는 복합성과 애매성, 그리고 맥락성과 시간성을 띨 수밖에 없다.(졸고, 「풍경과 몸의 연대-송재학론」, 『몸』, 하늘연못, 2002, p.103)

시인의 말이면서 나의 말이기도 한 풍경과 몸의 연대에서 우리가 주목해야 할 대목은 몸을 실마리로 하여 인간 우주의 구조를 들추어낸다는 점이다. 여기에서 말하는 구조는 형식주의자들이나 구조주의자들의 그것과는 그 의미가 다르다. 여기에서 말하는 구조는 생성적이고 역동적인 그런 구조를 의미한다. 시인의 몸이 우주적인 구조를 지니고 있다면 풍경 역시 우주적인 구조를 지니고 있는 것이다. 이 사실은 시인이 풍경 속에서 자신의 몸의 구조를 발견하여 그것을 탈은폐(disclose) 하는 것이 무엇보다도 중요하다는 것을 말해준다. 풍경 속에 은폐된 몸의 구조의 탈은폐는 관조나 감상을 통해서는 이루어질 수 없다. 이것이 가능하려면 둘 사이의 은밀한 내통이 있어야 한다. 시인의 몸이 풍경 속으로 뚫고 들어가야 하는 것이다. 풍경 속에 은폐된 몸의 구조와 시인의 몸의 구조가 서로 만날 때 비로소 구조의 실체가 드러나는 것이다.

그러나 풍경과 시인의 몸의 구조가 은밀한 내통을 통한 만남이 이루어진다고 해서 그것이 안정적이고 평온한 상태를 의미하는 것은 아니다. 이 둘의 만남에는 낯선 세계의 발견에서 오는 격렬함과 긴장이 뒤따를 수밖에 없다. 이 격렬함과 긴장은 기본적으로 시인의 몸이 우주적인 구조를 지니고 있다는 사실에서 기인한다. 우주적인 구조를 지닌 몸이란 모순이라든가 역설 같은 원리가 작동하고 있다는 것을 말해준다. 혼돈과 질서, 시작과 끝, 안과 밖, 중심과 주변, 보이는 것과 보이지 않는 것, 본질과 현상 등 서로 상대되는 것이 하나로 일치되거나 통합되는 존재의 양태를 드러낸다. 반대 일치라는 모순과 역설의 구조는 어느 한쪽으로의 종속이나 귀속 없이 끊임없는 변화와 생성을 속성으로 하기 때문에 그것을 안정적인 존재의 형태로 드러내는 일은 거의 불가능하다고 할 수 있다.

몸과 풍경의 연대는 이런 점에서 격렬함과 긴장을 동반할 수밖에 없다. 몸과 풍경의 연대가 이러하다면 그것과 연속선상에 놓인 언어와의 연대 역시 격렬함과 긴장을 동반할 수밖에 없다. 언어, 몸, 풍경 사이의 연대에는 어느 한 방향으로의 일방적인 흐름이 존재하는 것이 아니라 언어와 몸 사이, 몸과 풍경 사이를 넘나드는 어떤 흐름이 존재한다고 할 수 있다. 하지만 언어와 풍경 사이에는 어떤 직접적인 흐름도 존재할 수 없다. 언어는 어떤 경우에도 직접적으로 풍경을 지시하지 않는다. 언어는 몸을 매개로 풍경을 드러내거나 지시할 뿐이다. 언어와 풍경 사이의 연대란 각각의 형식이나 구조를 통해 그것을 유추하는 정도에 머무는 것이 사실이다. 언어 직전까지, 다시 말하면 몸의 세계에서 풍경이라는 존재는 그 모습을 드러낼 수 있는 것이다.

하지만 이것이 곧 언어와 풍경 사이의 단절을 의미하는 것은 아니다. 언어는 몸을 매개로 풍경과 그 흐름이 이어진다고 할 수 있다. 언어가 풍경과 놓이는 관계가 이러하기 때문에 풍경의 구조를 언어 구조 속으로 끌어들이는 것은 결코 쉬운 일이 아니다. 풍경의 구조 속에 은폐된 언어 구조를 발견하는 것이 시라고 하지만 둘 사이의 관계로 인해 특히 시의 최종적인 존재의 형태인 언어를 통해 그것을 드러내는 일은 창조에 버금가는 재해석의 과정이 있어야 가능하다. 그것은 원천적으로 불가능한 일이기 때문에 언어 자체를 버려야 한다는 논리가 대두되는 것이다. 하지만 이 논리로는 아무 것도 할 수 없다. 중요한 것은 언어 안에서 언어를 통해 풍경의 구조를 만들어내는 일이다. 시인은 몸을 매개로 드러나는 풍경을 탈은폐시키기 위해 소리와 이미지 같은 감각적인 것뿐만 아니라 구조와 같은 언어의 형상을 최대한 활용하기에 이른다.

어쩌면 시인은 이렇게 풍경(사물이나 대상)과 몸과 언어라는 세계 속에서 늘 얽히고설킨 싸움을 수행할 수밖에 없는 운명을 지닌 그런 존재인지도 모른다. 풍경과 몸의 연대를 통한 격렬한 싸움도 힘겨운 것이지만 몸을 매개로 한 풍경의 본질을 언어로 구현하기 위한 싸움은 더 더욱 힘겨운 것이라고 할 수 있다. 시인이 지금까지 꿈꾸어온 것이 이 셋 사이의 연대라면 그의 시에서 이것은 어떻게 구체적으로 구현되고 있는 것일까? 그의 시 중에서 이것을 잘 보여주고 있는 시 중의 하나가 바로

「그가 내 얼굴을 만지네」이다.

　　　그가 내 얼굴을 만지네

　　　홑치마 같은 풋잠에 기대었는데

　　　치자향이 水路를 따라 왔네

　　　그는 돌아올 수 있는 사람이 아니지만

　　　무덤 가 술패랭이 분홍색처럼

　　　저녁의 입구를 휘파람으로 막아 주네

　　　결코 눈뜨지 말라

　　　지금 한쪽마저 봉인되어 밝음과 어둠이 뒤섞이
　는 이 숲은

　　　나비 떼 가득 찬 옛날이 틀림없으니

　　　나비 날개의 무늬 따라간다네

　　　햇빛이 세운 기둥의 숫자만큼 미리 등불이 걸리네

　　　눈뜨면 여느 나비와 다름없이

　　　그는 소리 내지 않고도 운다네

　　　그가 내 얼굴 만질 때

　　　나는 새순과 닮아서 그에게 발돋움하네

　　　때로 뾰루지처럼 때로 갯버들처럼

　　　　　　　　　　　ー「그가 내 얼굴을 만지네」 전문 인용

　　이 시는 풍경 혹은 사물로서 존재하는 '그'를 시인이 몸을 통해 언어
화된 현실 속으로 불러내는 과정을 아름답게 그리고 있다. 그는 '돌아
올 수 없는 사람'이다. 그 사람의 존재를 시인은 몸으로 느낀다. 그 느낌
은 시인의 몸에 감각의 흔적을 남긴다. 시인의 몸 속으로 스며든 '치자

향의 水路’, ‘술패랭이 분홍색’, ‘휘파람’ 이 바로 그것이다. 이 감각들은 시인의 몸 속으로 스며들어 최종적으로 ‘그가 내 얼굴을 만짐’ 으로써 완성된다. 이 과정에서 코, 눈, 입, 피부라는 빈틈과 그것이 만들어내는 후각, 시각, 청각, 촉각 등 이미지 사이의 상호 침투와 겹침, 그리고 과거와 현재, 빛과 그림자, 의식과 무의식 등의 시공간적인 복합성과 같은 격렬한 흐름들이 언어를 통해 형상화된다. 하나의 사물 혹은 풍경으로 존재하는 ‘그’ 라는 대상을 몸을 매개로 하여 다시 언어의 소리와 이미지로 구현하는 과정이 자연스럽게 이어지고 있지만 사실 이것이 결코 쉬운 일은 아니다.

그러나 이 시에서 우리가 주목해야 할 것은 이것만은 아니다. 시인의 최근 시 세계와 관련해서 내가 주목한 것은 ‘그는 소리 내지 않고도 운다네’ 라는 대목이다. 이 역설이야말로 가장 격렬한 존재의 모습이라고 할 수 있다. 그라는 대상을 통해 소리 없음이 가장 격렬한 존재의 모습이라는 사실을 깨달았다는 것은 곧 그의 언어가 이러한 모습을 지니게 된다는 것을 말해준다. 소리 내지 않고도 더 많은 소리를 낼 수 있는 세계에 대한 발견과 탐색은 그의 시의 흐름을 새롭게 변모시킬 것이다. 이와 관련해서 시인은

결국 제가 원하는 것은 단순함이라는 것을 점차 세월과 함께 느낍니다. 최근 제 음악은 스테레오 엘피에서 모노 엘피로 다시 축음기의 에스피 음반으로 이동했습니다. 전기적인 소리가 최소한인 축음기의 음악이 가장 매혹적이더군요. 예전에는 스테레오로 된 오디오로 엘피를 들을 때는 섬세한 소리를 좋아했는데 그런 소리를 듣다가 모노의 두툼한 음역으로 가게 되었고, 다시 작년 여름부터 축음기를 듣기 시작했습니다. 축음기로 음악을 들어보면, 엘피의 스테레오 소리는 당의정을 입힌

소리예요. 모노로 오면 단맛이 거의 사라진 정보량이 엄청난 음역입니다. 그리고 축음기로 오면 첨가된 것 없이 단순한 소리가 되죠. 점점 단순해지며 자연에 가까운 소리가 되는 거죠. 아마도 제 음악은 축음기와 모노 앰프와 모노 스피커로 이루어지지 않을까 생각합니다. 결국 제 시도 그렇게 움직이지 않을까 생각을 해봅니다. (송재학·이재복 대담, 「풍경과 한 몸이 되는 시인」, 『시를 사랑하는 사람들』, 2010, 3·4월호, p.42)

라고 말하고 있다. 결국 소리 내지 않고도 운다는 역설의 세계가 '첨가된 것 없는 단순한 소리'에 대한 희구라는 것을 알 수 있다. 소리에서 '전기적인 소리를 배제한다는 것' 혹은 '당의정을 입힌 스테레오 소리를 배제한다는 것'은 곧 그가 지금까지 견지해온 풍경, 몸, 언어를 통한 존재의 본질에 한 발짝 더 가까이 다가가고 싶다는 것을 역설적으로 표현한 것에 다름 아니다. 시인이 이런 생각을 하게 된 것은 역시 풍경에 있다. 여기에서의 풍경은 바로 '자연'이다. 시인은 점점 단순해지며 자연에 가까운 소리를 내고 싶은 것이다. 자연이야말로 소리 내지 않고도 우는, 언제나 모노 상태로 존재하는 것 같지만 기실은 그 안에 격렬함과 긴장의 소리를 어떤 존재보다도 더 많이 내재하고 있는 그런 풍경이라고 할 수 있다. 전기적인 소리와 스테레오 소리로 가득한 시대에 단순한 무음의 소리를 통해 그가 어떤 미적인 충격과 매혹을 우리에게 보여줄지 자못 기다려진다.

몸 안의 사랑

이대흠

전라도에 온 지 사흘이 지났는데
똥이 잘 나오지 않는다
똥이 안 나오는 것은 내가 아직
전라도를 소화하지 못했기 때문
몸 안의 사랑을 찾지 못하고
끓고만 있기 때문

— 『현대시학』, 1999년 2월호

몸, 혹은 깨달음의 시학

이대흠의 「몸 안의 사랑」에서 읽을 수 있는 것은 몸을 통한 일종의 '깨달음'이다. 이 깨달음은 익히 알고 있듯이 90년대에 들어와 몸에 대한 사유의 한 경지를 보이고 있는 정진규 시의 特長(특장) 아닌가. 그의 『몸詩』는 '시적 주체가 몸을 통해 깨달음을 얻어가는 과정'에 대한 사유에 다름 아니다. 그의 시의 이러한 '몸을 통한 깨달음'은 아직 그 개념이 온전히 모습을 드러내지 않고 있을 뿐만 아니라 다양하게 해석될 수 있는 여지를 가지고 있기 때문에 한마디로 무엇이라고 단정할 수는 없다. 하지만 대강 그 의미들을 추스려보면 그것은 '가시적이거나 비가시적인 모든 대상이나 사물은 건강한 몸을 기반으로 하는 사유 속에서 그 빈곤함을 면할 수 있다'는 명제로 요약할 수 있을 것이다.

'몸에 대한 기반의 부재'가 곧 '빈곤함'이라는 이러한 깨달음에서 우리가 한 번 생각해 보아야 할 것은 '몸'과 '빈곤함'이 어떻게 연결되며, 이 '빈곤함'이 무엇을 말하는지 하는 점이다. 먼저, 왜 몸에 대한 기반의 부재가 빈곤함일까? 다시 말하면, 왜 몸이 기반이 될 때 세계는 풍요로울 수 있는 것일까? 다분히 철학적인 사유를 필요로 하는 이 문제는 몸이 가지는 속성에 대한 규명과 함께 이 속성에 대해 보여 온 인식론적인 태도에 대한 해명을 통해 풀릴 수 있는 문제다. 이 의문에 대한 답은 김상환 교수가 『몸詩』를 평하면서 적절히 지적해 낸 것처럼 그것은 몸이 '이 세계에 어떤 과도한 함량을 분만하는 기관'(『현대시학』1994년 10월호, pp.308~309)이기 때문이다. 즉 그것은 몸이 기본적으로 '몸을 하는 몸'의 속성을 가지고 있기 때문이다. 몸은 마치 빛이 매체를 지나면서 굴절되듯이 기본적으로 사물이나 대상을 몸의 감각기관을 통해 부풀어나게 만들고 어떤 현란한 증가 작용 속에서 이것들의 본 모습을 변형시켜 새롭게 만드는 역할을 한다. 가령 추상적이고 기하학적인 사물들도 몸에 의해 색과 소리 그리고 딱딱함과 같은 촉감을 지니고 현상하는 새로운 사물로 변형될 수 있는 것이다. 몸에 의한 이러한 사물의 성질의 변화는 단순한 변화가 아니라 그것은 '一者'에서 '多者', '투명한 세계'에서 '애매하고 모호한 세계', 그리고 운동이나 생성·소멸이 없는 '추상적인 세계'에서 시간과 공간이 구체성과 역동성을 띠고 존재하는 '감각적인 세계'로의 변화를 의미하는 것이다.

이처럼 과도한 분만의 속성을 지닌 몸은 세계에 대한 해석 가능성의 폭을 확장하고 심화하는데 하나의 토대로 작용하고 있는 것이다. 몸이 존재론적인 토대로 작용할 때 그동안 그 분만의 과도함으로 인해 객관적이고 과학적인 사유에서 배제되어온 주관적인 성질들, 이를테면 느낌, 감각, 감성 등이 새롭게 그 존재성을 획득하게 되는 것이다. 이 주관적인 성질들은 세계에 대한 해석 가능성의 빈곤함을 채워줄 수 있는 풍요로운 질료들이다. 그런데 이 느낌, 감각, 감성 등의 주관적인 성질을 가진 질료들은 모두 개념화되기 이전의 정서의 영역에서 성립되는 것들이다. 이것은 다시 말하면 몸이 개념화되기 전에 이미 존재한다는 것을 의미한다. 개념화란 어쩔 수 없이 언어에 의해 성립되는 것이라면, 그렇다면 몸은 언제나 언어보다 앞서 존재하게 되는 것이다. 이 때문에 흔히 몸과 언어를 분리해서 생각하는 사람들이 있다. 몸과 언어를 분리해서 생각하는 이러한 극단적인 언어 중심주의(기교주의 혹은 형식주의)적인 사고를 가진 사람들은 언어(작품)를 생산하는 주체(몸적인 존재)보다 언어 그 자체를 중시한다.

그러나 몸과 언어는 분리시켜 생각할 수 없는 성질의 것이다. 어떻게 몸을 부정하고 언어(작품)가 만들어질 수 있겠는가. 몸 속에 이미 언어가 가능한 형태로 존재하고 있으며, 이렇게 현상된 언어 속에는 몸이 또한 존재하고 있는 것이다. 니체나 메를로 퐁티, 헤르만 파레트 그리고 횔더린이나 김수영, 정진규 등이 說破(설파)한 것이 바로 그것이다. 그 중에서도 특히 니체가 예술에 대해 말하면서 '예술은 창작자의 몸과 행위의 산물일 뿐' 이라고 한 것이라든지, 횔더린이 '언어는 몸에 상처를 주지 않는다' (이 말은 '몸은 언어에 상처를 주지 않는다' 라는 말로 바꿔도 무방하다) 라고 한 말, 그리고 김수영이 '시의 모더니티는 시인이 육체로서 추구할 것이지 시가 기술면으로 추구할 것이 아니다' 라고 한 말이나 젊은 시인들을 평하면서 '언어 이전의 고통이 모자란다' 고 한 비판, 그리고 정진규 시인이 말하고 있는 '직전의 힘' 등은 몸과 언어의 문제와 관련시켜 볼 때 실로 의미심장한 말이라고 하지 않을 수 없다. 이들이 설파한 말 속에 담긴 공통된 의미는 '온몸으로 밀고 나가지 않으면 하나의 세계를 가질 수 없다' 는 삶의 존재성에 대한 진정함 같은 것이다.

몸 속에 이미 언어가 있으며, 언어가 곧 몸이라는 사실을 통해 하나의 진정한 세계를 만날 수 있다는 이러한 사실을 안다는 것은 얼마나 큰 깨달음인가. 정진규 시인은 이 깨달음을 '몸으로 깨우치는 전폭의 매질'

이라고까지 표현하고 있다. 이것은 그가 이 깨달음을 단순한 발견의 의미를 넘어 어떤 존재론적인 차원에서 행해지는 痛覺(통각)의 의미로 체득하고 있다는 것을 말해준다. 그가 보여주는 '몸을 통한 깨달음'은 몸 가벼운 시대, 참을 수 없을 정도로 가벼운 존재들이 난무하는 이 시대의 한복판을 가로지르는 '반성과 성찰의 빛'과 같은 것이다. 그의 몸적인 사유를 따라가다 때때로 동통의 무게에서 헤어나지 못하고 심한 자의식(사실은 죄의식에 더 가깝다)에 빠지는 것은 모두 이 때문이라고 할 수 있다. 이런 점에서 그가 보여주는 '몸으로 깨우치는 전폭의 매질'은 그 자신의 깨우침을 넘어 몸 가벼운 시대를 살고 있는 모든 사람들을 깨우치는 기호로 읽어야 할 것이다. 이것은 가능하며, 이렇게 단정하는 것은 누구나 몸을 가지고 있기 때문이다. 몸은 정진규 시인만이 가지고 있는 것이 아니라 인간이라면 누구나 가지고 있는 것이며, 몸을 가지고 있는 존재라면 '몸을 통한 깨달음' 역시 가능한 것이다. 이 가능성을 이대흠 시인의 「몸 안의 사랑」(『현대시학』 1999년 2월호)은 잘 보여주고 있다.

> 전라도에 온 지 사흘이 지났는데
> 똥이 잘 나오지 않는다
> 똥이 안 나오는 것은 내가 아직
> 전라도를 소화하지 못했기 때문
> 몸 안의 사랑을 찾지 못하고
> 끓고만 있기 때문

단 여섯 줄밖에 안 되는 짧은 시이지만 '몸을 통한 깨달음'과 관련하여 볼 때 이 시가 그 안에 품고 있는 의미는 제법 깊고 명증하다. 이 깊이와 명증함은 이 시가 생물학적인(생리적인) 인간의 몸의 특성을 잘 포착하여 그것을 형이상학적인 깨달음으로 연결시키고 있기 때문이다. 이 시의 기본적인 발상은 '똥'과 '소화'라는 말이 강렬하게 환기하고 있듯이 인간의 몸이 가지는 생물학적이고 생리학적인 속성에서 비롯된다. 인간이 혹은 인간의 몸이 본질적으로 생물이고 자연이라는 점을 고려한다면 이 발상은 이미 어떤 보편성과 함께 타당성을 획득하고 있다고 할 수 있다. 이 때문에 이 시는 몸을 통한 시적 사유의 명증성을 유지하고 있는 것이다.

그러나 이 시는 이렇게 인간이라면 누구나 분비할 수밖에 없는 생리적인 현상에 의해 만들어지는 '똥'과 그것의 작용양태인 '소화'라는 인간의 몸이 가지는 생물적이고 자연적인 사유에만 머물러 있지 않다. 이 시는 생물학적이고 생리학적인 몸을 형이상학적인 차원으로 끌어올리고 있다. 이것은 시적 주체의 몸이 소화하려고 하는 대상이 '전라도'라는 사실을 통해서 알 수 있다. 이 시에 표상된 시적 주체의 몸이 생물학적이고 생리학적인 몸이라면 어떻게 '전라도'를 소화할 수 있겠는가. '소화'라는 말과 '전라도'라는 말이 폭력적으로 결합되면서 이 시에 표상된 몸은 생물학적이고 생리학적인 몸에서 형이상학적인 몸으로 거듭나는 것이다. 몸의 이러한 존재 양태는 하나의 몸이 또 다른 몸을 분만하는, 다시 말하면 '몸이 몸을 하는 것'으로 볼 수 있다.

이렇게 몸이 몸을 하면 이 시에 표상된 '똥'의 의미 역시 변할 수밖에 없다. 몸이 몸을 하기 전의 '똥'의 의미는 우리가 흔히 생각하듯이 생물학적이고 생리학적인 차원에서 현상하는 실질적인 악취를 발산하는 분비물로 해석되지만 이것이 몸을 하면 '똥'의 의미는 형이상학적인 차원에서의 세계에 대한 체험의 결과로 얻어진 어떤 '결정체'로 새롭게 해석되는 것이다. 이 과정에서 연상되는 '똥'의 양태는 크게 세 가지이다. 첫째는 '전라도에 온 지 사흘이 지났는데/똥이 잘 나오지 않는다'는 말에서 연상되는 생물학적이고 생리학적인 '똥'이고, 둘째는 '전라도를 소화하지 못했기 때문에 똥이 나오지 않는다’는 말에서 연상되는 형이상학적인 ‘똥’이며, 셋째는 ‘몸 안의 사랑을 찾지 못했기 때문에 똥이 나오지 않는다’는 말에서 연상되는 역시 형이상학적인 ‘똥’이 그것이다. 이 각각의 양태를 통해 알 수 있는 것은 첫째에서 둘째, 셋째로 갈수록 ‘똥’의 의미가 생물학적이고 생리학적인 차원에서 형이상학적인 차원으로 그 속성이 변한다는 사실이다. 이 변화는 ‘똥’에 대한 해석이 그만큼 다양화된다는 것을 말하는 것이다.

몸이 몸을 함으로써 이렇게 ‘똥’의 해석 층위가 두터워진다는 것은 곧 몸이 또 몸을 한다는 것을 의미한다. 즉 몸이 몸을 하고 다시 그 몸이 몸을 하는 분만 행위가 계속되는 것이다. 이 시에서의 이러한 분만 행위는 ‘몸을 통한 깨달음’에 깊이를 더해준다. ‘전라도를 소화할 때, 몸 안의 사랑을 찾았을 때, 혹은 세계를 몸화할 때 비로소 똥이 잘 나온다’는 이 시의 깨달음이 결코 몸 가볍지 않고 타성에 젖은 소리로 들리지 않는 것은 모두 그 원인이 여기에 있다고 할 수 있다. 다양하게 몸의 의미를 분만하면서 ‘몸을 통한 깨달음’을 확산하고 심화해 간다는 것은 이 시의 시적 주체가 ‘몸의 소리’를 제대로 듣고 이것을 실천에 옮긴 결과라고 할 수 있다. 몸의 소리는 가볍지도 거짓되지도 않을 뿐만 아니라 나약하거나 고립적이지도 않은 순정한 소리이다. 이 몸의 소리를 좇아 깨달음을 얻는다는 것은 ‘몸’과 ‘나’와 ‘세계’가 한 몸이 되는 충만한 삶의 경지를 의미하는 것이다.

그러나 이 경지는 정진규 시인이 『몸詩』에서 힘주어 강조하고 있듯이 ‘몸으로 깨우치는 전폭의 매질’을 통해서만이 도달할 수 있는 그런 어려운 경지이다. 이대흠의 「몸 안의 사랑」은 이 도저한 경지에 이르기 위한 입사의 첫 과정을 맛본 것에 불과하다. 앞으로 몸을 통한 이 시인의 입사의 과정이 어떻게 될지 더 지켜볼 일이다.

와락

정끝별

반 평도 채 못되는 네 살갖
차라리 빨려들고만 싶던
막막한 나락

영혼에 푸른 불꽃을 불어넣던
불후의 입술
천번을 내리치던 이 생의 나락

헐거워지는 너의 팔 안에서
너로 가득 찬 나는 텅 빈,

허공을 키질하는
바야흐로 바람 한자락

— 『와락』(창비, 2008년)

허공을 키질하는 바람 한자락의 시

'와락'이라는 말의 쓰임새가 가장 돋보일 때는 언제일까? 이 물음에 대한 답은 머리가 아니라 몸에 있다. 와락은 머리에 앞서 몸으로 존재한다. 이것은 계산된 것이 아니다. 이것을 계산된 것으로 보는 것은 머리에 의한 해석으로, 여기에는 몸의 섬세한 추이가 생략되거나 배제되어 있는 것으로 볼 수 있다. 와락이라는 행위가 일어날 때는 이미 그 안에 몸의 무거움이 내재하고 있는 것이다.

이런 점에서 와락은 몸을 던지는 행위이다. 와락의 순간에는 어떤 잡음도 끼어들 틈이 없다. 잡음이 끼어들면 와락이 일어날 수 없다. 그것은 마치 블랙홀 속으로 빨려들어가는 것처럼 어떤 잉여적인 것도 남기지 않는다. 그렇다면 우리는 어떤 순간 이러한 몸의 투사 혹은 빨려들어감을 경험하는가? 시인은 그것을 나와 너의 관계 속에서 규명하려고 한다. 나에게 있어서 너란 존재는 '살갗' 곧 육체는 물론 '영혼'의 심층까지 서로 관계성을 드러내는 절대적인 대상이다. 그래서 시인은

반 평도 채 못되는 네 살갗
차라리 빨려들고만 싶던
막막한 나락

영혼에 푸른 불꽃을 불어넣던
불후의 입술
천번을 내리치던 이 생의 나락

이라고 노래하고 있는 것이다. 나에게 '네 살갗'은 '차라리 빨려들고만
싶은 막막한 나락'이며, 너의 '입술'은 나의 '영혼'에 '푸른 불꽃을 불
어넣는', '생의 나락'인 것이다. 나와 너가 만나면 '빨려들고' 싶은 욕
구와 '천번을 내리치는' 강렬한 존재론적인 사건이 일어나는 것이다.
나의 존재가 '나락' 속으로 떨어진다는 것은 곧 너로부터 도저히 헤어
날 수 없다는 것을 의미한다. 이런 점에서 '와락'과 '나락'은 다른 것이
아니다.

　이렇게 와락 너의 나락 속으로 떨어지면 나와 너의 경계는 해체되기
에 이른다. 나가 곧 너가 되고 너가 곧 나가 된다면 나라는 존재는 있으
면서 없고 또한 없으면서 있는 것이다. 나는 '너로 가득 차' 있으면서
동시에 '텅 빈' 존재가 되는 것이다. 이러한 나의 가득 참과 비어 있음
은 이미 몸을 던지는 행위 속에 내재해 있다고 할 수 있다. 너를 향해 나
의 몸을 던지는 행위는 잡음이 없다는 점에서 그것은 순수함으로 가득
차 있다는 것을 의미하며, 그렇게 순수함으로 가득 차기 위해서는 나의
몸이 텅 비어 있지 않고서는 불가능하다는 것을 또한 의미한다.

　너에게로 와락 몸을 던진 나는 차츰 너와 하나가 되면서 '헐거워지
기' 시작한다. 이 헐거움이 깊어질수록 나라는 존재는 너와 더욱 융화

되어 그 안에서 무한한 자유를 만끽하게 된다. 이 자유로움의 표상이 바로 '바람 '이다.

> 헐거워지는 너의 팔 안에서
> 너로 가득 찬 나는 텅 빈,
>
> 허공을 키질하는
> 바야흐로 바람 한자락

'너로 가득 차' 있기에 나는 바람으로 무화되어 드러나는 것이다. 너 안에서 나라는 존재는 '바람 한자락' 인 것이다. 그 바람은 너를 뒤흔들어 놓는 강력한 존재가 아니라 '텅 빈 허공을 키질하는' 존재에 불과한 것이다. 와락 너에게 빨려든 나는 욕망의 찌꺼기를 남기지 않는다. 와락의 순수함은 바람과 통하며, 이것은 다분히 역설적이다. 와락 너에게 빨려든 것은 어떤 운명적인 존재감을 느끼게 하지만 그 무거움은 곧 아무 것도 없는 텅 빈 존재감과 다른 것이 아니다.

텅 비어 있을 때만이 운명적인 존재감을 느끼고, 그것을 향해 온몸을 와락 던질 수 있는 것이다. 이것은 와락이 지니는 묘미이다. 하지만 이 시에서 보여주는 와락의 묘미는 여기에만 머물러 있지 않다. 여기에서의 와락의 묘미는 시인의 감성으로 그 빠르고 절대적인 힘과 속도를 절묘하게 붙잡아 두고 있다는 사실에 있다. 이 절묘함은 마침표 없이 이어지면서 느리고 유연한 세계를 창출하는 그 형식에서 비롯된다. 와락은 순간적인 몸짓이다. 그것은 말이나 언어 이전에 이루어지는 행위이기 때문에 그것을 드러내는 것은 고도의 감수성과 형상화 능력이 없으면 불가능한 일이다. 시인의 그 능력은 '허공을 키질하는 바람 한자락' 과 다른 것이 아니다. 이것은 진정한 와락이란 '몸의 무거움이 허공의 바람 한자락으로 化(화)하는 일련의 순도 높은 투사' 라는 것을 의미한다. 시인의 와락이 왜 시가 되는지? 혹은 시는 왜 와락 오는지? 이 시를 읽는 내내 떠나지 않는 즐거운 의문이다.

손톱

김기택

방금 전에 분명히 깎은 것 같은데

손톱이 벌써 길게 자라 있다.

그동안 잘라냈던 자리를 다 밀어내고

그 자리를 꽉 채우고 있다.

초침 지나간 자리처럼 빈틈이 없다.

손톱이 있던 자리에 수많은 눈금이 새겨져 있다.

잘나낸 손톱 길이만큼 딸아이가 자라 있다.

딸아이가 보는 동안에도

손톱은 딸아이 키만큼 또 자라고 있다.

아무리 빨리 달려도

손톱 자라는 속도를 쫓아갈 수 없다.

손톱 자라는 속도에 맞추느라

나는 또 버스를 타고 지하철을 탄다.

신호등마다 정류장마다 서는 답답한 속도에 화를 내며

택시로 갈아탄다.

손톱 자라는 속도를 먹여 살리느라

출근하고 침 튀기며 말하고

조금이라도 도움이 될 것 같은 사람들에게

친절한 웃음을 다하여 전화를 한다.

이 정도면 꽤 헐떡거리며 달려왔다고 생각했는데
달력을 넘기자마자
또 한껏 자라 있는 손톱이 보인다.
전에 깎아낸 길이보다 더 길게 자라 있다.
한 번도 안 깎은 것처럼 자라 있다.
할퀸 것도 없는데 긴 날을 세우고 있다.
잠깐 전화 받고 나서 보면 그 자리에 또 있다.
거울 안에서도 자라 있고
양말을 벗을 때마다 발가락에도 자라 있고
아침에 눈 뜨면 해처럼 둥글게 솟아 있다.
세수하다 손톱을 보고 내 입은 또 쩍 벌어진다.
아이쿠, 또 늦었네.
시간이 벌써 이렇게 되었다니!

— 『현대시』, 2010년 1월호

무성함에 대하여

김기택의 「손톱」은 무성함에 대해 생각하게 한다. 어쩌면 이 말은 지극히 당연한 것처럼 들릴 수도 있다. 하지만 손톱이 무성함으로 표상되는 경우는 결코 쉽게 발견할 수 있는 것이 아니다. 우리 몸의 일부이기 때문에 손톱이 자라는 것에 대해 그다지 민감하게 의미 부여를 하지 않는 것이 사실이다. 이렇게 되면 손톱은 소재의 차원에 머물게 된다. 손톱이 하나의 소재의 차원을 넘어 질료의 차원이 되기 위해서는 소재에 미적인 충격을 가해야 한다. 이것은 손톱의 은폐된 의미를 탈은폐한다는 것을 말해준다. 이때 중요한 것은 탈은폐의 방식이다. 가장 이상적인 탈은폐의 방식은 어떤 개념화된 도구 없이 손톱의 존재성을 드러내는 것이다.

시인이 보여준 감각이 바로 여기에 닿아 있다. 손톱의 은폐된 존재성을 드러내기 위해 시인은 먼저 그것이 '자란다' 는 사실에 주목한다. 이 자란다는 사실은 모든 이들이 공감할 수 있는 어떤 보편타당성을 지닌다. 이때의 공감은 손톱이 가지는 존재성을 토대로 이루어지기 때문에 일시적이고 순간적인 것과는 다른 지속적이고 총체적인 특성을 드러낸다. 시인은 손톱이 지니는 '자란다' 라는 존재성을 끊임없이 들추어내면서 그것을 점점 은유와 환유의 방식으로 예각화시키면서 시상을 전개해 나간다. '손톱이 자란다' 는 '딸아이가 자란다', '택시로 갈아탄다', '해처럼 둥글게 솟아 있다' 로 확대되면서 동시에 '달력', '거울', '전화', '양말', '세수' 로 또한 확대된다. 전자는 유사성에 기반을 두고 있기 때문에 은유적이며, 후자는 인접성에 기반을 두고 있기 때문에 환유적이라고 할 수 있다.

'손톱이 자란다' 라는 사실이 이처럼 은유와 환유로 확대되면서 그것의 의미가 좀더 심화되기에 이른다. '손톱이 자란다' 라는 다소 추상적인 세계가 일상이나 현실의 세계로 다양하게 확대·심화되면서 시간이라는 구체성을 획득하게 된다. 손톱에 시간이 구체적으로 투영되면서 그것이 은폐하고 있는 존재성이 무성함의 의미를 강하게 환기한다. 손톱이 자라는 만큼 그 세계에 은폐된 시간도 자란다. 손톱이 자라는 것이 곧 시간이 자라는 것이라면 그 의미는 '무성함' 이라는 인식론적인 사유의 세계를 내포하게 된다. 무성함이 無常(무상)함이라는 세계를 내포하게 되면 허무라든가 한과 같은 의미를 드러내기도 하고 또 그것이 망각이라는 세계를 내포하게 되면 폐허라든가 비극적인 시기 같은 의미를 드러내기도 한다.

손톱이 자라듯 일상이나 현실에서의 시간은 시인이 인식하든, 인식하지 못하든 속절없이 흘러갈 수밖에 없다. 이 속절없는 흐름을 그 누구도 막을 수 없다. 손톱은 잘라내기가 무섭게 자라고, 잘라냈던 자리를 밀어내고 그 자리를 차지하듯이 시인은 시간의 속도를 절대 따라잡을 수 없다. '아무리 빨리 달려도/손톱 자라는 속도를 쫓아갈 수 없다' 는 시인의 고백이 이것을 잘 말해준다. 아무리 달려도 시간의 속도를 따라

잡을 수 없다면 그 속도는 시인에게 불안과 공포의 대상으로 존재하게
되는 것이다. 시간의 속도가 주는 이 불안과 공포를 시인은

이 정도면 꽤 헐떡거리며 달려왔다고 생각했는데
달력을 넘기자마자
또 한껏 자라 있는 손톱이 보인다.
전에 깎아낸 길이보다 더 길게 자라 있다.
한 번도 안 깎은 것처럼 자라 있다.
할퀸 것도 없는데 긴 날을 세우고 있다.
잠깐 전화 받고 나서 보면 그 자라에 또 있다.
거울 안에서도 자라 있고
양말을 벗을 때마다 발가락에도 자라 있고
아침에 눈 뜨면 해처럼 둥글게 솟아 있다.

고 고백한다. 손톱의 자람, 다시 말하면 시간의 속도 속에 시인이 갇혀
있다는 것을 알 수 있다. 어디 한 곳 틈이나 구멍조차 없는 견고한 시간
의 속도 속에 갇혀 있는 시인의 모습은 그 자체로 비극적인 운명을 강하
게 환기한다. 마치 '아침에 눈 뜨면 둥글게 솟아 있는 해' 처럼 자연스럽
게 받아들일 수밖에 없는 비극적인 운명이 바로 시인이 그리고 있는 시
간 속에 갇힌 인간의 모습이다.
　시간의 무성함 혹은 무성한 시간 속에서 시인이 할 수 있는 것이란
'아이쿠, 또 늦었네' 나 '시간이 벌써 이렇게 되었다니!' 같은 한탄조의
연발이라고 해도 과언이 아니다. 어찌 보면 시간의 무성한 숲에서 어쩔

줄 몰라 하는 시인의 모습이야말로 인간이 놓인 보편적인 상황이라고 할 수 있다. 시인의 의식뿐만 아니라 무의식(거울 안에서도 자라 있고)의 세계까지 지배하고 있는 시간이기 때문에 끊임없이 존재의 형이상학에서 그것을 문제삼고 있는 것이라고 할 수 있다. 이런 점에서 시간의 무성함 속에 놓인 시인 혹은 인간의 상황을 깊이 있게 탐색하는 것이야말로 인간 존재의 이해를 위해 중요하며, 이 고통스럽지만 매력적인 일을 시인이 과장되거나 표 나지 않게 진중하게 보여주고 있다는 것은 주목에 값한다고 할 수 있다.

그의 시의 매력은 바로 여기에 있다. 어떤 대상을 존재의 형이상학의 차원에서 진중하게 탐색한 뒤 그것을 결코 화려하지 않은 수사로 넌지시 드러내는 것이 그의 시의 특장이다. 어디 손톱 없는 사람이 있겠는가? 하지만 그 손톱을 시인처럼 인식하고 있는 사람은 그다지 많지 않을 것이다. 존재의 형이상학이 아닌 시적 기교나 수사의 현란함이 넘쳐나는 시대에 이렇게 진중하고 둔중한 시선으로 존재의 이면에 은폐된 세계를 끊임없이 인식의 지평 위로 들추어내려고 하는 시인의 태도가 소중해 보이는 것은 나만의 생각이라고 할 수 없을 것이다. 시간의 무성함을 망각하고 사는 삶이 덜 고통스러울 수 있다. 어쩌면 시간의 무성함을 벗어나기 위한 어떤 틈이나 구멍도 없는 상황이라면 차라리 그것과 맞서지 않고 피하거나 망각하는 것이 현명한 방법인지도 모른다.

그러나 시인은 존재의 이면에 은폐된 시간의 무성함을 들추어내어 그것을 자신의 앞에 세우고 그것과 고통스러운 대면을 한다. '할퀸 것도 없는데 긴 날을 세우고 있' 는 세계가 시간의 무성함이 주는 고통을 상징적으로 표상한다. 시인 자신을 할퀴지 않아도 그 자체로 공포의 대상이 되는 것이 바로 시간의 무성함인 것이다. 시간의 무성함으로 이루어진 숲이 긴 날을 세우고 있다고 상상해 보라. 정말로 그 긴 날로 할퀴지 않았음에도 불구하고 시인은 상처를 입게 될 것이다. 우리가 이 시를 통해 시간의 무성함으로 이루어진 존재의 세계에서 고통스럽게 피 흘리는 시인의 모습을 상상한다면 그것은 이러한 이유에서 일 것이다. 나의 이러한 생각이 부디 해석의 과잉이 아니기를 바라며 '손톱'을 넘어서는 온전한 존대로서의 몸의 출현을 기대해 본다.

뼈와 살

김언

사랑은 익사하지 않는다
유리와 철이 겨우 떠받치고 있는 것처럼
건물은 외롭게 올라가고
주변에 기대려고
더 높이
더 높이 올라가는 것도 아니다

기우뚱한 감정 때문에
아무 일도 하지 못하는 날에도
많은 일을 하고 있다
이 기막힌 하루를
무너졌다가 다시 올라가는 계단을
자존심이라고 부를까
언제 멈출까
익사하는 당신을
건져 올리는 그 건물의 깊이를

우리는 겨우 의지하고 있다
뼈와 살처럼

당신 대신 일어나는 감정을
허겁지겁 붙잡고 나왔다
살려고 살려고
방금 전까지 동반 자살하던
그가,

—『한국문학』, 2010년 봄호

기우뚱한 감정 혹은 사랑의 깊이

인간이 인간일 수 있는 것은 무엇일까? 인간의 정체성을 규정하는 것이 어디 한두 가지일까? 그 많은 것들 중에서 가장 권위를 인정받아 온 것이 바로 이성이다. 이 이성을 특화하면 인간은 다른 존재자들과 차별화되고, 그 결과 아주 강력한 헤게모니를 가지게 되어 세계의 중심으로 부상하게 된다. 우리는 종종 이러한 이성의 권위와 힘에 압도당해 다른 중요한 존재를 망각하게 된다. 어쩌면 이성보다도 인간의 정체성을 규정하는 더 중요한 어떤 존재를 자연스럽게 망각하게 되는 것이다. 그렇다면 인간을 규정하는 이성보다도 더 중요한 어떤 존재란 과연 무엇일까?

이 물음에 대한 답을 하기 전에 우리는 인간의 삶을 되돌아볼 필요가 있다. 인간은 도대체 어떻게 살아가는 것일까? 우리가 이성적으로 무엇을 인지하고 이해하고 판단하는 과정이 인간의 삶에서 차지하는 비중이 얼마나 될까? 인간의 삶이라는 말이 너무 거창하고 추상적이라면 그것을 하루로 축소해서 살펴보면 어떨까? 하루 중에 인간의 삶을 차지하고 있는 대부분의 것은 밥 먹고 잠자고 배설하는 일련의 생식기능과 관련된 일이다. 밥 먹고 잠자고 배설할 때 그것을 이성적으로 하는 인간이 있을까? 무엇보다도 인간의 삶 혹은 생명을 유지하는 숨을 이성적으로 쉬는 인간이 있을까? 이러한 일련의 사실을 고려한다면 인간에게 이성이란 절대적이거나 중심적인 것이 아닐 수도 있다. 또한 이성이라는 것도 감성, 그 중에서도 특히 감정과의 구분이 명확하지 않은 것이 사실이다.

인간의 감정은 아주 흔하게 이성을 압도해 버린다. 이런 점에서 보면 인간의 이성이란 그러한 감정을 조절하고 통제하는 것에 불과할 수도 있다. 인간은 인지나 이해 판단에 앞서 언제나 이 감정의 형태로 존재한다. 인간의 이성은 감정을 온전히 조절하고 통제하지 못한다. 그만큼 인간의 감정이란 오묘하고 또 신비한 것이기 때문이다. 인간의 감정은 이성으로 이해하고 판단할 수 없는 어떤 깊이를 지니고 있으며, 그 바닥을 알 수 없기 때문에 인간의 감정은 때때로 두렵고 또 불안하기도 하다. 이처럼 감정은 인간이라는 존재를 규정하는 가장 중요한 것 중의 하나지만 그것은 인간이 처해 있는 상황에 따라 각기 그 모습을 달리한다. 그렇다면 어떤 상황에서 인간의 감정이 가장 잘 드러날까?

이 물음에 대한 답은 결코 쉽지 않다. 감정이란 개인의 성격이나 처한 상황에 따라 다르게 드러나기 때문이다. 하지만 지금까지 인간의 경험에 비추어 그것을 유추할 수는 있을 것이다. 유사 이래 지금까지 인간의 감정과 관련하여 단절되지 않고 계속 되고 있는 것 중의 하나는, 다름 아닌 바로 '사랑' 이다. 인간이 누군가를 사랑할 때만큼 감정의 오묘함과 신비함 혹은 두려움과 불안을 느끼는 경우는 없을 것이다. 사랑의 감정의 이 복잡 미묘함을 릴케는 '눈보라' 에다 비유하고 있다. 감정이 눈보라치듯 한다면 인간은 그 상황에 사로잡혀 어디 다른 것을 생각하기가 어려울 것이다. 인간이 누군가를 사랑할 때만큼 자신의 감정에 몰입하는 경우가 또 어디 있겠는가.

이러한 사랑의 감정은 쉽게 사라지지 않는다. 김안 시인의 말을 빌리면 그것은 쉽게 '익사하지 않는' 다. 익사하지 않고 그것은 끊임없이 출몰한다. 이 시에서 시인이 처해 있는 사랑의 상황은 안정적이지 않다. 시인은 이 불안한 상황을 '우리는 겨우 의지하고 있다/뼈와 살처럼' 이라고 노래하고 있다. 뼈와 살은 함께 있지만 결코 뼈가 살이 될 수 없고 또 살 또한 뼈가 될 수 없다. 겨우 의지하고 있기에 우리는 각자 외롭게 더 높이 높이 올라갈 수밖에 없는 것이다. 이 정도라면 우리의 관계는 서로 사랑하는 사이라고 할 수 없을 정도로 거리가 있다고 할 수 있다. 하지만 시인은 이러한 우리의 관계를 사랑이라고 명명한다. 뼈와 살처럼 겨우 의지하고 있는 우리의 관계를 시인이 사랑이라고 한 것은 감정 때문이다.

시인에게 중요한 것은 당신이라는 대상이 아니라 바로 감정이다. 감정이 남아 있으면 사랑은 지속되는 것이다. 시인은 우리 사이에 존재하는 감정을 '기우뚱한 감정' 이라고 표현한다. 우리 사이에 존재하는 이 기우뚱한 감정으로 인해 시인은 아무 일도 하지 못한다. 이것은 이성적으로 처리해야 할 어떤 일을 말하는 것이라고 할 수 있다. 하지만 시인은 이러한 이성적인 일만을 일로 보지 않는다. 시인은 감정적인 일도 일로 본다. 그래서 '기우뚱한 감정 때문에/아무 일도 하지 못하는 날에도/많은 일을 하고 있다' 고 말하고 있는 것이다. 그렇다면 감정의 차원에서 시인이 하는 그 일이란 도대체 무엇일까?

이와 관련해서 시인이 하는 가장 중요한 것 중의 하나는 '익사하는 당신' 을 건져올리는 일이다. 당신은 늘 익사하려고 하지만 기우뚱한 감정이 그것을 건져올려 우리 사이의 관계를 유지시켜 준다는 것이다. 익사는 당신 한 사람에게만 해당되는 것이 아니라 우리 모두에게 해당되는 것이다. 어쩌면 당신에 대한 시인의 태도는 이성적으로 보면 익사한 것이 틀림없다. 우리의 사랑의 관계에서 이성은 별다른 힘을 발휘하지 못한다. 익사의 순간에 시인을 구한 것은 당신이 아니라 '당신 대신 일어나는 감정'이다. 시인은 그 감정을 '허겁지겁 붙잡고 나와' 살 수 있었던 것이다. 시인은 자신을 지배하고 있는 감정의 이 오묘하고 신비한 힘에 대해

> 언제 멈출까
> 익사하는 당신을
> 건져 올리는 그 건물의 깊이를

이라고 노래한다. 여기에서의 건물은 감정으로 치환할 수 있을 것이다. 시인은 이 감정의 깊이를 알지 못한다. 일반적으로 우리는 감정의 깊이에 대해서는 이야기하지 않는다. 감정은 깊이하고는 관계가 없는 것으로 간주되어 온 것이 사실이다. 깊이란 감정이 아니라 이성에 해당되는 것으로 간주되어 왔다. 감정은 이성에 비추어 깊이 없는 것으로 간주되어 배제되고 소외되거나 조절과 통제의 대상이 되었던 것이다.

그러나 감정은 이제 시인에 의해 새롭게 발견되기에 이른다. 감정의 발견은 인간과 인간을 통해 이루어지는 사랑과 같은 행위에 대해 깊이 있는 이해와 판단을 제공할 것이다. 사랑의 깊이를 이성이 아닌 감정의 차원에서 헤아리면 우리는 보다 더 그것의 실체와 진실에 접근할 수 있을 것이다. 이런 맥락에서 볼 때 '사랑은 익사하지 않는다'라는 시인의 말은 감정의 깊이에 대한 통찰의 산물이라고 할 수 있다. 만일 인간의 존재성을 감정의 차원에서 규정한다면 사랑이 익사하지 않는 한 당신

역시 익사할 수 없을 것이다. 사랑이 익사하지 않는다는 것은 곧 감정이 익사하지 않는다는 것이고, 그것은 곧 인간이 익사하지 않는다는 것을 의미한다. 비록 시인이 우리의 관계를 뼈와 살의 관계로 비유하고 있지만 감정이 익사하지 않는 한 그 관계 역시 익사하지 않을 것이다. 뼈와 살에 감정이 흐르면 그것은 하나의 몸이 되고, 그 몸이야말로 온전한 인간의 존재성을 드러내는 징표라는 점을 고려한다면 시인이 말하는 기우뚱한 감정과 사랑의 깊이란 시적 혜안을 지니고 있는 것이 아니고 무엇이랴.

짐승이 되어 가는 심정

이근화

아침의 공기와 저녁의 공기는 달라

나의 코가 노을처럼 섬세해진다

하루는 세 개의 하루로

일 년은 스물아홉 개의 계절이 있다

나의 입술에 너의 이름을

슬며시 올려본다

나의 털이 쭈뼛 서지만

그런 건 기분이라고 하지 않아

나의 귀는 이제 식사에도 소용될 수 있을 것 같다

호수 바닥을 긁는 소리

중요한 깃털이 하나 빠지는 소리

뱀의 독니에서 독이 흐르는 고요한 소리

너는 죽었는가

노래로 살아나는가

그런데 다시 죽는가

수많은 종을 거느리고 강을 건너지만
강을 건너는 나의 어깨는 너의 것이고
이 어둠을
너의 눈 코 입을 기억하는 일은

나의 것인데
문밖에서 쿵쿵쿵 나를 방문하는 냄새
침이 솟구친다
식탁 위에 너의 피가 넘친다

—『신생』, 2009년 겨울호

인간은 짐승의 기억을 가지고 있다

짐승이 되어 가는 심정은 어떨까? 짐승이 인간의 잠재된 본능의 다른 이름이라면 이러한 물음은 결코 유쾌한 것은 아닐 것이다. 인간은 무의식의 심층에 잠재된 본능이 그 맨얼굴을 드러내는 것에 대해 몹시 불안해 한다. 이 불안은 인간의 이성이 만들어낸 일종의 금기에 대한 어김과 그것의 대가로 받게 되는 처벌에 대한 정서적인 반응이다. 이 처벌이 두려워 인간은 철저하게 짐승스러움을 숨기고 세련되고 투명한 이성을 늘 전경화한다. 그러나 투명한 이성은 인간의 그 짐승스러움을 어쩌지 못한다. 그것은 이성의 차원에 견고하게 은폐되어 있는 하나의 얼룩이다.

이성의 견고함이 약화되면 잠재된 짐승의 본능이 자연스럽게 부상한다. 인간의 이성이 약화되는 순간은 많지만 그중에서도 가장 강력한 때는 그것이 성욕과 죽음으로 변주될 때이다. 성욕과 죽음은 이성을 삼키고도 남을만한 짐승의 본능을 지니고 있다. 투명한 이성의 차원에서 보면 성욕과 죽음은 가장 야만적인 것, 다시 말하면 가장 짐승의 본능에 가까운 것이 되는 것이다. 성욕의 끝이 죽음이라는 사실을 상기한다면 죽음과 관련된 징후의 출현은 이성의 차원에서 보면 가장 불안하고 위협적인 것이다. 이런 맥락에서 볼 때 죽음은 이성을 초월한 본능에 가까운 것이라고 할 수 있다.

시인은 '짐승이 되어 가는 심정'이라고 고백한다. 이러한 시인의 고백의 단초는 죽음으로부터 시작된다. 시인의 심정을 대변하는 것은

    너는 죽었는가
    노래로 살아나는가
    그런데 다시 죽는가

에 잘 드러난 것처럼 '너의 죽음'이다. 죽음이란 다른 것이 아니다. 죽음은 존재 자체가 점점 희미해지는 것이고, 결국 기억과 의식으로부터 소멸하고 마는 것이다. 그러나 기억과 의식보다도 더 존재의 죽음을 가장 강렬하게 환기하는 것은 감각의 소멸이다. 너의 죽음은 너에 대한 모든 감각을 상실하는 것이다. 감각이 상실되면 기억과 의식을 통한 존재의 현현에도 한계가 있을 수밖에 없다. 시인은 그것을 누구보다도 잘 알고 있다. 잘 알고 있기에 시인은 그 감각을 회복하려고 한다.

이러한 감각의 회복은 인간의 이성을 통해서 이루어지는 것이라 이성이 추방하고 억압해온 짐승의 본능을 회복함으로써 이루어지는 것이다. 짐승의 본능을 회복하려면 먼저 인간이 지니고 있는 감각을 회복하여야 한다. 투명한 이성의 문명이 발달하면서 인간의 감각은 시각의 비대함이라는 기형적인 결과를 초래하기에 이른다. 시각이 강력한 지배력을 행사함으로써 가장 몸적인 감각인 촉각이나 후각 등은 점점 약화되어 인간이 지니고 있는 본능적인 감각을 망각내지 퇴화하게 한 것이

사실이다. 시각은 인간의 존재를 투명하게 현현하게 하는 데는 성공할
수 있어도 그 이면에 드리워진 살과 피와 땀과 같은 물질을 현현하게 하
는 데는 한계가 있다고 할 수 있다. 정신과 물질이 육화된 몸으로서의
존재를 현현하게 하는 것, 이것이야말로 시인이 짐승이 되어 가는 심정
의 진정한 의미라고 할 수 있다. 시인은

　　나의 코가 노을처럼 섬세해진다

나

　　나의 입술에 너의 이름을
　　슬며시 올려본다

또는

　　호수 바닥을 긁는 소리
　　중요한 깃털이 하나 빠지는 소리
　　뱀의 독니에서 독이 흐르는 고요한 소리

그리고

　　문밖에서 쿵쿵쿵 나를 방문하는 냄새

에서 알 수 있듯이 그동안 잠자고 있던 후각과 촉각, 청각을 불러내 그
것을 곤추세운다. 후각과 촉각, 청각의 곤추세움은 곧 전체적인 몸의 감

각의 회복을 의미한다. 시각만이 아니라 이렇게 다양한 감각들이 서로 섬세하게 혹은 은밀하면서도 강렬하게 섞이고 충돌하면서 하나의 몸을 이룬다. '나의 귀'는 단순히 소리만 듣는 기관이 아니라 '이제 식사에도 소용될 수 있을 것 같'은 미각과 후각, 촉각과 결합된 육화된 몸인 것이다. 다양한 감각들이 결합하여 몸이 회복되는 순간을 시인은 '침이 솟구친다', '식탁 위에 너의 피가 넘친다'는 말로 그 감격을 표출한다.

침이 솟구치고 피가 흘러넘치는 존재란 더 이상 투명하고 건조한 이성적인 존재를 의미하는 것이 아니다. 이것은 인간을 하나의 존재로 규정하는 것도 적절하지 않다는 것을 말해준다. 인간은 이성이나 언어에 의해 존재하는 차원을 넘어 끊임없이 살아 있는 생성 혹은 생명의 존재라고 할 수 있다. 짐승의 본능을 야만적인 것이라고 배제하고 추방해버린 저간의 인간에 대한 규정이야말로 인간을 이루는 토대 중의 토대인 몸 혹은 몸의 감각을 망각한 잘못된 규정이라고 할 수 있다.

그러나 몸의 감각을 이렇게 짐승의 본능이라고 말해버릴 때 끼어드는 어쩔 수 없는 불안은 어디에서 기인하는 것일까? 투명한 이성에 의해 규정되어온 인간에 대한 저간의 학습 때문일까? 아니면 인간이 지니는 짐승의 본능에 대한 회복이 가져올 문명화된 인간으로서의 혼란스러움 때문인가? 그것도 아니면 너에 대한 시인의 개인적인 은밀한 경험 때문인가? 이 물음에 대해 굳이 답할 이유는 없다. 어느 쪽으로 보아도 모두 그 나름의 타당성이 존재한다. 하지만 분명한 것은 짐승이 되어 가는 심정이 결코 단순하지도 또 간단하지도 않다는 사실이다. 너라는 존재를 몸의 감각의 회복을 통해 되살려낸다고 할 때 끊임없이 환기되는 것은 너에 대한 기억이다. 그 기억은 기쁜 것일 수도 또 슬픈 것일 수도 있다. 어느 하나의 감정도, 어느 하나의 의식도 아닌 둘 혹은 그 이상의 것들이 시인의 몸을 이룰 때 여기에서 생성되는 심정은 과연 어떤 것일까?

　대개 짐승의 본능을 시 속에 끌어들이는 경우 감각의 과도한 관능이나 야성을 전경화하여 이성이나 문명에 대한 아주 선명한 비판과 반성을 획득하는 것이 일반적이다. 이 사실은 시인이 짐승 혹은 짐승의 본능을 시 속에 끌어들일 때 그것에 대해 '심정'이라는 아주 멜랑콜리한 의미를 부여한 경우는 흔치 않다는 것을 말해준다. 시인의 이 멜랑콜리한 심정은 오랜 시간동안 축적된 인간의 의식을 반영하는 것이라고 할 수 있다. '인간'이 되어 가는 것이 아니라 '짐승'이 되어 간다는 것은 이미 그 기표에서부터 결코 가볍지 않은 무게가 작용하고 있는 것이다. 기실 짐승이 되어 가는 것이 인간이 되어 가는 것과 다르지 않음에도 불구하고 그것이 적대적인 관계성을 지니게 된 것은 인류사의 하나의 큰 비극이라고 할 수 있다. 짐승이 되어 가는 심정에 드리워진 시인의 그늘의 깊이가 여기까지 닿아 있음은 세계에 대한 또 다른 시적 발견이라고 할 수 있다.

啐啄

김지하

저녁 몸속에
새파란 별이 뜬다
회음부에 뜬다
가슴 복판에 배꼽에
뇌 속에서도 뜬다

내가 타죽은
나무가 내 속에 자란다
나는 죽어서
나무 위에
조각달로 뜬다

사랑이여
탄생의 미묘한 때를
알려다오

껍질 깨고 나가리
박차고 나가
우주가 되리
부활하리.

— 『중심의 괴로움』(솔, 1994년)

네오휴머니즘의 탄생

　일찍이 우리 현대시사에서 우주가 이렇게 심적으로 가깝게 존재한 적은 없었다. 김지하의 시에서 보여지는 우주는 마치 인간과 다를 바 없는 살아 있는 생명체 그 자체이다. 인간과 우주 혹은 인간의 몸과 우주의 同氣感應(동기감응)은 우주적 휴머니즘으로 불러도 무방할 정도다. 이 새로운 우주적 휴머니즘은 서양의 휴머니즘과는 질적으로 다른 것이다. 이 휴머니즘은 우주와 인간의 마음 사이의 벽을 만들어 그 감응 자체가 불가능한 서구의 것과는 달리 인간의 마음, 즉 영적이고 감성적인 인간의 몸과 우주의 변화를 아우르는 그런 무궁한 감응을 전제로 하고 있다. 이것은 분명 인간과 우주에 대한 새로운 사유 체계임과 동시에 기존의 문명이나 문화에 일정한 반성과 비판, 그리고 대안을 제시할 수 있는 체계임에 틀림없다. 최근 그가 새롭게 들고 나온 律呂文化(율려문화) 운동도 이 새로운 우주적 휴머니즘 운동으로 볼 수 있을 것이다. 율려문화 운동이란 우리가 변혁을 하려면 우주의 변화를 인식하고, 그 우주의 변화 가운데서 '黃鐘音(황종음)'이라는 중심음을 찾아 그것을 중

심으로 문화와 문명을 새롭게 창출하자는 동양적인 우주관에 입각한
신사고 운동이다. 인간의 몸과 우주와의 동기감응에서 비롯되는 이 새
로운 우주관의 시작을 상징적으로 보여주는 시가 바로「啐啄」(줄탁)이
다.

　　저녁 몸속에
　　새파란 별이 뜬다
　　회음부에 뜬다
　　가슴 복판에 배꼽에
　　뇌 속에서도 뜬다

　　내가 타죽은
　　나무가 내 속에 자란다
　　나는 죽어서
　　나무 위에
　　조각달로 뜬다

　　사랑이여
　　탄생의 미묘한 때를
　　알려다오

　　껍질 깨고 나가리
　　박차고 나가
　　우주가 되리
　　부활하리.

이 시는 새로운 우주관의 도래를 노래하고 있는 시이다. 그러나 아직 이 새로운 우주관은 그 실체를 드러낸 것은 아니다. 이 시는 새로운 우주관의 실체가 드러나기 전까지의 과정을 노래하고 있는 그런 시이다. 이것은 啐啄(줄탁)이라는 이 시의 제목을 통해서도 알 수 있다. 줄탁은 닭이 알을 깔 때에 알 속의 병아리가 껍질을 깨뜨리고 나오기 위하여 껍질 안에서 쪼는 것(啐)과 어미 닭이 밖에서 쪼아 깨뜨리는 것(啄)이 합쳐진 말이다. 따라서 줄탁은 두 가지가 동시에 행해져야 한다는 것을 의미하는 것으로 어떤 일의 시작이 무르익은 상태를 비유한 말이다.

줄탁이 드러내는 의미처럼 새로운 우주관의 도래에는 탄생의 무르익은 시기가 요구된다. 이런 맥락에서 1연은 새로운 우주관의 탄생을 위한 토대의 어떤 정점을 노래하고 있는 것으로 볼 수 있다. 그 정점이란 한 마디로 '몸속에 별이 뜬' 상태를 말하는 것이다. '몸속에 별이 뜬다'는 것은 몸과 우주와의 심적인 거리가 무화된 것으로 이것은 달리 말하면 몸과 우주와의 동기감응이 정점에 달한 상태라고 할 수 있다. 이 상태에서는 내 몸이 곧 우주가 되고, 우주가 곧 내 몸이 되는 것이다. 이 사실은 우리가 흔히 몸을 소우주라고 하는 기존의 해석을 벗어난 것이다. 몸은 우주의 축소판이 아니라 그 자체로 생동하는 무궁한 대우주인 것이다.

내 몸이 대우주이기 때문에 나라는 존재 자체가 완전히 소멸하는 그런 죽음이란 있을 수 없다. 나는 비록 죽지만 그 죽음은 단지 氣(기)의 해체에 불과한 것으로 아직도 수렴력을 가진 분해된 유기물질 안팎에 神氣(신기)가 살아서 귀신 생명 활동을 하는 것이다. 이 생명 활동은 2연의 '내가 타죽은/나무가 내 속에 자란다/나는 죽어서/나무 위에/조각달로 뜨는' 그런 진화와 생성이 끊임없이 이어지는 무궁한 운동인 것이다. 이런 맥락에서 보면 다음과 같은 시, '내 나이/몇인가 헤아려보니//

지구에 생명 생긴 뒤 삼십오억살/우주가 폭발한 뒤 백오십억살/그전 그 후 꿰뚫어 무궁살' (「새봄」)이라는 말이 과장이 아님을 알 수 있을 것이다.

'몸속에 별이 뜬다'는 것은 이처럼 우주에 대한 새로운 해석을 담지하고 있는 것이 사실이다. 하지만 이 말은 그 안에 우주에 대한 또 다른 해석도 담고 있다. 그것은 별이 몸 속에 뜨는 과정에서 드러난다. 이 시에서 보면 별은 처음에 '회음부'에서 떠서 '가슴 복판', '배꼽'을 거쳐 '뇌' 쪽에서 뜨게 된다. 이 사실은 새롭게 탄생될 우주관은 '뇌' 중심의 하강적 수직주의가 아니라 그것을 뒤집고 해체한 '회음부' 중심의 우주관이라는 것을 의미한다. '회음부' 중심이라는 것은 새로운 우주관이 하반신 곧 자궁, 성기, 똥구멍, 불알이 중심이 된다는 것이며, 이것은 필연적으로 섹스와 육체적인 감각을 동반하게 된다는 것을 말한다. 섹스와 육체적인 감각은 지금까지 불경한 것으로 금기시되어 왔으나, 그 이면에는 섹스와 육체적인 감각을 지나치게 물질적인 것으로만 파악하는 물질중심주의적인 사고가 작용한 것이다. 섹스와 육체적 감각 속에도 새롭고 성스러운 우주적 영성의 씨가 존재하며, 이 사실을 자각하고 이것을 찾아내서 새롭게 재창조해내는 것이 '회음부' 중심의 우주관이다. '회음부'로부터 시작되는 그 끈적끈적하고 핏기 있는 살아 꿈틀거리는 기운이 '가슴', '배꼽', '뇌' 등으로 흘러 차갑고 딱딱한 로고스 중심의 체계들을 감싸 안을 때 진정한 의미의 새로운 우주관은 성립되는 것이다.

새로운 우주관의 탄생을 위한 토대는 이렇게 성립되었지만 그것이 하나의 모습으로 현현하기 위해서는 다른 무엇이 더 필요하다. 그것이 바로 3연에서 말하고 있는 '사랑'이다. 이 '사랑'이란 줄탁에서처럼 아기 병아리가 껍질을 깨고 나올 때 밖에서 그것을 도와주는 어미 닭과의 이심전심의 감응 같은 것을 말하는 것이다. 아기 병아리와 어미 닭과의 관계에서 볼 수 있는 이 '사랑'이 의미하는 것은 새로운 탄생에는 우주 전체의 감응의 기운이 맞아야만 한다는 사실이다. 이 감응의 기운이 神妙性(신묘성)을 획득하는 순간 비로소 껍질을 깨고 나와 우주와 한 몸이 되어 새로운 탄생이 이루어지는 것이다.

손 무덤

박노해

올 어린이날만은
안사람과 아들놈 손목 잡고
어린이대공원에라도 가야겠다며
은하수를 빨며 웃던 정형의
손목이 날아갔다

작업복을 입었다고
사장님 그라나다 승용차도
공장장님 로얄살롱도
부장님 스텔라도 태워 주지 않아
한참 피를 흘린 후에
타이탄 짐칸에 앉아 병원을 갔다

기계 사이에 끼어 아직 팔딱거리는 손을
기름 먹은 장갑 속에서 꺼내어
36년 한 많은 노동자의 손을 보며 말을 잊는다
비닐봉지에 싼 손을 품에 넣고
봉천동 산동네 정형 집을 찾아
서글한 눈매의 그의 아내와 초롱한 아들놈을 보며

차마 손만은 꺼내주질 못하였다

훤한 대낮에 산동네 구멍가게 주저앉아 쇠주병을 비우고
정형이 부탁한 산재 관계 책을 찾아
종로의 크다는 책방을 둘러봐도
염병할, 산데미 같은 책들 중에
노동자가 읽을 책은 두 눈 까뒤집어도 없고

화창한 봄날 오후의 종로거리엔
세련된 남녀들이 화사한 봄빛으로 흘러가고
영화에서 본 미국 상가처럼
외국 상표 찍힌 왼갖 좋은 것들이 휘황하여
작업화를 신은 내가
마치 탈출한 죄수처럼 쫄드만

고층 사우나 빌딩 앞엔 자가용이 즐비하고
고급 요정 살롱 앞에도 승용차가 가득하고
거대한 백화점이 넘쳐흐르고
프로야구장엔 함성이 일고
노동자들이 칼처럼 곤두세워 좆빠져라 일할 시간에
느긋하게 즐기는 년놈들이 왜 이리 많은지
- 원하는 것은 무엇이든 얻을 수 있고
바라는 것은 무엇이든 이룰 수 있는-

선진조국의 종로거리를
나는 ET가 되어
얼나간 미친 놈처럼 헤매이다
일당 4,800원짜리 노동자로 돌아와
연장노동 도장을 찍는다

내 품속의 정형 손은
싸늘히 식어 푸르뎅뎅하고
우리는 손을 소주에 씻어 들고
양지바른 공장 담벼락 밑에 묻는다
노동자의 피땀 위에서
번영의 조국을 향락하는 누런 착취의 손들을
일 안하고 놀고먹는 하얀 손들을
묻는다
프레스로 싹뚝싹뚝 짓짤라
원한의 눈물로 묻는다
일하는 손들이
기쁨의 손짓으로 살아날 때까지
묻고 또 묻는다

— 『노동의 새벽』(풀빛, 1984년)

손 무덤의 기치旗幟

　　『노동의 새벽』에서 박노해는 노동자의 훼손된 몸을 보여줌으로써 노동 현실의 억압적인 상황을 끊임없이 환기시키려는 시 쓰기의 욕망을 드러내고 있다. 이 욕망의 강렬함은 그가 시적 대상으로 삼고 있는 훼손된 몸이 대체로 극단적인 차원에서 그려지고 있다는 사실을 통해 잘 알 수 있다. 그가 그리고 있는 몸은 노동의 현실에서 시간의 무게를 견디지 못하고 차츰 훼손되어 가는 그런 세세한 숨결이 느껴지는 과정으로서의 몸이 아니라 이미 망가질 대로 망가진, 자신의 몸에서 닳아 없어졌거나 잘려져 나간 그런 결과로서의 몸이다.

> 기계 사이에 끼어 아직 팔딱거리는 손을
>
> 기름 먹은 장갑 속에서 꺼내어
>
> 36년 한 많은 노동자의 손을 보며 말을 잊는다
>
> 비닐봉지에 싼 손을 품에 넣고
>
> 봉천동 산동네 정형 집을 찾아

서글한 눈매의 그의 아내와 초롱한 아들놈을 보며

차마 손만은 꺼내주질 못하였다

(…중략…)

내 품속의 정형 손은

싸늘히 식어 푸르뎅뎅하고

우리는 손을 소주에 씻어 들고

양지바른 공장 담벼락 밑에 묻는다

노동자의 피땀 위에서

번영의 조국을 향락하는 누런 착취의 손들을

일 안하고 놀고먹는 하얀 손들을

묻는다

프레스로 싹뚝싹뚝 짓짤라

원한의 눈물로 묻는다

일하는 손들이

기쁨의 손짓으로 살아날 때까지

묻고 또 묻는다

— 「손 무덤」 부분 인용

　노동자의 훼손된 몸을 통해 노동 현실을 고발하고 있는 대표적인 시이다. 이 시에서 시인이 시 쓰기의 대상으로 삼은 것은 기계 사이에 끼여 팔딱거리는 정형의 손이다. 아마도 프레스에 잘려 나간 정형의 이 손은 시인의 의식에 강렬한 충격으로 다가와 각인되었을 것이다. 자신의 몸에서 또 다른 몸의 일부가 잘려져 나간다는 이 사지절단의 체험은 인간이 체험하는 가장 공포스러운 것 중의 하나이다. 노동의 현장, 특히 프레스와 같은 그런 종류의 기계를 다루는 현장에서의 이 사지절단의 체험은 노동자라면 누구나 한번쯤 경험하게 되는 끔찍한 악몽과 같은 것이리라. 좀처럼 쉽게 지워질 수 없는 끔찍한 악몽을 제공하는 정형의 절단된 손은 시인의 시적 질료가 되기에 부족함이 없다고 할 수 있다.

그러나 문제는 정형의 절단된 손이라는 이 시적 질료를 시인이 자신의 상상과 표현으로 되살려 놓고 있지 못하다는 점이다. 그것은 시인의 의식이 정형의 잘려 나간 손이 아니라 '노동자의 피땀 위에서/번영의 조국을 향락하는 누런 착취의 손들' 에 과도하게 쏠려 있기 때문이다. 프레스에 잘려 나간 정형의 손을 보고 '누런 착취의 손들' 이 떠오른다는 발상은 어떻게 보면 지극히 자연스러운 것으로 볼 수 있지만 다른 한편으로 보면 그것은 그의 상상력이 유연하지 못하고 기계적이라는 사실을 말해준다. 어쩌면 그는 정형의 손이 기계에 잘려 나가기 전에 이미 '누런 착취의 손들' 에 대한 포석을 자신의 의식 속에 깔아 놓고 있었는지도 모른다. 정형의 손이 잘려 나가자 시인은 이것과 관련된 다른 세세한 체험 과정을 생략한 채 자신이 설정한 의식 속으로 이 사건을 밀어 넣어 버린 것이다.

이 기계적인 연결의 강렬함은 인용에서 생략된 부분(2연, 5연, 6연)에 잘 드러나 있다. 인용에서 생략된 부분은 '누런 착취의 손들' 에 대한 발화의 연장이다. 따라서 이 시는 가해자와 피해자, 지배자와 피지배자, 가진 자와 못 가진 자라는 선명한 이분법적인 의미 구조를 띠게 된다. 이 이분법적인 의미 구조를 통해 드러나듯이 그가 겨냥하고 있는 것은 가진 자(가해자, 지배자)의 횡포와 그것을 가능하게 하는 자본주의 사회 체제에 대한 고발이다. 이런 식의 의미 구조란 사회의식이 팽배한 시대에 흔히 볼 수 있는 것으로 여기에서 늘 문제가 되는 것은 경직성과 단순성이다. 이 이분법적인 의미 구조가 경직성과 단순성의 차원에 머물게 되면 그것은 틀림없이 무엇 무엇을 위한 한풀이 혹은 무엇 무엇을 위한 도구 정도로 그치고 마는 것이 사실이다. 「손 무덤」 역시 이러한 혐의로부터 자유롭지 못하다.

「손 무덤」을 읽고 난 후 느껴지는 것은 노동의 현장에서 체험하는 생생한 삶의 숨결이 아니라 그것이 제거된 상태에서의 가진 자들에 대한 생경한 한풀이 그 이상도 그 이하도 아니라는 사실이다. 노동 현장에 대한 이 정도의 체험이란 누구나 형상화할 수 있는 그런 수준 아닌가? 우리가 기대하는 진정한 의미의 노동시란 노동의 현장에서 고단한 삶을 살아내는 노동자들의 생생한 숨결이 담긴 그런 시이다. 그의 시는 노동의 현실을 노동자의 훼손된 몸을 통해 보여주고 있으면서도 그 생생한 삶의 숨결을 느낄 수가 없다. 『노동의 새벽』에 실린 시들 중에서 가장 삶의 숨결을 느낄 수 있는 「포장마차」나 「가리봉시장」에서 조차도 이 도식적인 이분법적인 의미구조를 벗어나지 못하고 있다.

가진 자에 대한 분노와 저항 의식은 가지지 못한 자 또는 피지배자의 위치에 있는 노동자라면 누구나 가지고 있는 보편적인 심리이다. 하지만 그들에 대한 분노와 저항이 항상 이념이나 이데올로기로 무장되어 있는 것은 아니다. 노동자란 이념형이기에 앞서 살과 피를 가진 살아 있는 인간형에 가까운 존재들이다. 그의 표현대로 노동자는 '가슴 미어지는 비애와 분노, 철저한 증오, 통곡, 참혹한 고통'(「사랑」, p.111)을 피투성이의 몸부림으로 살아내는 자들이다. 이들이 피투성이의 몸으로 살아내는 과정에는 이념이나 이데올로기가 끼어들 수도 있지만 이들의 삶은 언제나 이것을 넘어서는 차원에 있다. 따라서 인간형에 가까운 이러한 피투성이의 몸을 배제한 채 이념이나 이데올로기만을 들추어낸다는 것은 마치 살과 피가 없는 앙상한 뼈만 있는 몸을 몸이라고 하는 것과 별반 다르지 않다. 『노동의 새벽』에서 그가 시적 대상으로 삼고 있는 노동자의 몸이 바로 이 형국이다. 이 때문에 그의 시는 노동자의 훼손된 몸을 자신의 이념이나 이데올로기를 실현하기 위한 도구로 이용하고 있다는 혐의를 받게 되는 것이다.

이런 점에서 「손 무덤」의 마지막 연은 그의 시 전체에 대한 하나의 메타포라고 할 수 있다. 시인이 이 마지막 연에서 겨냥하고 있는 것은 '누런 착취의 손들', 다시 말하면 '일 안하고 놀고먹는 하얀 손들'과 '일하는 손들' 사이의 위치 전도이다. 시인이 보기에 노동의 현실은 '일 안하고 놀고먹는 하얀 손들'은 잘 먹고 잘 사는 데 비해 정형의 손처럼 '일하는 손들'은 죽임을 당할 수밖에 없는 그런 아이러니의 연출 장이다. 시인은 이 모순된 구조를 뒤바꾸고 싶은 것이다. '번영의 조국을 향락하는 누런 착취의 손들/일 안하고 놀고먹는 하얀 손들을/프레스로 싹뚝 싹뚝 짓짤라 문'고 그 대신 '일하는 손들'을 '기쁨의 손짓으로 살아나'게 하려는 욕망, 이것이 시인이 겨냥하고 있는 궁극적인 목적이다.

그러나 시인의 이러한 바람은 불행하게도 그 소기의 목적을 달성하지 못했다고 할 수 있다. 그것은 '일 안하고 놀고먹는 하얀 손들'과 '일하는 손' 모두 언어의 몸을 획득하지 못했기 때문이다. 각기 다른 손들의 위치 전도를 통해 새로운 혁명을 꿈꾸었던 시인의 욕망은 그 과도한 의식 과잉으로 인해 제대로 기치를 올리지도 못한 채 하나의 관념의 메아리로 그치고 말았다고 할 수 있다. 정형의 잘려 나간 그 '푸르뎅뎅한 손'이 무덤 속에서 '기쁨의 손짓으로 살아나'기 위해서는 그가 구사하는 언어 자체가 관념이 아닌 실제로 살아 있는 몸을 얻어야 한다. 이것이 곧 노동의 현실을 온몸으로 살아낸 노동자 시인의 참된 시작을 알리는 첫 기치가 될 것이다.

Ⅲ. 언어와 감각

유리의 技術

정병근

유리창에 몸 베인 햇빛이

피 한 방울 없이 소파에 앉아 있다

고통은 바람인가 소리인가

숨을 끊고도, 저리 오래 버티다니

창문을 열어 바람을 들이자

햇빛은 비로소 신음을 뱉으며 출렁인다

고통은 칼날이 지나간 다음에 찾아오는 법

회는 칼날의 맛이 아니던가

깨끗하게 베인 과일의 단면은 칼날의 기술이다

피 한 방울 흘리지 않고 풍경의 살을 떠내는

저 유리의 기술,

머리을 처박으며 붕붕거리는 파리에게

유리는 불가해한 장막일 터,

훤히 보이는 저곳에 갈 수 없다니!

이쪽과 저쪽, 소리와 적막 그 사이에

통증없는 유리의 칼날이 지나간다

문을 열지 않고도 안으로 들이는 단칼의 기술,

바람과 소리가 없다면 고통도 없을 것이다

— 『현대시』, 2003년 10월호

시인, 유리의 칼날에 베이다

정병근의 『유리의 技術』은 시적 대상에 대한 인식의 참신함을 보여 준다. 이 시의 참신함은 유리가 가지는 사물의 속성을 날카롭게 들추어 내고 있는 데서 기인한다. 유리를 질료로 한 시들은 대부분 유리 그 자체보다는 시인의 의식에 비중을 두고 쓰여 진 것이 사실이다. 시인의 의식이 유리에 과도하게 투사되면 유리가 가지는 속성은 하나의 관념으로 굳어져버린다.

이 시에는 이런 위험성이 존재하지 않는다. 시인의 의식 속에 유리가 함몰되어 있지 않다. 시인은 유리 혹은 유리창이 있는 풍경을 날카롭게 해부한다. 시인의 인식은 먼저 유리창을 통해 들어온 햇빛에 가 닿는다. 이 햇빛을 보고 시인은 놀란다. 그것은 유리창을 통과한 햇빛이 '피 한 방울 없이 소파에 앉아 있' 기 때문이다. 시인의 이러한 인식은 관념적이라기보다는 감각적이다. 유리창을 통과한 햇빛에게서 드러나는 '숨 끊어짐' 이 유리창과 햇빛의 부딪힘에서 오는 어떤 번쩍거림과 바람과 소리가 제거된 적막을 통해 제시되고 있다는 것이 바로 그것이다. 이 감각적인 어우러짐이 다음과 같은 상상과 표현의 형식으로 드러난다.

유리창에 몸 베인 햇빛이
피 한 방울 없이 소파에 앉아 있다
고통은 바람인가 소리인가
숨을 끊고도, 저리 오래 버티다니
창문을 열어 바람을 들이자
햇빛은 비로소 신음을 뱉으며 출렁인다

유리창을 통과한 햇빛의 감각적인 인상이 '몸 베인' 또는 '신음을 뱉으며 출렁인다' 는 표현을 통해 생생하게 환기되고 있다. 이 표현 속에 유리창의 속성이 존재한다. 유리창이란 어떤 사물을 한쪽에서 다른 한쪽으로 상호 투사하는 접점의 속성을 가진다. 시인 역시 그것을 놓치지 않고 있다. 하지만 시인의 눈은 상호 투사된 세계가 빚어내는 풍경보다는 그 접점인 유리창에 더 깊이 머물러 있다고 할 수 있다. 시인이 보기에 유리창은 햇빛(사물)을 한쪽에서 다른 쪽으로 상호 투사하는 세계의 접점이다. 햇빛이 이 유리창을 통과하면 목숨이 끊긴다. 이것은 이미 유리창이 드러내는 감각적인 인상을 통해 충분한 개연성을 획득한 사실이다. 시인은 이 사실에 주목한다. 여기에서 시인이 발견한 것은 유리창을 통과한 햇빛, 다시 말하면 삶에서 죽음으로 바뀌는 그 과정의 절묘함이다.

시인은 '유리창에 몸 베인 햇빛이/피 한 방울 없이 소파에 앉아 있' 는 사실에 어떤 놀라움을 체험한다. 너무나 절묘하게 몸을 베기 때문에 햇빛은 '숨을 끊고도, 오래 버틴' 다. 베이는 순간에는 고통을 느끼지 못하다가 그 칼날이 지나간 다음에 고통을 느끼게 하는 유리창의 이 절묘한 몸 베기에 시인은 매료당한다. 그래서 시인은 유리의 이 절묘함을 '기술'이라고 명명한다.

> 깨끗하게 베인 과일의 단면은 칼날의 기술이다
> 피 한 방울 흘리지 않고 풍경의 살을 떠내는
> 저 유리의 기술,
> 머리을 처박으며 붕붕거리는 파리에게
> 유리는 불가해한 장막일 터,
> 훤히 보이는 저곳에 갈 수 없다니!
> 이쪽과 저쪽, 소리와 적막 그 사이에
> 통증없는 유리의 칼날이 지나간다
> 문을 열지 않고도 안으로 들이는 단칼의 기술,
> 바람과 소리가 없다면 고통도 없을 것이다

　시인이 명명한 '기술'이 단순한 것이 아니라 일정한 경지에 오른 절묘함 그 자체라는 것을 잘 보여주고 있는 대목이다. 유리창이 행하는 기술은 군더더기 없이 깨끗하고, 피 한 방울 흘리지 않고 풍경의 살을 떠내며, 통증이 없고, 문을 열지 않고도 안으로 들일 정도다. 이 정도면 충분히 시인이 매료당할 만하다고 본다. 하지만 유리창에 대한 시인의 태도는 단순한 매료당함 이상이라고 할 수 있다. 시인의 유리창에 대한 매료당함 이면에 이 시 속에서 느끼게 되는 것은 어떤 자의식이다. 시인이 유리의 기술에 대해 감탄할 때마다 상대적으로 시인의 기술에 대한 어떤 자괴감과 자책의 목소리가 그 이면에 깔려있음을 느낀다.

　유리창이 햇빛을 절묘하게 그 풍경의 살을 떠내고 안으로 들이는 행위란 시인이 사물을 상상과 표현의 형식을 통해 드러내는 행위와 다른 것이 아니다. 시인이 하나의 사물을 자신 안으로 끌어들여 그것에 형식을 부여하는 일이란 감각·인지·이해·판단의 과정이지만 여기에서 시의 성패가 결정되는 것은 그 기술의 차이 때문이라고 할 수 있다. 시인이란 사물을 언어를 통해 온전히 재현하는 존재이다. 하지만 사물은 언어화되는 순간 그 고유한 속성은 상실되고 만다. 언어의 한계가 여기에 있음은 두말할 필요가 없다. 언어는 사물의 존재를 온전히 드러낼 수 없기에 시인은 언제나 절망하는 것이다. 이 절망이 기교를 낳고 기교는 다시 절망을 낳는다는 것이 시인의 운명인 것이다.

시인은 언제나 이러한 자의식에 시달릴 수밖에 없다. 어떻게 하면 사물을 온전하게 언어를 통해 드러낼 수 있을까를 고민하는 시인에게 유리의 존재란 자의식을 아프게 환기하는 더 없이 좋은 질료인 것이다. 유리창을 통과하는 순간 햇빛은 숨이 끊긴다. 하지만 여기에는 피 한 방울 없다. 천의무봉인 것이다. 시인이 겨냥하는 궁극이 바로 여기에 있지 않은가. 이런 점에서 볼 때 '피 한 방울 흘리지 않고 풍경의 살을 떠내는' 혹은 '문을 열지 않고도 안으로 들이는', '저 유리의 기술(단칼의 기술)'은 시인이 궁극적으로 겨냥하는 시쓰기에 대한 메타포라고 할 수 있다. 이러한 시인의 갈망은 시의 말미에서 절정을 이룬다.

> 문을 열지 않고도 안으로 들이는 단칼의 기술,
> 바람과 소리가 없다면 고통도 없을 것이다

시인은 바람과 소리를 원망한다. 만일 '바람과 소리가 없다면' 유리창의 그 '단칼의 기술'은 완전한 것(고통이 없는 것)이 되는 것이다. 바람과 소리는 유리의 기술이 완전할 수 없다는 것을 끊임없이 환기하는 얼룩인 동시에 사물과 언어 또는 사물과 시인 사이의 긴장을 유지해주는 미적 질료인 것이다. 바람과 소리가 없는, 그런 고통이 없는 세상은 예술이 영점화되는, 다시 말하면 시의 존재성이 무화되는 그런 아름답지만 끔직한 세상을 의미한다고 할 수 있다. 여기에 이르는 기술은 존재하지도 또 존재할 수도 없는 '유리의 기술'인 것이다.

제주도

허만하

멀리 짐승 발자국 하나 없는 흰 설원 한가운데서 정면으로 목쉰 바람소리 향하여 서 있는 한 그루 나목의 꿈 안에 5월의 숲 연두색 반짝임이 있듯, 빛나는 은백색 갈치 길이 끝에 너울지는 검푸른 겨울 바다가 있다.

—『애지』, 2010년 봄호

풍경

    시인이 그리고 있는 풍경이 싱싱하다. 이 싱싱함은 어디에서 기인하는가? 실재하는 풍경의 속성 때문일까? 아니면 풍경을 바라보는 주체의 내면 때문일까? 이때 중요한 것은 풍경이 언어에 의해 탈은폐된다는 사실이다. 언어의 매개가 없으면 풍경은 존재하지 않는다는 점이다. 이런 맥락에서 볼 때 풍경은 그것을 바라보는 주체의 내면이 언어를 매개로 투사된 형태라고 할 수 있다. 「제주도」의 풍경이 싱싱한 것은 전적으로 이러한 미학적인 구도 때문이다.

    풍경의 싱싱함은 곧 언어의 감각의 싱싱함과 다른 것이 아니다. 이 시에서 제주도의 풍경은 주로 정적인 질료와 동적인 질료의 적절한 구성을 통해 이루어진다. 이 시의 중심 질료는 '나목'과 '은백색 갈치'이다. 이 두 질료 모두 날것으로서의 이미지가 강하다. 나무는 벌거벗었고 갈치는 은백색이다. 날것으로서의 두 질료는 시작이나 바탕을 표상한다. 사물의 맨 처음의 색을 이 두 질료는 지니고 있는 것이다.

    날것으로서의 '나목'은 순수 혹은 숭고와 고독을 드러낸다. 나목의 순수는 '흰 설원'과 '목쉰 바람 소리'에 의해 더 강렬하게 환기된다. 짐승의 발자국 하나 없이 흰 눈으로 뒤덮인 벌판에 한 그루의 나무를 상상해 보라. 이 풍경의 초점은 흰 설원이 아니라 그 가운데 위치한 나목이라고 할 수 있다. 짐승의 발자국 하나 없는 흰 설원은 순수의 상징이다. 그런데 그 설원의 순수는 나목으로 수렴된다. 설원의 수평적인 것이 나목의 수직적인 것으로 초점화되는 것이다. 이렇게 되면 나목의 순수는 고양되어 숭고한 속성을 띠게 된다고 할 수 있다. 설원의 순수는 그 크기를 알 수 없을 만큼 압도적이어서 우리는 그것으로부터 숭고한 감성을 느끼게 된다.

흰 설원 속의 한 그루 나목은 이처럼 순수와 숭고를 표상하지만 그것은 또한 고독을 표상할 수도 있다. 모든 것으로부터 절연된 흰 설원 속에서 어떤 공간 이동도 없이 무한 시간을 묵묵히 견딘 나목의 고독이란 절대 고독에 가까운 것이라고 해도 과언이 아니다. 나목의 이 절대 고독을 깨우는 것은 '목쉰 바람 소리'뿐이다. 바람이란 어떤 형체도 없다는 점에서 그것 역시 절대 고독을 표상한다고 할 수 있다.

절대적인 순수와 절대 고독은 그 자체로 아름다움을 표상한다. 이것은 절대 순수와 고독이 내적 충만함으로 이어지기 때문이다. 나목이 궁극적으로 지향하는 것도 이런 내적 충만함이라고 할 수 있다. 나목의 외양이야 충만함과는 거리가 있지만 그 안은 절대 그렇지 않다. 나목의 안은 '5월의 숲 연두색 반짝임'이 있다. 이것은 나목의 내적인 충만함이 틔워낸 것이다. 나목 안으로 흐른 절대 순수와 고독의 결정체가 바로 연두색 반짝임인 것이다. 정적인 듯하면서도 그 안에 엄청난 동적인 흐름을 담지하고 있는 나목의 모습은 내적 충만함으로 가득한 인간의 모습과 다른 것이 아니다. 어쩌면 시인은 나목에 자신의 내면 혹은 자신의 꿈을 투사한 것인지도 모른다.

그러나 시인이 그리는 풍경의 백미는 여기에 있지 않다. 시 전문을 다시 한번 꼼꼼히 보자.

> 멀리 짐승 발자국 하나 없는 흰 설원 한가운데서 정면으로 목쉰 바람소리 향하여 서 있는 한 그루 나목의 꿈 안에 5월의 숲 연두색 반짝임이 있듯, 빛나는 은백색 갈치 길이 끝에 너울지는 검푸른 겨울 바다가 있다.

이 시는 한 문장으로 되어 있다. 쉼표(,)를 중심으로 앞과 뒤가 나뉜다. 그렇다면 쉼표 앞과 뒤의 문장 중에서 시인이 더 강조하고 있는 부분은 어디인가? 일반적으로 '~듯'으로 이어진 문장의 경우 강조점은 뒤에 놓인다. 앞의 문장이 보조 관념이고 뒤의 문장이 원관념이다. 이런 맥락에서 볼 때 이 문장에서 시인이 강조하고 있는 것은 뒤의 '겨울바다'이다. 시인은 '겨울 바다'를 그리고 싶었던 것이다. 이것을 위해 '나목'을 끌고 들어온 것이다. 나목의 순수 혹은 숭고와 고독이 보조관념으로 작용하면서 원관념인 겨울 바다는 훨씬 심원해지고 또 중층적인 의미를 띠게 된 것이 사실이다.

하지만 겨울바다의 의미는 나목을 통해서만 드러나는 것은 아니다. 나목에 더해 새롭게 등장한 보조관념이 있다. 그것이 바로 '은백색 갈치 길이 끝'이다. 단순히 은백색 갈치가 아니라 은백색 갈치의 길이 끝인 것이다. 갈치는 그 길이가 길다. 갈치의 이러한 속성은 바다와 관련해서 보면 그만큼 너울이 역동적이고 더 풍부하다는 것을 말해준다. 은백색 갈치가 등장하면서 나목의 정적인 의미는 단번에 동적인 의미로 바뀐다. '빛나는 은백색 갈치 길이 끝에 너울지는 검푸른 겨울 바다'가 비로소 탄생하는 것이다. 은백색 갈치가 펄떡거리면서 제주도 겨울바다의 싱싱한 풍경이 펼쳐지는 것이다.

시인이 겨냥한 풍경이 여기에 있다면 '제주도'는 궁극적으로 결빙과 죽음을 표상하지 않는다. 제주도는 갈치 길이 끝에 있다. 갈치의 끝은 언제나 검푸른 바다의 너울로 드러난다. 이렇게 되면 갈치는 나목이 숲으로 이어지듯 바다로 이어지는 것이다. 갈치는 갈치 하나가 아니라 바다라는 전체 속에서 그 의미가 드러나는 것이다. 제주도의 꿈 역시 그런 것이 아닐까? 하나 혹은 홀로인 듯 보이지만 끊임없이 전체 속에서의 존재를 꿈꾸는 섬이 제주도라는 것 아닐까? 제주도의 순수와 숭고 그리고 고독 같은 존재의 심원함이 갈치처럼 빛나고 깊이를 헤아릴 수 없을 정도로 내적인 충만함에 너울질 때 비로소 제주도는 그 날것으로서의 모습을 드러내게 된다는 것, 그것이 시인이 노래하고 있는 제주도의 본래의 풍경 아니겠는가?

별

정진규

별들의 바탕은 어둠이 마땅하다

대낮에는 보이지 않는다

지금 대낮인 사람들은

별들이 보이지 않는다

지금 어둠인 사람들에게만

별들이 보인다

지금 어둠인 사람들만

별들을 낳을 수 있다

지금 대낮인 사람들은 어둡다.

— 『별들의 바탕은 어둠이 마땅하다』(문학세계사, 1990년)

발견과 깨달음의 화법

정진규의 시는 느리다. 이 느림은 사유의 속도에서 비롯된다. 그의 시의 매혹은 감각이나 감성에만 있지 않다. 그의 시는 끊임없이 우리를 사유하게 하는 묘한 매력이 있다. 사유란 감각에서 출발해 인지와 이해 판단을 거치는 일종의 '사고 행위 과정(thinking process)'이다. 그의 시는 이러한 사유의 과정을 마치 소가 한발 한발 내딛듯 진중하고 느리게 보여준다. 그의 시에서는 사유의 과정이 급격하게 압축되거나 생략되는 법이 거의 없다. 어떤 시적 대상을 놓고 그것으로부터 떠오른 생각들을 숨기지 않고 조근 조근 드러낸다. 어떤 대상을 애써 과장하거나 에둘러 말하는 법 없이 자신이 인식한 것을 고스란히 발설하는 그의 화법은 가히 '직방의 화법'이라고 해도 무방할 것이다.

이런 점에서 볼 때 그의 느림은 직방의 한 방식이다. 느리게 시적 대상이나 세계의 본바탕에 가 닿으려는 시인의 태도는 그가 발설하는 한 마디 한 마디의 말에 무게감을 더해준다. 그의 시를 읽다보면 시 속의 말들이 단순한 말이 아니라 '말씀'처럼 들릴 때가 있다. 이 사실은 그의 말에 수긍하거나 그것이 지니고 있는 의미에 대해 납득한다는 것을 말해준다. 일반적으로 우리가 다른 사람의 말을 납득한다는 것은 쉬운 일이 아니다. 여기에는 말하는 사람과 그것을 듣는 사람 모두가 공감할 수 있는 의미역이 존재해야만 가능한 일이다. 특히 시인처럼 시적 대상이나 세계를 숨기거나 비유하거나 하는 방식이 아닌 그것을 사유의 과정을 통해 고스란히 드러내는 경우에는 공감의 의미역이 무엇보다도 중요하다고 할 수 있다. 모두가 공감하기 위해서는 시적 대상이나 세계에 은폐되어 있는 의미를 '발견'하는 것이 중요하지만 그것은 말처럼 그렇게 쉬운 일이 아니다. 가령 여기

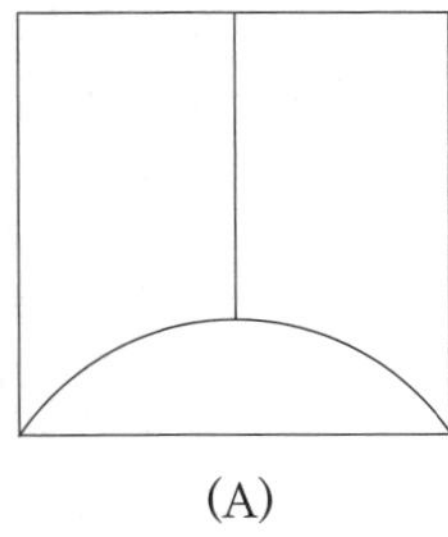 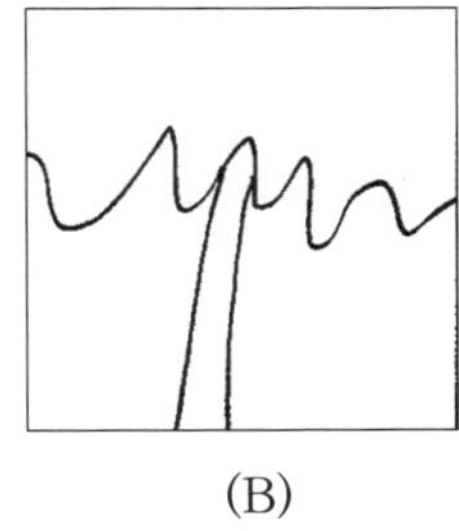

(A)   (B)

라는그림이 있다고 하자. 이 두 그림 속에서 무엇을 발견할 수 있는지에 대해 물어 보면 어떤 답이 나올까? 만일 (A) 그림에 대해서 '편지봉투', '텐트', '전등', '유리잔' 등의 답이 나왔다면, 그리고 (B) 그림에 대해서는 '파도', '구름 속 햇살', '산으로 난 도로', '주름치마와 다리' 등의 답이 나왔다면 과연 그것을 발견이라고 할 수 있을까? 진정한 차원의 발견이란 사물이나 세계에 은폐된 것을 탈은폐하는 행위를 말하는 것으로 그것은 독창성과 보편성을 동시에 지녀야 한다. 하지만 두 그림에 대한 이러한 답들은 누구나 손쉽게 이야기할 수 있는 것으로 독창성과 보편성을 동시에 구현하고 있는 것으로 볼 수 없다. 만일 이런 식으로

어떤 사물이나 세계를 의미화한다면 그것은 개념이나 고정 관념의 차원에서 벗어나 자유롭게 그것들을 이해하고 판단할 수 없기 때문에 사유의 과정을 통한 새로운 발견이 이루어지지 않을 것이다.

그러나 (A) 그림에 대해 '엘리베이터 문이 열리기를 기다리는 대머리 아저씨' 라고 답을 한다거나, (B) 그림에 대해서는 '나뭇잎을 먹고 있는 기린' 이라고 답을 한다면 이야기는 달라질 수 있다. 두 그림에 대한 이러한 답은 분명 익숙한 개념이나 고정 관념 속에서는 쉽게 얻어질 수 없는, 독창적이면서도 누구나 그것을 이해할 수 있는 그런 보편성을 지니고 있는 발견의 결과물이라고 할 수 있다. 어떤 개념화된 도구의 사용 없이 은폐된 세계를 탈은폐하는 것이야말로 진정한 발견이며, 이 과정이 제대로 이루어지지 않으면 세계는 결코 온전히 그 모습을 드러낼 수 없다. 두 그림에서 이러한 이미지를 발견한다는 것은 곧 미적인 폭발력과 효과를 불러일으킬 수 있는 일정한 계기를 마련한다는 것을 말해준다. 진정한 미란 어떤 개념이나 이론의 도그마와 같은 도구적인 연관성을 넘어서 아름다움 그 자체로 존재한다. 두 그림에서 발견한 이러한 이미지들은 어느 누구든지 사로잡을 수 있는 매력을 지니고 있기 때문에 강한 미적 쾌감을 불러일으킨다고 할 수 있다.

두 그림의 예처럼 시에서도 강한 미적인 쾌감을 불러일으킬 수 있는 발견이 존재해야 한다. 정진규의 시적 태도가 겨냥하고 있는 것도 이와 다르지 않다. 시적 대상의 이면에 은폐되어 있는 세계를 발견하려는 시인의 태도는 그로 하여금 인식론적인 회의에 깊이 빠지게 한다. 나는 사유하기 때문에 나는 존재한다는 인식론적인 회의는 그의 시 전반을 관통하는 기본 원리이다. 가령

별들의 바탕은 어둠이 마땅하다

　　대낮에는 보이지 않는다

　　지금 대낮인 사람들은

　　별들이 보이지 않는다

　　지금 어둠인 사람들에게만

　　별들이 보인다

　　지금 어둠인 사람들만

　　별들을 낳을 수 있다

　　지금 대낮인 사람들은 어둡다.

— 「별」 전문 인용

에서 시인이 시적 대상으로 삼고 있는 것은 '별'이다. 이 별은 누구나 흔히 볼 수 있는 시적 질료이다. 너무나 흔하기 때문에 그것을 누구나 다 잘 안다고 여기고 그 이면에 은폐된 세계에 대해서는 깊이 있게 회의하지 않을 수도 있다. 이렇게 되면 깊이 있는 회의를 통한 시적 대상에 대한 새로운 발견이 이루어질 수 없다. 시인은 이 평범한, 그러나 누구나 간과하기 쉬운 사실에 대해 '별들의 바탕은 어둠이 마땅하다'고 선언해버린다. 에둘러 말하지 않고 직방으로 말해버림으로써 별의 은폐된 세계가 강하게 환기되기에 이른다. 별이 은폐하고 있는 세계란 바로 '어둠'이다. 우리는 별에게서 어둠보다는 '밝음'을 보려 하는 것이 사실이다. 이것은 어둠이 배제된 밝음으로서의 별을 의미한다.

　하지만 시인은 별에게서 그 배제된 어둠을 발견한다. 시인은 별들이 밝게 빛날 수 있는 것은 그 바탕이 어둠이 있기 때문에 가능하다는 사실을 발견한다. 시인의 발견은 참신한 것이지만 그것은 누구나 수긍하고 납득할 수 있는 보편적인 것이라고 할 수 있다. 시인이 '별들의 바탕은 어둠이 마땅하다'고 발설한 사실에 대해 그 누구도 이의를 달 사람은 없을 것이다. 이의보다는 오히려 시인의 말이 정말로 마땅하며, 그 사실에 대해 뒤늦게 깨달은 자신에 대한 회한과 함께 시인의 예각적인 사유의 감각에 매혹당하면서 일정한 미적 쾌감을 체험하게 될 것이다. 별이라는 시적 대상이 은폐하고 있는 세계를 들추어내어 독자들에게 일정한 미적 충격을 줌으로써 느리고 직방의 화법을 지향하는 시인의 말은 '말씀'으로서의 권위를 지니게 된다고 할 수 있다. 이렇게 되면 '별들의 바탕은 어둠이 마땅하다'라는 시인의 말은 단순한 감각이나 감성을 넘어 인지라든가 이해 판단이라는 인식론적인 깊이를 확보하게 되는 것이다. 이런 맥락에서 그의 시가 보여주는 산문의 형식은 사유의 과정이나 인식론적인 깊이를 드러내는데 기능적으로 작용하고 있다고 할 수 있다. 시적 대상에 대한 사유의 과정이 운문이 아닌 산문의 형식을 통해 구현되면서 그의 시는 독특한 미적 세계를 드러내고 있다.

무교동

황인숙

빨간 신호등이 푸른 신호등으로 바뀔 때까지
사람들은 무얼 할까? 뭘 할 수 있을까?
건너편의 「영결식장」을 발견하거나
「파리제화」에서 흘러나오는 팝송 가락에
발가락을 까딱거리거나
근엄한 표정을 짓거나 하품을 하거나
우산을 한 번 펴보거나 접어보거나
하늘 한 번 쳐다보고 침 한 번 삼키고
어떤 이는 뱉고
우두커니, 우연히,
건너편에 아는 사람이 서 있으면
어떻게 할까? 그가 나를 봤으면 어떻게 할까?
뭐 생각할 게 있다고
비는 또 올까?
신호등은 안 바뀔까?

— 『문학동네』, 1998년 겨울호

무교동 혹은 거리두기의 시학

　　황인숙은 일상을 ‘심리의 차원’ 이 아니라 ‘정서의 차원’ 에서 상상하
고 표현해낼 줄 아는 시인이다. 이러한 사실은 최근 『문학동네』 겨울호
에 발표한 그녀의 신작시들을 통해 드러난다. 이 신작시들을 보면 그녀
의 시에 표상된 일상이 권태로움이나 환멸, 무의식적인 욕구나 욕망, 불
안, 공포 등의 심리적인 것과는 일정한 거리가 있다는 것을 알 수 있다.
그녀의 시가 보여주는 이러한 거리두기는 30년대와 50 · 60년대, 그리
고 70 · 80년대를 거쳐 90년대로 이어지면서 일상의 의미를 ‘심리적인
차원’ 에서 형상화하고 있는 시들과 그녀의 시를 구분짓는 하나의 계기
가 되고 있다. ‘심리의 차원’ 에서 일상을 형상화하고 있는 시들은 대부
분 그 심리적인 것이 시적 자아와 세계와의 불화에서 기인한다. 가령 30
년대 이상의 시(혹은 수필, 소설)가 보여준 일상의 권태로움과 불안, 공
포 등은 닫힌 세계와 그 속에 존재하는 시적 자아 사이의 불화에서 비롯
된 것이며, 50 · 60년대 김수영의 시나 70 · 80년대 김지하, 이성복, 황
지우, 최승호 등이 보여준 일상의 불안과 공포는 물신화된 자본과 이념

혹은 이데올로기가 지배하는 억압적인 세계와 시적 자아 사이의 불화에서 비롯된 것이고, 90년대 들어와 젊은 시인들이 보여주고 있는 일상에 대한 권태와 환멸, 욕구, 욕망, 불안 등은 목적성, 방향성, 운동성이 상실된 세계와 시적 자아 사이의 불화에서 비롯된 것이다.

이러한 일련의 사실은 곧 일상을 '정서의 차원' 에서 상상하고 표현해내는 황인숙의 시에서는 시적 자아와 세계가 불화의 관계로 드러나지 않는다는 것을 의미한다. 『문학동네』 겨울호 신작시 특집란에 발표한 시, 그 중에서도 특히 「무교동」은 시적 자아와 세계가 불화가 아니라 平常心(평상심)의 차원에서 성립되는 평화와 공존의 양상을 잘 보여주고 있다. 그녀의 시가 드러내는 이러한 양상은 먼저 시인을 둘러싸고 있는 외부 세계의 변화에서 그 원인을 찾을 수 있을 것이다. 정효구 교수는 그것을 '어떤 비극적 사건의 위협으로부터의 벗어남' (『문학사상』 1999년 1월호 시월평)으로 보고 있다. 정교수가 이야기하고 있는 이 '벗어남' 은 첫째로 전쟁이라는 비극적 사건의 위협으로부터의 벗어남, 둘째 가난이라는 비극적 사건의 위협으로부터 벗어남, 셋째 독재 정치라는 비극적 사건의 위협으로부터 벗어남이 그것이다. 정교수는 이러한 비극적 사건으로부터 우리가 얼마간 벗어났기 때문에 마침내 일상의 세계를 발견하고 그것과 담담하게 만나는 시간을 갖게 되었다는 것이다. 정교수의 이러한 견해는 기본적으로 시의 변화와 시대의 변화를 상보적인 관계로 보려는 시각에서 비롯된 것이라고 할 수 있다. 일상이 우리 삶의 대부분을 지배하고 있는 '지금' , '여기' 에서의 상황을 고려한다면 그녀의 견해는 충분히 음미할만한 가치가 있다고 본다.

그러나 「무교동」에서 보이는 평상심의 차원에서 성립되는 일상의 속성은 그것을 외부 세계의 변화의 측면에서 읽어내는 것만으로는 부족하다. 그것은 시가 다른 장르에 비해 가장 내밀한 독백의 양식이며, 반영보다는 굴절의 속성을 더 많이 드러내는 양식이기 때문이다. 이 점은 「무교동」이 보여주는 일상의 속성을 외부 세계의 변화의 측면에서 뿐만 아니라 그녀 시의 맥락과 그 속에서의 시적 자아의 내밀한 체험을 통해서도 읽어내야 한다는 것을 말해준다. 어쩌면 『새는 하늘을 자유롭게 풀어놓고』(1988년) 이후 지금까지 그녀의 시가 보여준 내적인 감성에 호소하는 시세계라든가 아직 평상심의 차원에서 성립되는 일상에 대한 실질적인 면모가 드러나지 않은 상태에서는 전자보다는 후자의 방법이 좀더 정확하고 보편타당한 독법이 될 수 있을 것이다.

그녀 시의 맥락이라든지 그 속에서의 시적 자아의 내밀한 체험과 같은 이러한 측면에서 「무교동」에 표상된 일상의 속성을 들여다 보면 그것이 기본적으로 시인의 '존재에 대한 따뜻한 시선'에서 비롯된다는 것을 알 수 있다. 존재에 대한 이 따뜻함은 『문학동네』 신작시 특집란에 실린 「저녁 햇빛」이라는 시에 잘 드러나 있다. 이 시는 '˜이 혹은 ˜도 저녁 햇빛을 쬐고 있다'는 지극히 단순화된 구도로 이루어진 시이다. 이 구도에서 '~이(~도)'는 그것이 '폐타이어' → '아스팔트' → '비둘기' → '담배꽁초' → '가랑잎' → '개똥' → '바람' → '개의 혓바닥' → '이발소의 열린 문' → '머리 기름' → '향수' → '면도 거품 냄새' → '말라가는 나무' 등으로 그 대상이 끊임없이 변한다. 이에 비해 '저녁 햇빛을 쬐고 있다'는 변하지 않고 단지 반복될 뿐이다. 이 구도를 통해 알 수 있는 것은 이 시를 쓴 시인이 '~이(~도)'보다는 '저녁 햇빛을 쬐고 있다'에 더 강조점을 두고 있다는 사실이다. 이것은 시인이 일상에 존재하는 모든 것들에 대해 '햇빛'처럼 따뜻한 시선을 보내고 있다는 것을 강조하고 있는 것에 다름 아니다. 즉 시인에게 있어서 일상에 존재하는 모든 것들은 그 차이에 관계없이 각각의 존재 이유와 존재할 만한 가치가 있는 것인 동시에 그것들은 또한 궁극적인 아름다움으로 표상되는 그 무엇인 것이다. 「저녁 햇빛」에서 보여주고 있는 '존재하는 것은 아름답다' 는 이러한 인식은 그녀가 일상을 바라보고 그것을 시화하는 과정에 있어서 하나의 토대가 되고 있다. 존재 자체를 아름다움으로 인식하기 때문에 그 존재를 구성하는 시적 자아가 평상심을 유지하여 세계와 불화가 아니라 평화와 공존의 관계를 유지할 수 있게 되는 것이다.

이렇게 존재에 대한 따뜻한 시선과 여기에서 비롯되는 평화와 공존을 지향하는 자아와 세계 사이의 관계로 인해 「무교동」은 일상에 대한 無心(무심)에 가까운 담담함과 여유와 일정한 거리두기가 가능하게 되어 일종의 '느림의 미학' 을 구현하고 있다. 「무교동」에 구현된 이 '느림' 의 구체적인 양태를 보면,

빨간 신호등이 푸른 신호등으로 바뀔 때까지
사람들은 무얼 할까? 뭘 할 수 있을까?
건너편의 「영결식장」을 발견하거나
「파리제화」에서 흘러나오는 팝송 가락에
발가락을 까딱거리거나
근엄한 표정을 짓거나 하품을 하거나
우산을 한 번 펴보거나 접어보거나
하늘 한 번 쳐다보고 침 한 번 삼키고
어떤 이는 뱉고
우두커니, 우연히,
건너편에 아는 사람이 서 있으면
어떻게 할까? 그가 나를 봤으면 어떻게 할까?
뭐 생각할 게 있다고

비는 또 올까?

신호등은 안 바뀔까?

이 시의 '느림'이 '빨간 신호등'이 '푸른 신호등'으로 바뀌는 그 짧은 순간에 대한 상상을 통해 이루어지고 있음을 알 수 있다. 이 시의 시적 자아는 우리가 흔히 지나쳐버리는 신호대기 상태라는 일상의 한 순간을 마치 카메라의 슬로우 모션 기법처럼 느린 동작으로 잡아 그것을 담담하게 혹은 여유롭게, 혹은 일정한 거리를 두고 보여주고 있는 것이다. 그런데 여기에서 이 시의 시적 자아가 느린 동작으로 잡아내고 있는 것은 사실 그 내용에 있어서 일상의 트리비얼한 수준을 넘어서지 못하는 것들이다. 이런 내용의 층위만 놓고 보면 이 시는 여느 시들처럼 일상을 대상으로 한 평범한 시에 지나지 않는다. 그러나 이 시는 일상을 노래한 많은 다른 시들과 변별된다. 그것은 이 시가 내용이 아니라 일상을 표현하는 형식에 있어서 일정한 미적 수준을 유지하고 있기 때문이다.

이 시의 표현 형식을 살펴보면 대부분의 일상을 노래하고 있는 함양 미달의 시들이 범하고 있는 표현 내용과의 불일치가 여기에서는 드러나지 않고 있다. 이 시에서는 표현 형식과 표현 내용이 서로 상동성을 유지하고 있다. 이것은 이 시의 내용 층위에서 드러나는 '담담함', '여유', '느림' 등이 형식 층위에서 드러나는 '어떤 정확한 이해나 판단을 목적으로 하지 않은 상태에서 담담하게 던지는 의문'과 '여러 번의 길고 느린 우회를 거쳐 그 의문에 답하는 형식' 등과 상동적인 관계를 유지하고 있다는 사실을 통해서 알 수 있다. 형식의 층위에서 이 시가 이처럼 의문의 형식을 취한다는 것은 속도감이나 급속한 단절감이 없는 '여유'와 '느림'을 전제한 것이며, 동일한 형식의 반복 역시 마찬가지로 볼 수 있다. 이런 의미에서 이 시는 형식과 내용이 상동성을 유지한 모범적인 경우라고 할 수 있다. 이 시가 일상과 관련하여 '느림의 미학'을 성립시킬 수 있었던 것도 그 원인이 여기에서 기인한다고 할 수 있다. 아무튼 황인숙이 「무교동」에서 보여준 이 '느림의 미학'은 1990년대 후반에 접어들면서 우리 시단의 대표적인 징후로 자리한 '일상에 대한 재발견'의 문제에 있어 하나의 좋은 전범이 될 것이다.

쏘파 위치에 대하여

이승훈

난 쏘파 위치만 바꾸며 세월을 보낸다고
시를 썼다 이런 나를 두고 허혜정은 쏘파
의 배치에 집착하는 편집증은 기이한 것
이며 쏘파는 어떤 위치에 있어도 화자를
만족시키지 못하며 그것은 자아를 ‘나’ 라
는 쏘파에 이르게 하려는, 끝없이 나라는
주체의 공간에 배치하려는 노력이며 결국
쏘파를 이리 저리 옮기는 것은 틈새를 만
드는 일이며 채워넣는 일이며 세계의 틈을
열고 구멍을 메꿔 넣는 일이라고 말한다
(허혜정, 타이어 또는 말 아래의 공간,
현대시학, 1997. 10) 과연 그렇도다 쏘파
를 옮기며 세월을 보내는 것은 틈새, 어디
에도 없는 나를 만드는 일이다 허혜정의
글을 보충하는 의미에서 나도 이승훈의 시
를 분석한다 그의 시에서 위치 바꾸기를
강조하면 위치는 입장이고 시각이고 중
심이다 그는 끝없이 중심에서 벗어나기,
이탈을 꿈꾼다 그리고 입장은 서는 일이다

서야 한다 그의 몸도 추억도 페니스도 시
체처럼 시체처럼 서야 한다 시체를 잡아
먹으며 서야 하지만 또 위치는 정하기이며
그것은 흐름을 파괴하고 무를 파괴하고 이
흐름의 파괴, 고정이 의미를 낳는다면 그
가 쏘파 위치를 바꾸며 세월을 보내는 것
은 의미에서 벗어나려는 무의식을 상징하
고 거리엔 바람이 불고 겨울 저녁 그는
시체처럼 고요히 고요히 고요히 움직인다
쏘파는 의미와 무의미 사이에 있는 틈새
또 다른 동굴이다 오오 동굴! 이 동굴을
들고 그러나 이 동굴에 대해선 말하지 맙
시다 그의 시에 대해서도 쏘파에 대해서도
글쎄 내가 너무 예민하다고 말한 건 수선
소 여인 갑자기 바바리 한쪽 팔 길이가
기인 것 같아 (아내 몰래) 들고 간 나를
보면서 이 추운 저녁 아파트 앞 지하상가
수선소 여인은 글쎄 신경이 너무 예민하다고
그냥 입으라고 돌려보냈지만

— 『현대시학』, 1998년 12월호

흔적과 소멸, 그 존재지우기의 시학

이승훈의 시쓰기는 '시론으로서의 시'를 지향한다. 이러한 사정은 『사물 A』(1969), 『환상의 다리』(1976), 『당신의 초상』(1981), 『사물들』(1983), 『당신의 방』(1986), 『너라는 환상』(1989)을 거쳐 『나는 사랑한다』(1997)에 이르는 그의 시의 변모과정이 『반인간』(1975), 『비대상』(1983), 『해체시론』(1998) 등의 시론집의 변모과정과 상보적인 관계에 있다는 사실을 통해서 드러난다. 시와 시론의 이러한 상보적인 관계는 특히 제3시집인 『당신의 초상』을 간행하면서 그가 자신의 시를 스스로 '비대상시'라고 명명하고 있는 대목에서 극명하게 드러난다. 그는 이 시론에서 '대상의 개념', '내면성과 비대상성', '의식과 무의식의 딜레마', '언어와 비대상의 관계' 등에 대해 자세히 설명하면서 자신의 시작 동기와 태도는 바로 이 '비대상시의 지향'에 있음을 밝히고 있다. 자신의 시가 '비대상시'라는 명명은 이후 「자아와 대상의 부정」(1987), 「의미의 해체」(1990), 「왜 쓰는가」(1990) 등의 시론으로 이어지면서 그의 시를 해명하는 일정한 준거틀이 되었으며, 김준오 교수에 의해 김춘

수의 '무의미시(무의미시론)'를 변증법적으로 계승하고 있는 시(시론)'라는 시사적인 지위도 부여받았다.

그러나 이러한 그의 비대상시와 시론의 상보적인 관계는 90년대에 들어서면서 또 다른 변모를 보여준다. 지금까지 시와 시론의 상보의 틀로 작용하던 비대상이 90년대에 들어 해체라는 이름으로 바뀌게 된 것이다. 비대상에서 해체로의 변모는 의식의 차원에서 행해지는 모든 변모의 속성이 그렇듯이 연속과 단절이라는 이중적인 양태로 드러난다. 비대상에서 해체로의 변모 중에서 연속적인 속성이라고 볼 수 있는 것은 해체 역시 비대상에서처럼 일차적인 현실을 노래하지 않는다는 점이며, 단절의 속성이라고 볼 수 있는 것은 해체가 비대상에서와는 달리 텍스트와 같은 이차적인 현실에 대한 시적 사유를 보여준다는 점이다. 이 점은 해체가 시와 비시, 장르의 경계를 해체하여 기존의 문학적 인습에 대한 파괴를 목적으로 한다는 것을 의미한다.

이렇게 해체가 일차적인 현실이 아닌 텍스트와 같은 이차적인 현실을 문제삼는다는 것은 기본적으로 해체가 텍스트 혹은 낱말(언어)이 세계가 되는, 다시 말하면 세계가 지워지면서 낱말이 전경화 되는 '문제화된 세계'를 문제삼는다는 것을 의미한다. 낱말과 세계가 해체되는 '문제화된 세계'에서는 세계 모델을 구성하려는 노력이 부질없게 되고, 이러한 자각은 자아와 세계, 현상과 본질의 대립을 무의미하게 한다. '문제화된 세계'에서는 더 이상 현상이 따로 있고 본질이 따로 있으며, 특히 본질이 현상에 우선한다는 위계질서의 개념이 부정되고 또 파괴된다. 이것은 해체에서 보여주는 사유가 '세계의 본질은 무엇인가'라는 식의 인식론적인 회의(비대상 시나 시론에서 보여준 사유는 대상의 세계가 과연 객관적으로 존재하는 것인지, 아니면 그 대상의 세계가 주관적 경험의 산물이 아닌지 하는 인식론적인 회의의 차원에서 행해지는 사유라고 할 수 있다)가 아니라 '세계는 과연 존재하는가' 라는 식의 존재론적인 회의라는 사실을 말해준다.

시적인 사유의 인식론적인 회의에서 존재론적인 회의로의 변모는 그의 시와 시론에서 주로 '나' 라는 문제에 대한 탐색에 의해 표상된다. 최근의 그의 시적 사유에서 이 '나' 는 경험적 현실을 초월하는 절대적인 자아를 소유하고 있는 존재가 아니라 상대적인 자아를 소유하고 있는 존재로 드러난다. 이것은 그의 시와 시론에서 표상되는 '나' 가 어떤 절대적인 '나' 가 아니라 시간과 공간에 따라 무수히 다양한 모습을 띠고 드러나는 '나' 일 뿐이라는 사실을 의미한다. 이런 점에서 '나' 는 자율적인 주체가 아니라 타율적인 주체밖에 될 수가 없는 것이다. 즉 '나는 생각한다. 고로 나는 존재한다' 는 데카르트식의 주체 개념이 아니라 '나는 내가 존재하지 않는 곳에서 생각한다. 고로 나는 내가 생각하지 않는 곳에서 존재한다' 는 라깡 식의 주체 개념이 새롭게 성립되는 것이다. 그의 시와 시론에서의 이 '나' 가 이처럼 상대적이고 타율적이며, 내가 존재하지 않는 곳 등의 의미로 표상된다는 것은 이 '나' 가 타자, 부재, 현존, 이드, 욕망, 결핍, 틈, 구멍, 상상계, 실재계, 도착, 죽음, 환상 등의 개념을 끊임없이 확대 재생산하면서 그의 텍스트를 환유적 인과성과 중층결정의 관계망을 가진 존재로 만들고 있다는 것을 의미한다.

이러한 그의 시적 사유는 최근에 발표한 「쏘파 위치에 대하여」(『현대시학』 1998년 12월호) 에서도 고스란히 드러난다.

난 쏘파 위치만 바꾸며 세월을 보낸다고
시를 썼다 이런 나를 두고 허혜정은 쏘파
의 배치에 집착하는 편집증은 기이한 것
이며 쏘파는 어떤 위치에 있어도 화자를

만족시키지 못하며 그것은 자아를 '나' 라
는 쏘파에 이르게 하려는, 끝없이 나라는
주체의 공간에 배치하려는 노력이며 결국
쏘파를 이리 저리 옮기는 것은 틈새를 만
드는 일이며 채워넣는 일이며 세계의 틈을
열고 구멍을 메꿔 넣는 일이라고 말한다
(허혜정, 타이어 또는 말 아래의 공간,
현대시학, 1997. 10) 과연 그렇도다 쏘파
를 옮기며 세월을 보내는 것은 틈새, 어디
에도 없는 나를 만드는 일이다 허혜정의
글을 보충하는 의미에서 나도 이승훈의 시
를 분석한다 그의 시에서 위치 바꾸기를
강조하면 위치는 입장이고 시각이고 중
심이다 그는 끝없이 중심에서 벗어나기,
이탈을 꿈꾼다 그리고 입장은 서는 일이다
서야 한다 그의 몸도 추억도 페니스도 시
체처럼 시체처럼 서야 한다 시체를 잡아
먹으며 서야 하지만 또 위치는 정하기이며
그것은 흐름을 파괴하고 무를 파괴하고 이
흐름의 파괴, 고정이 의미를 낳는다면 그
가 쏘파 위치를 바꾸며 세월을 보내는 것
은 의미에서 벗어나려는 무의식을 상징하
고 거리엔 바람이 불고 겨울 저녁 그는
시체처럼 고요히 고요히 고요히 움직인다
쏘파는 의미와 무의미 사이에 있는 틈새

또 다른 동굴이다 오오 동굴! 이 동굴을

들고 그러나 이 동굴에 대해선 말하지 맙

시다 그의 시에 대해서도 쏘파에 대해서도

글쎄 내가 너무 예민하다고 말한 건 수선

소 여인 갑자기 바바리 한쪽 팔 길이가

기인 것 같아 (아내 몰래) 들고 간 나를

보면서 이 추운 저녁 아파트 앞 지하상가

수선소 여인은 글쎄 신경이 너무 예민하다고

그냥 입으라고 돌려보냈지만

이 시는 일종의 '시론으로서의 시'로 시인 자신의 존재를 직접 시 속에 등장시켜 그의 시쓰기에 대해 메타적으로 이야기하고 있는 그런 시이다. 이러한 메타성은 최근의 그의 시가 보여주는 일반적인 속성이기 때문에 별반 새로울 것이 없지만 그것을 드러내는 방법이 좀더 중층적이라는 점에서 다른 시들과 변별된다. 그의 시에 드러나는 이 중층성은 상호텍스트성, 텍스트와 텍스트 사이, 그리고 이 사이가 텍스트라는 인식을 통해 성립되는 것으로 이것은 이 시가 다양한 발화들의 교차에 의해 성립되는 다성적인 텍스트라는 것을 의미한다. 이 시에는 말하는 '나'와 말 속의 '나', 본질적인 자아로서의 '나'와 현상적인 자아로서의 '나', 과거의 '나'와 현재의 '나', 보는 '나'와 보여 지는 '나', 허혜정과 수선소 여인 등의 발화가 교차 충돌하고 있다.

그런데 이렇게 다양한 발화의 양태로 표상되는 이 시의 형식적인 층위들이 보여주고 있는 것은 그 발화의 내용적인 층위와 대응된다. 형식적인 층위들이 드러내는 것이 개방성, 다양성, 복합성, 애매성, 타율성, 환유성 이듯이 내용적인 층위들이 드러내는 것 역시 이 범위 안에 있다.

이 시의 내용적인 충위를 상징적으로 수렴하고 있는 것은 쏘파의 위치를 바꾸는 행위이다. 시인이 쏘파의 위치를 바꾸려는 것은 '위치가 입장이고 시각이고 중심'이며, 이것이 고정을 잉태하고 다시 이 고정은 의미를 낳기 때문이다. 따라서 시인이 쏘파의 위치를 바꾼다는 것은 곧 의식과 무의식 사이에 틈새를 만들어 의미(중심)에서 벗어나려는 욕망이라고 할 수 있다. 이것은 시인의 에고가 틈(구멍)을 가지고 있으며, 이 틈으로 인해 시인의 에고는 상상계와 상징계의 경계인, 다시 말하면 에고가 소멸하는(내가 존재하지 않는) 실재의 공간을 끊임없이 표류할 수밖에 없는 것이다. 이렇게 되면 시인의 에고는 실체가 없이 혼적(바바리)으로만 기능하는 유령(시체)과 같은 존재가 되는 것이다. 유령의 존재는 그의 시에서 전체적인 맥락의 분석을 통해 드러나기도 하지만 시인에 의해 직접 언표화 되기도 한다.

> 과연 그렇도다 쏘파
> 를 옮기며 세월을 보내는 것은 틈새, 어디
> 에도 없는 나를 만드는 일이다
>
> —「쏘파 위치에 대하여」 부분 인용

> 유령 선생이신 이승훈 씨가 오늘은 집에서 쉬고 어제도 쉬고 오오 오
> 랜 사고의 광란 속에서 오늘도 쉰다
> (…중략…)
> 그는 겨울 스웨터를 걸치고 이 글을 쓴
> 다 (지금은 10월이다) 방구석에 있는 티샤쓰는 낮에 입던 옷이고 이
> 스웨터는 지금 저녁에 (추우니까) 입은 옷이다 말하자면 나, 이 어디
> 에도 없는……

―「나의 한 조각에 대해」 부분 인용

　시인의 에고가 유령이라는 사실은 '나'라는 존재가 '지금', '여기' 어디에도 없다는 것을 말한다. 이 어디에도 없는 '나'라는 존재를 만들기 위해 시인은 쏘파 위치를 끊임없이 바꾸고 또 글을 쓰는 것이다. 이 것은 그의 글쓰기의 목적이 '지금', '여기'에서의 '나'라는 존재의 에고 찾기를 넘어 그것의 소멸을 지향하는 것으로 볼 수 있다. 그의 이러한 글쓰기는 '나'라는 존재를 지우는 행위에 다름 아니며, 이 존재지우기 로서의 글쓰기에 대해 그는 '쓴다는 것은 나를 버리는 행위이다. 시를 쓸 때 나는 종이 위에 나를 버리고 혹은 버려지고, 나는 하나의 차이로 존재한다. 즉 나는 없고 차이가 있을 뿐'(『해체시론』 p.37)이라고 말하 고 있다. '나는 없고 차이만 있다'는 그의 사유는 김준오 교수가 적절 히 해석해낸 것처럼 저자라는 개념을 텍스트에 선행하는 선험적이고 초월적인 존재로 보지 않고 텍스트 시간 속에서만, 텍스트를 읽을 때만 존재하는 생산자로 보려는 포스트모더니즘적인 관점을 드러낸 것이라 고 할 수 있다. 이 논리는 무한한 '나'라는 존재에 대한 해석을 통해 자 율성, 일관성, 통일성, 제도성 같은 상투화된 미학을 해체하고 복수성, 다양성 같은 새로운 미학적인 가능성을 열어 보인다고 할 수 있다.

　「시적인 것도 없고 시도 없다」에서 그가 진술한 시적 사유, 특히 언 술 행위의 주체로서의 '나' 없이 언술 내용의 주체로서의 '나'가 존재 할 수 있다고 한 부분을 보면 그가 궁극적으로 지향하고 있는 시쓰기가 '나'라는 존재를 연기하고 지연시키는 하나의 해체 전략의 일환이라는 것을 알 수 있다. 자기 증명의 아이러니를 통해 '나'라는 존재의 소멸을 지향하는 그의 시쓰기는 '나'의 본질이라든가 선험적인 존재로서의 '나'를 부정함으로써 가능하며, 이것은 시쓰기를 텍스트의 시간 속에서 일종의 놀이로 간주하려는 그의 뿌리 깊은 언어에 대한 인식과 관련되어 있다. 하지만 그의 놀이는 자아의 분열과 통합, 자아의 동일성 증명에 몰두하는 자율적 실체로서의 자아에서 더 나아간 비자율적인 실체로서의 자아에 닿아 있다. 이러한 비자율적인 실체로서의 자아는 그의 시에서는 주로 인칭의 양태로 드러난다. 그의 시의 출발은 ‘나’라는 존재에 대한 자기 증명이다. 하지만 이 증명은 아이러니를 낳을 뿐이다. ‘나’라는 존재에 대한 증명은 그 ‘나’가 언어로 명명될 때 이미 죽거나 부재한 상태에 놓이게 되기 때문에 현실적으로 불가능하다. 언어로 명명될 때의 ‘나’를 ‘나’ 자신과 동일하다고 인식하지만 사실은 그것이 하나의 착각에 불과하다는 이 자기 증명의 아이러니는 결국 ‘나’를 ‘나’로부터 소외시키는 결과만을 초래하게 된다. 이로 인해 그의 시적 사유는 이 ‘나’의 소외를 극복하기 위해 ‘너’ 또는 ‘그’에 대한 관심으로 옮겨간다. 이 때 문제가 되는 것은 ‘나’가 ‘그’로 치환될 때이다. ‘나’가 곧 ‘그’가 되면 ‘나’는 곧 ‘너’라고 할 때의 그 자아 보존 내지 자아 증명의 욕망이 자아 해체 내지 자아 소멸로 바뀌게 된다. ‘내’가 있는 것이 아니라 ‘그’가 있고, ‘내’ 속에서 ‘그’가 생각하는 이러한 세계에서는 모든 것들의 경계가 모호하고 불투명할 뿐만 아니라 이미 그 자체로 섞여 있을 수밖에 없다. 그가 평생 ‘쏘파 위치만 바꾸며 세월을 보낸 이유’도 또 그의 ‘쏘파는 어떤 위치에 있어도 화자를 만족시키지 못하는 이유’도 모두 이러한 비결정적이고 해체적인 세계 속에 그의 시적 사유가 위치하고 있기 때문이다.

그것 13

김언희

*

아침마다 그것은 냄새나는 구두 속에서 태어난다
아침마다 그것은 뱃속을 구긴 신문지로 채운다
아침마다 그것은 그것이 어제 죽인 것을 복도에서 만난다
아침마다 그것들은 서로의 면상에 침을 뱉어 아침 인사를 나눈다

*

날이면 날마다 오는 것이 아닌 것이 날이면 날마다 온다

날이면 날마다 그것 같은 것이 생긴다
그것 같은 것이 그것에게 말한다

너, 집에 가!

*

빌린 칼로 그것이 그것의 목구멍에서 까마귀를 파낸다 빌린 칼로 그

것이 그것의 밑구멍에서 까마귀를 파낸다 애인 없는 그것의 더러운
고독 그것이 그것을 흉기처럼 뚫고 나온다 그것은

달래어지지 않는다

*

더러운 해안의 쓰레기들과 함께 떠 밀려다니면서 그것이,
있지도 않은 계단을 굴러떨어지면서 그것이,
분필처럼 분질러지면서 그것이,

*

눈 위에 찍힌 토끼 발자국
눈 위에 찍힌 거짓말의 발자국

어디로 가야 할지 모르는 사거리에 그것은 서 있다

새들이 함부로 똥을 싸지르고 가는 표지판처럼
비스듬히 기울어진 채 ……

* '너, 집에 가!', 박상순

— 『21세기 문학』, 1999년 봄호

언어와 욕망, 언어와 주체

김언희의 「그것 13」은 '언어와 욕망', '언어와 주체' 의 문제를 생각하게 하는 시이다. '언어와 욕망', '언어와 주체' 의 문제는 단일한 주체 개념에 대한 프로이드 학파의 회의와 그 맥을 같이 하는 것으로 우리의 경우에는 李箱詩(이상시)의 계보에 속하는 시인들, 특히 90년대 이후 탈현대적인 징후를 드러내는 젊은 시인들의 내면 풍경을 읽어낼 때 원용되는 인식틀이다. 90년대에 들어와 탈현대적인 징후를 드러내는 박상순, 김언희, 김소연, 조하혜, 성미정, 박정대, 이수명, 함기석, 서정학, 이철성 같은 젊은 시인들의 시는 '주체', '언어', '욕망' 에 대한 이해 없이는 그 진면목을 파악할 수 없는 텍스트들이다. 이 개념들에 대한 이해가 없으면 이들 젊은 시인들의 시에 드러나는 '주체의 소멸', '언어 이전의 원시적인 환상이나 도착적인 풍경', '환영의 형태로 존재하면서 죽음과 성적인 이미지를 환기하는 현실과는 다른 실재의 세계', '현실도 아니고 환상도 아닌 수사학적인 환유와 은유에 의해 구성된 헛것의 세계', '의식과 기의가 없이 무의식과 기표의 양태로 존재하면서 마치 기계처럼 작동하는 욕망' 등을 제대로 설명할 수 없다.

이 점에서 프로이드 학파, 그 중에서도 라깡과 들뢰즈, 가타리의 사유는 이들 젊은 시인들의 시세계를 해명하는데 상당한 도구적 연관성을 가진다고 할 수 있다. 특히 '무의식(욕망)도 언어처럼 구조화되어 있다'고 한 라깡의 사유는 정신분석학을 언어학적인 구조의 차원으로 끌어 올림으로써 시의 심층에 존재하는 무의식(욕망)을 체계적으로 읽어내는데 결정적인 계기를 제공하고 있다고 할 수 있다. 라깡의 이 말은 곧 '언어와 욕망', '언어와 주체', 그리고 '언어, 욕망, 주체'가 각자 분리가 아니라 통합의 차원에서 존재한다는 것을 의미한다. 언어가 존재하기 때문에 주체가 생기고, 또 이 언어를 가짐으로써 주체는 세계를 드러내는 만큼 숨기게 되며, 이 때문에 틈이 생기고, 이 틈은 욕망을 낳게 되는 것이다. '언어, 욕망, 주체'라는 이러한 일련의 과정은 에고의 분열과 통합이라는, 다시 말하면 에고를 중심으로 이드와 슈퍼에고를 이해하려는 에고 중심주의적인 미학(모더니즘 미학, 정통 프로이트적인 미학)을 부정하고 해체한다. 이것은 에고 중심주의적인 미학으로는 더 이상 '언어, 욕망, 주체'로 이루어지는 새로운 미학적인 징후(포스트모더니즘 미학, 라깡 류의 욕망의 미학)를 해명할 수 없다는 것을 말한다. 90년대 탈현대적인 징후를 보이는 젊은 시인들의 내면 풍경은 바로 이 새로운 미학으로 해명할 때 비로소 그 末(말)이 아니라 本(본)이 드러날 수 있는 것이다.

90년대 탈현대적인 징후를 보이는 젊은 시인들 중에서 김언희의 언어(욕망, 주체)는 유별나다. 이 유별남은 그녀의 언어가 다른 젊은 시인들의 언어보다 더 관능적이라는 사실에 있다. 그녀의 언어가 환기하는 이 관능성은 그녀의 첫 번째 시집인 『트렁크』에 고스란히 담겨져 있다. 그녀의 『트렁크』를 열면 욕구나 욕망으로 가득 찬 언어들이 툭툭 튀어

나온다. 더욱이 이 언어들이 성이나 신체 이미지를 동반할 때는 그 관능성이 더 탄력을 얻는다. 가령 '못의/엉덩이를 두드려가며 깊이/깊이 못과/교접하는/상처의/질/의/탄력?(「못에게」)이라든가 '코스모스 꽃잎 하나 당겨본다…… 질겨빠진/고무질의 음순이, 당기는 만큼/늘어났다가/오므라들지/않는다'(「비디오 가을」) 등의 시에서 드러나는 관능성이 그것이다. 뿐만 아니라 1996년『문학정신』여름호에 실렸던「껌」이라는 시는 성이나 신체이미지를 동반한 언어가 가질 수 있는 관능성의 한 경지를 보여주고 있다.

어디를 찔러도
푹푹
들어가요 전신이

질膣이에요 비정형의
고무 질膣, 찔리는
곳이
음부죠

내 살이 내 살에
친친 감기고 내 살에 내 살이
쩍쩍 붙는 밤 아무리 벌려도 찢
어질 리 없는 고무 입이
고무 살을
질겅질겅

씹어요 내장과 머리를

한입에

처덕처덕

　언어가 가지는 관능성의 측면에서 이만한 탄력을 유지하고 있는 시는 좀처럼 찾아보기 힘들 것이다. 내가 껌을 씹고 있는지 껌이 나를 씹고 있는지 모를 정도의 경지, 이 시의 언어가 가지는 관능성의 탄력이 바로 그런 경지에 있다. 이 시를 읽고 있으면 읽는 주체인 '나' 자신도 껌처럼 질겅질겅 씹히는 느낌이 들 정도다. 이것은 이 시가 자신의 몸을 적나라하게 보여주고 독자와 한 몸이 되기를 원하는 관능적인 유혹으로 가득 차 있다는 것을 의미한다. 이 시가 단적으로 보여주듯이 그녀의 시는 이러한 관능적인 유혹으로 가득 차 있다. 그런데 이 관능성은 성이나 신체 이미지를 동반할 때 더 탄력을 얻는 것이 사실이지만 그렇다고 이 관능성이 성이나 신체 이미지에서 나온다고 보면 그것은 잘못이다. 그녀의 시의 관능성은 본질적으로 그녀가 구사하는 언어에서 기인한다. 즉 그녀 시의 관능성은 '언어와 욕망' 혹은 '언어와 주체' 의 문제에서 기인하는 것이다.

　이러한 사정은 그녀의 「그것 13」 역시 예외는 아니다.

*

아침마다 그것은 냄새나는 구두 속에서 태어난다

아침마다 그것은 뱃속을 구긴 신문지로 채운다

아침마다 그것은 그것이 어제 죽인 것을 복도에서 만난다

아침마다 그것들은 서로의 면상에 침을 뱉어 아침 인사를 나눈다

*

날이면 날마다 오는 것이 아닌 것이 날이면 날마다 온다

날이면 날마다 그것 같은 것이 생긴다
그것 같은 것이 그것에게 말한다

너, 집에 가!

*

빌린 칼로 그것이 그것의 목구멍에서 까마귀를 파낸다 빌린 칼로 그
것이 그것의 밑구멍에서 까마귀를 파낸다 애인 없는 그것의 더러운
고독 그것이 그것을 흉기처럼 뚫고 나온다 그것은

달래어지지 않는다

*

더러운 해안의 쓰레기들과 함께 떠 밀려다니면서 그것이,
있지도 않은 계단을 굴러떨어지면서 그것이,
분필처럼 분질러지면서 그것이,

눈 위에 찍힌 토끼 발자국
눈 위에 찍힌 거짓말의 발자국

어디로 가야 할지 모르는 사거리에 그것은 서 있다

새들이 함부로 똥을 싸지르고 가는 표지판처럼
비스듬히 기울어진 채 ……

* '너, 집에 가!', 박상순

　이 시의 언어는 앞서 인용한 시에 비해 관능성의 정도는 떨어지지만 여기에는 '언어와 욕망' 혹은 '언어와 주체'에 대한 그녀 시의 한 원리를 해명할 수 있는 단서들이 존재한다. 먼저 '언어와 욕망' 혹은 '언어와 주체'의 문제와 관련하여 해명해야 할 것이 바로 '그것'이다. 이 시에서 말하는 '그것'이란 과연 무엇일까? 그러나 이 시 어디에도 '그것'이 무엇이라고 명증하게 드러난 곳은 없다. '그것'은 그 의미가 끊임없이 바뀐다. 아니 좀더 정확히 말하면 '그것'은 의미가 고정되어 있지 않아 의미 자체가 성립되지 않는다. '그것'은 치환과 병렬, 반복, 병치의 형식을 유지하면서 끊임없이 미끄러져 내릴 뿐이다. 이것은 '그것'이 현실의 원리가 아니라 쾌락의 원리를 가지는 그 무엇이라는 것을 의미한다. 이렇게 보면 '그것'은 꿈, 무의식, 이드 같은 것으로 간주할 수 있을 것이다. 이와 관련하여 이승훈 교수는 김언희의 『트렁크』에 대한 해설에서 '그녀의 시를 읽으며 문득 떠오르는 것이 들뢰즈와 가타리의 앙

띠오이디푸스 첫 페이지에서 한 말'이라고 하면서 최명관 교수가 번역한 글을 그대로 옮겨 놓고 있는데 여기에 바로 '그것'에 대한 의문을 풀 수 있는 단서가 숨어 있다.

> 그것은 어디서나 작동하고 있다. 때로는 멈춤 없이, 때로는 중단되면서 그것은 숨쉬고, 그것은 뜨거워지고, 그것은 먹는다. 그것은 똥을 누고 성교를 한다. 그것이라고 불러버린 것은 얼마나 큰 잘못인가? 어디서나 그것들은 기계들인데, 결코 은유적으로가 아니다. 연결되고 연접해 있는 기계들의 기계들이다. 한 기관기계는 한 원천기계에 연결되어 있다. 하나는 흐름을 내보내고 다른 하나는 그 흐름을 끊는다. 유방은 젖을 생산하는 기계요, 입은 유방에 연결되어 있는 기계다.

이 글을 보면 들뢰즈와 가타리가 말하고 있는 '그것'과 김언희 시인의 '그것'이 다르지 않다는 것을 알 수 있을 것이다. 한 가지 특이한 점은 들뢰즈와 가타리는 '그것'의 이 끊임없는 미끄러짐을 '기계'라고 표현하고 있다는 사실이다. 그렇다면 다시 '그것' 혹은 '기계'는 무엇일까. 여기에 대해 이 글을 해설한 최명관 교수는 '그것'이 곧 '이드'라고 각주까지 달아놓고 있다.

이렇게 '그것'이 곧 이드(무의식 혹은 욕망)라면 김언희의 「그것 13」은 이드에 대한 해석을 보여준 시라고 해도 무방할 것이다. '그것'이 곧 이드라고 보고 이 시를 다시 보면 그녀가 말하고 있는 이드가 좀더 명증하게 드러난다. 앞서 '그것'이 무엇인가 하는 사실을 해명할 때 언급했듯이 이드는 곧 치환, 병렬, 반복, 병치의 형식을 가지고 끊임없이 미끄러지는 것이며, '그것'은 또한 의식이나 기의 없이 무의식과 기표의 양태로 작동하는 일종의 기계라고 할 수 있다. '그것', 다시 말하면 이드

의 이러한 속성을 가장 잘 드러내고 있는 부분이 바로,

　　날이면 날마다 오는 것이 아닌 것이 날이면 날마다 온다

　　날이면 날마다 그것 같은 것이 생긴다
　　그것 같은 것이 그것에게 말한다

　　*

　　더러운 해안의 쓰레기들과 함께 떠 밀려다니면서 그것이,
　　있지도 않은 계단을 굴러떨어지면서 그것이,
　　분필처럼 분질러지면서 그것이,

라고 할 수 있다. 이 대목에서 드러나는 것은 어떤 것으로도 달래어지지 않는 이드(그것)의 모습 그것이다. 여기에는 이드를 달래 줄 에고나 그 에고를 달래 줄 슈퍼에고가 존재하지 않는다, 이드는 자기증식성과 그에 따르는 무한수열적인 조합의 형태로 존재할 뿐이다.

　그런데 이드의 이러한 존재성은 언어에 의해 그 실체를 가질 수 있는 것이 아닌가. 이것은 그녀의 시에서의 이드의 존재성이 곧 그녀의 시에서의 언어의 존재성이라는 사실을 의미한다. 그녀의 시에 이드의 원리가 작용하고 있기 때문에 그녀의 언어는 '아버지의 법' 이 지배하는 상징적인 질서에서 이탈해 상상과 실재의 양태를 띠고 나타날 수밖에 없다. 그녀의 시에 드러나는 이러한 '아버지의 법' 으로 부터의 일탈은 종종 심층이 아닌 표층의 차원에서 시인의 직접적인 언술을 통해 드러나기도 한다. 가령, '아버지 밀봉된 아버지 쇠가죽처럼 질겨빠진 아버지

의 처녀막/을 찢어드릴게 손잡이 달린 나의 성기로 아버지 아주 죽여 드
릴께 …… 처년 척 하는 아버지 그래봤자 아버진 갈보예/요 사지를 버르
적거리며 경련하는 아버지 좋으세요 아버지 아버지로부터/ 아버지를
뿌리째 파내드릴께' (「이리와요, 아버지」, 『현대시학』 1998년 11월호)에
서 읽어낼 수 있는 것은 아버지에 대한 부정과 해체 혹은 아버지의 부재
이다. 그의 시에서 아버지가 부재하다는 것은 시인이 오이디푸스의 과
정을 통해 '사회화의 길', '상징화의 길' 을 밟지 않고 '어머니의 욕망
과 나의 욕망이 동일하다' 고 믿는 상상계나 충동적인 욕구와 수와 형태
이전의 무정형(amorphe)인 양태로 존재하는 실재의 세계(기호계)에 존
재하고 있다는 것을 말해 준다. 이것은 그녀의 시의 언어가 '충동적 욕
구로 분절' 되며, '비표현적인 것의 총체' 라는 사실을 의미한다. 즉 이
것은 그녀의 시의 언어가 유동적이고 모순적이며, 통일성이 없고, 관능
성, 불연속성, 성과 죽음 충동, 신체성, 유희성, 부정성, 해체성, 상호 텍
스트성 등의 특성을 현재태 또는 잠재태로 가지고 있다는 것을 의미한
다.

이처럼 그녀의 언어는 한마디로 '욕망의 덩어리' 이다. 그녀의 시의
언어가 욕망의 언어라면 그녀의 시에 드러나는 주체는 결핍의 주체 아
닌가. '주체는 결핍이요, 욕망은 환유다' 라는 명제가 그녀 시의 존재성
아닌가. 주체가 결핍이라는 것은 이 주체가 통일되어 있지도 또 안정되
어 있지도 않은 불완전한 주체임을 드러내는 것이다. '나는 생각한다
고로 나는 존재한다' 에서 엿볼 수 있는 자율적이고 완전한 주체가 아니
라 '나는 내가 존재하지 않는 곳에서 생각한다. 고로 나는 내가 생각하
지 않는 곳에서 존재한다' 의 형식으로 드러나는 불완전한 주체이다. 그
녀의 시에 드러나는 주체는 바로 이 '내가 존재하지 않는 곳' 에 존재하
는 주체이다. 그렇다면 '내가 존재하지 않는 곳' 은 어디란 말인가. 이곳

은 우리가 담지하기 불가능한 곳, 다시 말하면 상징화가 불가능한 곳, 현실과는 아무런 관련이 없는 환영의 형태로만 존재하는 그런 곳이 아니겠는가. 그렇다면 이곳은 상징계도 아니고 상상계도 아닌 상징계와 상상계를 동시에 포괄하면서 늘 환영의 형태로만 존재하는 실재의 영역 아닌가. 이 실재의 영역은 죽음이나 성욕이 존재하는 풍경과 흡사한 그런 곳이다.

이처럼 실재의 영역에 그녀의 주체가 존재한다는 것은 이 주체가 소멸의 상태에 있다는 것을 말한다. 그것은 주체가 상징적인 질서 속에 완전히 편입되지 못하고 늘 이 질서를 거부하는 지점에 존재하기 때문에 갖게 되는 필연적인 결과이다. 그녀의 시의 주체가 이렇게 소멸의 존재 양태를 가진다는 것은 점점 불모화로 치닫고 있는 후기산업사회의 존재 양태를 드러내는 것인 동시에 이에 대한 시인의 미적 대응이라고 할 수 있을 것이다. 그런데 그녀의 시가 보여주는 이 대응의 방식은 전위적이고 실험적인 측면을 전경화 하는 시의 경우에 흔히 발견되는 언어의 未滿(미만)함이 드러나지 않는다. 그것은 그녀의 시가 적절한 긴장과 신선한 감각을 유지하고 있기 때문이다. 이 긴장과 감각을 어떻게 유지하고 변용하면서 앞으로 그녀의 시가 어떤 관능으로 유혹할 지 기다려진다.

6은 나무 7은 돌고래, 열번째는 전화기

박상순

첫번째는 나
2는 자동차
3은 늑대, 4는 잠수함

5는 악어, 6은 나무, 7은 돌고래
8은 비행기
9는 코뿔소, 열번째는 전화기

첫번째의 내가
열번째를 들고 반복해서 말한다
2는 자동차, 3은 늑대

몸통이 불어날 때까지
8은 비행기, 9는 코뿔소,
마지막은 전화기

숫자놀이 장난감
아홉까지 배운 날
불어난 제 살을 뜯어먹고

첫번째는 나
열번째는 전화기

— 『6은 나무 7은 돌고래』(민음사, 1993년)

불멸이라는 이름의 놀이

박상순의 시읽기는 아주 어렵거나 아주 쉽다. 그의 시에서 의미를 찾으려고 한다면 그것만큼 고통스러운 것도 없을 것이다. 의미론적인 시읽기에 익숙한 사람들에게 그의 시는 소통불능의 괴물이거나 자신의 해석 능력 밖에 존재하는 신포도일 수 있는 것이다. 이것은 시인의 탓이 아니다. 의미론적인 해석에 대한 강박관념을 버리고 그의 시를 읽어보라. 그러면 어떤 시보다도 재미있게 그의 시를 체험하게 될 것이다. 그의 시는 심오한 철학(진리)이나 인생의 의미 같은 즐거움을 체험하게 하는 텍스트가 아니라 그것을 해체하고 즐기는 일종의 '놀이로써의 텍스트' 이다.

새벽 다섯 시
다섯 식구가 둘러앉아
밥먹는 놀이를 한다
아빠 A가 한 개 먹고

내 폭탄 아직 안 터졌어

아빠 B가 한 개 더 먹고

내 밥도 아직 안 터졌어

아빠 C가 또 먹으며

내밥도 폭탄이야

아빠 D도 아빠 E도

내 폭탄도, 내 폭탄도

—「불멸」 부분 인용

이 시는 현실로부터 자유롭다. 이것은 이 텍스트가 현실적인 억압의 논리로부터 벗어나 텍스트 그 자체의 논리를 가진다는 것을 의미한다. 현실이 텍스트로 대체되면서 자유로운 놀이는 시작되는 것이다. 아빠 A에서 아빠 B로, 아빠 B에서 아빠 C로, C에서 D로, D에서 E로 끊임없이 미끄러져 내리는 이 놀이는 처음과 끝, 안과 밖이 없다. 이런 점에서 그의 놀이는 '불멸'을 겨냥한다고 할 수 있다.

첫번째는 나

2는 자동차

3은 늑대, 4는 잠수함

5는 악어, 6은 나무, 7은 돌고래

8은 비행기

9는 코뿔소, 열번째는 전화기

—「6은 나무 7은 돌고래, 열번째는 전화기」 부분 인용

　박상순의 이 시는 시니피에가 사라진 상태에서의 시니피앙의 놀이를 형상화하고 있다. 기호가 비지시성(물화)을 띠기 때문에 시니피앙은 어떤 계기성이나 인관성에 입각해 연결되는 것이 아니라 그야말로 우연성에 의해 연결되는 것이다. '첫번째와 나', '2와 자동차', '3과 늑대'의 결합에서 보듯 시니피앙의 우연적인 결합은 사물이나 세계를 누구도 알 수 없는 심연 속으로 흡착해버린다는 점에서 불안할 뿐 아니라 끔찍하기까지 하다. 이 불안과 끔찍함은 '나'라는 존재가 '자동차', '늑대', '잠수함', '악어' 같은 장난감이 된다는 사실에 있다. 이것은 나로 표상되는 자아가 여러 개로 분열된다는 것이고, 이것은 곧 나라는 존재가 소멸된다는 것을 의미한다. 이때의 나는 내가 존재하지 않는 곳(실재계, 죽음이나 성욕으로 변주되는 곳)에 있는 존재이다. 그의 시에 드러나는 이러한 풍경은 송찬호나 김소연, 조하혜, 성미정, 함기석, 이수명의 시에서도 드러난다

　텍스트의 자율성이 강화될수록 시적 주체의 상상과 표현은 미적인 아방가르드 혹은 미적인 아나키즘을 강하게 드러낼 수밖에 없다. 미적인 변증법의 차원에서 보면 그의 텍스트는 기존의 시적인 질서에 대한 전복이고 해체이다. 이러한 전복과 해체는 자아의 강화보다는 자아의 상실과 관련된다. 따라서 기존의 시적 질서에 익숙한 독자는 그의 텍스트에서 불안함과 불쾌함, 그리고 불편함을 체험하게 된다. 근대 이후 우리의 시적 체험은 이것을 자연스럽게 받아들일 만한 전통이라고 할 만한 것이 거의 없다. 시에 대한 보수적인 사고가 주류를 형성하면서 이런 식의 텍스트를 배제하고 소외시켜온 것이 사실이다. 아방가르드적인 텍스트는 해체의 시대라고 하는 '지금', '여기'에서도 이상한 것, 예외적인 것, 특이한 것의 범주 안에서 인식되고 있다. 그의 시에 대한 이런 식의 인식은 우리를 세계에 대한 고정관념과 상투성의 굴레로부터 벗

어나지 못하게 한다. 미학적인 것을 지향하는 시인에게 이보다 더 치명
적인 것은 없을 것이다.

그녀가 처음, 느끼기 시작했다

김민정

천안역이었다

연착된 막차를 홀로 기다리고 있을 때였다

어디선가 톡톡 이 죽이는 소리가 들렸다

플랫폼 위에서 한 노숙자가 발톱을 깎고 있었다

해진 군용 점퍼 그 아래로는 팬티 바람이었다

가랑이 새로 굽슬 삐져나온 털이 더럽게도 까맸다

아가씨, 나 삼백 원만 너무 추워서 그래

육백 원짜리 네스카페를 뽑아 그 앞에 놓았다

이거 말고 자판기 커피 말이야 거 달달한 거

삼백 원짜리 밀크 커피를 뽑아 그 앞에 놓았다

서울행 열차가 10분 더 연착될 예정이라는 문구가

전광판 속에서 빠르게 흘러갔다 **천안두리인력파출소**

안내시스템 여성부 대표전화 041-566-1989

순간 다급하게 펜을 찾는 손이 있어

코트 주머니를 뒤적거리는데

게서 따뜻한 커피 캔이 만져졌다

기다리지 않아도 봄이 온다던 그 시였던가

여성부를 이성부로 읽던 밤이었다

　　　　　　　―『그녀가 처음, 느끼기 시작했다』(문학과지성사, 2009년)

말의 카니발과 처음 느낌으로서의 세계

김민정의 시에는 묘한 매력이 있다. 이 매력은 거의 중독에 가깝다. 이런 중독성은 유하의 시를 읽으면서 맛본 적이 있다. 한 마디로 규정할 수 없지만 그것은 분명 글맛 혹은 말맛이라고 해야 할 것이다. 그녀의 시의 화자는 다른 시의 화자와 뚜렷이 차별화된다. 무엇보다도 거침이 없다. 이것저것 머리를 굴리거나 다듬으려고 하지 않을 뿐만 아니라 근엄하거나 고상한 척 하려고 하지도 않는다. 시쳇말로 이야기하면 그녀의 시의 화자는 꼴리는 대로 한다. 화자의 입을 통하면 세계의 위계질서가 한 순간에 전도되어 버린다. 고상함과 천박함, 성스러움과 속됨, 아름다움과 추함의 위치가 단번에 해체되면서 유쾌한 상대성의 원리가 작동하게 된다.

이러한 위치 전도란 사회적인 금기를 깨는 것에 다름 아니다. 이와 관련해서 중요한 것은 말의 카니발이다. 시적 화자의 언술을 통해 정적이고 규칙적인 세계가 동적이고 불규칙적인 세계로 바뀐다. 이것은 긴장과 이완의 효과를 창출한다. 가령 「김정미도 아닌데 '시방' 이건 너무

"

하잖아요」를 보자. 이 시의 시적 대상은 '선생님'이다. 고향이 충청도이기 때문에 '시방'이라는 사투리를 자주 쓰고, 이것이 학생들로 하여금 웃음을 유발하게 한다. 이 웃음은 자연스러운 것이다. 하지만 자연스러운 것은 자연스러움으로 존재할 수 없다. 자연스러움은 철저하게 통제되고 관리된다. 자연스러운 웃음을 학교라는 제도화된 세계의 규율은 용납하지 않는다. 선생은 이 학교의 규율을 집행하는 존재이다. 웃음이 허락되지 않는 제도화된 세계에서의 웃음은 처벌을 받게 된다. 선생이 나의 뺨에 남긴 슬리퍼 자국은 그것의 징표라고 할 수 있다.

　시인은 이러한 상황에 저항한다. 하지만 그 저항의 방식이 독특하다. 시인은 권위의 상징인 선생님에 대해 행동이 아닌 말로 저항한다. 시인은

　　… (중략) …　　부디 서둘지 마세요 했거
　늘 저만치 앞서 밀려나간 슬리퍼를 어쩌면 좋아요 좀
　빨기라도 하시지 얼어맞아 부어오른 볼때기에 발냄
　새가 밸까 때 타월로 문지르니 그게 볼터치라 했고,
　내 화장의 역사는 그로부터 비롯하게 된 거랍니다

라고 말한다. 선생님의 행동에 대한 시인의 말은 일종의 빈정거림에 가깝다. 특히 '슬리퍼로 맞은 볼때기를 내 화장의 역사'라고 빈정거리는 장면은 가히 압권이라고 할 수 있다. 나를 때리기 위해 달려오는 선생님의 희화화는 결국 웃음조차도 철저하게 통제하고 관리하는 학교라는 제도화된 세계에 대한 비판과 저항을 의미한다고 볼 수 있다. 웃음과 관련된 사건을 여고 교실로 국한시켜 보여주었지만 기실 그것의 역사는 오래된 것이라고 할 수 있다. 이제는 고전이 된 움베르토 에코의 『장미

의 이름』을 보면 서양에서의 웃음의 역사가 잘 드러나 있다. 수도원에서 살인 사건이 일어나는데 그 원인은 아리스토텔레스의 『시학』 때문이다. 『시학』의 웃음을 긍정하는 내용을 수도원에서는 신의 권위에 대한 훼손을 두려워하여 그것을 금기시한 것이다. 결국 『시학』에 독을 묻혀 놓음으로써 그것을 몰래 읽은 자가 중독되어 죽게 되는 상황이 벌어진 것이다. 이것은 종교의 권위가 살인으로 이어진 것이라고 할 수 있다.

시인이 보여준 웃음이 여기에까지 이르면 그것은 권위에 대한 하나의 알레고리라고 해도 무방하다. 시인의 말의 빈정거림 혹은 유희가 궁극적으로 겨냥하고 있는 것은 단순한 재미와는 거리가 있다. 말의 빈정거림 혹은 유희 속에 시인의 세계에 대한 강한 부정성이 자리하고 있다. 그 부정성은 권위에 대한 해체는 물론 가식과 허위에 대한 해체를 겨냥하고 있다고 할 수 있다. 대개 권위나 가식, 허위로 가득 찬 경우 웃음은 위험하고 불온한 존재이다. 시인은 이러한 권위나 가식, 허위로 가득 찬 세계로부터 철저하게 금기시되고 소외된 대상을 불러들인다. 바로 '똥', '오줌', '섹스'와 같은 대상들이다. 이 대상들은 이상적이고 건강한 문명을 구축하는데 걸림돌이 되기 때문에 이 세계로부터 추방될 수밖에 없다. 하지만 그것은 온전히 사라질 수 없는 것들이다. 사라지는 것이 아니라 하나의 얼룩처럼 존재하면서 끊임없이 문명 세계의 균열을 가하는 힘으로 작동하기에 이른다.

이런 점에서 볼 때 시인이 불러들인 똥, 오줌, 섹스와 같은 존재들의 출현은 그 자체가 혼돈의 징표라고 할 수 있다. 시에서는 똥, 오줌, 섹스가 교실에서의 웃음처럼 자연스럽게 흘러넘친다. 이 질료들은 인간의 삶과 가장 친숙한 것들이다. 이것은 이 질료들을 온전히 은폐할 수 없다는 것을 의미한다. 우리의 삶과 가장 친숙한 것들을 마치 없는 것처럼 은폐한다는 것은 불안을 가중시키는 것에 다름 아니다. 이것들은 은폐한다고 해서 은폐되는 것이 아니다. 언제든지 자신들을 추방한 힘의 실체가 약화되거나 소멸하면 그 모습을 드러낼 수밖에 없다. 시 속에 똥, 오줌, 섹스와 같은 존재들의 출현이 자연스럽게 이루어지고 있다는 점을 고려한다면 시인은 불안을 숨기는 것이 아니라 그것을 드러내고 있다고 할 수 있다.

시인은 '솔직해지자'(「솔직해집시다」)라고 말한다. 시인이 똥, 오줌, 섹스를 자연스럽게 말하는 것도 이런 맥락과 다른 것이 아니다. 우리가 찾는 진리나 가치가 어디 멀리 있는 것이 아니라 바로 '지금', '여기' 우리의 삶 속에 있다는 것을 시인은 말하고 싶어 한다. 흔히 별이 이상을 표상한다면 그 별은 하늘에 있는 것이 아니라 우리의 삶의 일상 그것도 우리가 더럽고 천하다고 추방해버린 똥이나 오줌, 섹스와 같은 것들 속에 존재한다는 것이다. 「별의별」에서 시인은 '오줌이 마려워 절로 눈을 뜨는 아침입니다' 라고 고백한다. 우리는 이성적으로 눈을 뜨는 것이 아니다. 밤에 이성적으로 잠을 자는 사람이 있을까? 우리가 숨을 쉬거나 오줌을 누거나 똥을 싸는 것은 생식기능을 하는 자의 자연스러운 감성 행위의 일부분이라고 할 수 있다. 우리의 삶 속에서 이성보다 이런 감성이 차지하는 비중이 훨씬 큼에도 불구하고 우리는 인간의 존재를 규정할 때 감성보다는 이성에 초점을 맞추는 아이러니를 연출하고 있다고 할 수 있다. 이것이야말로 인간이 지니는 가식이나 허위가 아니고 무엇이겠는가.

시인은 '오줌을 누고 밑을 닦은 휴지에 빨간 고춧가루 한 점 하마터면 별인가. 콕 집을 만큼 반짝거렸습니다' 라고 말한다. 천상의 별을 지상의 가장 밑바닥인 똥 속에서 발견한다는 것은 의미심장한 것이라고 할 수 있다. 별과 똥의 위계질서가 해체되면서 별이 똥이 되고 똥이 별이 되는 카니발적인 상황이 연출되는 것이다. 시인의 카니발적인 상황

은 말의 흥성스러움을 통해 강하게 환기된다. '별의 별 것이 다 별이 된
다'(「별의별」)거나 '화두가 화투가 되고'(「화두냐 화투냐」), '陰毛가
陰謀'(「陰毛라는 이름의 陰謀」), '오빠가 오바'(「오빠라는 이름의 오
바」), '젖이 좆'(「젖이라는 이름의 좆」), '남편이 남의 편'(「남편이라는
이름의 남의 편」), '피해가 해피'(「피해라는 이름의 해피」)가 되는 말의
흥성스러움 속에 시인의 카니발적인 세계 인식이 자리하고 있다고 할
수 있다.

카니발은 지배 계층에 의해 억압받아온 민중의 염원이 투영되어 있
다는 점에서 역사적인 의의가 있다. 가식과 허위로 가득 찬 지배 권력자
의 말이 아니라 진솔한 삶의 세계를 반영하고 있는 민중의 말을 통해 역
사의 새로운 활력과 역동적인 에너지를 얻는다는 것이 카니발의 궁극
적인 지향점이라면 이것은 시인이 궁극적으로 지향하는 세계와 어떤
관계가 있는가? 이 물음에 대한 답은 민중의 말이 드러내는 형식과 내용
의 아방가르드성에서 찾을 수 있다. 기존의 지배적인 힘의 구조와 정신
을 전격적으로 해체하는 데에 민중의 말이 가지는 아방가르드성이 있
다고 할 수 있다. 시인의 시 역시 이러한 아방가르드적인 요소가 강하게
내재해 있다. 기존의 구조와 정신에 길들여지지 않는 자유롭고 참신한
세계를 지향하는 데에 시의 궁극이 있다면 그것은 자연스럽게 시인의
자의식으로 연결될 수밖에 없다.

시인은 시에 대해 많은 말을 한다. 시 혹은 시인은 이러해야 한다는
강한 자의식이 여기에 투영되어 있다. 먼저 시인은 시에 대한 강한 부정
성의 표출을 통해 그것을 드러낸다. 시인은 이렇게 스스로에게 되묻는
다.

너 그때 버스 터미널 지나오며 뭐라고 했지?

버스들이 밤이 되니 다 잠자러 오네 그랬어요

너 일부러 순진한 척한 거지, 시 쓴답시고?

그런 게 시였어요? 몰랐는데요

너 그때 「두사부일체」 보면서 한 번도 안 웃었지?

웃겨야 웃는데 한 번도 안 웃겨서 그랬어요

너 일부러 잘난 척한 거지, 시 쓴답시고?

그런 게 시였어요? 몰랐는데요

너 그때 도미회 장식했던 장미꽃 다 씹어 먹었지?

싱싱하니 내버리기 아까워서 그랬어요

너 일부러 이상한 척한 거지, 시 쓴답시고?

그런 게 시였어요? 몰랐는데요

— 「피해라는 이름의 해피」 부분 인용

시인이 부정하는 것은 '순진한 척', '잘난 척', '이상한 척' 하는 시이다. 이것은 시인이 순진하고 이상하고 잘난 것을 싫어하는 것이 아니라. '~하는 척' 하는 것을 싫어하는 것이다. '~하는 척' 한다는 것은 가식적이라는 것을 의미한다. 모든 가식적인 것을 모두 까발리고 해체하려고 하는 시인에게 '~하는 척' 하는 세계는 부정의 대상이 될 수밖에 없다. '~하는 척' 하는 시인은 똥이나 오줌, 섹스를 자꾸 은폐하려고 할 것이다. 똥을 싸지 않는 척, 오줌을 누지 않는 척, 섹스를 하지 않는 척 하는 것을 하나의 미덕으로 간주할 것이다. 시인의 이러한 태도는 이상보다는 일상의 현실에 대한 강한 긍정으로 드러난다.

시인이 이렇게 현실에 강한 긍정을 보이는 것은 무엇보다도 그 세계가 확실한 감각의 대상이기 때문이다. '지금', '여기'의 현실을 떠나 다른 세계, 이를테면 '고비'(「고비라는 이름의 고비」)에서 삶의 진실이나 구원을 찾는 것을 비판한다. 고비에 다녀와 시집을 내고 산문집을 내는 시인을 꼬집으면서 시인은 '고비에 안 다녀와 뭣 하나 못 쓰는 나는 곱이곱이 자린고비나 떠올리다 시방 굴비나 사러가는 길이다'라고 시니컬하게 말한다. 시인의 눈에 고비를 다녀와서 설치는 시인들의 행태가 '상투의 극치'에다가 '안일의 끝장'처럼 인식되기에 이른 것이다. 상투와 안일이야말로 아방가르드 시인이 가장 경계해야 할 부정의 덕목이라고 할 수 있다. 시인이 쓰고 싶어 하는 시는 상투와 안일과는 길이 다른, 현실에 기반한 아방가르드 시라고 할 수 있다.

현실이 시가 되고 그 시가 아방가르드를 궁극으로 한다면 이 과정에서 무엇보다도 중요한 것은 어떻게 새롭게 현실을 인식하느냐의 문제가 될 것이다. 어쩌면 이 문제는 그녀의 시 혹은 시쓰기 전반을 관통하는 화두라고 해도 과언이 아닐 것이다. 이 문제에 대해 시인이 내세운 것은 '처음 느낌'이라는 방법론이다. '그녀가 처음, 느끼기 시작했다'를 시집 제목으로 정한 이유도 이와 무관하지 않다. 그렇다면 시인이 말하는 현실에 기반한 처음 느낌이란 어떤 것일까?

천안역이었다
연착된 막차를 홀로 기다리고 있을 때였다
어디선가 톡톡 이 죽이는 소리가 들렸다
플랫폼 위에서 한 노숙자가 발톱을 깎고 있었다
해진 군용 점퍼 그 아래로는 팬티 바람이었다
가랑이 새로 굽슬 삐져나온 털이 더럽게도 까맸다
아가씨, 나 삼백 원만 너무 추워서 그래

육백 원짜리 네스카페를 뽑아 그 앞에 놓았다

이거 말고 자판기 커피 말이야 거 달달한 거

삼백 원짜리 밀크 커피를 뽑아 그 앞에 놓았다

서울행 열차가 10분 더 연착될 예정이라는 문구가

전광판 속에서 빠르게 흘러갔다 **천안두리인력파출소**

안내시스템 여성부 대표전화 041-566-1989

순간 다급하게 펜을 찾는 손이 있어

코트 주머니를 뒤적거리는데

게서 따뜻한 커피 캔이 만져졌다

기다리지 않아도 봄이 온다던 그 시였던가

여성부를 이성부로 읽던 밤이었다

—「그녀가 처음, 느끼기 시작했다」 전문 인용

무엇을 처음 느끼기 시작했다는 것인지 이 시를 읽으면 그것을 쉽게 알아차릴 수 있다. 플랫폼에서 만난 한 노숙자와 나 사이의 커피 캔을 매개로 이루어지는 따뜻한 교감이 시인의 처음 느낌이다. 시인은 처음으로 사람과 사람 사이의 따뜻함을 느끼기 시작한 것이다. 시인의 이 말 속에 담긴 중요한 의미는 느낌의 주체이다. 주체가 느끼지 않고서는 어떤 세계도 온전히 드러낼 수 없다. 먼저 느끼고 그 다음 그것을 인지하고 이해, 판단하는 것이다. 느끼지 않고 쓰는 시는 관념이나 추상의 늪으로 빠질 수밖에 없다. 인간은 누구나 느낀다. 삶이나 현실 속에서 느낌이 없는 사람이 어디 있겠는가? 하지만 너무나 익숙하기 때문에 오히려 그 느낌의 중요성을 망각할 수도 있다. 시인이 '처음 느끼기 시작했다'고 한 것도 이런 맥락에서 이해할 수 있을 것이다. 시인은 늘 자신이 느낌의 주체가 되어 그것을 처음 느끼고 싶어 한다고 할 수 있다.

무엇이든 처음으로 느끼고 싶어 하는 시인의 욕망은 자신의 시에 대한 욕망에 다름 아니다. 자신의 시도 누군가에 의해 늘 처음으로 느끼기 시작하는 그런 대상으로 존재했으면 하는 것이다. 자신의 시가 처음 느낌으로 존재한다는 것은 곧 시간의 흐름에 관계없이 끊임없이 새롭게 변주되고 재해석된다는 것을 의미한다. 이러한 바람을 시인은 '플로렌스 그리피스 조이너'라는 여자 육상 선수에 투사한다. 시인이 이 육상 선수의 매력에 흠뻑 빠진 것은 그녀가 '관중들의 공통된 소실점'으로 존재했고 또 죽은 이후에도 여전히 그것으로 존재하고 있기 때문이다. 그녀는 '초콜릿색 피부에 컬러풀한 경기복, 마른 미역단 같은 머리칼에 짙은 색조 화장, 길게 이어 붙인 색색의 이미테이션 손톱' 등 외형적으로도 화려한 선수였지만 '탕 소리와 함께 총알처럼 폭발하는 본능적인 스타트와 발산하고 발광하는 근육, 그 머리채에 휘감긴 뼈들의 유기적이면서 능수능란한 몸놀림' 등 완벽한 몸의 조율 능력을 지닌 선수였던 것이다. 내적으로도 외적으로도 완벽한 조화와 조율의 능력을 갖춘 그리피스 조이너 같은 시인이 되고 싶은 것이다. 이런 점에서

　　10초 49
　　죽어서도 살아 있는
　　그녀,
　　詩.

—「플로렌스 그리피스 조이너」 부분 인용

는 그녀에 대한 시인의 헌사인 동시에 자신을 향한 독백이다.
　　시인의 이번 시집에서 보여주는 말들의 카니발은 어떤 외적인 현란함과 함께 내적인 개방성과 깊이를 지니고 있다고 할 수 있다. 시인의

말들의 유쾌함 속에 내재한 우울의 정서가 현대 문명이 빚어내는 파편
화된 양상을 반영하고 있다고 할 수 있지만 그것이 개인 차원을 넘어 좀
더 사회적인 차원으로 확대된다면 카니발적인 세계관이 담고 있는 의
미를 구현하게 될 것이다. 시에서 말들의 카니발이 진정한 시적 혁명으
로 이어지기 위해서는 이러한 개인의 차원을 넘어 사회적인 차원을 처
음으로 느끼기 시작할 때라고 할 수 있다. 말들의 카니발이 담고 있는
대화성이나 다성성이 인습화된 세계 속으로 함몰되지 않기 위해서도
처음의 느낌에 대한 시인의 자의식은 절실하게 요구된다고 할 수 있다.

J의 연구실

김혜영

새벽 2시
바하의 음악이 들리는 시각
사냥꾼 J는 인디언 마을로 떠난다

짙은 녹색으로 물든 숲속
쿠퍼의 소설에 등장하는 인디언을 만나러 가는 걸까
남자의 어깨에 달빛이 내려앉는다

미시시피강으로 내려가는 연어의 뺨을 후려갈기는 곰
퍼득거리는 살찐 연어를 물어뜯는 곰의
뒤통수를 겨냥하며 내티 범포*가 다가간다

탕!
곰이 쓰러지면 내티 범포는 순수한 아담이 된다

노사냥꾼 J의 연구실에는 빛나는 총들이
서재 가득히 진열되어 있다 총은 나무의 살결을
얇게 썰어 만들었다 후박나무 향이 나는 총들

사냥꾼 J의 책갈피 사이에서
총성이 울린다 아내는 수염이 텁수룩한 그를
서재의 가장 깊은 심장에서 끄집어내어 바람에 말린다
바람에 휘날리는 흰 수염과 그들의 웃음소리

안개 자욱한 인디언 숲속에서
북극성을 따라가는 말 잔등에 앉아

다시, 총구를 겨눈다

J는 아내를 앞에 태우고 사냥을 떠난다
연구실 문은 남쪽으로 열려있다

— 『프로이트를 읽는 오전』(지혜, 2011년)

신화는 어떻게 부활하는가?

시쓰기에 대한 피로감으로부터 벗어나기 위해 시인이 택한 방법이 프로이드를 읽거나 정신분석가가 되어 환자의 환상이나 환영을 즐기게 하는 것이었다면 그것은 개인의 차원에서 무의식을 탐구한 것이라고 할 수 있다. 개인의 욕망이 어떻게 시쓰기를 가능하게 하는가? 하는 점이 시인으로 하여금 프로이드를 읽게 했다면 그것은 개인의 의식을 넘어 무의식의 차원으로 기호 이야기를 확장했다는 것을 의미한다. 기호 이야기의 확장은 시인의 시쓰기의 실존과 관계된다는 점에서 이에 대한 모색은 중요하다고 하지 않을 수 없다. 기호 이야기를 구성하고 구조화하는 과정에서 발생하는 피로감은 이렇게 시적 대상으로서의 영역을 확장함으로써 극복할 수 있는 것이다. 시인이 프로이드를 읽음으로써 상징계의 투명함으로는 경험할 수 없는 불투명한 세계를 경험하여 그것을 기호의 응축과 전치를 통해 드러내고, 그것이 곧 기호 이야기의 확장으로 이어지는 것이다.

시인의 기호 이야기의 확장이 '프랑켄슈타인'을 거쳐 '프로이드'로 이어지고, 다시 '프로이드'에서 'J'로 이어진다. J 역시 프랑켄슈타인이나 프로이드처럼 무엇인가를 끊임없이 탐색하고 욕망한다. 하지만 J가 탐색하고 욕망하는 대상 혹은 세계는 이들과는 차이가 있다. 시인이 프랑켄슈타인과 프로이드를 통해 문명화된 세계 속에서 살아가는 인간의 욕망을 기호 이야기에 담고 있다면 J를 통해서는 문명화된 세계와는 대척점에 있는 신화의 세계를 지향하는 인간의 모습을 담고 있다.

새벽 2시
바하의 음악이 들리는 시각
사냥꾼 J는 인디언 마을로 떠난다

짙은 녹색으로 물든 숲속
쿠퍼의 소설에 등장하는 인디언을 만나러 가는 걸까
남자의 어깨에 달빛이 내려앉는다

미시시피강으로 내려가는 연어의 뺨을 후려갈기는 곰
퍼득거리는 살찐 연어를 물어뜯는 곰의
뒤통수를 겨냥하며 내티 범포*가 다가간다

탕!
곰이 쓰러지면 내티 범포는 순수한 아담이 된다

…(중략)…

안개 자욱한 인디언 숲속에서

북극성을 따라가는 말 잔등에 앉아

다시, 총구를 겨눈다

— 「J의 연구실」 부분 인용

J가 떠나고자 하는 곳은 '인디언 마을'이다. 시인이 이곳으로 떠나고
자 하는 데에는 문명화가 되면서 우리 인간이 상실한 순수함을 회복하
기 위해서이다. 문명화가 진행되면서 인간은 자연으로부터 멀어지게
되었고, 그 결과 자연이 가지고 있는 순수함을 상실하게 된 것이다. J가
떠나고자 하는 인디언 마을은 여전히 그러한 자연의 순수함이 살아 있
는 곳이다. 그곳에는 '연어의 뺨을 후려갈기고 퍼득거리는 살찐 연어를
물어뜯는 곰'이 있고, 그 곰을 사냥하는 '내티 범포라는 사냥꾼'이 있
다. 연어를 곰이 먹고, 그 곰을 다시 사냥꾼이 먹는 생태계의 먹이 사슬
이 존재하는 세계이기 때문에 이곳에서의 사냥은 욕망의 과잉이라는
의미를 지니는 것이 아니라 자연에의 순응이라는 의미를 지니는 것이
다. 이곳에서 곰을 사냥하는 내티 범포를 '순수한 아담'으로 표현한 것
이나 '말이 북극성을 따라간다'는 것이 바로 이것을 잘 말해준다.

그러나 J는 인디언 마을로 갈 수 없다. 그가 떠나고자 하는 인디언 마
을은 쿠퍼의 소설 속에 존재하기 때문이다. J가 할 수 있는 일이란 자신
의 서재에 꽂혀 있는 쿠퍼의 소설을 읽으면서 내티 범포의 사냥을 상상
하는 것이다. J는 내티 범포 같은 사냥꾼이 아니라 그 사냥꾼의 이야기
를 읽고 해석하는 연구자인 것이다. 왜 이 시의 제목이 'J의 연구실'인
지 생각해보면 이것을 잘 알 수 있다. J가 시인의 대체된 기호라면 시인
은 연구실에서 프로이드를 읽고 또 페니모어 쿠퍼의 소설 『레더스타킹
테일즈』(Letherstocking Tales)을 읽으면서 무의식과 자연의 세계를 상

상하는 것이다. 근대 이후 급속한 문명화가 진행되면서 인간은 자연으로부터 멀어지게 되고, 그로 인해 불안이라는 징후를 앓게 된다. 인간이 자연 속에 혹은 자연과 더불어 살 때에는 욕망이 적절히 통제되고 조절되면서 과도한 결핍에 시달리지 않아도 되었지만 문명화가 되면서 인간은 타자(상품이나 매체)에 의해 욕망이 끊임없이 불어넣어지게 되고 그 결과 결핍과 충족이라는 회로 속에 갇혀 헤어나지 못하게 된 것이다.

이 욕망의 회로로부터 벗어나는 일은 프로이드 식으로 무의식을 탐구하거나 아니면 J처럼 자연을 회복하는 것이라고 할 수 있다. 여기에서 시인이 생각하는 자연의 회복이란 곧 인간의 문명이 상실한 신화를 불러내 기호로 드러내는 것에 다름 아니다. J가 떠나고 싶어 하는 인디언 마을은 이러한 신화가 훼손되지 않은 채 살아 숨 쉬고 있는 곳이라고 할 수 있다. 신화의 세계에서는 문명화된 상징의 세계에서는 상상할 수 없는 일이 일어날 수 있다. 문명화된 세계와는 달리 이 세계에서는 혼돈이 중요한 원리로 작용하고 있다. 어떤 투명한 구분이나 경계 없이 혼돈의 상태로 존재하기 때문에 하나도 아니고 둘도 아닌 기호의 세계가 가능하다.

J의 연구실을 엿보고 싶은 이유가 북극성을 따라가는 말 잔등에 앉아 총구를 겨누는 그의 모습이 멋져서가 아니다. J가 쏜 총에 곰이 쓰러지면 순수한 아담이 되는 신화 같은 이야기는 '지금', '여기'의 찌들고 병든 문명 속에서 극도의 피로감을 느끼며 살아가는 사람들에게 일종의 아름다운 환상을 불러일으키는 계기가 될 수 있을 것이다. 하지만 J가 쏜 총에 곰이 쓰러지는 그런 아름다운 이야기는 늘 존재하는 것은 아니다. 만일 J가 쏜 총에 곰이 쓰러지지 않고, 북극성이 그가 가는 길의 좌표가 될 수 없다면 어떻게 될까? 환상이 환멸로 바뀌는 데에는 긴 시간이 필요하지 않을 것이다.

　극도의 피로감 속에서 그것으로부터 벗어나기 위해 무의식적인 환상과 신화를 꿈꾸었듯이 다시 그 꿈 속에서 극도의 피로감이 만연한 현실과의 대면을 늘 염두에 두어야 할 것이다. J의 연구실 서재에 꽂힌 책들이 모두 기호 만들기에 도움이 되는 것은 아니다. 그 중 어떤 것들은 한 번도 펼쳐지지 못한 채 무덤 속으로 가야할 것이다. 이러한 이유로 J 역시 '자신의 시집이 패잔병처럼 버려질지도 모른다' (「책들의 무덤」)는 불안감에 사로잡혀 있다. J의 불안은 단순히 J라는 한 개인의 실존적 불안에 그치는 것이 아니라 시 혹은 예술이 사회 속에서 어떤 식으로 존재해야 하며, 그것이 사회 속에서 지니는 가치내지 효용성이 어떤 것인지에 대해 의미심장한 물음을 던지고 있다고 할 수 있다. 이 물음에 대해 어떤 답을 할지 그것은 전적으로 J의 몫이다.

주치의 h

황병승

1

떠나기 전, 집 담장을 도끼로 두 번 찍었다
그건 좋은 뜻도 나쁜 뜻도 아니었다

h는 수첩 가득 나의 잘못들을 옮겨 적었고
내가 고통 속에 있을 때면 그는 수첩을 열어 천천히 음미하듯 읽
어 주었다

나는 누구의 것인지 모를 커다란 입 속으로 걸어 들어갔다 깊이
더 깊이

아버지와 어머니 사랑하는 누이가 식사를 하고 있었다 큰소리로
웃고 떠들며 더 크고 많은 입을 원하기라도 하듯 눈이 있어야 할 자
리에 귀에 이마에 온통 입을 달고서
 입이 하나뿐인 나는 그만 부끄럽고 창피해서 차라리 입을 지워버
리고 싶었다

2

입 밖으로 걸어 나오면, 아버지는 입이 없는 거나 마찬가지로 조

용한 사람이었고 어머니와 누이 역시 그러했지만,
  나는 입의 나라에 한번씩 다녀올 때마다 가족들과 함께 하는 침
묵의 식탁을 향해
  '제발 그 입 좀 닥쳐요' 소리가 목구멍까지 올라왔다

  집을 떠나기 전 담장을 도끼로 두 번 찍었지만
  정말이지 그건 좋은 뜻도 나쁜 뜻도 아니었다

  버려진 고무인형 같은 모습의 첫 번째 여자친구는 늘 내 주위를
맴돌았는데
  그때도(도끼질 할 때도) 그 애는 멀찌감치 서서 버려진 고무인형
의 입술로 내게 말했었다

  "네가 기르는 오리들의 농담 수준이 겨우 이 정도였니?"

  해가 녹아서 똑 똑 정수리로 떨어지는 기분이었다
h는 그 애의 오물거리는 입술을 또박또박 수첩에 받아 적었고
첫 번째 여자친구는 떠났다 세수하고 새 옷 입고 아마도 똑똑한
오리들을 기르는 녀석과 함께였겠지

  3
  나는 집을 떠나 h와 단둘이 지내고 있다 그는 요즘도 나를 입의
나라로 안내한다

　전보다 더 많은 입을 달고 웃고 먹고 소리치는 아버지와 어머니
사랑하는 누이가 둘러앉은 식탁으로
　어쩌면 나는 평생 그곳을 들락날락 감았다 떴다, 해야 할지도 모
르지만
　적어도 더는 담장을 도끼로 내려찍거나 하지 않게 되었으니 얼마
나 다행인가

　4

　이제부터는 연애에 관한 이야기뿐이다
　악수하고 돌아서고 악수하고 돌아서는,
　슬프지도 즐겁지도 않은 밴조 연주 같은…… 다른 이야기는 없다,
스물아홉
　이 시점에서부터는 말이다 부작용의 시간인 것이다

　그러나 같이 늙어 가는 나의 의사 선생님은 여전히 똑같은 질문으
로 나를 맞아주신다
　"이보게 황형. 자네가 기르는 오리들 말인데, 물장구치는 수준이
어느 정도라고 생각하나?"
　낡고 더러운 수첩을 뒤적거리며 말이다.

— 『파라Para21』, 2003년

징후적인 언어와 메타적인 인식

　황병승 시의 미덕은 시인의 내면이 투명하지 않다는 데에 있다. 투명한 시는 빙산의 일각을 보여줄 뿐이라는 혐의로부터 자유롭지 못하다면 불투명한 시는 그것이 숨기고 있는 거대한 세계를 함의하고 있다는 점에서 매혹적인 데가 있는 것이 사실이다. 우리는 그것을 징후라고 명명하지만 그것은 어디까지나 투명한 이성의 눈으로 보았을 때 그렇다는 것이다. 징후, 다시 말하면 어떤 외상에 의한 드러냄 혹은 몽환적인 질병의 흔적들은 늘 불안의 영역을 거느리고 있다. 이로 인해 그의 시의 언어는 발작 내지 발광 같은 징후를 환기하기에 이른다.

　황병승의 시는 징후적이다. 그것을 우리는 그가 '집 담장을 도끼로 두 번 찍'(「주치의 h」)은 흔적 속에서 발견할 수 있다. 그가 집에 내린 도끼 자국은 집, 가족과의 불화를 의미한다. 그 불화란 '입'이라는 단어로 치환된다. 그는 아버지, 어머니, 누이가 있는 집을 '입의 나라'라고 명명한다. 그런데 이들은 입이 하나밖에 없는 나와는 달리 더 크고 많은 입을 원한다. 나는 이것에 대한 부끄러움과 창피함을 느낀다. 하지만 나는 그 입의 나라로 '평생 그것을 들락날락 감았다 떴다, 해야 할' 운명을 지닌 존재이다. 그가 말하는 입이란 틈 혹은 구멍이다. 주치의 h가 그를 입의 나라로 안내한다는 것은 가족이라는 욕망의 세계로 인도하여 그 욕망과 대면하게 하여 그를 치유하려고 하는 것이다. 가족 내에서의 욕망의 관계를 통해 오이디푸스 콤플렉스를 경험할 때 그 치유가 가능한 것 아닌가.

시인은 지금 그 치유의 과정을 보여주고 있는 것이다. 이런 점에서 이 시는 메타적인 인식을 드러내고 있는 시라고 할 수 있다. 이런 메타적인 인식이란 시인의 자의식의 표출에 다름 아니다. 자의식이 강하면 강할수록 자아의 분열의 정도는 극대화될 수밖에 없다. 그의 시에서 그것은 실어증이라는 증상으로 드러난다.

텅 빈 지하실,
검은 염소는 밤새 뒤척거리다…… 뭘 할까 달력을 먹고 엽서를 슨다
한번도 만난 적 없는

니노셋게르미타바샤 제르니고코티카에게,
　　　　　 ―「니노셋게르미타바샤 제르니고코티카」 부분 인용

실어증이란 단어에 대한 메타적인 인식을 보여주는 대표적인 증상이다. 시인에게 언어란 무엇일까? 그것은 독이면서 약인 파르마콘에 다름 아니다. 언어 때문에 욕망이 발생하는 것이다, 여기에 민감한 자의식을 드러내게 되면 곧 실어증에 걸리게 되는 것이다. 언어가 하나의 세계를 온전히 드러낼 수 없다는 인식에 과도하게 집착하다 보면 그 언어를 거부하게 되는 것이다. 이런 점에서 보면 모든 시인들은 어느 정도 실어증

환자라고 할 수 있다.

언어에 대한 자의식이 실어증적인 징후 정도까지 이르다 보면 자연히 언어는 불투명하고 혼돈과 미끄러짐이라는 환유의 구조로 드러날 수밖에 없다. 그의 시 역시 이 범주 속에 있다. 그의 시의 문법이 지향하는 바가 여기에 있다면 그것은 무의식의 흐름을 투명한 언어를 통해 드러내야 하는 이율배반의 구조 속에 그가 놓여 있다는 것을 의미한다. '무의식도 언어처럼 구조화되어 있다' 고 하지만 이것 역시 언어중심주의적인 사고의 산물일 뿐이다. 그의 시의 특장을 살리기 위해서는 무의식과 언어, 혹은 욕망과 언어, 그리고 시적 주체의 문제에 대한 나름의 인식들이 서 있어야 할 것이다. 그가 겨냥하는 무의식적인 징후의 세계가 신선함을 획득하지 못한다면 그것은 전적으로 무의식이 아니라 그의 탓이 될 것이다. 그의 시에서 다소 기존의 무의식의 문법을 답습하고 있다는 혐의를 발견하게 되는 것이 사실이다. 기존의 무의식의 문법을 다시 무의식화하여 해체하는 그런 방법론적인 태도도 필요하리라고 본다.

메스칼린

이혜미

    내 몫의 꽃들은 오늘, 검은 코트를 차려입고 유리컵 속으로 떠났다 너를 염려하는 문명은 이제 멸종했어, 어둡고 추운 손톱을 가진 밤이 끼익 끼익 달의 그네를 흔들며 킬킬거린다. 푸르고 더러운 유리컵 속을 유영하는 꽃들의 풀어진 눈알들 울지 마, 입을 틀어막으면 꽃들은 여리고 붉은 면도날처럼 충혈된 눈으로 허공에 제 무늬를 조금씩 놓아주곤 했었지 딱딱해진 검은 구름을 조금씩 뜯어먹으며 하늘을 뒤덮는 꿈의 조도照度를 오래 구경했었네

    이제 나는 두 눈을 잠시 꺼 두고 한 알 발포정發泡錠이 되어 유리컵 속으로 들어가, 물 속에서 일렁이던 낮별들이 화들짝 놀라 모래빛으로 흩어지고 아직 누구의 응시에도 닿지 못한 사막이 출렁이기 시작한다. 사막 한가운데 버려진 고래의 등뼈 속에 사는 건축가는 자신이 속한 시간의 악보에도 은밀히 놓아둔 몇 개의 아름다운 해골들이 있다고 말했다. 나는 달아난 꽃들을 찾으러 왔어요, 그들은 짓무른 발을 가졌고 혀가 메말라 종일 비명만 질러대죠. 그 음색은 질긴 색소처럼 몸 속을 오래 떠돌다 손가락 끝에서 검은 피가 되어 돌아오는 얼룩 같은 것이었어요. 건축가는 고개를 끄덕인다 당신 말이 맞네, 그들은 소리에 색을 쌓으러 왔지. 얼음 속에 갇힌 나비의 날개소리 위로 꿀처럼 진한 새벽빛 물감을, 지저귐을 잃은 새의 내부에 목젖을 닮은 연한 핏빛을 칠하는

이들이라네.

　둘러보니 온통 색으로 얼룩진 소리, 소리들 사방으로 흐르는 거대한 팔레트 속이었네 나는 그 곳에서 색들에 흠뻑 절여진 음계들을 훔쳐 유리컵 밖으로 도망한다 도망하다 뒤돌아보니 검은 코트를 벗어던진 꽃들 제 잎을 하나하나 떼어내어 징검다리를 만들어 다가오고 있었네 아아 이제 어쩌나, 꽃잎처럼 터지는 기포들을 따라 당신의 숨 속에 거처하는 색들도 이제 먼 길을 떠나려는데

　　　　　　　　　　　　　　　— 『2009 젊은 시』(문학나무, 2009년)

불길한 아름다움

이혜미의 시는 모던하다. 그녀의 모던함은 불길하지만 화려하다. 이 역설은 언제나 우리를 들뜨게 하고 흥분시킨다. 마치 '메스칼린'이나 '미러 볼'처럼.「메스칼린」에서 시인은

내 몫의 꽃들은 오늘, 검은 코트를 차려입고 유리컵 속으로 떠났다 너를 염려하는 문명은 이제 멸종했어, 어둡고 추운 손톱을 가진 밤이 끼익끼익 달의 그네를 흔들며 킬킬거린다. 푸르고 더러운 유리컵 속을 유영하는 꽃들의 풀어진 눈알들 울지 마, 입을 틀어막으면 꽃들은 여리고 붉은 면도날처럼 충혈된 눈으로 허공에 제 무늬를 조금씩 놓아주곤 했었지 딱딱해진 검은 구름을 조금씩 뜯어먹으며 하늘을 뒤덮는 꿈의 조도照度를 오래 구경했었네

라고 고백한다. 이 시에서의 꽃은 '검은 코트'로 드러난다. 화려하고 환환 꽃이 검고 더러운 세계 속으로 입사한다. 이 경계 넘기는 꽃의 울음

을 유발하지만 그럼에도 불구하고 꽃은 꽃이다. 꽃은 '붉은 면도날처럼 충혈된 눈으로 허공에 제 무늬를 조금씩 놓아준' 다. 시인은 그것을 '꿈의 조도照度'라고 명명한다. 꽃의 아름다움은 그 안에 불길함을 내재하고 있기 때문에 불안하다. 꽃은 언제보아도 아름답고 화려하지만 그것이 다할 때는 또 얼마나 추하고 초라한가. 그런 이유로 '검은 코트를 차려 입고', '푸르고 더러운 유리컵 속을 유영하는 꽃들'을 지켜보는 시인의 눈은 '붉은 면도날처럼 충혈' 되어 있다.

그러나 꽃은 꽃이다. 비록 '멸종'의 운명에 처하더라도 꽃은 '제 무늬를 조금씩 놓아주'어 '꿈의 조도'를 이룬다. 이것은 '소리에 색을 쌓'는 것과 다른 것이 아니다. 꽃이 이러한 상징으로 부활한다는 점에서 이것은 미학적인 발상이면서 동시에 모던한 발상이다. 꽃은 그 화려함 이면에 죽음 혹은 소멸이라는 불길함을 늘 내장하고 있으며, 이 죽음 혹은 소멸은 미학적인 탄생으로 부활한다. 아름답기 때문에 오히려 역설적으로 그 탄생은 더 화려할 수밖에 없다. 꽃에서 이런 불길한 아름다움이라는 역설의 미학을 탐색하는 시인의 눈은 「미러 볼」에서도 그대로 드러난다.

그런데 여기에서 말하고 있는 '미러 볼'은 시인 자신이다. 시인은 자신의 몸이 자전하고 있다고 말한다. 시인은

괜찮아, 모든 몸은
거울 없는 방이니까
되뇌이며

네가 자전하고 있다
어두운 미로들을 가득 끌어안고

깨질 듯, 눈부신 듯,

이라고 노래한다. 하지만 여기에서의 몸은 '거울이 없' 다. 하지만 시인이 이렇게 거울이 없다고 하는 것은 겉으로 드러난, 외형상으로 드러난 거울이 없다는 것을 의미한다. 거울이 없는 것이 아니라 안으로 드러난, 내면의 거울은 존재한다. 시인의 몸의 내면에는 '어두운 미로들을 가득 끌어안고/깨질 듯, 눈부신 듯' 한 거울이 존재한다. 시인의 내면에 존재하는 미러 볼은 '깨질 듯, 눈부신 듯' 한, 아름답지만 불안한 거울이다. 내면의 거울을 가지고 있다는 것은 세계에 대한 단순한 반영이 아닌 굴절, 파편화된 자의식과 분열 의식을 드러낸다는 점에서 모더니즘의 한 경향을 말해준다고 할 수 있다.

내면으로 향하는 시인의 상상력은 피 흘릴 수밖에 없다. '안으로 발사되' 어 '몸 속 어둠을 찢어 버리고 달아나는 총알' (「표면장력」)처럼 시인의 상상력은 '블랙 아웃' 을 겨냥하고 있다. 그 총알에 시인의 내면이 '관통되는 순간' 그곳으로부터 '어둠들이 줄줄 흘러나오게 될 것' (「블랙 아웃」)이다. 시인의 모던함은 이 피 흘림 혹은 관통의 정도에 따라 그 견고함이 결정될 것이다. 이것은 시인이 어떻게 시적 '긴장' 을 유지하느냐와 다른 것이 아니다. 그녀식으로 이야기하면 그것은 '표면장력' 이 된다. '팽팽하게 당겨진 활시위' 처럼 '범람할 듯 범람하지 않는' 눈물처럼 긴장이 유지되어야 한다. 시적 긴장이 팽팽하면 팽팽할수록 불길함이 고조되고 그에 따라 아름다움 또한 고조된다.

그녀의 시는 이렇게 불길한 아름다움, 다시 말하면 미적 모던의 세계를 내장하고 있다. 이 세계는 충분히 매력적이다. 그녀는 이 세계를 좀 더 예각화할 필요가 있다. 그녀 특유의 어떤 자의식과 내면을 관통하는 언어에 대한 탐색이 필요하다. 하나의 세계 속으로 더 깊숙이 빠져드는

것이 좋지 않을까? 그 속에는 어떤 불길함이 늪처럼 도사리고 있고, 그
곳에서 허우적거리면서 틈이나 출구를 욕망하는 팽팽한 긴장이 유지되
는 그런 세계로 나아가야 할 것이다. '메스칼린'과 '미러 볼'의 그 현란
함과 환각 이면에 존재하는 질퍽거림과 타락의 밑바닥에 이르는 죽음
과 파멸의 세계 속으로 위험한 모험을 단행할 때 불길한 아름다움은 하
나의 미학으로 거듭날 것이다.

Ⅳ. 일 상 과 서 정

어떤 부름

문태준

늙은 어머니가
마루에 서서
밥 먹자, 하신다
오늘은 그 말씀의 넓고 평평한 잎사귀를 푸른 벌레처럼 다 기어
가고 싶다
막 푼 뜨거운 밥에서 피어오르는 긴 김 같은 말씀
원뢰遠雷 같은 부름
나는 기도를 올렸다,
모든 부름을 잃고 잊어도
이 하나는 저녁에 남겨달라고
옛 성 같은 어머니가
내딛는 소리로
밥 먹자, 하신다

—『미네르바』, 2010년 가을호

서정 혹은 부름의 형식

어떤 시가 좋은 시일까? 이 물음에 대한 답은 어려울 수도 또 쉬울 수도 있다. 좋은 시란 개인의 취향에 따라 다르게 드러나기도 하고 또 어떤 경우에는 취향을 넘어 드러나기도 한다. 좋은 시는 누가 보아도 좋다는 논리가 바로 여기에 해당한다. 이것은 개인의 취향이 보편성을 띤다는 것을 의미한다.

시에서 취향의 보편성은 서정과 무관하지 않다. 서정이란 시가 가지는 보편성인 동시에 시의 창작과 수용 주체의 보편성이기 때문이다. 한 편의 시가 오랜 시간을 거쳐 많은 이들의 관심과 사랑을 받는 이유는 서정이라는 보편적인 인간의 감성 혹은 정서를 지니고 있기 때문이라고 할 수 있다. 이 사실은 그 시가 꼭 서정시라는 것을 의미하는 것은 아니다. 서정시든 아니면 서사시든, 운문시든 아니면 산문시든 관계없이 서정이라는 보편적인 인간의 감성이나 정서를 드러내는 것이면 무엇이든 좋은 시가 될 수 있다. 이런 맥락에서 볼 때 문태준의 시가 주목의 대상이 된 것도 그가 서정시를 쓰기 때문이 아니라 서정이라는 인간의 보편적인 감성이나 정서를 잘 드러내고 있기 때문이라고 할 수 있다.

　　문태준 시인의 서정은 자아와 세계 사이의 동일성에 기반하고 있다. 그의 시는 자아와 세계 사이의 일체감과 결속감을 지향한다.

　　　　늙은 어머니가

　　　　마루에 서서

　　　　밥 먹자, 하신다

　　　　오늘은 그 말씀의 넓고 평평한 잎사귀를 푸른 벌레처럼 다 기어

　　　가고 싶다

　　　　막 푼 뜨거운 밥에서 피어오르는 긴 김 같은 말씀

　　　　원뢰遠雷 같은 부름

　　　　나는 기도를 올렸다,

　　　　모든 부름을 잃고 잊어도

　　　　이 하나는 저녁에 남겨달라고

　　　　옛 성 같은 어머니가

　　　　내딛는 소리로

　　　　밥 먹자, 하신다

　　시인이 노래하고 있는 대상은 '어머니'이다. 시인과 어머니는 목소리를 매개로 하여 존재한다. 따라서 이 시에서 문제가 되는 것은 어머니의 목소리이다. 어머니의 목소리에 따라 시인과 어머니 사이의 관계의 속성이 결정된다. 이 시의 문맥에서 볼 때 시인에게 어머니의 목소리는 불안이나 두려움의 대상으로 존재한다기보다는 평온함과 그리움의 대상으로 존재한다. 이것은 시인이 대상과의 평온함과 그리움을 토대로 둘 사이의 결속감과 일체감을 구현하고 있다는 것을 말해준다. 시인이

시 속에서 강하게 환기하고 있는 것은 '밥 먹자' 는 어머니의 목소리이
다.

어머니가 밥 먹자고 할 때 그 목소리는 시인에게 세상의 그 어떤 것보
다도 평온하고 그리움이 배어 있는 소리가 된다. 시인이 이렇게 느낀 것
은 어머니와의 심적 거리의 가까움에서 비롯된 것이다. 어머니에게 시
인은 자신이 손수 지은 밥을 맛있게 먹어 줄 대상이다. 어머니의 입장에
서 보면 자식 입에 밥 들어가는 것만큼 기쁜 일이 또 어디 있겠는가? 시
인은 어머니의 이러한 마음을 누구보다도 잘 알고 있다. 어머니의 이 마
음을 시인은 '잃고' 싶지도 또 '잊고' 싶지도 않은 것이다. 어머니에 대
한 이러한 마음을 시인은 '오늘은 그 말씀의 넓고 평평한 잎사귀를 푸
른 벌레처럼 다 기어가고 싶다' 라고 표현한다. 넓고 평평한 잎사귀 같
은 어머니의 말씀 속으로 푸른 벌레가 되어 스며들고 싶다는 시인의 태
도는 둘 사이의 교감의 깊이를 잘 말해준다고 할 수 있다.

'잎사귀' 와 '벌레' 로 표상되는 둘 사이의 친밀한 교감은 '막 푼 뜨거
운 밥에서 피어오르는 긴 김' 과 그것을 먹는 '시인' 으로 변주된다. 이
질료들이 표상하는 것은 '시인이 어머니를 먹는다' 는 것과 다르지 않
다. 어머니의 살과 피를 먹고 자라는 아들의 이미지가 여기에 내재해 있
다. 어머니와 시인이 하나도 아니고 둘도 아닌 상태, 다시 말하면 극도
의 친연성의 상태가 성립되는 것이다. 시인과 어머니가 이런 상태에 놓
여 있기 때문에 둘 사이의 관계는 일체감과 결속감을 드러낼 수밖에 없
다.

어머니가 아들을 향해 '밥 먹자' 라고 하는 말은 시인에게는 그것이
어머니와의 일체감과 결속감을 확인하는 부름이 되는 것이다. 어머니
의 이러한 부름을 시인은 '옛 성 같은, 어머니의 원뢰遠雷 같은 부름' 이
라고 명명한다. 어머니의 존재를 '옛 성 같다' 고 한 것은 시간의 멀어짐

을 통해 심리적인 가까움을 드러내려는 시인의 시적 전략이라고 할 수 있다. 시간으로부터 멀어진 것은 심리적으로 간절한 그리움의 대상이 되기 때문에 심적으로는 가까워지는 역설적인 효과를 창출한다. 이런 점에서 어머니의 부름은 거역할 수 없는 운명과 같은(원뢰 같은) 것이 된다.

시인에게 서정이란 무엇인가? 그것은 바로 원뢰 같은 부름의 형식인 것이다. 그 부름은 명령이나 호출에 가까운 타율적인 것이 아니라 잎사귀와 벌레, 밥과 시인(인간)처럼 지극히 자연스럽고 자율적인 것이다. 어머니의 목소리가 아버지의 목소리와 다른 것은 그것이 권위적이지 않기 때문이다. 아버지의 목소리가 가지는 권위는 시인으로 하여금 끊임없이 모방 충동을 불러일으키게 하지만 여기에는 언제나 불안과 공포가 내재해 있다. 이에 비해 어머니의 목소리는 시인이 명명했듯이 아버지의 권위가 사라진 옛 성 같은 것이다. 옛 성은 권위보다는 어머니의 자궁과 같은 안온함과 평온함을 표상하는 질료라고 할 수 있다. 안온함과 평온함으로 표상되는 옛 성이기에 어머니라는 존재는 그리움의 대상이 되는 것이다. 시인이 이 시에서 보여준 서정은 이렇게 어떤 대상을 밀어내는 것이 아니라 그것을 안으로 감싸는 동일성에 기반을 둔 것이라고 할 수 있다. 시인은 동일성에 기반해 서정에서 부름의 형식이 어떠해야 하는지를 이 시를 통해 보여준 것이다. 자아와 세계 사이의 갈등이나 대립도 동일성을 이루는 중요한 요소이지만 시인이 선택한 것은 둘 사이의 조화와 융화이다. 자아와 세계 사이의 갈등과 대립이 없는 동일성의 구현은 서정의 행복한 구현처럼 보이지만 그것은 자칫 서정의 의미를 약화시키거나 축소시킬 위험성이 있다. 서정의 묘미는 자아와 세계 사이의 안정성과 조화에서 찾을 수도 있지만 그것 못지 않게 불안정과 부조화에서 찾을 수도 있다.

문태준의 시는 누가 보아도 좋다고 할 만큼 매력적인 데가 있다. 그것은 서정이 가지는 보편타당성을 그의 시가 지니고 있기 때문이다. 하지만 정말로 좋은 시는 자아와 세계 사이의 갈등과 대립 그리고 조화와 융화의 차원을 동시에 보여주는 시라고 할 수 있다. 이 시에서도 자아와 그 자아를 점점 망각 속으로 빠뜨리는 세계와의 갈등이나 대립이 드러나지 않는 것은 아니지만 그것이 첨예한 시적 긴장으로 연결되기에는 망각의 두려움과 불안에 대한 시인의 내적 동기와 개연성(필연성)이 미약하다.

이과두주

유홍준

희뿌연 산

언덕에는 흰 눈이 내리고요

얼어 죽을까봐 얼어 죽을까봐

나무들은

서로를 끌어안고요

동치미 국물 동치미 국물을 마시며

슬픈 이과두주 마시는 밤

또 무슨 헛것을 보았는지 저 새카만 개새끼는 짖구요

저 하얀 들판에는 검은 새들이 내리고요

저 하얀 들판에는 검은 새들이 내리고요

짬뽕국물도 없이

시뻘건

후회도 없이

내리는 눈발 사이로 흘러가는 푸른 달 틈으로

적막하고 나하고 마주 앉아

이과두주 마시는 밤

이 조그만 것에 독한 것을 담아 마시는 밤

이 조그만 것에도 독한 것이 담기는 밤

— 『시인수첩』, 2011년 여름호

맵고 격한 냉소와 독설의 아름다움

유홍준의 시는 묘한 매력이 있다. 이 매력은 시인 특유의 언설을 통해 드러난다. 시인이 구사하는 언설은 세상과 일정한 거리를 유지하고 있다. 시인은 세상을 향해 친밀하게 혹은 따뜻하게 다가가는 것이 아니라 어느 정도 삐딱한 태도로 다가간다. 이로 인해 시인과 세상과는 불화를 드러낸다. 이것은 시인이 세상과의 불화를 어떻게 드러내느냐에 따라 시의 성격이 달라진다는 것을 의미한다. 우리 시, 특히 서정시의 경우 이 불화의 문제를 너무 나이브하게 이해하는 경향이 있다. 시에서의 서정을 세상과 첨예하게 각을 세우지 않은 채 그것을 성급하게 아우르는 것으로 이해하고 있는 것이 사실이다. 시에서의 서정을 세상과의 불화를 예각적으로 드러냄으로써 여기에서 일정한 긴장을 획득하는 것으로 이해하고 있는 경우 그 시는 나이브한 서정에서 벗어나 어떤 새롭고 강렬한 성격의 서정을 드러내기에 이른다.

유홍준의 시의 매력이 바로 여기에 있다. 그의 시가 다루는 시적 대상이라든가 그것에 자신의 정서를 투사하는 것은 여느 서정시와 다르지 않다. 하지만 그의 시가 드러내는 시적 효과는 여느 서정시와 차이가 있다. 한 마디로 말하면 그의 시에는 정서적인 임펙트가 존재한다. 여느 서정시를 읽었을 때의 아련함과는 다른 정서적인 강렬함이 그의 시에는 있다. 이것은 세상에 대한 시인의 맵고 격함을 내포한 언설에서 기인한다. 일반적으로 시적 대상에 이렇게 격한 정서를 투사하는 경우, 그 대상이 은폐하고 있는 세계가 적나라하게 드러나기 때문에 드러남과 숨김 사이의 긴장을 통해 생성되는 미적 효과가 제대로 나타날 수 없다.

그러나 유홍준의 시에서는 맵고 격한 정서가 드러남에도 불구하고 그것이 강력한 미적 효과를 불러일으키고 있다. 가령,

희뿌연 산

언덕에는 흰 눈이 내리고요

얼어 죽을까봐 얼어 죽을까봐

나무들은

서로를 끌어안고요

동치미 국물 동치미 국물을 마시며

슬픈 이과두주 마시는 밤

또 무슨 헛것을 보았는지 저 새카만 개새끼는 짖구요

저 하얀 들판에는 검은 새들이 내리고요

저 하얀 들판에는 검은 새들이 내리고요

짬뽕국물도 없이

시뻘건

후회도 없이

내리는 눈발 사이로 흘러가는 푸른 달 틈으로

적막하고 나하고 마주 앉아

이과두주 마시는 밤

이 조그만 것에 독한 것을 담아 마시는 밤

이 조그만 것에도 독한 것이 담기는 밤

—「이과두주」 부분 인용

를 보면 시인의 격한 정서가 고스란히 드러나 있다. 특히 '얼어 죽을까봐 얼어 죽을까봐' 나 '새카만 개새끼는 짖구요' 가 그렇다. 이 언설로 인해 이 시는 강한 임펙트를 발산한다. 문면 그대로 보면 시인의 이 언설이 향하는 대상은 '나무들' 과 '개새끼' 이다. 하지만 그 이면을 들여다 보면 그것이 궁극적으로 향하는 대상은 시인 자신이라는 것을 알 수 있다. '나무들' 과 '개새끼' 를 향한 격한 언설은 시인 자신의 외로움을 드러내기 위한 한 표현이라고 할 수 있다. 시인이 마주하고 있는 것은 '적막' 뿐이다. 그래서 시인은 그 외로움을 달래기 위해 독한 이과두주를 마신다.

이러한 자신의 처지를 시인은 그 누군가에게 혹은 그 누군가와 함께 하고 싶지만 그것이 가능한 상황이 아니다. 시인과 함께 하고 있는 것은 '나무들' 과 '개새끼' 이며, 이들은 자신과 마주하고 외로움과 고독을 주고받을 수 있는 대상은 아닌 것이다. 시인이 자신과 마주 하고 있는 것이 적막뿐이라고 한 이유가 바로 여기에 있다. 시인은 자신의 이러한 외로움과 고독한 처지를 애꿎은 '나무들' 과 '개새끼' 를 통해 드러내려 한 것이다. 시인이 아니라 이렇게 '나무들' 과 '개새끼' 를 통해 드러냄으로써 적막과 마주대하고 있는 시인의 외로움과 고독이 더 절실하게 환기되고 있다. '나무들' 과 '개새끼' 를 통해 자신의 고독을 표현할 수밖에 없는 시인의 처지는 어떤 면에서 보면 침묵 이상이라고 할 수 있다. 자신의 고독을 표현할 길이 없어 침묵을 지키고 있다면, 다시 말해 적막과 마주하고 있다면 시인이 '나무들'과 '개새끼'를 향해 '얼어 죽을까봐 얼어 죽을까봐' 나 '새카만 개새끼는 짖구요' 라고 한 언설은 일종의 역설이라고 할 수 있을 것이다.

적막과 '나무들' 과 '개새끼' 의 행위 사이의 역설적인 대비는 시인이 처한 상황을 평면적으로 제시하기보다는 입체적으로 제시함으로써 중층성에서 기인하는 미학적인 효과를 더욱 강렬하게 창출하고 있다. 「이과두주」에서 보여준 이러한 역설적인 대비는 다른 시편에서도 그대로 드러난다. 가령 「십자드라이버에 관한 명상」에서,

십자드라이버 속에 예수가 들앉아 있네

십자드라이버의
십자
속에는
예수가 들앉아 머리를 조아리고 있네

세상의 온갖 나사를 풀고 조일 때마다
예수는 세상 깊숙이 제 머리를 박고 뱅글뱅글 돈다네
　　　　　　　　　　　　─「십자드라이버에 관한 명상」 부분 인용

나 「뜰에는 반짝이는 금 모래빛」에서

하염없이

이 도시를 벗어나려는 차들과

기어이 이 도시로 들어오려는 차들이 교차하는

석양 무렵의 개양오거리에서

그가 흘린 죽음의, 그가 흘린

주검의

액체 위에

누군가 획 뿌려놓고 간

누군가 획 뿌려놓고 간 뜰에는 반짝이는 금 모래빛 모래 두어 삽
—「뜰에는 반짝이는 금 모래빛」 전문 인용

을 보면 역설적인 대비가 시적 상상의 중심축을 이루고 있다. 「십자드라이버에 관한 명상」에서는 그것이 '예수'를 통해 이루어지고 있다. 이 시에서 예수의 존재는 '십자드라이버'로 비유된다. 십자드라이버로 나사를 풀고 조이듯 예수는 세상의 온갖 일을 풀고 조이는 존재라는 것이다. 여기에서의 십자드라이버는 예수가 짊어졌던 십자가를 환기한다. 나사를 풀고 조이듯 예수가 세상의 온갖 일을 풀고 조일 때마다 뒤따르는 것은 그의 희생이다. 예수의 희생으로 인해 세상의 온갖 일들이 해결된다는 것은 죽음을 통해 삶을 일궈내는 역설의 의미를 지닌다. 삶과 죽음의 역설적인 대비는 「뜰에는 반짝이는 금 모래빛」에서도 드러난다. 하지만 여기에서의 삶과 죽음의 의미는 「십자드라이버에 관한 명상」과는 차이가 있다. 여기에서의 죽음은 숭고한 희생이 아니다. 다른 사람을 위해 십자가를 진 예수의 숭고한 희생과는 달리 이 시에서의 주검은 자발적인 것이 아니라 타의에 의해 저질러진 억울하고 한 서린 것이다. 시

인은 이 주검의 비정함을 역설적으로 표현하고 있다. 시인은 이 주검 위에 누군가 뿌려 놓고 간 모래를 '뜰에는 반짝이는 금 모래빛' 이라고 노래하였다.

누구에게나 익숙한 이 대목의 의미는 이상향에 대한 동경이다. 하지만 「뜰에는 반짝이는 금 모래빛」에서는 이러한 이상향에 대한 순수한 갈망은 사라지고 끔찍하고 비참한 상황만이 그것을 대신하고 있다. 광기에 사로잡힌 속도와 문명의 비정함이 지배하는 도시에서의 소외된 주검에 대해 그것을 '반짝이는 금 모래빛' 으로 표현하고 있는 시인의 시적 태도는 분명 역설적이라고 할 수 있다. 시인의 이러한 역설은 한 주검이 처해 있는 비극적인 상황을 더 예각화하고 있다. 한 생명의 주검 위에 두어 삽의 모래를 뿌려놓고 간 것에 대해 시인은 냉소하고 있는 것이다. 시인의 냉소는 대상과의 거리두기로 볼 수 있지만 그것은 단순한 빈정거림이 아닌 반생명적인 현대 문명사회에 대한 비판을 지니고 있다는 점에서 여기에는 대상에 대한 참여적인 열망이 존재한다고 할 수 있다.

시인의 이러한 태도는 시적 대상에 대한 관심과 애정이 전제되어야 가능한 일이다. 가령 「小邑을 추억함」이나 「동네 한 바퀴」도 마찬가지이다.

> 그해 봄날, 나와 함께
> 차에 치여 죽은 개를 뜯어먹던 사내들은
> 안녕하신가
> 혹시나
> 차에 치인 개처럼
> 절뚝거리거나 신음소리를 내뱉는 아이들을 낳진 않았는가

아직도 그때처럼 아내들을 패 닦으며 살진 않는가

영업 끝난 동부이발관에서
포르노 테잎을 돌려보던 사내들이여

아직도 살아서
개처럼
이 마을 저 마을 떠돌고 있진 않는가
오늘도 개평 뜯어 막걸리 한 잔 허한 목구멍에 던져 넣으며
왕소금 몇 알로 서러운 몸뚱어리 염장을 하며 살고 있진 않는가
그렇게 밥 대신 막걸리로 배를 채우며 살고 있진 않는가

—「小邑을 추억함」 부분 인용

동네 한 바퀴를 돌고나면
우린 모두 짐승 우린 모두 동물
털 하나도 없이
깨끗이
손질한 족발을 먹고
머리도 없고 발목도 없이 누워 있는 통닭을 먹어요
그러고 나면 누구라도 다 짐승 누구라도 다 동물
학원을 다녀오는 아이들은 가방을 멘 꼬마동물이 되고
퇴근을 하는 어른들은 어깨 축 늘어져 힘 빠진 털짐승이 돼요
헐렁한 추리닝 입고 삐딱한 야구모자 쓰고
어슬렁 어슬렁 동네 한 바퀴 돌고나면
나는 이 익숙한 동네에서 가장 비루한 짐승 가장 나약한 짐승

고기를 굽고 고기를 뒤집는 저 식당 안을 보아요
나를 닮은 저 짐승들의
이상한 식사 광경,
피자를 싣고 통닭을 싣고 달려가는 저 오토바이는 늘 과속이에요
핫바를 물고 가는 저 어린 짐승들도 다 알아요
어차피 우리는 동물 어차피 우리는 짐승
매일매일 동물성을 섭취하지 않으면 살아남을 수 없다는 거
동네 한 바퀴를 돌고나면

—「동네 한 바퀴」 전문 인용

　시인이 노래하고 있는 '사내들' 과 '우리' 는 부정적인 존재로 드러난다. 사내들의 천박함과 우리의 동물스러움은 시인에게 냉소의 대상이면서 동시에 연민의 대상이다. 시인에게 '차에 치여 죽은 개를 뜯어먹고, 아내를 패 닮으며, 포르노테이프를 돌려보는 사내들' 이란 그 천박함으로 인해 멀리하고 싶은 존재들이다. 하지만 이들은 또한, 가진 건 몸뚱어리밖에 없고 늘 삶의 허기에 시달린다는 점에서 시인에게 연민의 대상이기도 하다. 멀리하고 싶지만 늘 가까이 있을 수밖에 없는 이러한 존재론적인 역설의 상황에 놓여 있기 때문에 시인의 언설은 늘 이중적인 구도에서 기인하는 긴장과 매혹이 존재한다. '개' 라는 언설을 통해 멀리 내쳤다가 '서러운 몸뚱어리' 라는 언설을 통해 다시 가까이 불러들이는 시인의 역설적인 태도는 자신의 삶은 물론 타인의 삶에 대한 기본적인 이해가 그 밑바탕에 깔려 있다.

　「동네 한 바퀴」에서 시인은 나 자신과 우리 모두를 '짐승(동물)' 으로 규정한다. 나와 우리 모두를 이렇게 규정하는 것은 곧 인간을 이성이나 합리성을 지닌 존재로 규정하는 것과는 궤를 달리하는 것이다. 나와 우

리 모두는 '동물성을 섭취하지 않으면 살아남을 수 없는 짐승'에 불과 하다는 인식은 시인으로 하여금 인간을 혐오의 대상으로 보게 하면서 동시에 그러한 굴레로부터 자유롭지 못한 존재라는 점에서 인간을 연 민의 대상으로 보게 한다. 시인의 인간을 대하는 이러한 양가감정은 시 의 흐름을 극단적인 자연주의나 계몽주의로 몰고 갈 위험성을 차단하 면서 인간이 그러한 상황에 처할 수밖에 없는 이유나 원인에 대해 상상 하게 한다.

유홍준의 시는 맵고 격한 냉소와 독설의 아름다움을 지니고 있다. 특 히 시인의 시적 대상에 대한 독특한 언설은 일정한 미적인 효과를 불러 일으키고 있는 것이 사실이다. 하지만 아쉬운 것은 시적 대상이 좀더 구 체적이고 그것이 좀더 확장되었으면 하는 점이다. 이런 점에서 「뜰에는 반짝이는 금 모래빛」은 다른 어느 시편보다 주목에 값한다고 할 수 있 다. 이 시에서 시인이 드러내고 있는 대상은 단순히 개인의 차원을 넘어 현대 사회 혹은 현대 문명이라는 인류 전반에 대한 차원에 닿아 있다. 한 개인의 주검이 개인 혹은 시인 개인의 정서 차원으로 그치지 않고 그 것이 현대 사회 혹은 현대 문명 전반에 대한 의미 차원으로 연결된다는 것은 시인 특유의 냉소와 독설이 누구나 공감할 수 있는 보편성을 획득 할 개연성을 지니게 된다는 것을 말해준다. 사실 요즘 이러한 현대 사회 나 문명 차원을 진지하게 반영하는 우리 시를 만나기가 쉽지 않다. '지 금', '여기'의 우리 현실이 지니고 있는 의미를 망각한 채 개인의 욕구 나 욕망의 도구로 시를 이해하고 해석하는 것이 지금 우리 시단의 대체 적인 경향이다. 이런 점에서 볼 때 '지금', '여기'의 우리 현실에 대한 진지한 모색이야말로 점점 왜소해지고 피로감에서 헤어나지 못하고 있 는 우리 시를 되살릴 수 있는 한 방법이라고 할 수 있다.

러시아 혁명사를 싣고 가는 밤

박정대

고백처럼 몇 마리의 말이 갔다. 말은 되돌아오지 않았다. 별들이 쏟아질 듯 빛나던 약사전길이었다

원주나 망종 근처 409번 국도를 따라 누군가 러시아를 향해 달려가던 깊은 밤이었다

죽은 빅또르 쪼이의 노래를 듣는 것도 좋았겠으나, 차 뒤편에 실린 낡고 오래된 러시아 혁명사만이 허밍으로 출렁거리던 아주 깊고 고요한 밤이었다

— 『너머』, 2008년 가을호

러시아 혁명사를 읽는 밤

아주 고요하고 거룩한 밤에 대한 기억이 있는가? 하늘에는 별이 쏟아지고 그 빛을 받아 어둠 속으로 난 길이 푸르스름하게 보이던 그런 밤에 우리는 무엇을 꿈꾸었던가? 우리의 내면 깊숙한 곳에 자리한 파토스가 가장 순수한 모습을 드러내는 순간 우리는 무엇을 얻었고 또 무엇을 상실했던가? 어쩌면 그 순간 우리는 이 세상에서 가장 몸 가볍게 자신을 저 깊고 깊은 세계 속으로 던져버렸는지도 모른다. 이런 점에서 그 순간은 세계의 광폭함에 가장 순수하게 맞설 수 있는 그런 시간이라고 할 수 있다. 이 시간에는 모두가 투사가 되고 혁명가가 되는 것이다.

하지만 이런 순간이 우리 생에 몇 번이나 오겠는가? 고요하고 거룩한 밤은 만들어지는 것을 넘어 주어지는 것이다. 어떤 조건이 온전히 주어질 때 탄생하는 것이다. 이것은 고요하고 거룩한 밤이 외적 조건으로만 탄생하는 것이 아니라는 것을 의미한다. 그것은 외적 현실과 내적 파토스가 서로 만나 충만한 상태가 될 때 비로소 탄생하는 것이다. 이 순간 세계는 숨을 멈추고 가장 순수한 진리의 현현을 지켜보게 된다. 이 순간에는 세계가 아니라 바로 나 자신이 주체가 되는 것이다. 나의 의지가 곧 진리가 되고, 나의 행동이 저 광폭한 세계를 가르는 한 줄기 빛이 되는 것이다. 혁명은 그렇게 도래하는 것이고, 또 그렇게 명멸하는 것이다.

아주 고요하고 거룩한 이러한 혁명의 순간을 시인은,

> 고백처럼 몇 마리의 말이 갔다. 말은 되돌아오지 않았다. 별들이 쏟아질 듯
> 빛나던 약사전길이었다

고 노래한다. 짧은 이 문맥 속에 혁명의 의미가 고스란히 투영되어 있다. '고백', '되돌아오지 않았다', '약사전길이었다' 등에 내재한 의미가 바로 그것이다. 먼저 혁명은 고백이 전제되어야 한다. 그것은 혁명이 외적 현실과 내적 파토스가 충만한 상태로 만날 때 이루어지는 것이기 때문이다. 이런 점에서 '고백처럼 몇 마리의 말이 갔다'는 것은 그 말의 순수성과 진정성을 드러내는 것이라고 할 수 있다. 이때 몇 마리의 말馬은 몇 마디의 말言로 치환이 가능하다.

고백의 순수성과 진정성을 간파한 사람이라면 그 말이 되돌아오지 않을 것이라는 사실을 간파하는 것 또한 어려운 일이 아니다. 모든 것을 다 고백하고 간 말, 다시 말하면 모든 것을 다 버리고 간 말은 어떤 미련이나 후회도 있을 수 없다. 만일 그 말이 되돌아온다면 그 순간 고백의 순수성과 진정성은 퇴색할 수밖에 없다. 되돌아오지 않는 말馬 또는 말言은 곧 전설이 되고 신화가 되는 것이다. 말이 혁명의 거룩한 세계 속으로 길을 떠날 때 한점 회의나 의심도 없었을 것이다. 길이 있으니까 가고, 별이 있으니까 그것을 방향 삼아 갔을 것이다. 그 길은 '약사전 길'처럼 숭고한 길이었을 것이다.

그런데 별에 의지해 그 말은 어디로 간 것일까? 말의 최종 기착지는 어디인가? 그것에 대한 단서를 우리는,

> 원주나 망종 근처 409번 국도를 따라 누군가 러시아를 향해 달려가던 깊은 밤이었다

에서 찾을 수 있다. 말이 홀로 간 것이 아니라 그것을 타고 간 사람(누군가)이 있었을 것이다. 그 사람에 대한 지표가 시 속에 구체적으로 드러나 있다. '원주나 망종 근처 409번 국도'가 그것이다. 문맥상으로 보면 그 사람은 다름 아닌 시인인 것이다. 시인은 지금 '409번 국도'에서 고요하고 거룩한 혁명의 밤을 맞이하고 있다. 시인은 말을 타고 러시아를 향해 달려간다. 그런데 왜 하필 러시아일까? 왜 시인의 상상 속에 불현듯 러시아 혁명이 떠오른 것일까? 시인은 러시아 혁명사가 '죽은 빅또르 쪼이의 노래를 듣는 것'보다도 좋다고 말한다.

> 죽은 빅또르 쪼이의 노래를 듣는 것도 좋았겠으나, 차 뒤편에 실린 낡고 오래된 러시아 혁명사만이 허밍으로 출렁거리던 아주 깊고 고요한 밤이었다

빅또르 쪼이는 자유와 저항을 노래한 록 가수이다. 그의 이름 뒤에는 늘 음유시인이라는 별칭이 따라 다닌다. 그만큼 그의 음악은 아름다움과 저항성을 동시에 지니고 있어서 혁명 혹은 혁명적이라는 말과 잘 어울린다고 할 수 있다. 하지만 시인은 그런 빅또르 쪼이의 노래를 듣는 것보다 '러시아 혁명사를 허밍하는 것'이 더 좋다고 말한다. 러시아 혁명사에는 시인의 내적 파토스를 강하게 추동하는 그 무엇이 존재하고 있는 것이다. 러시아 혁명은 한 세기 전에 일어났던 하나의 역사적인 사

건이다. 그러니까 그것은 '낡고 오래된 혁명사'가 된 것이 아닌가?

그러나 시인에게 그것은 과거의 일이 아니다. 그것은 백 년 전에 끝난 혁명이 아니라 지금까지 계속되고 있는 미완의 혁명이다. 시인에게 러시아 혁명이 빅또르 쪼이의 노래보다 더 매력적으로 다가오는 것은 그것이 가지는 순수함과 숭고함(거룩함) 때문이라고 할 수 있다. 죽음보다 위에 있는 것이 혁명의 순수함과 숭고함이라고 시인은 판단하였다. 그런데 그런 혁명의 순수함과 숭고함은 '깊은 밤'이나 '깊고 고요한 밤'에 그 모습을 드러내는 것이다.

러시아 혁명사가 백 년 전에 러시아 땅에서 끝장난 하나의 역사적인 사건이 아니라 '원주나 망종 근처 409번 국도'가 표상하듯이 그것은 지금 현재에도 러시아를 넘어 계속되고 있는 존재론적인 사건이다. 이런 점에서 왜 러시아일까? 를 밝히는 일은 그다지 큰 의미가 없다고 할 수 있다. 시인이 러시아 혁명을 끌어들이고 있는 것은 그것이 가지는 세계사적인 의미 때문이라고 할 수는 없다. 러시아 혁명의 충격파가 러시아를 넘어 서구 자본주의 세계에까지 깊은 영향을 주었다는 사실은 시인에게 그다지 중요한 것이 아닐 수 있다. 오히려 그것보다는 「닥터 지바고」에서 혁명기 러시아의 격동하는 민중들의 삶이라든가 그 속에서 펼쳐지는 파란만장한 사랑의 파노라마가 시인을 사로잡았는지도 모른다. 하지만 그것은 어디까지나 추측일 뿐이다. 중요한 것은 시 속의 러시아 혁명이 기의가 아니라 기표의 차원으로 존재한다는 사실이다.

시 속의 러시아 혁명은 고유명사가 아니라 혁명의 보통명사가 된 것이다. 시인은 러시아 혁명이라는 기표를 혁명 중의 혁명, 가장 순수하고 거룩한 존재론적인 사건으로 기억할 뿐이다. 시인의 이러한 꿈꾸기가 드러내는 것은 혁명은 우리의 안으로부터 마치 촛불이 타오르듯이 조용하면서도 숭고하게 일어날 수 있다는 사실이다. 혁명이 불가능한 시

대에 살고 있는 것이 아니라 혁명을 꿈꾸면서 산다는 것이 절박함으로
다가오지 않는 시대에 살고 있는 것이다. 이런 점에서 우리는 혁명을 두
려워하는 지도 모른다. 이것이 바로 아주 깊고 고요한 밤에 시인이 말을
달려 러시아로 가고 싶어 하는 이유이다. 러시아 혁명사는 아직 미완으
로 남아 있다. 미네르바의 부엉이는 아주 깊고 고요한 밤에 날개를 편
다. 자! 별들이 쏟아지는 약사전길로 말이 오고 있지 않은가? 그 말을 타
고 러시아를 향해 달려가지 않겠는가? 러시아 혁명사는 지금 우리 안에
서 출렁거리고 있지 않은가?

베란다

서안나

거실문을 열고 닫을 때
열림과 닫힘의 관계를 생각한다

나는 문, 그는 베란다
나는 그의 안에 있고, 그는 나의 밖에 있다
나를 열면 그는 반쯤 내가 된다
나를 닫으면 그는 마술처럼 사라져버린다
하지만 정작 그가 사라진 건 아니다
내 두 눈이 그를 밀어낸 것뿐이다

나를 떼어 내면
그는 바람 잘 통하는 훌륭한 거실이 된다
그와 나는 사라지고 사랑이라는 바람만 남는다
내가 사라진 것도 세상이 사라진 것도 아니다
사랑의 밖이며 안이다

문을 열고 닫는 일
어쩌지 못해 혼자 생각에 잠기는 일
보이면서 보이지 않는

사람을 향해 뻗어가는

퇴화식물 뿌리 같은 캄캄한 눈동자

사랑아,

문에 접질려 피멍 든 손가락으로 어디서 울고 있는가?

— 『현대시』, 2008년 6월호

사랑의 슬픔

세상에 사랑만큼 알 수 없는 것이 또 있을까? 릴케가 말했던가? 사랑은 눈보라처럼 오는 것이라고. 느닷없이 왔다가 홀연히 사라져버리는 것. 어쩌면 사랑은 그 '알 수 없음' 때문에 더 비극적인지도 모른다.

이러한 사랑의 운명은 그것이 '하나'가 아닌 '둘'이기 때문에 일어난다. 둘은 하나가 될 수 없다. 나와 너 사이에는 구멍이 있다. 구멍이 있어 나와 너를 연결하지만 이것 때문에 영원히 어긋날 수밖에 없는 것이다. 우리는 이렇게 울부짖는다. 나는 너를 이만큼 사랑하는데 너는 왜 나를 그만큼 사랑하지 않는 것이냐! 바로 차액이 문제인 것이다. 이 차액으로 인해 나와 너는 하나도 아니고 또 둘도 아닌 존재가 되는 것이다.

나와 너 사이에 사랑이 개입하면 이 관계는 더욱 견고해진다. 사랑하면 할수록 나와 너 사이에 남는 것은 신기루 같은 사랑의 환각이요, 그 끝은 죽음이다. 누구도 사랑의 이 회로에서 벗어날 수는 없는 것이다. 사랑 앞에 만인은 평등하다. 누가 이 오묘한 세계를 자신 있게 우리 앞에 드러내 보일 수 있겠는가? 누구나 이것이 불가능하다는 것을 잘 안다. 그렇기 때문에 더욱 매력적인 것 아닌가? 시인은 말한다. 사랑의 불가능성에 대한 도전의 몫은 시인의 것이라고.

서안나의 「베란다」는 바로 이러한 사색이 낳은 비극의 산물이다.

> 나를 열면 그는 반쯤 내가 된다
> 나를 닫으면 그는 마술처럼 사라져버린다
> 하지만 정작 그가 사라진 건 아니다

비극은 나를 열고 닫는데서 비롯되는 것은 아니다. 그것은 이미 그 이전이다. 나와 그는 이미 사랑이라는 존재론적인 사건 속에 놓여 있으며, 비극은 여기에서 비롯되는 것이다. 그래서 시인은,

> 나를 떼어 내면
> 그는 바람 잘 통하는 훌륭한 거실이 된다
> 그와 나는 사라지고 사랑이라는 바람만 남는다
> 내가 사라진 것도 세상이 사라진 것도 아니다
> 사랑의 밖이며 안이다

라고 고백하는 것이다. 나와 그 사이에 남는 것은 사랑, 좀더 정확히 말하면 '사랑의 안과 밖'이다. 이것은 일종의 사랑에 대한 메타포이다. 시인이 말하는 진정한 사랑은 나와 그 사이의 경계가 사라진 상태를 가리킨다. 이때 중요한 것은 이 사라짐이 소멸을 의미하느냐 하는 점이다. 이것은 나도 사라진 것이 아니고 세상도 사라진 것이 아닌, 있으면서 없는 상태를 말하는 것이 아닐까? 우리는 어떤 사랑이 극에 달하면 마치

나의 존재가 없는 듯한 느낌을 경험하게 된다.

하지만 그것은 느낌일 뿐 내 자신이 없는 것은 아니다. 내가 없으면 그도 없고, 둘 사이의 사랑도 없는 것이다. 진정한 사랑은 나나 그를 희생하면서 이루어지는 것이 아니다. 그것은 이러한 희생 없이 나와 그를 온전히 유지한 채 이루어지는 것이다. 진정한 사랑은 하모니가 아니라 멜로디이다. 하지만 어떤 소멸도 없는 온전한 사랑이 존재할까? 하모니가 아닌 멜로디 같은 사랑은 그야말로 이상적인 사랑 아닌가? 이런 점에서 '그와 나는 사라지고 사랑이라는 바람만 남는다' 는 말은 절묘한 세계를 환기한다. 그러나 과연 '사랑이라는 바람' 속에 '그와 내' 가 온전히 존재한다는 뜻일까?

이 말 속에서 환기 되는 것은 그것이 아니다. '사라짐' 과 '바람' 을 통해 특히 잘 드러나듯이 이 말은 강한 상실감을 드러낸다. 만일 나와 그의 사랑이 온전하다면 이런 상실감은 느끼지 않을 것이다. 나와 그가 교감을 하면서도 상실감을 느낀다는 것은 그 교감에 틈이 있다는 것이다. 즉 교감의 과정에서 그 무엇이 배제되거나 소외된 것이다. 틈 혹은 구멍이 있으면 자연스럽게 불안의 그림자가 드리워지게 된다. 사랑하면 행복하기만 한 것이 아니라 불안하기도 하다. 누군가를 사랑하면 할수록 불안도 그만큼 커지는 것이 사실이다. 불안하니까 끊임없이 사랑하는 사람의 존재를 끊임없이 확인하는 것 아닌가? 시인 역시 이러한 불안을 적나라하게 드러낸다.

문을 열고 닫는 일
어쩌지 못해 혼자 생각에 잠기는 일
보이면서 보이지 않는
사람을 향해 뻗어가는

퇴화식물 뿌리 같은 캄캄한 눈동자
사랑아,
문에 접질려 피멍 든 손가락으로 어디서 울고 있는가?

　사랑의 상실감의 질료로 표상된 ‘바람’이 여기에 오면 ‘캄캄한 눈동자’와 ‘피멍 든 손가락’으로 바뀐다. ‘사랑을 향해 뻗어가는’ 마음의 가망 없음을 어두운 이미지를 통해 보여주고 있는 것이다. 시인의 사랑은 이미 거기에 존재하는 것이지만 그것이 본래 존재론적인 어둠과 상실을 내포하고 있다는 사실은 가히 비극적이라고 하지 않을 수 없다. 이미 사랑의 존재방식을 알아버린 시인이 할 수 있는 일은 ‘접질려 피멍 든 손가락으로 어디서 울고 있는’ 것뿐이다.
　이런 맥락에서 보면 시인이 ‘문을 열고 닫는 일’은 무의미하다. 그것이 무의미하다는 것을 알면서도 시인은 그것을 멈추지 않는다. ‘문에 접질려 손가락에 피멍이 든’다 해도 그것은 멈출 수 없는 그 무엇인 것이다. 사랑은 ‘어쩌지 못해 혼자 생각에 잠길’ 수밖에 없을 만큼 고독한 것인 동시에 ‘퇴화식물 뿌리 같은’ 절망을 안고 자라는 가망 없는 욕망의 산물이다. 그 욕망은 멈출 수 없다. 멈춤은 곧 죽음인 것이다. 여기에 사랑의 슬픔이 있다. 하지만 시인에게 그것은 기쁨이 될 수 있다. 사랑의 저 깊은 비극의 심연 속에서 시인이 건져 올리는 언어에 묻은 한 방울의 피를 상상해 보라. 상처 없는 사랑이 어디 있으랴! 저 ‘보이면서 보이지 않는’ 존재의 피투성이 속에 시가 있고, 언어가 있고 또 사랑이 있다.

밀항密航

김요일

온대를 지나 열대로 가리
북회귀선 가로질러
리우 데 자네이로든, 자마이카든
그대 정박하신 그곳

춥지만 않았으면 좋겠어
혁명도 재즈도 시들해져버린 아바나나
인도양과 대서양이 만난다는 케이프타운도
그리 나쁘진 않아

비린내나는 물과 나쁜 음식 따위는 아무 문제도 아니리
구겨진 채로 엔진 기름 냄새 황홀한
어두운 선창船艙 바닥에 귀를 대고 누우면
깊고 차가운 바다의 푸른 음성
고래의 합창처럼 귓속으로 밀려들고

출렁이는 선창에서는 독주 한 잔에도 취하는 법
소진된 고통과
유리 파편 같은 자책은 사랑 이후의 일

파도치며 흔들리며
꿈꾸며 꿈 깨며
언젠가는 그대 레이스 치맛단 같은 하얀 해안선에 당도하겠지

낮의 햇살은 한가롭고
모두가 평화롭게 취해가는 밤의 골목길이 있는 곳
북회귀선 가로질러 가리
당신이 정박하신 그곳

별빛을 바라볼 수는 없어도
항로를 벗어나지는 않으리

— 『시인세계』, 2008년 여름호

탕진한 사랑, 탕진한 언어

김요일의 「밀항」을 읽는다. 독한 페이소스가 느껴진다. 시인은 왜 이렇게 고통스럽게 사랑을 찾아 밀항을 꿈꾸는 것일까? 이 물음에 대한 답은 아주 간단하다. 누군가를 사랑하기 때문이다. 하지만 그 사랑은 평탄하지 않다. 시인의 사랑은 지금 '깊고 차가운 바다' 속에 있다. 이것은 일종의 메타포이다. '깊고 차가운 바다'는 시인의 심층의 어둠을 강하게 환기한다. 시인의 사랑에서 문제가 되는 것은 '밖'이 아니라 '안'인 것이다. 이런 점에서 볼 때 시인의 '밀항'은 자신의 어두운 심층에 대한 탐색에 다름 아니다.

사랑의 대상은 거기 그렇게 있을 뿐 시인에게 어떤 직접적인 말이나 행동을 나타내지 않는다. 시인의 사랑의 대상인 '그대'가 '정박한 곳'은 시에 드러나지 않는다. '그대'가 어디에 있든 그것은 중요한 것이 아니다. '그대'는 시인 가까이 있을 수도 있고 멀리 있을 수도 있다. 또한 그것은 보이는 곳에 있을 수도 있고 보이지 않는 곳에 있을 수도 있다. 이러한 물리적인 거리보다 이 시에서 중요한 것은 시인의 심적 거리이다.

시인과 '그대'의 심적 거리는 아주 가깝다. 시인에게 '그대'는 '소진된 고통'과 '유리 파편 같은 자책'의 상태로 존재하기 때문이다. 시인이 심적으로 엄청난 고통을 받고 있다는 것은 그만큼 '그대'라는 존재로부터 한시라도 벗어날 수 없다는 것을 의미한다. 시인은 '그대'를 위해 자신의 온 몸을 탕진하고 있는 것이다. 몸과 마음이 모두 '그대'에게 있을 때 시인이 할 수 있는 것은 자신을 탕진하는 것밖에는 아무 것도 없다. '그대' 이외의 대상과는 어떤 소통도 이루어지지 않을 뿐만 아니라 심지어 자기 자신 안에 있는 타자와도 소통을 허락하지 않는다.

이렇게 되면 시인의 세계 인식은 '그대'라는 하나의 점으로 모아질 수밖에 없다.

온대를 지나 열대로 가리
북회귀선 가로질러
리우 데 자네이로든, 자마이카든
그대 정박하신 그곳

⋯(중략)⋯

출렁이는 선창에서는 독주 한 잔에도 취하는 법
소진된 고통과
유리 파편 같은 자책은 사랑 이후의 일
파도치며 흔들리며
꿈꾸며 꿈 깨며
언젠가는 그대 레이스 치맛단 같은 하얀 해안선에 당도하겠지

낮의 햇살은 한가롭고
모두가 평화롭게 취해가는 밤의 골목길이 있는 곳
북회귀선 가로질러 가리
당신이 정박하신 그곳

모든 시간과 공간의 중심은 '그대 정박하신 곳'이 된다. 시인은 그 중심을 향해 시공을 가로지른다. 이런 점에서 '그대'가 '정박해 있는 그곳'은 욕망의 블랙홀이다. 시인의 모든 욕망이 그대로 빨려들어 간다. 시인의 욕망이 곧 '그대'의 욕망이 되는 것이다. 이런 동일시의 욕망이 만들어내는 블랙홀에 시인은 자신의 모든 것을 탕진한다. 탕진의 끝은 죽음이다. 시인은 그 죽음의 환각을 본다. '꿈꾸며 꿈 깨며' 시인이 당도한 곳은 '레이스 치맛단 같은 하얀 해안선'이다.

'하얀 해안선'은 삶과 죽음의 경계를 표상한다. 따라서 이 시 전체를 지배하고 있는 바다의 이미지는 삶과 죽음 혹은 탄생과 소멸을 강하게 환기하면서 그 경계에 놓인 시인의 내면적인 갈등을 드러낸다고 할 수 있다. 만일 시인이 '그대'가 있는 '레이스 치맛단 같은 하얀 해안선'에 도달하면 그 갈등은 끝나지만 그것은 어디까지나 '언젠가'라는 미래 시제 속에서이다. 이것은 마치 시인이 도달하려는 곳이 '하얀 해안선'인 것과 다른 것이 아니다. '해안선'은 눈으로 보면 늘 도달할 것처럼 느껴지지만 그것은 영원히 도달할 수 없는 세계이다. 저만치서 시인을 유혹하지만 그만큼 가면 또 다시 저 멀리서 시인을 유혹하는 '해안선'은 욕망 그 자체인 것이다.

이런 욕망 중에서 가장 강한 것 중의 하나가 바로 '사랑'이다. 사랑은 고상하고 숭고한 것처럼 보이지만 그것 역시 욕망의 산물일 뿐이다. 사랑이 지속되려면 여기에는 반드시 욕망이 전제되어야 한다. 욕망 없는 사랑은 없다. 특히 이성간의 사랑은 더욱 그렇다. 시인이 이렇게 자신의 몸을 탕진하면서까지 '그대'를 찾아 떠도는 데에는 그 안에 욕망이 존재하기 때문이다. 그 욕망은 '깊고 차가운 바다의 푸른 음성'으로 표상된다. 욕망이 바다처럼 깊고 차갑다는 것은 시인의 사랑에 강한 페이소스가 서려 있다는 것을 의미한다. '푸른 음성'에서 '푸름'은 바로 상처의 이미지를 환기하고 있다.

이처럼 동일시의 욕망이 지배하는 사랑은 어두울 수밖에 없다. '깊고 차가운 바다' 속은 빛이 스며들지 않는 것 아닌가? 하지만 그 어둠 속에서도 욕망은 끊임없이 '그대'를 향해 나아간다. 그래서 시인은,

> 별빛을 바라볼 수는 없어도
> 항로를 벗어나지는 않으리

라고 노래한다. 욕망의 대상이 누구냐 또는 욕망의 대상이 어떠하냐에 따라 그 정도가 달라진다는 점을 고려한다면 이 시에서의 '그대'는 기계의 속성을 지닐 만큼 강력하다고 할 수 있다. 욕망이 '그대'를 향해 정해놓은 항로로만 작동한다면 여기에 다른 조건은 그다지 중요하지 않다. '별빛을 바라볼 수는 없'을 정도로 어두워도 욕망의 대상이 '그대'로 정해져 있기 때문에 그것은 아무런 장해가 되지 못한다. 장해라기보다는 오히려 어떤 잡음이 끼어들 틈을 주지 않기 때문에 욕망의 대상을 향해 나아가는데 최적의 조건을 제공한다고 할 수 있다. '별빛을 바라볼 수는 없'을 정도의 어둠 속에서 시인의 눈에 들어오는 대상은 '그대' 밖에 없다.

시인은 그것을 '밀항'으로 명명한다. '밀항'은 시인과 '그대' 둘 밖에 없는 세계이다. 둘 밖에 없는 세계는 어머니의 자궁 속처럼 행복한 세계

일 수도 있지만 집요한 집착과 죽음 충동으로 이루어진 세계이기 때문에 위험할 수도 있다. 이 시 역시 이러한 위험성이 존재한다. 하지만 이러한 해석은 다분히 윤리적이다. 여기에서는 '환상' 자체를 허용하지 않는다. 시인의 '밀항'은 환상의 한 방식이다. 시인은 지금 환상을 즐기고 있는 것이다. 윤리나 도덕은 그 다음 문제이다. 환상을 즐길 만큼 즐기고 난 후에 그것에 대한 반성이 뒤따라야 진정한 '밀항'의 세계를 체험할 수 있는 것이다. 이런 점에서 '레이스 치맛단 같은 하얀 해안선'이나 '깊고 차가운 바다의 푸른 음성'과 같은 환각을 즐기고 있는 시인의 향유는 진정성을 지닌다고 할 수 있다. 시인은 말한다. 바다처럼 깊고 차가운 푸른 음성으로. '탕진한 몸을 통한 탕진한 사랑만이 탕진한 언어를 얻을 수 있다'고.

이별가 1

박주택

곳곳이 꽃이고 곳곳이 꽃인데
그냥 가시렵니까, 짐은, 달은 저만치서 헤매이고
눈썹마저 강으로 던져버리면
아무리 저문 문틀이라지만 벌레 끼어 웁니다
그러나 덤불에는 눕지 마시고 꽃가지 꺾어
꽃잎에 섞여 마른 빛으로 나십시오
고르고 고른 마음 모진 어둠을 갋을 때
먼 곳으로부터 잠이 옵니다
이것이 이별을 위하는 것이라면 새벽을 달래
강에 적시겠습니다, 곳곳마다 꽃이어서
잔가지만 하더라도 수북이 여기에 있는데
다만 울음을 멈춘 벌레를 따르렵니다
달이 비추는 길에 서 계시는 하얀 옷자락이시여

— 『시와세계』, 2008년 가을호

사랑, 먼 곳으로부터 오는 이별

사랑은 진보하지도 또 진화하지도 않는다. 까마득한 날 하늘이 처음 열릴 때부터 우리와 함께 한 것, 우리 삶의 조건에 한 정수리를 이루고 있는 것, 그 깊이와 넓이를 가늠하기 힘든 숭고와 욕망의 꿈틀거림을 동시에 지닌 것. 이것이 바로 사랑 아닌가? 이런 이유로 누구나 사랑에 대해 이야기해 왔고 또 이야기하고 싶어 한다. 그러나 사랑 앞에서 당당한 자는 없다. 모두가 사랑 앞에서는 작아진다. 왜, 그럴까? 사랑에는 늘 불안이 도사리고 있기 때문이다.

태생적으로 사랑은 불안한 것이다. 사랑은 늘 움직이고 어긋나 있다. 사랑의 주체인 나와 너 사이에는 틈이 존재한다. 나는 너를 이만큼 사랑하는데 너는 나를 왜 그만큼 사랑하지 않는 것이냐? 자신이 언제나 손해보고 있다는 착각, 다시 말하면 욕망의 차액이 나와 너 사이에 발행하는 것이다. 그래서 우리는 늘 상대의 존재를 확인하려 한다. 만일 나와 너 사이에 욕망의 차액이 발생하지 않는다면 상대가 언제든지 자신에게서 떠날 수 있다는 불안에 떨 이유가 없다. 사랑의 과정에서 발생하는 이러

한 불안을 덜어내기 위해서는 이별도 사랑의 하나라는 것을 인정하면
된다. 기실 사랑을 사랑답게 하는 것은 이별이다. 로미오와 줄리엣의 사
랑에 비극적인 이별이 없었다면 그것이 사랑의 고전이 될 수 있었을까?
이에 대한 좀더 강한 상징은 견우와 직녀 이야기일 것이다. 여기에서는
이별이 사랑의 전부라고 해도 과언이 아니다. 일 년 중 하루(음력 7월 7
일)만 만남이 허락되고 나머지는 모두 이별인 상태로 이루어지는 사랑,
그래서 미당은 「牽牛의 노래」에서 '우리들의 사랑을 위하여서는/이별
이, 이별이 있어야 하네' 라고 노래하지 않았던가?

　이처럼 사랑을 더 사랑답게 하는 것이 이별이라면 그것을 어떻게 인
식하고 또 표현하느냐 하는 문제는 사랑의 의미를 결정짓는 중요한 덕
목이라고 할 수 있다. 사랑의 주체가 이별을 어떻게 인식하느냐에 따라
다양한 사랑의 층위가 존재한다. 하지만 그 다양성 속에서도 공통으로
발견되는 것은 이별에 대한 불안이다. 이별이 곧 만남이고 만남이 곧 이
별이라는 그런 담담한 인식은 일정한 도의 경지에 이른 자만이 취할 수
있는 태도이다. 하지만 대부분의 사람들은 이별에 대해 정도의 차이는
있지만 불안의 그림자(shadow)로 표상되는 심적 동요를 드러내는 것이
사실이다. 이별이 불러온 이 불안의 그림자는 일종의 상실감에서 비롯
된 것이라고 할 수 있다. 만일 그 상실감을 채우지 못하면 의식은 그 상
태에서 정지하게 되고 그것이 심해지면 죽음에 까지 이르게 된다.

　박주택의 「이별가 1」이 보여주는 세계가 바로 그것이다. 이 시에 드
리운 불안의 그림자는 아주 깊다. 그것은,

　　고르고 고른 마음 모진 어둠을 갋을 때
　　먼 곳으로부터 잠이 옵니다

에 잘 드러나 있다. 여기에서 가장 심각한 대목은 '잠이 옵니다' 이다. 이때의 '잠' 은 '먼 곳' , 다시 말하면 이쪽이 아니라 저쪽, 삶이 아니라 죽음의 세계로부터 오는 것이다. 이렇게 시적 화자가 죽음에 이르는 잠에 빠지게 된 이유는 물론 이별 때문이다. 하지만 이별 때문에 모두가 죽음에 이르는 잠에 빠지는 것은 아니다. 시적 화자가 잠에 빠지게 된 진짜 이유는 '고르고 고른 마음' 때문이다. 시적 화자는 자신이 고른 순정하고 순일한 마음을 사랑하는 사람을 위해 바쳤다. 이것을 표상하는 질료가 바로 '꽃 '이다. 이런 맥락에서 보면 '곳곳이 꽃이고 곳곳이 꽃' 이라는 표현은 '고르고 고른 마음' 의 확장에 다름 아니다. '곳곳이' 가 사랑에 대한 수평적인 확장을 의미한다면 '고르고 고른' 은 그것의 수직적인 심화를 의미한다고 할 수 있다.

그러나 시적 화자의 이러한 사랑에도 불구하고 상대는 '그냥 가려' 한다. 어떻게 해야 하는가? 울며불며 가지 못하게 붙잡아야 하는가? 아니면 말없이 고이 보내드려야 하는가? 이 대목에서 소월은 이중적인 태도를 보인다. 겉으로는 '꽃' 을 뿌려 보내드린다고 하면서 속으로는 나를 밟고 갈 테면 가라는 엄포를 놓는다. 그 진술이 심층이 아닌 표층으로 흘러 넘치는 것이 바로 소월의 사랑법이다. 이에 비하면 박주택의 사랑법은 어떤가? 상대에 대한 언술을 부각시키기보다는 자신의 입장이나 태도를 부각시킨다. 어찌 보면 자학적이기까지 한 그의 사랑법은 구심적인 방식을 통한 상처를 강하게 환기한다. 자신의 모든 것을 다 주고 끝까지 '꽃잎에 섞여 마른 빛으로 나' 기를 바랄 뿐 상대에게 어떻게 해 달라고 간청하거나 어떤 위악적인 제스처도 보이지 않는다. 시적 화자가 내 보이는 태도는 잠 속으로 빠져들거나 아니면,

　　이것이 이별을 위하는 것이라면 새벽을 달래

강에 적시겠습니다, 곳곳마다 꽃이어서
잔가지만 하더라도 수북이 여기에 있는데
다만 울음을 멈춘 벌레를 따르렵니다

에서처럼 '새벽을 달래 강에 적시거' 나 '울음을 멈춘 벌레를 따르' 는
것이다. 시적 화자가 새벽을 달래 강에 적시려는 것은 다 '이별을 위해'
서이다. 이별을 위해 잠에 빠져들고 그 잠의 지속을 위해 새벽을 달래는
것이다. 새벽이 오면 잠 속으로 빠져드는데 어려움이 있기 때문이다. 잠
의 지속, 다시 말하면 이별을 위한 시적 화자의 행위는 그대로 '울음을
멈춘 벌레를 따른다' 는 것으로 이어진다. 울음을 멈춘 벌레의 이미지는
죽음의 세계를 환기한다. 처음에 이 벌레는 '문틀' 에 '끼여 울' 었지만
시적 화자가 마음을 '고르고 골라 모진 어둠을 갉' 는 과정을 거친 후에
는 그 울음을 멈춘다. 시적 화자와 벌레의 위치가 전도되어 드러난다.
그만큼 벌레를 통해 드러나듯이 죽음을 향한 시적 화자의 열망이 절실
한 것이다.

　자신의 순정한 마음을 몰라주는 상대에 대한 서운함이 없는 것은 아
니지만 그것보다는 상대에 대한 배려와 보살핌으로서의 타자성을 강하
게 드러내면서 죽음까지도 마다하지 않는 시적 화자의 태도는 기본적
으로 사랑하는 대상의 절대적인 상실에서 비롯된다고 할 수 있다. 여기
에서 절대적인 상실이란 곧 죽음을 의미한다. 시의 마지막 행에 드러난
'달이 비추는 길에 서 계시는 하얀 옷자락' 이 그것을 말해준다. '하얀
옷자락' 의 상대는 그 자체가 끊임없이 시적 화자로 하여금 상처를 덧나
게 하는 상징적인 기표이다. 사랑하는 상대는 이쪽, 삶의 차원이 아닌
저쪽 죽음의 차원에 놓여 있는 것이다. 이 거리는 절망적인 거리이면서
동시에 절대적인 거리이다. 이 틈을 회복하기 위해 죽은 상대를 불러내

기도 하지만 시적 화자는 그것을 택한 것이 아니라 자신이 죽는 쪽을 택하였다.

시적 화자의 이러한 선택이 의미하는 것은 무엇일까? 죽은 상대와의 이별이 어떻게 이루어졌는지는 이 시의 문맥을 통해서는 알 수 없다. 죽음이 이들을 갈라놓았는지 아니면 죽음 이전에 이미 갈라섰는지 그것은 알 수 없다. 다만 한 가지 분명한 것은 죽은 상대를 향한 시적 화자의 태도가 진정성을 드러내고 있다는 사실이다. 가령

> 그러나 덤불에는 눕지 마시고 꽃가지 꺾어
> 꽃잎에 섞여 마른 빛으로 나십시오

나

> 고르고 고른 마음 모진 어둠을 갊을 때
> 먼 곳으로부터 잠이 옵니다

그리고

> … (중략) … 곳마다 꽃이어서
> 잔가지만 하더라도 수북이 여기에 있는데
> 다만 울음을 멈춘 벌레를 따르렵니다

등에서 보이는 시적 화자의 태도는 자신을 버리거나 비우고 상대(타자)를 통해 혹은 상대 속에서 자신의 상실감을 채우려는 간절한 원망 같은 것이다. 하지만 그의 이러한 원망이 이쪽, 삶의 차원이 아닌 저쪽, 죽음

의 차원을 지향하고 있다는 점에서 문제적이라고 할 수 있다. 대개 죽음 지향은 삶을 전제로 하지만 여기에서는 그것이 드러나지 않는다. 시인이 지향하는 세계는 '모진 어둠을 갉'아서 만들어진 것이다. 이것은 『죽음에 이르는 계절』에서 조연호가 보여준 '끌칼'의 이미지와 유사하다. 그런데 그 모진 어둠을 갉는 것은 마음이다. 마음으로 어둠을 갉으면 그 마음에는 피투성이의 모진 생채기가 생길 수밖에 없다. 그렇게 어둠을 갉는 만큼 '먼 곳으로부터 잠'이 온다. 시인은 어둠을 갉아 잠을 이어가는 것이다. 따라서 그 잠은 편하고 행복한 잠이 될 수 없다. 그 잠은 고통과 불안을 동반한 잠이다.

'먼 곳으로부터 잠'이 온다고 할 때, '먼 곳'은 죽음의 세계를 강하게 환기한다. 시인은 잠을 매개로 그 먼 곳으로 가고 싶다. 그 먼 곳에 바로 시인이 사랑하는 사람이 있기 때문이다. 그렇다면 이것은 지독한 사랑 아닌가? 그런데 시인은 이것을 '사랑'이 아니라 '이별'이라고 명명하고 있다. 이 시의 제목이 '사랑가'가 아니라 '이별가' 아닌가? 이것은 시인의 부정적인 인식을 드러낸 것이라고 할 수 있다. 시인의 이러한 인식은 상황이 만든 것이라기보다는 개인적인 이해와 판단을 통해 만들어진 것이다. 이 사실은 그만큼 시인의 내면이 어둡고 그 안에 긴 불안의 그림자를 드리우고 있다는 것을 의미한다. 이런 점에서 볼 때 시인에게 사랑은 '먼 곳으로부터 오는 이별'에 다름 아닌 것이다. 바로 여기에 시인의 사랑법의 묘미가 있다.

어처구니

이덕규

이른 봄날이었습니다.
마늘밭에 덮어 놓았던 비닐을
겨울 속치마 벗기듯 확 걷어버렸는데요
거기, 아주 예민한
숫처녀 성감대 같은 노란 마늘 싹들이
이제 막 눈을 뜨기 시작했는데요
나도 모르게 그걸 살짝 건드려보고는
갑자기 손끝이 후끈거려서 또
그 옆, 어떤 싹눈에 오롯이 맺혀 있는
물방울을 두근두근 만져보려는데요
세상에나! 맑고 깨끗해서
속이 환히 다 비치는 그 물방울이요
아 글쎄 탱탱한 알몸의 그 잡년이요
내 손가락 끝이 닿기도 전에 그냥 와락,
단번에 앵겨붙는 거였습니다

어쩝니까 벌건 대낮에
한바탕 잘 젖었다 싶었는데요
근데요 이를 또 어쩌지요
손가락이, 손가락이 굽어지질 않습니다요

— 『시작』, 2003년 가을호

투명한 에로티시즘

　이덕규의 「어처구니」는 에로틱한 시이다. 이 에로틱함은 어둡지도 욕정으로 질퍽거리지도 않는다. 그것은 속이 환히 비치도록 투명하고 싱싱하다. 이 사실은 이 시의 에로틱함이 삶의 이미지로 충만해 있다는 것을 의미한다. 에로스의 본래 의미가 '삶의 충동'이라는 점을 상기한다면 이 시가 드러내는 에로틱함은 새로울 것도 놀랄 것도 없다. 하지만 그 동안 에로스의 의미를 말초적인 감각이나 과도한 성적 욕구의 분출 차원에서 상상해온 점과 비교해 보면 이 시에는 분명 에로스의 본래적인 것을 강하게 환기하는 어떤 새로움이 존재한다고 할 수 있다.

　우선 에로틱함의 대상이 그렇다. 시인의 에로틱함의 대상은 '노란 마늘 싹들'이다. 사람이 아니라 노란 마늘 싹들을 대상으로 삼은 것은 나이브한 선택일 수 있다. 정서적인 지표를 가진 사람에 비해 그 대상이 수동적이기 때문에 일방적인 감정의 투사가 일어나 그것이 주관적인 감정과잉으로 흐를 위험성이 있다. 에로스적인 것은 정물이나 정관적인 인식으로는 그 세계가 제대로 드러날 수 없는 지극히 역동적이고 상호소통적인 속성을 지닌 세계이다. 이런 이유로 에로스라는 이름을 달고 세상에 나오는 대부분의 텍스트에 인격적인 지표가 존재하는 것이다.

시인의 의식 역시 여기에 닿아 있다. 시인은 노란 마늘 싹들을 '숫처녀'로 치환시켜 놓는다. '마늘밭에 덮어 놓았던 비닐이 겨울 속치마로, 마늘 싹들이 민감한 성감대를 지닌 여성의 은밀한 부위로, 싹눈에 맺힌 물방울이 성적인 분비물'로 치환된 것이 바로 그것이다. 노란 마늘 싹들이 인격적인 지표로 치환되면서 에로틱한 교감이 이루어지는 것이다. 치환된 사실만 놓고 보면 은밀하고 질퍽한 성 행위 장면을 연상하게 하지만 시의 전체적인 맥락 속에서 보면 성에 대한 신비로움과 건강함이 강하게 묻어난다고 할 수 있다. 이것은 시인의 노란 마늘 싹들에 대한 태도에서 비롯된 것이다.

노란 마늘 싹들에 대한 시인의 태도는 투명함 그 자체이다. 너무 투명하기 때문에 은밀하게 숨겨진 데에서 오는 상상이 부재할 정도다. 그렇다면 이 투명함은 어디에서 오는 것일까? 그것은 노란 마늘 싹만큼 때묻지 않은 시인의 순수함에서 비롯된다고 할 수 있다. 마늘밭에서 맞닥뜨린 노란 싹들에 대해 시인은 어떤 가식적인 의식과 행위를 드러내는 것이 아니라 순수 그 자체로 그것과 만난다.

숫처녀 성감대 같은 노란 마늘 싹들이
이제 막 눈을 뜨기 시작했는데요
나도 모르게 그걸 살짝 건드려보고는
갑자기 손끝이 후끈거려서 또
그 옆, 어떤 싹눈에 오롯이 맺혀 있는
물방울을 두근두근 만져보려는데요

이 인용문을 통해 그려지는 시인의 모습은 어떤 새로운 사물을 처음으로 맞닥뜨렸을 때의 어린 아이의 태도와 다르지 않다. 마치 어린 아이가 자신의 눈앞에 새롭게 드러난 사물에 대해 호기심 가득한 눈으로 혹은 손으로 그것과 감응하려는 듯한 모습이 역력하다. '시작했는데요' 나 '만져보려는데요'에서의 그 '~데요'의 말투란 어떤 세계에 대한 단정적인 의미부여의 그것이 아니라 머뭇거리는 미완의 심리 상태가 투영되어 있는 그런 말투라고 할 수 있다. 이런 심리 상태의 소유자이기에 그 노란 마늘 싹들을 자신도 모르게 '살짝 건드려 보' 기도 하고 또 싹눈에 맺혀 있는 물방울을 '두근두근 만져보려' 고도 하는 것이다.

그러나 시인은 선뜻 그것을 만지지 못한다. 물방울이 너무나 '맑고 깨끗해서/속이 환히 다 비치' 기 때문이다. 이것은 실제로 물방울이 너무 맑고 깨끗하기 때문이기도 하지만 그보다는 그것을 바라보는 시인의 시선이 너무나 맑고 깨끗해서라고 할 수 있다. 노란 마늘 싹들을 만지고 싶은 시인의 욕망은 지극히 자연스러운 것이어서 마침내 실현되지만 이 두근거림은 쉽게 진정되지 않는다. 자신이 직접 싹들을 만졌음에도 불구하고 '내 손가락 끝이 닿기도 전에 그 싹들이 먼저 그냥 와락,/단번에 앵겨붙' 었다고 말하고 있는 대목이 바로 그것이다. 노란 마늘 싹들에게 자신의 행위의 일단을 돌린다는 것은 거짓된 음험함이라기보다는 부끄러운 감정에서 비롯되는 순수함이라고 할 수 있다.

대상과의 이러한 순수한 만남은 시인의 주관적인 감정의 과잉에서 오는 우려를 잠재우고 시적 주체와 대상 사이의 일정한 긴장을 불러온다. 시인의 순수함과 노란 마늘 싹들의 순수함은 서로 넘나들면서 섞인다. 시인은 이것을 '어처구니' 없다고 말한다. 이 표현은 다분히 역설적이다. 시인의 의지로는 통제할 수 없는 자연스러운 교감이 자신과 노란 마늘 싹들 사이에 이루어지는 것을 체험하면서 그것을 어처구니없다고 간주해버리는 그의 태도가 어쩌면 어처구니없다고 할 수 있을 것이다. 그러나 그것은 시인의 잘못이 아니다. 잘못이 있다면 그것은 순수하지 않은 세상에 있다고 할 수 있다. 마늘 밭에 덮어 놓았던 비닐을 걷어버렸을 때 드러나는 노란 마늘 싹들과 그 속에 맺힌 물방울을 보면서 그것의 순수함을 순수함으로 볼 수 없게 하는 세상이 잘못인 것이다.

시인은 그것을 순수하게 보고 있다. 시인이 그것을 어처구니없다고 한 것은 그의 순수함에서 비롯된 것이다. 하지만 또 달리 보면 여기에는 순수함을 순수함으로 볼 수 없게 하는 세상에 대한 시인의 발언이 투영되어 있다고 할 수 있다. 순수한 교감의 체험을 자신이 먼저 어처구니없다고 말함으로써 정말로 순수하지 못한 사람 혹은 순수를 순수로 볼 수 없게 하는 세상을 무색하게(더 부끄럽게) 하는 전략이 여기에 숨어 있다. 이것은 고도의 시적 전략이다. 타락한 세상을 향해 그 순수하지 못함을 소리 높여 질타하고 저항하는 것보다 이렇게 순수한 시인이 자신의 그 순수를 비순수로 선언해버림으로써 더 큰 정서적인 파장(자기비판과 반성의 정서적인 파장)을 불러일으킬 수 있다.

이처럼 자기 자신을 희생해버리는 그런 희생양 의식을 지향하는 시적 상상력이 정서적인 감응 면에서 다른 어떤 것에 비해 큰 생산성을 담보하는 것이다.(이 예를 우리는 윤동주나 기형도의 시에서 보지 않았던가. 자기 자신을 죽이려는 세계보다 앞서 스스로 자기 자신을 죽임으로써 정서적인 파토스를 강렬하게 불러일으켰던 시인들이 바로 이들 아닌가.) 우리는 어처구니없는 세상에 살면서 그것이 어처구니없다는 것조차 인식하지 못한 상태에서 살아가고 있는지 모른다. 그래서 이런 시인의 순수함을 어처구니없게도 정말 어처구니없는 것으로 당연하게 받아들이게 되는 것이다.

정말로 어처구니없지 않은가.

적산거리 126,824km

박상천

주유소에서 차에 기름을 채우다
문득 주행계기판을 들여다보니
구간거리 387㎞
적산거리126,824㎞
다 연소하지 못한 배기가스를 푹푹거리며 달려온
내 인생의 타이어 자국을
주행계기판이 몰래 기록해두었구나.

126,824의 숫자 속엔
서울의 피곤과 한숨이
긴 자동차의 행렬만큼이나 늘어서 있고
동해바다나 지리산 혹은 내 고향의
여유와 웃음도 간혹 섞여 있으리라.
돌아보면 126,824㎞를 달려온
내 인생의 타이어 자국은 흔적도 없고
찰랑거리던 연료를 다 소진해버린
연료통처럼 가슴이 헹하다.
잃어버린 것들에 대한 아쉬움에,
낡아가는 마음 한 구석에선

자꾸 삐걱거리는 소리가 들리고
룸미러에 비치는 흰머리카락이 새삼스럽다.

기름을 채우고 다시 단추를 눌러
구간거리계를 0으로 돌려보지만
결코 0으로 돌려놓을 수 없는
적산거리 126,824㎞

— 『창작과비평』, 1998년 가을호

일상의 불안과 불안의 기호들

　　박상천의 시는 일상을 즐겨 노래한다. 이러한 사정은 『사랑을 찾기까지』(1984), 『말없이 보낸 겨울 하루』(1987), 『5679는 나를 불안케 한다』(1997) 등의 시집은 물론 최근에 『창작과 비평』 가을호에 발표한 「씨스템 전원」, 「적산거리 126,824㎞」, 「나는 너무 관념적이었다」에 이르기까지 변하지 않고 계속되고 있는 그의 시의 한 경향이다. 그가 이렇게 일상을 즐겨 다룬다는 사실은 한편으로 보면 간단히 개인의 취향으로 보아 넘길 수 있는 문제이지만, 다른 한편으로 보면 그것은 개인의 취향을 넘어 시의 보편적이고 본질적인 문제와 닿아있는 부분이기도 하다. 이 보편적이고 본질적인 문제란 이미 19세기 초 워즈워드와 코울릿지에 의해 이야기된 것으로 범박하게 말하면 그것은 '어떻게 일상이 시가 될 수 있는가' 하는 점이다. '일상이 시가 된다는 것' 은 '시가 일상을 수용한다' 는 단순한 차원을 넘어 '일상이 시의 전체 맥락 혹은 구조 속에서 변형되고 새롭게 구성된다' 는 것을 의미한다. 이것은 일상과 시의 존재에서 중요하게 고려해야 할 점이 일상과 시에 대한 구분이 아니라 시의 전체 맥락과 구조에서 일상이 어떻게 존재하며, 또 그것이 어떻게 변형되고 새롭게 구성되는지 하는 방법상의 문제라는 점을 말해준다.

일상과 시의 존재에 대한 문제를 이러한 관점에 두고 그의 시를 읽어보면 중요한 몇 가지 특성들이 드러난다. 그것은 그가 일상을 시화하는 과정, 다시 말하면 일상을 시적으로 변형하고 구성하는 방법이 다른 시인들에 비해 독특하다는 점이다. 먼저, 그는 일상을 시화할 때 시작법의 정석처럼 되어있는 이미지나 은유, 상징 같은 기법을 좀처럼 활용하지 않는다. 그 대신에 그는 상투적이고 진부하기까지 한 일상화된 진술을 그대로 구사한다. 그의 시에 드러난 일상화된 진술을 보면 '내 발 사이즈에 맞는/250미리 새 구두를 신었는데/하루종일 발이 그렇게 불편할 수 없어요' (「헐거워짐에 대하여」), '내가 바삐 바삐 차를 몰고 지나가는/그 길 아래 지하도에서는/구세군 자선남비의 종소리가 울리고 있었네' (「12월」), '우리 삶은 그처럼/결말만 있는 플롯은 아니지 않은가' (「統辭論」), '지난 날의 삶은 결국 기억으로만 남는 게 아닌가요? (「아버지1」), '죽이고 싶도록 미운 사람이 마음 속에 있는 것도 아니고 눈물나도록 그리운 사람을 가슴에 품고 사는 것도 아닙니다' (「40代」)등에서처럼 대체로 이런 식이다. 그의 시의 한 경향인 이러한 일상화된 진술은 기본적으로 그의 시가 다양한 의미의 변주를 통해 미적 체험의 폭과 넓이를 확장하는 기능을 하는 언어의 애매성이라든가 모호성과는 거리가 먼 지극히 단선(단성 Monology)적인 특성을 지닌 문체 양식임을 말해준다.

다음으로 그의 시에서 드러나는 특성은 일상을 시화할 때의 시적 주체의 대상에 대한 객관화된 인식 태도이다. 그는 불안과 공포가 도사리고 있는 일상과 그 속에서 살아가는 살과 피를 가진 사람들, 그리고 그들과의 관계에서 오는 사랑, 상처, 그리움, 외로움, 회한의 정 같은 감성

적인 것들을 주로 노래하지만 그는 그 감정을 쉽게 누설하지 않는다. 그
에게 일상은 언제나 '감당할 만한 거리'에 있다. 이 '감당할 만한 거리'
는 무관심에서 오는 거리와는 다르다. 이 거리는 무심함과 초연함에서
비롯되는 거리가 아니라 대상(일상)과 시적 주체 사이의 힘겨운 균형,
다시 말하면 감당해야만 하고 또 감당할 수밖에 없는 상황 속에서 힘겹
게 성립되는 거리인 것이다. 이것은 이 거리가 언제든지 와해될 수 있다
는 것을 의미하여, 이러한 징표들이 근작 시집인 『5679는 나를 불안케
한다』에서 엿보인다. 가령, 「내가 그대의」, 「아버지 1」, 「아버지와의 여
행」, 「소주를 마시며 1」, 「사랑한다는 말은 망설일 필요가 없네」같은 시
에서는 그가 힘겹게 감당해온 거리가 와해되고 있음을 볼 수 있다. 그러
나 이 거리의 와해는 돌이킬 수 없을 정도의 것이 아니라 곧 회복하여
다시 감당할 수 있을 정도의 것이다.

　마지막으로 그의 시에 드러나는 특성 중에는 일상을 시화할 때 알파
벳이나 숫자, 도형 같은 추상화되고 인위적인 기호를 즐겨 사용한다는
사실을 들 수 있다. 이것은 이 기호들이 일상화된 서술의 일부를 구성하
고 있다는 점, 대상과의 객관적인 거리 유지에 기능적으로 작용하고 있
다는 점 등에서 앞의 두 특성과 연관시켜 논의할 수도 있지만 그 기호가
가지는 해석의 여지가 크다는 점에서 따로 독립시켜 논의하는 것이 좀
더 효과적일 수 있다. 그의 시에 드러나는 알파벳이나 숫자, 도형들은
모두 현상과 본질, 현존과 부재라는 문제에 대해 생각하게 하는 기호들
이다. 그의 시에 사용된 이 기호들은 기호 그 자체로만 보면 대상을 표
상하기에는 함양미달이지만 시의 전체 구조와 맥락에서 보면 오히려
다른 일상적인 진술들보다 더 빛을 발한다. 특히 문명화된 일상을 시화
하는 과정에서는 이 기호들이 제격이다. 가령 '도스에서 윈도우로 바꾼
후/삶의 운영체계도 바뀌었다./C:hwp25〉copy poem.hwp b:'(「삶의

운영체제를 바꾸다」)라든가 '나는 왜,/앞에 가는 자동차 번호판 숫자를 /바꾸고 싶을까/5679는 5678이나 4567로 순서를 맞추고 싶고/3446은 3636으로, 7442는 7447로 짝을 맞추고 싶을까' (「5679는 나를 불안케 한다」), 그리고 '내가 품고 있는 1.2메가바이트의 사랑을/아직도 눈치 채지 못하고 있는 그대' (「플로피디스크」), '폭우가 쏟아지는/삼일고가를/한 120㎞쯤의 속력으로, /무모한 속력으로 달려가리라' (「그대의 목소리」) 같은 구문에 드러나는 기호들은 문명화된 일상의 속성과 그 속에서의 체험을 특징적으로 포착해 내는데 적격임을 알 수 있다.

그의 시에서 드러나는 이러한 특성들 - 일상화된 서술, 대상에 대한 객관적인 인식 태도, 알파벳이나 숫자, 도형의 사용 그리고 여기에서 비롯되는 문체의 단성화와 주체와 대상 사이의 힘겹게 성립되는 거리, 추상화되고 인공화된 기호로 표상되는 문명화된 일상은 미학적인 측면에서 보면 여러 가지 불안을 내포한다. 그것은 우선 일상화된 서술에서 오는 표현과 상상력에 대한 불안이다. 시는 문학 중에서도 언어에 대한 인식과 그 한계에 대해 가장 첨예하게 반응하는 양식이라는 점을 감안한다면 일상화된 서술로는 만족할 만한 표현과 상상력을 성취하는 데는 한계가 있을 수밖에 없다. 시에서의 표현은 비유를 전제로 수행되며, 상상력은 일차적인 상상력을 넘어 이차적인 상상력, 다시 말하면 종합적이며 마술적인 상상력의 단계까지 확대를 전제로 수행된다. 이 점에 입각해서 보면 그의 시는 미적 체험에 있어서는 분명히 한계가 있다고 할 수 있다. 또한 그의 시가 보여주는 대상에 대한 인식 태도는 미적 체험의 기준이 되는 대상에 대한 직접적이고, 생소하고, 무심하고, 개념화될 수 없는 감정을 동반하기에는 어려움이 있기 때문에 잘못하면 시적 주체와 대상과의 미적 거리가 소멸될 우려가 있다. 그리고 추상화되고 인공화된 기호의 사용은 문명화된 일상을 드러내는 데는 효과적일 수 있는 부분들이 많지만 그것이 또 하나의 문명의 모습인 야만성에 대한 성찰이 없이 단순히 문명에 대한 현상을 표상하는데 머문다면 그 이면에 숨겨진 본질은 드러나지 않을 것이다. 문명은 문명 그 자체보다는 오히려 야만에 대해 이야기할 때 더 많은 부분이 드러나는 법이다.

이처럼 그의 시는 많은 부분에서 미학적 불안을 가지고 있는 것이 사실이다. 그러나 이러한 많은 미학적 불안이 있음에도 불구하고 그의 시는 그 나름대로의 미덕을 지니고 있다. 그것은 바로 '일상 속에 숨겨진 사실에 대한 발견'이라는 점에서이다. 이것은 『驟雨』에서 염상섭이 발견한 '일상 속에 숨겨진 역사적 진실'도 아니고, 「그날」에서 이성복이 발견한 '일상 속에 숨겨진 시대적인 공포'도 아니며, 「북어」에서 최승호가 발견한 '일상 속에 숨겨진 현대인들의 비극성'도 아니다. 그의 발견은 이렇게 일상 속에서 역사, 시대, 현대인의 비극성 같은 거창한 것을 발견하는 것이 아니라 일상 속에서 일상적인 것을 발견하는 것이다.

그는 '구두가 바뀌는 것을 보고 일년이 지나감'(「그렇게 지나가 버렸네」)을 발견하고, '만년필에 잉크를 채워 쓰다가 컴퓨터로 바꾼 후에는 손가락에 전해지는 무게가 다름'(「삶의 운영체제를 바꾸다」)을 발견하며, '자동차의 5679라는 번호판을 보고 일상 속에 숨겨진 자신의 불안'(「5679는 나를 불안케 한다」)을 발견하기도 한다. 또 '세탁기 속에서 표백되어 가는 면손수건을 보며 자신의 나이들어감'(「표백」)을 발견하고, '차 한잔을 마시며 세상살이의 맛'(「지나치지 않음에 대하여」)을 발견하며, '밤에 홀로 소주를 마시다 어린 시절 싫어했던 돌아가신 아버지의 모습'(「소주를 마시며 1」)을 발견하기도 한다. 어디 그뿐인가. '자주 끊기는 오줌발을 보며 언제까지나 팽팽하게 산다는 것이 부끄러운 일이라는 사실'(「오줌발」)을 발견하기도 하고, '팩시밀리로 보내는 그림의 해상도의 정도가 곧 내가 너에게 보내는 사랑의 정도와 같다는 사실' (「原圖」)을 발견하며, '걸어둔 액자를 통해 날마다 표정이 같은 지겨운 일상' (「액자처럼」)을 발견하기도 한다.

이처럼 그의 시는 실로 '일상에 대한 발견으로서의 시'라고 해도 무방할 정도다. 일상 속에서 일상적인 것을 발견하기 때문에 어쩌면 그는 일상을 시화하는 과정에서 비유적인 언어와 미적인 거리, 본질에 대한 개념을 사용하지 않고 일상적인 진술과 객관화된 인식 태도, 일상 속에 현상화된 기호를 그대로 가져다 썼는지도 모른다. 일상 속에서 일상적인 것을 발견하는데 초월적인 시 양식에 대한 미학적인 인식은 오히려 그에게 장해가 될 수도 있었을 것이다. 일상 속에서 일상적인 것을 발견하고 그것을 일상적인 기법으로 드러내는 것, 이것이 바로 그의 생각이라면 그는 시에 있어서의 또 다른 미적 기준을 스스로 마련한 것이라고 볼 수 있다. 물론 이것이 어떤 보편타당성을 가지고 있는지는 좀더 면밀한 검토가 있어야 될 일이지만.

이렇게 장황하게 그의 시 세계에 대해 설명한 것은 이 달의 작품으로 선정한 「적산거리 126,824㎞」가 그의 시의 특성들을 상징적으로 수렴하고 있기 때문이다.

주유소에서 차에 기름을 채우다
문득 주행계기판을 들여다보니
구간거리 387㎞
적산거리126,824㎞
다 연소하지 못한 배기가스를 푹푹거리며 달려온
내 인생의 타이어 자국을
주행계기판이 몰래 기록해두었구나.

126,824의 숫자 속엔
서울의 피곤과 한숨이
긴 자동차의 행렬만큼이나 늘어서 있고
동해바다나 지리산 혹은 내 고향의
여유와 웃음도 간혹 섞여 있으리라.
돌아보면 126,824㎞를 달려온
내 인생의 타이어 자국은 흔적도 없고
찰랑거리던 연료를 다 소진해버린
연료통처럼 가슴이 헹하다.
잃어버린 것들에 대한 아쉬움에,
낡아가는 마음 한 구석에선
자꾸 삐걱거리는 소리가 들리고
룸미러에 비치는 흰머리카락이 새삼스럽다.

기름을 채우고 다시 단추를 눌러
구간거리계를 0으로 돌려보지만
결코 0으로 돌려놓을 수 없는
적산거리 126,824㎞

이 시는 주유소에서 차에 기름을 채우다 주행계기판의 구간거리와
적산거리를 보고 그 속에서 지금 살아온 자신의 흔적에 대한 발견을 일
상화된 서술, 대상에 대한 객관적인 인식 태도, 숫자의 사용을 통해 보
여주고 있다. 그리고 이 과정을 통해 문체의 단성화와 주체와 대상 사이
의 힘겹게 성립되는 거리, 추상화되고 인공화된 기호로 표상되는 문명
화된 일상 등이 드러나고 있다. 이 시가 보여주는 이러한 특성은 그의

모든 시에서 보편적으로 드러나는 것이기 때문에 여기에서 다시 그것에 대해 언급하는 것은 의미가 없다. 다만 이 시가 다른 시들에 비해 조금 독특한 점이 있다면 피곤, 한숨, 여유, 웃음, 아쉬움 같은 일상적인 체험들이 자동차 계기판의 구간거리(387km, 0km)와 적산거리 (126,824km)로 표상된다는 사실이다. 이것은 일상이 387, 0, 126,824 속에서 현존과 부재를 거듭한다는 것을 의미한다.

그런데 이렇게 일상이 자동차 계기판에 기록된 숫자 속에서 현존과 부재를 거듭한다는 것은 일상이 가지는 존재 전체의 모습이 제대로 드러난 것이라고 볼 수 없다. 사실 이 숫자들이 표상한다고 하는 일상은 현존보다는 부재에 가까운 형태로 존재한다고 볼 수 있다. 자동차 계기판에 기록된 숫자가 일상의 흔적을 부재의 차원에서 드러낸다면, 다시 말해 일상이 한낱 숫자라는 극도로 추상화되고 인공화된 기호의 형태로 존재한다면 그것은 어쩔 수 없이 불안을 동반할 수밖에 없는 것이다. 이 불안은 곧 문명화된 일상과 그 속에서 살고 있는 시인 자신의 존재에 대한 불안이라고 할 수 있다.

이처럼 일상과 그 속에서의 체험은 박상천의 시가 존재하는 토대이다. 이것은 과거에도 그랬고 최근의 시 속에서도 명백하게 드러나는 사실이다. 일상 속에서 일상적인 것의 발견을 일상화된 기법을 통해 보여주고 있는 그의 시는 분명히 '일상과 시'에 대해 많은 것들을 생각하게 한다. 더욱이 예술이 일상의 차원으로 떨어지고 있는 작금의 시대 상황을 고려할 때 일상과 시의 문제에 대해 천착하는 것이 시의 존재 문제와 관련해서 어떤 당위성마저 들게 한다. 비록 이 문제가 어제 오늘의 문제만은 아니었지만 '지금', '여기'에서 중요하게 대두된다는 것은 지금까지 줄곧 일상의 문제를 탐구해온 그에게 일정한 힘을 실어줄 수 있다는 것을 의미한다. 이것이 바로 '지금', '여기'에서의 그의 시가 가지는 존재 가치이자 미덕인 것이다.

둘둘치킨

조동범

명동 둘둘치킨 앞에서 애인을 기다린다

튀김닭 냄새가 자신의 영역을 그리는 둘둘치킨,

앞으로 퇴근하는 사람들 지나간다

사람들은 고개를 돌려

유리 너머의 닭을 바라본다

오지 않는 애인

튀김옷을 둘둘 말아 입은 닭들의 천국 안에는

몇 개의 만남과 사소한 시비,

닭들의 죽음이 자신의 영역을 지키고 있다

서로 넘나드는 일도 없이,

경계는 늘 견고하다

오지 않는 애인

둘둘치킨의 네온이 켜진다

닭들이 분주히 기름으로 들어간다

몸 안의 수분이 빠져나가기 전에

경쾌하게 튀겨지는 닭

오지 않는 애인

나는 둘둘의 경계 밖에서 시계를 본다.

뜨겁게 펼쳐지는 닭들의 천국 둘둘.

그곳으로 한 무리의 양복이 들어간다.

둘둘치킨 안에서 간간이 즐거운 폭죽이 터진다

나는 둘둘의 경계 밖에 있다

몇 개의 만남과 사소한 시비,

닭들의 죽음으로부터

비껴 있다

오지 않는 애인,

을 기다린다

둘둘 돌아가는 닭들의 천국,

지루한 닭들의 장례 앞에서

—『문학동네』, 2002년 가을호

북어와 치킨 사이

시의 위기는 어디에서 오는가? 요즘 들어 부쩍 이 문제에 관심을 두게 되면서 막연한 불안감에 휩싸이곤 한다. 우리의 사회·문화적인 자장 안에서 시의 위상이 형편없이 낮아지고 있다는 생각을 할 때마다 지독한 소외감을 느낀다. 시의 상상과 표현을 대체할만한 새로운 양식의 출현을 지켜보면서, 그 기세등등함에 주눅든 지가 어제 오늘의 일이 아니다. 간혹 지금 이 시대, 경제적인 효용 가치만을 극대화하는 지금 이 시대에 시는 순수한 영혼의 불을 밝히는 등대가 되어야 하지 않는가? 혹은 시는 테크놀로지가 상상하고 표현해 내지 못하는 어떤 영역을 가지고 있지 않는가? 하고 스스로를 위로해 보지만 내 안에 뿌리를 내린 불안은 쉽게 사라지지 않는다.

이 같은 불안을 벗어나기 위해 많은 시인들이 이 시대의 지배적인 양식으로 군림하고 있는 미디어를 이용해 새로운 시적 양식을 모색하기도 하고, 시의 속성을 문학이 아닌 문화의 차원에서 새롭게 활용하려는 시도를 단행하고 있지만 '시도' 그 자체의 의미를 넘어서지 못하고 있는 것이 사실이다. 하지만 이러한 시도들이 축적되면 그 나름의 새로운 양식이 생성되고, 제도화라는 과정을 거쳐 보편성을 획득하게 될 것이다. 이렇게 되면 기존의 문자를 매체로 하는 시를 대신해 비트를 토대로 하는 시(그것이 멀티포엠이 되든 영상시가 되든 아니면 또 다른 무엇이 되든)가 지배적인 양식으로 군림할 수도 있을 것이다. 그러나 이것은 어디까지나 가정일 뿐이다. 비트를 토대로 하는 양식이 지배력을 행사한다고 해서 문자를 매체로 하는 시가 사라지리라고 섣불리 단정할 수는 없다. 비트의 조합으로 모든 것들이 그 존재성을 얻게 되는 지금 이 시대의 현실 속에서도 여전히 문자시는 끊임없이 창작되고 있기 때문이다.

'시의 위기설' 혹은 '시의 사망설'이 불거져 나온 90년대 이후 오히려 시 잡지 창간은 더욱 늘어났고, 시인 역시 더욱 많이 배출되었다. 이 사실은 하나의 아이러니로 볼 수도 있지만 그 이면을 자세히 들여다 보면 여기에는 그럴만한 충분한 이유가 숨어 있다. 시의 매체가 '말(몸)'에서 '문자'로, '문자'에서 '비트'로 변해왔지만 이것은 완전한 단절이 아닌 '단절이면서 동시에 연속인' 양태로 이행되었다고 할 수 있다. 이 사실은 비트의 시대에도 문자는 사라지지 않고 하나의 양태로 존재할 수밖에 없다는 것을 의미한다. 이처럼 비트의 시대에 문자를 매체로 한 시의 수요가 있다는 것은 문자를 통한 욕구나 욕망의 표현이 암암리에 수행되고 있다는 것을 말해준다. 무언가 자신을 표현하려는 욕구나 욕망이 비트를 토대로 한 영상의 이미지로만 수행되는 것이 아니라 문자를 토대로 해서도 그것이 수행된다는 사실은 비록 문자가 황금시대의 영광을 비트에게 넘겨주었지만 그것으로는 표현해내지 못하는 아우라가 문자에 있다는 것을 말해주는 대목이라고 할 수 있다.

매체의 지배적인 형태가 변해도 문자시에는 인간의 내밀한 욕구 및 욕망을 표현해내는 독특한 감성적인 회로가 흐르고 있는 것이다. 최근 우리 시단의 흐름은 이러한 생각이 틀리지 않았다는 것을 잘 보여주고 있다. 최근 몇 년 사이에 문단에 얼굴을 내민 젊고 역량 있는 신인들의 시에 대한 열정과 결코 만만찮은 상상력, 표현의 수준을 지켜보면서, 시에 대한 위의를 지키기 위해 세계에 대한 긴장을 놓지 않고 있는 소장 및 중견, 원로 시인들의 시를 지켜보면서 문자시의 양식을 통한 표현 욕구와 욕망의 자연스러운 흐름을 감지할 수 있었던 것이다.

조동범은 『문학동네』 문예공모 당선자이다. 우후죽순 격으로 생겨난 시잡지와 대량으로 쏟아져 나온 신인들로 인해 몸살을 앓고 있는 우리 시단의 암울한 현실에 절망하고 있던 차에 그를 발견하게 되어 적지 않은 위안이 된 것이 사실이다. 등단이 결코 요식행위가 아니라는 사실과 함께 문단의 한 관문을 통과하기가 결코 쉽지 않다는 사실을 그의 시를 통해 새삼 깨닫게 되었다.

『문학동네』 2002년 가을호에 실린 조동범의 「그리운 남극」 외 4편은 신선한 시의 출현을 기대해온 사람들에게 적지 않은 파문을 불러일으킬 만큼 매력적이다. 네 편의 시가 모두 일정한 수준을 유지하고 있지만 그 중에서도 「둘둘치킨」은 단연 압권이다. 이 시의 신선함은 현대 혹은 현대인의 비극성을 노래하는 방식에 있다. 현대 혹은 현대인들의 왜소함과 소외를 다룬 시편 중에 인상적인 것으로 최승호의 「북어」를 들 수 있다. 이 시의 신선함은 '북어'와 시적 자아 사이의 극적인 반전에 있다. '케케묵은 먼지 속에서 꼬챙이에 꿰어져 있는 북어'를 보면서 시적 자아는 '불쌍하다'는 생각을 하게 된다. 그러나 '바로 그 순간 느닷없이 북어들이 커다랗게 입을 벌리고/거봐, 너도 북어지 너도 북어지 너도 북어지하고 귀가 먹먹하도록 부르짖고 있다’는 환청에 시달린다. 불쌍한 것은 ‘북어’가 아니라 바로 시인 자신, 다시 말하면 ‘헤엄쳐 갈 데 없는’ 현대인이라는 이 극적인 반전은 이 시를 오래도록 기억하게 하는 강렬함의 원천이다.

　이처럼 세계의 불모성과 죽음을 환기하는 ‘북어’와 ‘치킨’이라는 질료를 통해 현대 혹은 현대인의 비극성을 강렬하게 환기하고 있다는 점에서 이 시와 조동범의 시는 여러모로 닮은 데가 있다. 그러나 조동범의 「둘둘치킨」은 또한 여러 면에서 최승호의 「북어」와 차이가 있다. 이 둘 사이의 가장 큰 차이는 질료에 대한 시적 자아의 인식 태도에서 비롯된다. 「북어」의 시적 화자는 질료와의 경계를 해체하고 있지만 「둘둘치킨」의 시적 자아는 오히려 질료와의 경계를 분명히 하고 있다.

나는 둘둘의 경계 밖에서 시계를 본다.
뜨겁게 펼쳐지는 닭들의 천국 둘둘.
그곳으로 한 무리의 양복이 들어간다.
둘둘치킨 안에서 간간이 즐거운 폭죽이 터진다.
나는 둘둘의 경계 밖에 있다.
몇 개의 만남과 사소한 시비.
닭들의 죽음으로부터
비껴 있다.
오지 않는 애인,
을 기다린다.
둘둘 돌아가는 닭들의 천국,
지루한 닭들의 장례 앞에서.

― 「둘둘치킨」 부분 인용

　「둘둘치킨」의 시적 자아는 질료의 경계 밖에 있다. '둘둘' 과 시적 자아 사이의 이러한 경계 유지는 이 둘이 각자 따로 기능하고 있는 것을 의미하는 것은 아니다. 이것은 하나의 시적 전략이라고 할 수 있다. 시적 자아가 '둘둘의 경계 밖에 있' 음으로써 오히려 그 안에서 벌어지는 일련의 일들은 더 비극적으로 환기된다. '둘둘 안' 에서는 '튀김옷을 둘둘 말아 입은 닭들' 이 '분주히 기름으로 들어가' 고 있다. 이것은 살벌하고 처참한 살육의 현장이다. 시각과 청각 그리고 후각이라는 인간의 가장 원초적인 욕구를 자극하는 온갖 감각들이 뒤범벅이 된 이 살육의 현장에 뛰어들지 않고 '둘둘의 경계 밖에' 서 그것을 '유리 너머' 로 무심히 바라보고 있을 뿐이다. 심지어 시적 자아는 여기에서 한 걸음 더 나아가 그 살육의 현장을 '지루한 닭들의 장례' 로 인식하고 있다.

　이러한 태도를 견지함으로써 시인이 겨냥하고 있는 것은 무엇일까? 시적 자아와 질료 사이에 심연을 만드는 의도를 어떻게 보아야 할까? 이 물음에 대한 답은 간단하지 않지만 여기에서 한 가지 말할 수 있는 것은 도저히 극복할 수 없는 세계와의 단절을 시인이 이런 식으로 드러내고 있지 않나? 하는 점이다. 이 단절의 상황 속에서 시적 자아는 '애인을 기다린다'. 그러나 그 애인은 오지 않는다. 마치 고도를 기다리듯 애인을 기다리는 시인의 행위는 실패를 전제로 한 비극적인 기다림의 의미를 함축하고 있다. 세계에 대한 단절과 부재만이 시적 자아의 존재를 근거지어주는 조건이라는 시인의 인식은 그의 시적 표현의 방식이 가벼움에도 불구하고 현대 혹은 현대인의 삶에 대해 결코 가볍지 않은 문제의식을 제기하고 있다고 할 수 있다. 이것은 시인의 감각에서 비롯되는 것이다. 시인의 이 감각이 그의 시를 현대 혹은 현대인들의 삶, 더 나아

가 문명화된 세계에 대한 미적 비판을 가능하게 하는 중요한 인자라고
할 수 있다.

그리운 김득구

조항록

싸우다 죽는
그게 고통이든 내밀한 쾌감이든
아는 바 없다

이 즈음의 싸움이란 퀘퀘한 나무탁자에
몸 기대어 술이나 퍼마시는 것
목청 드높여 욕설에 취하다
그저 몇은 고개나 끄덕여주는 것

한 세기를 풍미하는
최강국 아메리카 합중국의 잘생긴 복서
챔피언과 죽도록 싸운 것이 아니다
15라운드의 삶을 12라운드로 감형시킨
싸움을 반성하게 하는 싸움도 아니다

한때 절절했던 절절해서 애가 끓던 날밤들
무슨 떨림이고 애잔함조차
시간은 독약 같아 다 죽이고
그날 지척도 절벽이었을

밤바다에 뜬 사각의 링
마지막 싸움

이 즈음은 승자도 패자도
적당히 물어뜯다 돌아서면
수북히 먼지만 쌓여가는 링
슬픔을 두들겨 비장해진 당신의 근육이
낙엽처럼 혼절하던 당신의 여자
당신의 눈빛이 어렴풋할 뿐이다

— 『지나가나 슬픔』(천년의 시작, 2002년)

울림과 떨림의 감각

조항록의 『지나가나 슬픔』은 생에 대한 감각으로 가득 차 있다. 시인이 체험한 생은 신열의 이미지로 환기되고 있다. 그 신열의 골짜기에 잠겨 시인은 슬픈 어조로 그 생에 대해 '올드 랭 사인' (자서)이라고 작별을 고한다. 하지만 고통스러운 생에 대한 작별은 미완으로 남는다. 생은 정지된 것이 아니라 끊임없이 흐르기 때문이다. '흐르는 생' 혹은 '생의 흐름' 속에 자신의 몸을 맡긴 채 시인은 그 흐름을 즐겁게 바라보고 있는 것이 아니라 그것을 스스로 즐긴다. 생에 대한 즐거움이 아니라 즐김을 통해 시인은 자신의 언어를 만들어낸다.

생에 대한 이러한 즐김은 시인이 생을 울림과 떨림이라는 리듬의 세계로 이해하고 있기 때문에 가능하다. 시인이 본 생은 하나의 긴 '음표'이며, 그 '음표'는 저마다 '화농으로 그렁그렁한 픕을 품고 있' (「인간 유정」)다. 이 음이 '살아가며/블루스/락/트롯/헤비메탈/재즈' 같은 '발성과 흐름과 그 장단이 다른' 생(음표)을 연출하는 것이다. 생이 '화농으로 그렁그렁한 픕' 이 모여 만들어내는 감각의 총체라는 사실은 '음표란 전부 흑백'이라는 진술과 그 맥을 같이 한다.

화농과 흑백의 이미지가 환기하는 생이란 드러남과 숨김의 변주가 만들어내는 아련하지만 아픈 상처를 간직하고 있는 그런 세계를 말한다. 이런 점에서 시인의 체험은 '목에 걸린 가시'(「우울한 이야기」), '쉿덩이 같은 긴 시절'(「사진찍기」), '온통 고통으로 흔들리는 갈대'(「갈대」), '쉰 국밥 한 사발'(「철새」), '造化를 꽂아둔 꽃병'(「어느 중년의 출구」), '피멍으로 퉁퉁부은 허벅지'(「그 시절 그때는」), '역류하는 하수구'(「청동시절」), '버려진 뼈다귀'(「서곡」) 등의 암울한 비유를 통해 드러날 수밖에 없다. 그러나 무엇보다도 생의 이런 고통스러운 체험을 가장 잘 보여주고 있는 시편은 「그리운 김득구」이다.

    싸우다 죽는
    그게 고통이든 내밀한 쾌감이든
    아는 바 없다

    이 즈음의 싸움이란 퀘퀘한 나무탁자에
    몸 기대어 술이나 퍼마시는 것
    목청 드높여 욕설에 취하다
    그저 몇은 고개나 끄덕여주는 것

    한 세기를 풍미하는
    최강국 아메리카 합중국의 잘생긴 복서
    챔피언과 죽도록 싸운 것이 아니다
    15라운드의 삶을 12라운드로 감형시킨
    싸움을 반성하게 하는 싸움도 아니다

한때 절절했던 절절해서 애가 끓던 날밤들

무슨 떨림이고 애잔함조차

시간은 독약 같아 다 죽이고

그날 지척도 절벽이었을

밤바다에 뜬 사각의 링

마지막 싸움

이 즈음은 승자도 패자도

적당히 물어뜯다 돌아서면

수북히 먼지만 쌓여가는 링

— 「그리운 김득구」 부분 인용

이 시가 보여주는 남다른 생의 감각은 고통에 대한 인식에 있다. 시인
은 우리의 생이 고통스러운 것은 싸움의 치열함이 아니라 싸움의 밋밋
함 혹은 싸움 없음 때문이라고 말한다. 시인에게도 '한때 절절했던 절
절해서 애가 끓던 날밤들'이 있었고, 그런 날에는 자신이 '밤바다에 뜬
사각의 링'에서 '마지막 싸움'을 하고 있다는 착각에 빠져들곤 했다.
그러나 사각의 링에서 싸우다 죽은 그런 싸움은 간데 없고, '지금', '여
기'에서 시인에게 남겨진 것은 '퀴퀴한 나무탁자에/몸 기대어 술이나
퍼마시'다 '목청 드높여 욕설' 몇 마디 하거나 '적당히 물어뜯다 돌아
서'는 싸움 같지 않은 싸움이다.

싸움다운 싸움이 없기 때문에 시인은 그 옛날 '최강국 아메리카 합중
국의 잘생긴 복서/챔피언과 죽도록 싸우'던 김득구를 그리워하는 것이
다. 김득구가 보여준 싸움은 그것이 죽음으로 귀결되었다는 점에서 고

통일 수 있지만 순간순간 세계를 향해 자신의 존재를 밀고 나가면서 생의 감각을 확인했다는 점에서 그것은 '내밀한 쾌감'일 수 있다. 시인은 김득구의 그러한 생을 고통보다는 쾌감으로 인식하고 있다. 죽음을 당하더라도 사각의 링에서 싸울 수 있다는 그 자체가 시간의 위력 앞에 점점 왜소해지고 무기력해지는 자신의 존재를 추스릴 수 있는 한 방법이라는 것을 시인은 알고 있었던 것이다.

김득구에 대한 그리움은 시인으로 하여금 과거의 기억을 되살려 내게 한다. 그것은 '줄마다 끊어지고 녹이 슨/낡은 기타를 버리지 못하'(「울림 혹은 떨림」)고 있는 시인을 통해 잘 드러난다. 기타는 곧 과거의 흔적을 내장하고 있는 시인 자신의 몸이다. '기타의 몸통' 속에는 '70년대와 80년대와 90년대의/푸른 노래들이 가득하' 다. 이때의 기타는 '음악(독주이고 때론 반주)'이었으며, 이 음악을 간직하고 있기 때문에 시인은 '기타를 버릴' 수 없는 것이다. 시인은 지금 그 옛날의 음악을 듣고 싶어 한다. 이 음악은 '나'와 세계와의 싸움을 내장하고 있어서 줄을 튕기면 그 울림과 떨림이 세세하게 생의 무늬를 만들어낸다. 이것은 생이 정지된 것이 아니라 살아 꿈틀대는 실체이기 때문에 현재의 싸움의 부재는 과거 속의 치열한 싸움의 기억을 되살려 냄으로써 보상받을 수 있다는 그런 논리와 다르지 않다.

시인이 현재의 싸움의 부재를 넘어서기 위해 과거의 기억 속에서 애타게 불러낸 대상은 아버지이다. 시인이 아버지를 불러내는 형식은 주문에 가깝다. '아버지, 아버지의 아버지, 아버지의 아버지의 아버지, 아버지의 아버지의 ……아버지의……,' (「유전병」)로 이어지는 시인의 간절한 부름은 부름 그 자체만으로도 주술성을 띤다. 시인이 이렇게 애타게 불러내는 '아버지' 는 자신과 하나도 아니고 둘도 아닌(不一而不二) 그런 존재이다. '아버지' 와 '나(시인)' 의 공고한 연대를 시인은 '유전

병'(「유전병」)으로 명명하고 있다. '耳順'의 나이에 '이미 귀를 닫아버
린' 아버지와 '立身의 나이에 자꾸만 움추려드는' 아들은 서로 닮은꼴
이다. 세계에 대해 '귀를 닫'고 '움추려든'다는 것은 '아버지'와 '내'
가 외적 지향의 싸움이 아니라 내적 응축으로서의 싸움을 행하고 있다
는 것을 의미한다. 이러한 내적 응축으로서의 싸움은 이들이 강한 에고
의 소유자임을 말해준다. '아버지'와 '나'는 하나도 아니고 둘도 아닌
존재이지만 모두 강한 에고의 소유자이기 때문에 '지나치게 커서 들리
지 않는 좌익과 우익 사이의 흐느낌처럼', 또는 '보이지 않는 상행선과
하행선의 뜨거운 손짓처럼' 언제나 어긋나거나 평행선을 그을 수밖에
없다. 이 사실만으로도 시인이 '아버지'를 기억 속에서 불러낸 충분한
이유가 되리라고 본다.

생이 울림이 없고 떨림이 없다면 무슨 의미가 있을까? 그것은 죽은 생
일 뿐이다. 『지나가나 슬픔』은 이런 불안으로부터 어느 정도 벗어나 있
다. 시집 전편을 통해 드러나는 '음(음표)', '가락', '장단', '발성', '공
명' 등의 질료가 환기하는 것은 생의 감각에 대한 시인의 민감한 자의
식이다. 생에 대한 이러한 감각을 토대로 시인은 과거(기억)와 현재(미
래)를 넘나들면서 시적 상상과 표현을 구체화하고 있다. 시인의 생에 대
한 감각의 성취 여부는 그가 이제 첫 시집을 상재한 시인이라는 점에서
섣불리 판단을 내릴 성질의 것이 아니다. 하지만 시인이 구사하고 있는
생의 감각이 그의 몇몇 시편들 속에서 빛을 발하고 있는 것은 부인할 수
없는 사실이다. 특히 시적 자아의 생에 대한 반성과 성찰의 과정에서 보
여준 다채로운 '에고이즘'은 그의 시쓰기의 토대를 형성하고 있다고 할
수 있다.

광장

박준

　빛 하나 들여보내는 窓이면 좋았다 우리는, 같이 살아야 같이 죽을 수
도 있다는 간단한 사실을 잘 알고 있던 시절에 만났다 네가 피우다만 담
배는 달고 방에 불 들어오기 시작하면 긴 다리를 베고 누워 국 멸치처럼
끓다가 '사람이 새와 함께 사는 법은 새장에 새를 가두는 것이 아니라
마당에 풀과 나무를 키우는 일이었다' 정도의 글귀를 생각해 너의 무릎
에 밀어 넣어두고 잠드는 날도 많았다 이불을 개지도 않고 미안한 표정
으로 마주 앉아 지난 꿈 얘기를 하던 어느 아침에는 옥상에 널어놓은 흰
빨래들이 밤새 별빛을 먹어 노랗게 말랐다

—『시와 반시』, 2010년 봄호

따뜻한 서정

박준의 시는 따뜻하다. 다소 나이브해 보이지만 이러한 규정이 크게 잘못된 것이 아니라는 것을 그의 시 몇 줄만 읽어보면 알 수 있다. 그렇다면 이 따뜻함은 어디에서 비롯된 것일까? 시가 따뜻하다, 차갑다하는 것을 가르는 기준은 먼저 세계 이해의 방식에서 비롯된다고 할 수 있다. 시인이 세계를 동일성의 원리에 입각해서 보는 경우 그 시는 따뜻할 수밖에 없고, 이에 비해 세계를 비동일성의 원리에 입각해서 보면 그 시는 차가울 수밖에 없다. 시인이 세계를 동일성의 원리에 입각해서 본다는 것은 자아와 세계와의 균형 및 화해를 겨냥한다는 것을 의미하고, 그것을 비동일성의 원리에 입각해서 본다는 것은 자아와 세계와의 분열 및 갈등을 겨냥한다는 것을 의미한다. 그의 시는 후자보다는 전자에 가깝다.

대체로 우리의 서정시들은 동일성의 원리를 토대로 따뜻한 서정을 추구하는 경향이 강하다. 따뜻한 서정을 추구하는 시에 대한 평가는 크게 두 가지로 나뉜다. 하나는 그것을 옹호하는 쪽이고 또 다른 하나는 그것을 비판하는 쪽이다. 옹호하는 쪽에서는 따뜻한 서정이 현대성이 지니는 인간성의 파괴와 미래에 대한 전망 상실에 대한 하나의 대안으로 존재한다는 점을 강조하고 있고, 그것을 비판하는 쪽에서는 애매모호하고 복잡한 현대성의 속성을 외면한 채 지나치게 순진하게 세계를 이해한다는 점을 강조하고 있다. 이것은 파편화되고 분열된 현대 세계를 어떻게 바라보느냐의 문제와 다르지 않다. 동일성을 토대로 한 서정시를 옹호하는 쪽에서는 파편화되고 분열된 현대 세계를 아우를 수 있는 총체성을 시의 중요한 가치로 내세우는 경향이 강하고, 그것을 반대하는 쪽에서는 파편화되고 분열된 현대 세계를 총체성이 아닌 그 자체로 이해하고 판단해야 한다는 경향이 강하다고 할 수 있다.

　서로 지향하는 관점이 다르기 때문에 시에 대한 평가도 다를 수밖에 없다. 대체로 파편화되고 분열된 현대 세계를 모던하게 형상화하고 시가 필연적으로 지닐 수밖에 없는 애매 모호성과 복잡성 그리고 난해성에 대해 서정시를 옹호하는 쪽에서는 그것을 시 전반의 위기로 간주하여 비판하는 경우가 있다. 서정시, 특히 따뜻한 서정을 드러내고 있는 시의 경우에는 내용이나 형식이 단순하고 온건하며, 갈등과 대립보다는 화해와 조화를 추구하기 때문에 치유로서의 기능을 강조하고 있는 것이 사실이다. 이 두 상반된 경향의 시 세계에 대해 이분법적으로 어느 한쪽이 옳고 또 어느 한쪽이 그르다고 단정하고 싶지 않다. 각자 그 나름의 존재 가치와 의미가 있기 때문이다.

　박준의 시를 읽으면 마음이 편안해지고 또 따뜻해진다. 그의 시 몇 줄만 읽으면 시인이 추구하는 세계가 어떤 것인지 쉽게 알 수 있다. 시인이 희구하는 세계는 시에서 '광장'으로 표상된다. 시인이 희구하는 광장이란,

빛 하나 들여보내는 쪽이면 좋았다 우리는, 같이 살아야 같이 죽을 수도 있다는 간단한 사실을 잘 알고 있던 시절에 만났다 네가 피우다만 담배는 달고 방에 불 들어오기 시작하면 긴 다리를 베고 누워 국 멸치처럼 끓다가 '사람이 새와 함께 사는 법은 새장에 새를 가두는 것이 아니라 마당에 풀과 나무를 키우는 일이었다' 정도의 글귀를 생각해 너의 무릎에 밀어 넣어두고 잠드는 날도 많았다 이불을 개지도 않고 미안한 표정으로 마주 앉아 지난 꿈 얘기를 하던 어느 아침에는 옥상에 널어놓은 흰 빨래들이 밤새 별빛을 먹어 노랗게 말랐다

─「광장」 전문 인용

에 드러난 것처럼 아주 압도적인 크기와 권위로 표상되는 그런 세계가 아니다. 시인의 광장은 '빛 하나 들여보내는 쪽이면 좋은 그런 세계' 이다. 이 광장에서 시인은 다른 사람들뿐만 아니라 새와도 같이 살고 싶어 한다. 광장이 열린 공간이자 열린 세계를 표상한다면 시인은 그것을 '사람이 새와 함께 사는 법은 새장에 새를 가두는 것이 아니라 마당에 풀과 나무를 키우는 일이었다' 나 '옥상에 널어놓은 흰 빨래들이 밤새 별빛을 먹어 노랗게 말랐다' 라는 말을 통해 드러내고 있다.

시인의 이러한 태도는 사람이 새와 함께 사는 법이 새장에 새를 가두고, 흰 빨래들을 별빛이 아닌 인공화된 기계 속에 가두는 것에 익숙한 현대인들의 삶과 대비된다. 시인이 그리고 있는 광장은 현대인들이 망각하고 있거나 상실한 세계라는 점에서 그것은 현실과 이상 사이의 긴장을 유발한다고 할 수 있다. 시인이 발 딛고 있는 지상의 삶과 '별빛'으로 표상되는 이상적인 세계에 대한 회구 사이에는 회복하기 어려운 거리가 존재하지만 시인은 그것을 '옥상에 널어놓은 흰 빨래들이 밤새 별빛을 먹어 노랗게 말랐다' 고 이야기함으로써 그 거리를 회복하려 하

고 있다. 시인의 시도가 지극히 이상적이거나 관념적인 방식이 아니라 지극히 현실적이고 자연스러운 방식이라는 점에 주목할 필요가 있다. 빨래와 별빛, 다시 말하면 천상과 지상을 연결하는 시인의 상상력이 억지스럽다거나 과장되지 않고 이렇게 자연스럽기 때문에 이 시에 리얼리티가 존재할 수 있는 것이다.

　시인의 현실과 이상 사이의 이러한 상상의 방식은 「미인처럼 잠드는 봄날」에서는 '밥(식당)'과 '봄날의 하늘'로 드러나고, 「연」에서는 '탄광'과 '공중(연)', 「동지」에서는 '동짓날'과 '새 봄', 그리고 「별」에서는 '평지'와 '밤하늘(별)' 등으로 변주되어 나타난다. 따라서 시인의 시의 리얼리티의 성패는 이러한 서로 대비되는 세계 사이를 어떻게 자연스럽게 혹은 개연성이 훼손되지 않은 상태로 이어주느냐 하는 점에 달려 있다고 할 수 있다. 이 사실은 서정의 기본 원리인 동일성의 의미와도 서로 상통하는 것이라고 할 수 있다. 서로 대비되거나 대립되는 것을 아우르는 것이 서정의 세계라면 시인은 이 시적 원리에 대한 탐구를 게을리 해서는 안 될 것이다. 이와 함께 시인의 서정이 '지금', '여기'의 현실 속에서 작동하지 않으면 시대정신이라는 보다 크고 의미 있는 세계를 아우르지 못하게 될 수도 있다는 점을 늘 유념해야 할 것이다. 간혹 서정 시인들이 간과하기 쉬운 것이 바로 갈등과 대립을 아우르는 과정에서 형성되는 긴장의 미적 원리이다. 시인과 세계 혹은 현실과 이상 사이에 긴장이 없다면 그 시(서정)는 언어의 생명성을 상실하게 될 것이다.

Ⅴ. 우리 시대 감성과 신서정

우리 시대의 산문시

1. 긴장과 울림

　최근 우리 시의 주목할 만한 경향 중의 하나가 바로 산문성이다. 우리 근대시의 출발이 산문성에 있다는 점을 고려한다면 이러한 경향은 크게 문제가 될 것이 없다. 오히려 근대 이후 우리 시에서의 산문성은 운문 형식의 시가 결하고 있는 현실과의 소통을 통한 알레고리와 풍자적인 구조의 생산에 결정적인 역할을 수행해 온 것이 사실이다. 주요한, 이상화, 한용운, 백석, 김수영, 황지우, 이성복, 최승호 등으로 이어지는 산문시의 계보는 정형화된 시의 형식에 새로움을 부여하면서 우리의 근대시가 일정한 기반을 형성하고 발전을 거듭해 온 역사를 표상한다고 해도 과언이 아니다. 이 사실은 산문시라고 해서 그것이 운문시와 다른 차별화된 의미를 지닌 시의 형식이라고 인식하지 않았다는 것을 의미한다. 또한 '운문과 산문은 적절한 행갈이를 통해서 율격을 조정하고 있다' 는 점을 뺀다면 양자의 차이는 모호하다. 이러한 이유로 '운문과 산문을 구분하는 것은 매우 자의적인 것이며, 그 구분은 엄격한 기준에 의거하지 않는다'(유종호, 「시와 산문」, 『문학이란 무엇인가』, 민음사, 2005년, pp.82~93)고 할 수 있다.

산문시에 대한 이러한 인식은 시에서의 산문성이 특별히 시의 존재 조건을 결정하는데 부정적으로 작용하지 않았다는 것을 말해준다. 부정적이라기보다는 우리 시에서의 산문성은 운문성과의 길항을 통해 시의 존재 조건을 결정하는데 긍정적으로 작용했다고 할 수 있다. 이런 점에서 볼 때 우리 시의 산문성에 대한 문제제기는 그것이 지니고 있는 속성에 대한 것이라기보다는 시 전반에 대한 것이라고 할 수 있다. 최근 우리 시가 강하게 산문성을 드러내면서 여기에 대한 우려의 목소리들이 심심찮게 들리는 것이 사실이다. 이 우려의 목소리들 중에는 시의 산문성 자체를 겨냥하고 있는 경우도 있다. 이것은 시가 압축과 운율을 토대로 하는 서정 장르라는 의식이 강하게 작용한 결과이다.

그러나 우려의 목소리들 대부분은 산문성이 지니고 있는 시로서의 존재 조건에 초점이 놓여 있다. 최근 산문성을 드러내는 시들의 문제는 시의 미학을 결정하는 중요한 요소 중의 하나인 긴장과 울림이 없다는 점이다. 시에서의 긴장은 그 진술이 외적으로만 드러나서도 성립될 수 없고, 또 내적으로만 드러나서도 성립될 수 없다. 시에서의 진술이 외부를 향하면 그것은 문자적 의미를 띠게 되고, 내부를 향하면 그것은 비유적 의미를 띠게 된다. 시에서 긴장이 성립되려면 이러한 외부와 내부가 한 단어나 문장, 구조 내에 동시에 존재해야 한다. 외부와 내부의 힘이 서로 밀고 당기는 과정에서 긴장이 발행하는 것이다. 외부와 내부의 힘, 다시 말하면 서로 반대되는 힘이 동시에 작용한다는 것은 단어, 문장, 구조 등이 아이러니한 양상을 드러낸다는 것을 의미한다. 시에서 이러한 아이러니한 긴장이 와해되면 진술은 내포 혹은 함축의 속성을 지닐 수 없다. 아이러니한 긴장이 와해된 시의 세계는 현실적인 삶에 대한 모순과 부조리를 통해 발견할 수 있는 어떤 진실을 드러낼 수 없다. 이것은 세계와의 불화를 은폐한 채 거짓 화해를 시도하거나 조장하는 것에 다름 아니다.

이렇게 긴장은 아이러니한 세계를 은폐하고 있다. 이 은폐된 세계 속에 어떤 진실이 내재해 있는 것이다. 시란 은폐된 진실을 들추어내는 것이며, 이 과정에서 울림이 존재하게 된다. 은폐된 진실이 탈은폐 되는 순간 긴장은 최고조에 달하고 낯선 세계와의 격렬한 만남에서 비롯되는 놀라움 혹은 충격과 같은 커다란 울림이 생기게 된다. 이런 점에서 진정한 울림은 단순한 기교나 방법의 차원을 넘어 존재 일반의 문제를 함의하고 있다고 할 수 있다. 시의 언어가 존재의 집이라는 말이 암시하는 바가 이것을 잘 말해준다. 존재에 대한 깊이 있는 성찰이 없는 시는 울림이 없기 때문에 시로서의 생명력이 길지 않다. 최근 우리 시의 산문성이 존재에 대한 고민을 내재하고 있는지에 대해서는 좀더 살펴보아야 하겠지만 분명한 것은 긴장과 울림이 없는 산문시가 버젓이 시로서 행세하고 있다는 사실이다.

2. 시쓰기의 갱신과 반전의 덫

최근 우리 시의 산문성과 관련해서 주목해 볼 만한 시인 중의 한 사람은 김언이다. 그의 세 번째 시집의 제목은 '소설을 쓰자' 이다. 제목이 상당히 도발적이다. 시인이 시집을 내면서 '소설을 쓰자' 라고 한 것은 일견 모순처럼 들린다. 하지만 이 말의 이면을 들여다 보면 그것이 결코 모순되지 않음을 알 수 있다. 시인이 시를 쓰자고 한 것이 아니라 소설을 쓰자고 한 것은 정말로 소설을 쓰자거나 소설 같은 시를 쓰자고 한 것이 아니다. 이 말의 진정한 의미는 소설이 아니라 '시를 쓰자'이다. 시의 형식 안에서 소설을 쓴다는 것이 불가능하다는 것을 시인 역시 잘 알고 있다. 시인이 궁극적으로 겨냥하고 있는 것은 시와 소설 사이의 경계 해체가 아니라 시, 좀더 정확히 말하면 새로운 '시를 쓰자'에 있다고 할 수 있다. 이런 맥락에서 볼 때 '소설을 쓰자'의 '소설'은 '시'로 치환하면 된다.

그렇다면 시인이 겨냥하고 있는 새로운 시란 어떻게 쓰여지는 것일까? 이와 관련해서 시인은,

> 너무 긴 소설을 쓰지 말 것. 너무 짧은 소설도 쓰지 말 것. 적당하게 지루해질 때 끝나는 소설일 것. 원고지의 분량이 아니라 심리적인 분량일 것. 어느 공간에서 읽어도 적당히 심심하고 적당히 어리둥절한 반전일 것. 어떤 질문을 하더라도 충실하지 않는 이야기일 것. 어떤 대답도 흘러들을 수 있는 내면일 것. …… 돌아와서 시를 쓸 것. 전혀 시적이지 않은 소설을 쓸 것. 있어도 상관없고 없어도 상관없는 중요한 문장이 들어갈 것. 단어는 조금 더 동원되거나 외로워질 것. 저 혼자 있어도 눈물을 뚝뚝 흘리는 마침표일 것.
>
> — 김언, 「소설을 쓰자」, 『소설을 쓰자』, 민음사, 2009년

이라고 고백한다. 소설 쓰기에 대한 보다 구체적이고 상세한 방법을 제시하고 있다. 시인이 제시하고 있는 이 하나 하나의 소설 쓰기의 방법들이 모두 시쓰기에 대한 시인의 자의식의 일단으로 볼 수 있다. 시쓰기에 대한 시인의 강한 자의식은 곧 언어의 한계에 대한 절망과 그것에 대한 새로운 모색이라고 할 수 있다. 시인에게 가장 무서운 것은 언어의 매너

리즘에 빠지는 것이다. 언어의 매너리즘에 빠지지 않기 위해 필사적으로 노력하는 일이야말로 아방가르드 시인의 숙명과 같은 것이라고 할 수 있다. 그가 치열하게 모색하고 있는 시 혹은 시적 언어의 새로운 문법이 단순한 기교에 대한 절망이 아니라 시라는 존재 일반에 대한 고뇌가 투영되어 있다는 점에서 주목에 값한다고 할 수 있다.

시인은 지금 소설과는 다른 인물과 사건과 배경, 담화를 치열하게 모색하면서 시의 존재성에 대해 다시 한 번 반성하는 글쓰기를 단행하고 있는 것이다. 그런데 흥미로운 것은 그것이 산문성을 통해 구현되고 있다는 점이다. 이것은 그가 시의 산문성을 통해 새로운 시쓰기의 가능성을 탐색하고 있다는 것을 의미한다. 그의 시의 산문성은 '소설을 쓰자'에서 보여준 시쓰기에 대한 문제의식을 드러내고 있다.

> 모두들 책을 읽으면서 나를 관찰하고 있다. 내가 못난 이유도 책에서 찾으려고 한다. 내가 집을 나간 것도 책을 통해서 나갔다고 생각한다. 거기엔 대문이 없는데, 두꺼운 양장본 속에서 내가 거주하고 있는 주소를 찾으려고 한다. 나는 집을 나갔다니까. 그러면 책이 일러주는 주소대로 찾아와서 대문을 두드린다. 쾅쾅 아니면 똑똑. 어떤 식으로 두드려도 대문은 거기 없다. 그럼 창문은 있을까요? 내가 다시 말한다. 나는 집을 나갔다. 창문이 없는 곳으로 무엇보다 책이 알 수 없는 곳으로 가서 전화를 건다. 누구라도 받으면 그는 책을 읽고 있다. 마치 책에서 전화가 왔다고 생각한다.
>
> ― 김언, 「나를 찾는 사람들」 부분 인용,
> 『한국문학』, 2010년 봄호, p.143.

이 시의 진술은 외부만을 향해 있는 것이 아니라 내부를 향해서도 존

재한다. 외부와 내부가 단어나 문장, 구조 내에 동시에 존재하기 때문에
긴장이 발생한다. 이 시에서 가장 중요한 단어는 '책'이다. 외부에 드러
난 책은 문자 그대로 책이지만 그것은 그 이면에 다양한 비유적인 의미
를 지니고 있다. 이 시에 드러난 책은 관찰, 집, 대문, 주소, 창문, 전화
등으로 변주되기에 이른다. 책(외부)의 다양한 의미의 파생(내부)은 애
매모호함을 불러일으키면서 동시에 일정한 긴장을 유발한다. 책의 의
미가 미끄러져 내릴 때마다 나는 책과 갈등 관계에 놓인다. 책이 나의
길을 열어주는 기표가 아니라 오히려 나를 감시하고 통제하는 수단으
로 기능하고 있다. 나는 책이 알 수 없는 곳으로 가고 싶어 한다.

　세계의 모든 관계가 책을 통해 이루어진다는 것은 곧 그것이 시인에
게 불안과 공포의 대상으로 존재한다는 것을 의미한다. 시인의 이러한
불안과 공포는 책에 대문이나 창문이 없다는 것으로 강하게 표상된다.
문이 없는 책에서의 소통은 진정한 의미에서의 소통을 표상하는 것이
아니다. 그것은 소통이 아니라 완전한 불통이다. 하지만 나 이외에는 누
구도 책이 그러한 불통의 체계 혹은 구조를 지니고 있다는 것을 알지 못
한다. 이런 점에서 소통이 곧 불통이라는 이 아이러니한 상황을 자각하
고 있는 나는 이 세계를 변화시킬 수 있고 해체할 수 있는 문제적인 존
재가 되는 것이다. 책과 관찰·집·대문·주소·창문·전화 등 외부와
내부 사이에 존재하는 밀고 당기는 힘 혹은 나와 나를 찾는 사람들, 책
과 나 사이에 존재하는 밀고 당기는 힘으로 인해 이 시는 일정한 긴장을
유지하고 있다.

　하지만 이러한 긴장이 강력한 울림을 지니고 있는지에 대해서는 섣
불리 판단이 서지 않는다. 이 시의 아이러니한 구조가 드러내는 긴장이
시인 개인의 차원을 넘어 보편타당한 차원의 문제로 확대되면서 공감
을 자아낼 때 강력한 울림이 일어나는 것이다. 이것은 아이러니한 상황

이 텍스트 차원을 넘어 컨텍스트 차원에서 발생할 때 강력한 울림이 일어날 수 있다는 것을 말해준다. 시인의 아이러니한 상상력이 에고의 차원에 머물 때 그것은 사회와 현실을 뚫고 들어갈 힘을 상실한 한 신경증적인 환자의 우울한 독백으로 떨어질 위험이 있다. 현대시가 드러내는 아이러니한 구조가 의미가 있는 것은 그것이 현실과 이상 세계 사이에서 갈등과 긴장의 상태로 존재할 때이다.

3. 언어의 결과 생명

시의 기본은 긴장과 울림이다. 하지만 긴장과 울림이 생명력을 지니려면 그것이 어떤 반복적이고 주기적인 내적 질서나 흐름 속에 존재해야 한다. 이것은 시가 자연의 모방이기 때문이다. 자연은 주기적인 질서와 흐름으로 존재한다. 시는 그것을 그대로 가져온 것이 아니라 가설을 통해 그것을 유추하여 구성한 것이다. 시가 시인에 의해 만들어지는 것이지만 그것의 형상은 이미 자연 속에 은폐되어 있다고 할 수 있다. 자연의 기본적인 존재성이 주기적인 질서와 흐름 속에 있기 때문에 그것을 모방하는 시는 자연처럼 주기적이고 반복적인 생명력을 지니게 되는 것이다. 이것은 시에서의 리듬이나 율격의 생명력이 인간에 의해서 인위적으로 만들어지는 것이 아니라 이렇게 자연의 모방을 통해서 만들어진다는 것을 의미한다.

이러한 일련의 사실은 시에서의 운문과 산문의 형식이 그 각각의 고유한 질서와 흐름을 가지고 있다는 것을 말해준다. 우리는 흔히 리듬이나 율격하면 운문 형식의 시를 이야기하지만 산문 형식의 시 역시 그 특유의 리듬과 율격을 지니고 있다. 운문은 운문대로 산문은 산문대로의 리듬과 율격을 지니고 있기 때문에 그것이 시로서의 생명력을 지니게 되는 것이다. 우수한 산문시는 대개 이러한 산문 특유의 리듬과 율격을 지니고 있다. 우리가 소월의 시의 리듬과 율격에 매혹당하는 것처럼 만해의 시의 리듬과 율격에 매혹당하는 이유가 바로 여기에 있다고 할 수 있다. 시가 모방하는 자연의 형식에는 운문과 같은 것도 존재하고 또 산문과 같은 것도 존재하는 것이다. 그 자연의 형식을 시인은 온전히 발견해서 그것을 들추어내면 되는 것이다. 자연의 리듬이나 율격은 이데아처럼 선험적으로 존재하는 것이 아니라 언제나 경험적으로 존재한다. 경험적으로 존재한 것들이 시인에 의해 탈은폐되어 관습화되면 그것이 곧 '전달 가능한 상징' (노드롭 프라이, 『비평의 해부』, 한길사, 2000년)이 되는 것이다. 우리가 어떤 시의 리듬이나 율격에 자신도 모르게 매혹당한다면 거기에는 반드시 이런 집단 무의식이 작동하고 있다.

여기에서 말하는 관습이란 낡고 진부해 폐기처분해야 할 것이 아니라 생명력의 지속이라는 생성의 차원에서 바라보아야 할 것이다. 어쩌면 우리가 접하는 일상의 언어 체계나 발화는 낡고 진부한 관습화된 세계라고 할 수 있다. 일상의 관습화된 언어와 시의 언어는 다른 것이 아니다. 그것이 소통을 전제한다는 점에서는 별다른 차이가 없다. 중요한 것은 일상이나 현실 속에 은폐된 진실을 온전히 들추어내는 일이다. 이런 점에서 가령 다음과 같은 시는 시사하는 바가 크다.

그는 후배와 밤을 지새웠다. 후배가 집에 들러 자기 아들을 축구교실에 데려다가 주고 그를 공항역까지 바래다준다고 했다. 달마산 자락 아파트 앞에 차를 세우고 후배가 유니폼 입은 아들을 데리고 나왔다. 차에 다시 승차하려할 때 아파트 베란다로 나온 후배 부인의 떨리는 목소리가 검은돌비늘처럼 쏟아져 내렸다. 그런데 있지, 조금 전에 노통이 자살

했다고 하네. 뭐라고? 정말! 지금 뉴스에 나온다고. 세상에, 세상에를 연
발하며 그와 후배는 말을 잇지 못하고 후배의 아들은 검은 눈동자를 껌
벅였다. 후배의 아들을 내려주고 이건 아니라며 후배는 차를 몰았고 그
도 이건 아니라며 가까운 신촌으로 가자고 했다. 라디오에서는, 그가 지
난해 방문객을 맞으러 나올 노통을 기다리며 바라다보았던 부엉바위가
반복해 소개되고 있었다.

현실적이어서 너무나 비현실적인 풍경을 뚫으며 차가 한강다리를
지나고 있었다. 긴급 뉴스가 잠시 중단되고 광고가 시작되었다.

씹고, 뜯고, 맛보고, 즐기고, 씹고, 뜯고, 맛보고, 즐기고
이가탄 잇몸으로 즐겨보세~
　　　— 함민복, 「이가탄」 부분 인용, 『문학사상』, 2010년 5월호, p.78.

일상의 한 장면을 산문 형식으로 구성한 시이다. '노통의 죽음'은 일
상 속에서 일어날 수 있는 평범한 사건은 아니다. 그것은 그야말로 사건
중의 사건, 다시 말하면 역사의 한 장면으로서의 사건이다. 하지만 그것
을 그대로 옮겨 놓는다고 이 비범한 사건이 시가 되는 것은 아니다. 이
사건이 시가 되기 위해서는 그것을 시인이 재구성해야 한다. 시인은 비
범한 사건을 일상의 형식으로 진술한다. 어디 한구석 애매모호하거나
난해한 진술이 눈에 띄지 않는다. 또한 이 시에서의 수사란 '후배 부인
의 떨리는 목소리가 검은돌비늘/처럼 쏟아져 내렸다.'와 '현실적이어
서 너무나 비현실적인 풍경을 뚫으며 차가 한강다리를 지나/고 있었
다.' 정도가 고작이다. 그럼에도 불구하고 이 시는 그 어떤 시보다 더 시
적이라고 할 수 있다. 그것은 바로 '뉴스'와 '광고'의 대비라고 할 수

있다.

뉴스와 광고의 대비는 일상 속에 늘 존재하고 있는 아주 자연스러운 한 현상이다. 어쩌면 너무 자연스럽기 때문에 그것이 시가 되리라고는 상상하지 못했는지도 모른다. 하지만 시인은 이 자연스럽기 짝이 없는 일상의 한 현상 속에 은폐된 시의 형식을 발견한 것이다. 뉴스와 광고의 대비는 대통령의 죽음이라는 비극적인 사건을 한 순간에 희화화시켜 버린다. 숭고하고 엄숙해야 할 죽음이 게걸스럽고 천한 인간의 욕구와 만나면서 그 의미가 퇴색해버린다. 이것은 광고라는 자본주의의 천박함을 신랄하게 풍자하고 있는 것이라고 할 수 있다. 이 시야말로 문자적 의미를 띠는 외부를 향하는 진술과 비유적 의미를 띠는 내부적 의미의 진술이 서로 평범한 일상의 단어나 문장, 구조 내에 동시에 존재하면서 아이러니한 상황을 연출하고 그것이 일정한 긴장을 발생시키고 있는 시라고 할 수 있다.

함민복의 경우처럼 일상을 그대로 가져와 그것을 재구성해서 아이러니한 상황과 긴장을 만들어내기도 하지만 일상을 징후적인 것으로 파악하여 그것을 일상적으로 재구성하는 경우도 있다. 이렇게 되면 그 일상은 낯설고 전도된 세계가 된다.

섬에서 개한테 팔뚝을 물려 보건소를 찾았다. 보건소가 없었다. 너는 어쩌면 죽을 거란다. 아버지, 아버지, 왜 병 걸린 개는 죽지 않고 나만 죽을까.

보건소에 가야 되는데. 보건소가 없어서 병원에 갔다. 그래서 너는 개가 될 거야. 아버지도 어렸을 때 물렸다면서? 아버지는 정신을 바짝 차렸지.

아버지가 삽으로 미친개의 정수리를 깨뜨리고, 손수 석유를 뿌려 불을 질렀다. 황록색 메뚜기들이 불 속에서 뛰쳐나오고, 붕대에 살구즙 같은 물이 배어 찐득거렸다. 개가 쏟은 가래란다. 가래가 다 빠지면 아프지 않을 거라고. 미친개의 주인 아저씨가 성호를 그으며 중얼거렸다.

개가 먼저 죽었으니까. 어쩌면 너는 안 미칠 거다. 절대로 상처를 긁으면 안 돼. 상처를 긁으면 개가 되니까. 절대로 물이 닿으면 안 돼. 병에 걸릴까봐. 나는 절대로 씻지 않았다.

— 김승일, 「접촉」 부분 인용, 『시를 사랑하는 사람들』,

2010년 3 · 4월호, p.162.

시인이 진술하는 세계는 보통 일상에서 흔히 일어나는 세계가 아니다. 산문의 형식으로 진술되고 있기는 하지만 그 진술되는 세계는 전도된 일상 혹은 일그러진 일상이다. 이 시의 화자는 정신 분열증적인 양상을 드러낸다. 미친개한테 물린 나는 미치거나 죽거나 할 것이다. 하지만 시적 화자는 나를 향해 안 미칠 거라고 말한다. 이것은 분명 모순이다. 그런데 시적 화자가 말하는 안 미치는 이유가 황당하다. 개가 먼저 죽었기 때문에 나는 미치지 않는다는 것이다. 개의 죽음 혹은 죽임이 제의로 읽혀지는 이유이다. 미친개의 주인아저씨가 성호를 긋는 모습이 그 제의를 표상하고 있다고 할 수 있다. 개가 제물로 바쳐지면서 나는 그 미침으로부터 벗어날 수 있는 것이다.

제의란 반드시 꿈과 결합된다. 이것은 제의를 행하는 목적이 원망과 연결되어 있기 때문이다. 제의란 희생양을 필요로 하고, 그것이 전제되어야만 꿈이 이루어진다는 논리는 죽음이 곧 삶이라는 아이러니한 구조를 잉태한다고 할 수 있다. 이러한 아이러니한 구조는 현실 속에서 반복적으로 출몰한다. 만일 이 시의 아이러니한 구조가 현실과 관계를 맺고 있지 않다면 그것은 참으로 공허한 형식에 지나지 않을 것이다. 이 시 역시 이러한 위험성이 없는 것은 아니다. 이것은 문자적 의미를 띠는 외부를 향하는 진술과 비유적 의미를 띠는 내부적 의미의 진술이 서로 평범한 일상의 단어나 문장, 구조 내에 동시에 존재하면서 아이러니한 상황을 연출하고 그것이 일정한 긴장을 발생시켜야 한다는 시의 기본 원리를 온전히 충족시키고 있지 못하다는 것을 의미한다.

4. 전망 혹은 전망의 부재로서의 산문시

시의 산문화 경향에 대한 우려에 우리 시인들이 귀를 기울여야 하는 것은 당연하다. 우리 시대의 산문시가 정말로 긴장과 울림을 지니고 있는지 깊이 있게 따져보아야 한다. 긴장과 울림은 시인의 에고의 충족에서 나오는 것이 아니라 현실과의 끊임없는 갈등과 대결 구도 속에서 성립되는 것이다. 시인의 산문화 경향이 한낱 나르시시즘의 차원으로 떨어져버린다면 시가 존재해야 할 이유가 없는 것이다. 시의 언어는 시인 개인을 넘어 언제나 인류 보편의 공동체적인 문명이나 문화의 거대한 흐름 속에 위치해야 한다. 아무리 개인의 서정을 노래한 시라 하더라도 거기에 인류 보편의 정서나 감성이 내재해 있지 않다면 그것은 시로서의 생명력을 가질 수 없다. 과연 '지금', '여기' 에서의 우리의 산문시가 이러한 조건을 충족하고 있는지 곰곰이 따져보고 이를 통해 비판할 것은 신랄하게 비판하고 또 반성할 것은 철저하게 반성해야 할 것이다.

세상의 전모全貌 드러내기와
그 상상력의 방식과 태도

　시인이란 존재는 세상의 전모를 드러내려는 욕망으로 가득 찬 자이다. 이 욕망으로 인해 시인은 세상을 향해 자신의 모든 감각과 감성을 열어놓고 다닌다. 마치 머리 위에 안테나라도 달고 다니는 존재처럼 시인의 감각과 감성은 세상에 존재하는 그 무엇이든지 수렴하면서 동시에 그것을 확산한다. 시인의 날카로우면서도 예민한 감각과 감성은 우리가 미처 발견하지 못한 세상을 다양한 방식으로 드러내기 때문에 시의 세계에는 늘 낯설음과 매혹이 존재한다. 동시대의 시인들이지만 그들이 드러내는 세상은 각자의 욕망의 차이만큼이나 다양하다.

　시인 각자가 형상화하고 있는 세상은 개체성을 지니며, 이 개체성은 동시대의 시나 혹은 사회 전반의 전체성으로 수렴되지 않는다. 시 역시 소설처럼 서술성과 대화성을 지니고 있지 않은 것은 아니지만 장르의 특성상 그것은 독백이나 고백을 주요한 시적 원리로 사용하고 있는 것이 사실이다. 이것은 시가 반영보다는 굴절을 통해 하나의 세계를 제시한다는 것을 의미한다. 시인의 감각이나 감성에 포착된 세상이 굴절을

통해 그 전모가 드러나기 위해서는 상상력 자체가 평면적이어서는 안
되고 입체적이어야 할 것이다. 세상이 입체적으로 드러나기 위해서는
눈에 보이는 차원뿐만 아니라 그 이면에 은폐된 눈에 보이지 않는 차원
을 어떻게 들추어내느냐가 중요하다고 할 수 있다. 그것은 마치,

> 밝혀진 건 별로 없다
> 어느 날 비를 헤치며 국도를 달리고 있었다는 정도
> 얼핏 처마 밑에서 비를 긋고 있는 아이를 본 듯도 한데
> 산그늘 아래서 벚꽃은 마치 만개하지도 못하고 떨어져 갔다
> 풍경은 흐리고 흐렸다
>
>   ─ 윤의섭, 「全貌」, 『애지』, 2010년 가을호

에서처럼 밝혀지지 않은 은폐된 세계의 발견을 위한 탐색과 다르지 않
다. 시인이 되살리려고 하는 것은 봄날의 기억이다. 시인의 기억 속에서
봄날은 흐린 이미지로 남아 있다. 이 봄날의 흐린 이미지를 더욱 강하게
환기하고 있는 것은 '비'와 '벚꽃'이다. 봄날의 비와 벚꽃은 밝고 환한
낭만적인 속성을 지니고 있는 질료라고 할 수 있지만 이 시에서의 그것
은 그와는 반대로 흐리고 축축한 질료로 기능하고 있다고 할 수 있다.
벚꽃의 절정은 그 만개함에 있다. 하지만 여기에서의 벚꽃은 비에 젖어
'만개하지 못하고 떨어져 갈' 뿐이다.

　봄날의 전모는 별로 밝혀지지는 않았지만 시인이 느낀 흐리고 축축
한 감각과 감성은 전모를 드러내는데 중요한 단초를 제공한다고 할 수
있다. 시인은 흐리고 축축한 봄날의 흔적을 감각적으로만 받아 들일 뿐
여기에 대한 인지와 이해, 판단 등과 같은 구체적인 사유의 과정으로까
지는 나아가지 않고 있다. 시인은 세상의 전모를 감각의 차원에서 드러

내고 있는 것이다. 봄날의 전모를 인지, 이해, 판단의 과정까지 나아가지 않고 감각의 차원에 머문 것은 시인의 시적 전략일 수 있다. 우리는 흔히 전모를 드러내기 위해서는 인지, 이해, 판단 등과 같은 사유의 과정을 거쳐야 한다고 생각한다. 하지만 그것은 세상을 추상적으로 명료화한 것이지 그 실체를 구체화한 것으로 볼 수 없다. 오히려 사유보다는 감각 속에 세상의 실체가 더 총체적으로 구현되어 있다고 볼 수 있다. 감각은 어떤 사물이나 세계와 분리되거나 분화되지 않는 통합이나 종합의 속성을 지니고 있기 때문이다. 이런 점에서 때에 따라서는 감각이 세상의 전모를 드러내는데 개념화되고 추상적인 사유보다 더 효과적일 수 있다.

그러나 감각만으로 세상의 전모를 온전히 드러낼 수는 없는 것이다. 감각보다 어떤 대상이나 세계에 대한 깊이 있는 사유가 더 효과적일 수도 있다. 가령

죽기 전까지 한시도 머리를 바닥에 내려놓는 법이 없는 뱀은

한동안의 섭생이 끝나면 겨울 산에 올라 긴 참선에 들어가는데
꼭 오부능선 이상
어두운 굴속에 들어앉아 장좌불와,
면벽 좌선한다

보라, 동안거 끝내고 탁발 나온
어느 여윈 선승이 들길 한가운데 가부좌 틀고 앉아 일갈一喝하는
저 날카로운 설파說破!

— 이덕규, 「설파說破」, 『시안』, 2010년 가을호

에서 시인이 선택한 전략은 감각을 넘어선 인지와 이해, 판단 등에 이르는 사유의 방식이다. 시인이 선택한 시적 대상은 '뱀'이다. 시인은 뱀이 지니고 있는 흉물스러움이라든가 징그러움, 표독스러움 같은 외형에서 느끼는 감각에 주목하기 보다는 그 이면에 은폐된 의미에 주목한다. 먼저 시인은 뱀을 '죽기 전까지 한시도 머리를 바닥에 내려놓는 법이 없는 존재'로 이해하고 있다. 이것은 뱀이 가지는 도저함을 표현한 것으로 볼 수 있다. 이 도저함이 뱀을 '수도승' 혹은 '선승'으로 바라보게 한다. 뱀의 동면하는 형상이 '장좌불와'로, 그 의미가 '면벽 좌선'으로 치환되고, 뱀의 혀는 '선승의 날카로운 일갈내지 설파'로 이해되기에 이른다.

뱀의 외형적인 형상을 보고 그것이 주는 외형에 압도되어 버리지 않고 이러한 생각에까지 이름으로써 시인은 뱀에 대한 새로운 시적 해석을 하고 있다고 볼 수 있다. 만일 시인이 뱀의 외형에 압도되어 그것이 주는 감각을 넘어서지 못했다면 뱀에 대한 기존의 관념을 되풀이 했을 것이다. 기존의 뱀에 대한 관념에는 인간과 동물 사이의 우열의 논리가 작동한 것으로 볼 수 있다. 뱀은 그 상대가 신이든 아니면 인간이든 늘 선이 아닌 악으로 이해되어 왔다고 할 수 있다. 뱀에 대한 상상력의 기저에 이러한 관념이 작동하면서 그것이 마치 진리인 것처럼 인식되어 온 것이 사실이다. 하지만 시인은 그러한 인습화된 우열의 논리 혹은 이분법적인 고정관념을 동물과 인간의 위치 전도를 통해 보기 좋게 그 경계를 해체하고 있다. 혹여 뱀이 들길 한가운데서 가부좌를 틀고 설파하는 내용이 이런 것은 아닐까?

참신하고 새로운 상상이란 이성과 감성 혹은 이 둘이 결합된 산물이라고 할 수 있을 것이다. 기존의 상투적인 인식을 해체하는 데는 이성과 감성이 모두 요구된다고 할 수 있다. 이때의 이성이란 감성화된 이성을

말하는 것이다. 만일 감성화된 이성이 아닌 개념화되고 추상화된 이성
이라면 그것은 시적인 아름다움을 창출할 수 없을 것이다. 이와 관련하
여 우리 시대의 대표적인 해체시인인 박상순의 시는 시사하는 바가 크
다. 「코끼리 세탁소의 복숭아」라는 시에서 시인은

> 사람들은 동물원에서
> 기린이 되고, 물개가 되고
> 코뿔소가 되고
>
> 동물들은 동물원에서
> 풍선이 되고, 나무가 되고
> 수학 학원이 되고, 딸기가 되고
> ― 박상순, 「코끼리 세탁소의 복숭아」, 『시현실』, 2010년 가을호

라고 노래한다. 이 시에는 특별히 어려운 시어가 없다. 하지만 이 시는
인식론적인 깊이가 있다. 이 깊이란 이덕규의 「說破」에서처럼 은유적인
상상력을 통해 얻어진 것은 아니다. 그것은 은유가 아니라 환유적인 상
상력을 통해 얻어진 것이다. '사람들'과 동물원의 '기린, 물개, 코뿔소'
는 인접성의 원리로 결합되어 있으며, '동물들' 역시 '풍선, 나무, 수학
학원, 딸기'와 인접성의 원리로 결합되어 있다.

　이러한 결합은 인간의 체험에 바탕을 둔 것이 아니면 생경하거나 생
뚱맞은 것으로 이해되어 일정한 미적 성취를 이룰 수 없을 것이다. 하지
만 인간의 체험은 이들의 결합이 누구나 공감할 수 있는 보편타당함에
기초한 것으로 받아들이게 한다. 사람들은 한번쯤 동물원에 가고 그곳
에서 기린, 물개, 코뿔소와 친밀한 관계를 가지게 되고, 동물들 역시 사

람들이나 그들이 타고 온 수학 학원 버스나, 들고 다니는 풍선 그리고 가지고 온 딸기 등과 친밀한 관계를 가지게 된다. 이런 이유로 우리는 시인의 이러한 환유적인 결합에 동감하게 되는 것이다.

그러나 이러한 환유적인 결합을 누구나 상상할 수 있는 것은 아니다. 이것은 이들의 환유적인 관계를 발견한 자만이 상상할 수 있는 것이다. 이들의 관계는 누구나 인식할 수 있는 인식의 표층에 존재하는 것이 아니라 그 세계의 관계를 발견한 사람만이 인식할 수 있는 인식의 심층에 존재한다고 할 수 있다. 인식의 깊이의 정도에 따라 공감의 정도도 다르게 나타난다고 할 수 있다. 하지만 인식의 깊이에 대한 통찰은 반드시 그것을 들추어내는 방식과 함께 고려되어야 한다. 인식의 심층에 존재하는 세계의 관계를 얼마나 잘 들추어내느냐에 따라 공감할 수도 있고 또 그렇지 못할 수도 있기 때문이다. 이 시는 그 세계의 관계를 잘 들추어낸 것으로 볼 수 있다. 이들의 세계 내에 은폐되어 있는 관계를 간결하면서도 선명하게 드러내었기 때문에 그것이 지니고 있는 인식론적인 깊이를 손쉽게 이해하고 또 여기에 미적인 공감을 하게 되는 것이다.

사람들은 누구나 잠재의식 속에 사물이나 세계의 은폐된 구조를 지니고 있다. 다만 누구나 그 은폐된 구조를 자각하거나 발견할 수 있는 것은 아니다. 이것은 누구나 시인이 될 수 없는 이유와 다르지 않다. 시인이란 이처럼 누구나 잠재의식 속에 지니고 있지만 그것을 자각하거나 발견하지 못하는 것을 들추어내는 존재인 것이다. 하이데거식으로 이야기하면 시인은 '세계에 은폐된 존재를 아무런 도구적 연관성 없이 탈은폐하는 자' 인 것이다. 여기에서 도구적 연관성이 없다는 것은 언어의 상투성을 해체하고 파괴하는 그런 존재의 언어를 말하는 것이다. 박상순의 시가 단순한 말장난이나 유희로서 그치는, 그래서 나중에는 매너리즘에 빠지고마는 시인들의 시와 차별화되는 이유가 바로 여기에

있는 것이다. 그의 시에는 존재론적인 유희 혹은 존재론적인 놀이로서
의 미학성이 내재해 있다.

이와는 다르지만 세상의 전모 드러내기를 겨냥하고 있는 장석원의
시에서도 단순한 말장난이나 유희가 아닌 어떤 인식론적인 사유와 감
각을 발견할 수 있다. 시인은

우리에겐 기원이 없어요 잃어버린 진화의 고리 우리는 돌연변이에
요 눈에서 레이저광선을 발사하거나 전자기파를 증폭하거나 금속을 통
제할 수도 있어요 불과 얼음도 우리가 제어합니다 우리는 신인류입니다
우리는 차별받았고 노예에 불과했지만 지도자의 출현 이후 단결하여 조
직을 이루고 실천과 이론을 동전의 앞뒷면처럼 결합하여 선조들과 갈라
설 수 있었어요 우리 신주체들은 주체적이랍니다 다르기 때문에 전사가
될 수 있었어요 선명한 집단성은 우리의 이념이에요 너그러운 시간이
여 부패하는 육체들이여 하늘을 보라 저 오로라도 우리가 만든 것 변화
그것은 우리의 시스템 새 인류의 에덴을 창조하기 위해 오늘은 파괴하
고 지금은 전투하자 관용과 용서는 인간들의 것 우리는 무성생식으로
번창한 진화 너머의 존재 우리에겐 단절과 도약뿐 우리에겐 이별과 망
각뿐 고통과 상처는 그들에게 투척하자
　　― Poetika 아파트 주민의 7월 회의 녹취록 중에서
　　　― 장석원, 「밤의 반상회」, 『한국문학』, 2010년 가을호

라고 말한다. 시인이 들추어내려는 세상의 전모는 'Poetika 아파트 주
민'의 존재성이다. Poetika에 방점을 찍는다면 이 시는 시인 자신의 시
학에 대한 발언이라고 할 수 있다. 마치 아방가르드 전사의 시에 대한
선언처럼 읽히는 이 과격한 발언은 자신과 같은 류의 시학을 견지하고

있는 집단을 대변하고 옹호한다는 점에서 우리 시 전반에 대한 알레고리로 볼 수도 있을 것이다. 하지만 시인의 이러한 발언이 자신 혹은 자신과 같은 류의 시학을 견지하고 있는 집단에 대한 옹호로만 읽히지 않고 그것을 야유하고 비판하는 문맥으로도 읽힐 수 있다는 점에 주목할 필요가 있다. 이 시의 시적 화자는 '나'가 아니라 '우리'이다. 이 사실은 '우리'에 '나'가 포함되는지 아닌지 알 수 없다는 것을 의미한다. 만일 '나'가 '우리'에 포함된다면 그것은 옹호에 가깝지만 '나'가 '우리'에 포함되지 않는다면 그것은 비판과 반성에 가깝다고 볼 수 있다.

만일 후자라면, 다시 말하면 시인이 'Poetika 아파트 주민'과 일정한 거리를 유지하고 있다면 이들이 하는 생각과 행위는 우스꽝스러운 허장성세로 읽힐 수 있다. 아방가르드 전사의 가면을 쓰고 자신들만의 세계를 갖기 위해 물분을 가리지 않고 행동하는 그들의 모습은 분명 희화화의 대상으로 읽힐 개연성이 많다. 이 시에서 '우리가 만든 것 변화 그것은 우리의 시스템 새 인류의 에덴을 창조하기 위해 오늘은 파괴하고 지금은 전투하자'라는 대목은 금기된 신에 대한 도전을 통해 시의 정체성을 확립하려는 비극적인 시인의 모습을 드러낸다기보다는 자기 세계에 갇혀 객관성을 상실한 사이비 신도 집단의 광기를 연상케 한다고도 볼 수 있다.

시인의 의도가 무엇이든지 간에 이 시는 후자 쪽으로 해석하는 것이 훨씬 의미를 풍부하게 할 뿐만 아니라 그것을 좀더 예각화할 수 있다. 시종일관 진지한 비극보다 희비극이 더 미적 효과를 불러일으킬 수 있다는 사실을 상기한다면 이 시를 후자의 방식으로 해석하는 것은 어쩌면 당연한 것인지도 모른다. 외부 세계와 차단된 채 허황된 광기에 사로잡힌 사이비 집단(신인류)의 존재란 단순히 그들을 자신과 다르다고 하여 열등한 존재로 간주해버릴 수 없는, 한 사회와 시대의 병적인 징후를 지니고 있는 새로운 주체들이라고 할 수 있다. 'Poetika 아파트 주민의 7월 반상회'에서 시인이 발견한 것이 이것이라면 여기에는 오히려 병적인 징후를 징후로서 넘어서려는 어떤 건강함이 은폐되어 있다고 볼 수 있다. 세상의 전모를 드러내기 위해 시인이 선택한 이러한 방식 역시 그 나름의 의미를 지닌다고 할 수 있다.

이처럼 시인은 모두 자신의 방식으로 세상의 전모를 드러내려 한다. 어떤 방식이 더 효과적이라고는 단언할 수 없으며, 이 방식들 모두 그 나름의 의미를 가진다. 이런 점에서 볼 때 여기에서 중요한 문제는 시인의 각자 개성에 맞는 방식이 될 수 있다. 아울러 자신의 방식 못지않게 중요한 것은 그것을 드러내는 시인의 태도이다. 얼마나 은폐된 세계에 육박해 들어가느냐, 그 세계를 훼손시키지 않고 얼마만큼 잘 드러내느냐 등이 시인의 세상 전모 드러내기를 결정한다고 할 수 있다. 절망은 기교를 낳고 기교는 다시 절망을 낳지만 여기에서 정작 우리가 주목해야 할 것은 기교와 절망 속에 은폐된 시인의 세계에 대한 진정하고도 진실한 태도이다. 우리는 종종 이것을 간과한 채 기교와 절망을 이야기하는 경우가 있다. 기교와 절망이 공감과 감동을 주기 위해서는 이것이 절대적으로 필요하다고 할 수 있다.

불의 감성, 물의 감성

　시인의 시를 유형화하는 것이 얼마나 어렵고 또 위험한 일인지에 대해 이야기하는 것은 시간 낭비일 수 있다. 언제나 유형화란 이해의 투명함을 위해 이루어지는 지식의 산물이다. 우리가 아는 어떤 대상 중에 시만큼 지식의 속성에 반하는 것도 없을 것이다. 시는 지식의 속성보다는 감성의 속성이 강하기 때문에 투명함보다는 불투명함과 애매모호함이 기반을 이루고 있다고 할 수 있다. 이것은 시의 언어만큼 반언어적이고 비언어적인 것을 찾아보기가 어렵다는 말과도 상통하는 것이라고 할 수 있다. 시인의 감성이 모두 다르듯이 그가 구사하는 언어 역시 다르다. 이런 점에서 볼 때 어떤 시인 혹은 시를 이해하는데 지식에 기반을 둔 체계적인 유형화가 얼마나 도움이 될지 의문이다. 때때로 이런 식으로 시를 틀에 맞춰 분석하고 여기에 의미부여하는 경우를 본다.

　어떤 시를 이해하고 해석하는 데에는 그 시에 드러난 감성을 무엇보다도 먼저 잘 살펴야 한다. 우리가 흔히 시를 해석하기 위해서는 시인 못지않은 감성을 지녀야 한다는 말을 한다. 시에서 중요한 것은 개념이나 의미론적인 분석에 앞서 그 시를 지배하고 있는 분위기를 알아야 한다. 그 시의 어조나 리듬, 이미지 등은 개념이나 의미론적인 분석을 통해 포착할 수 없는 미묘함과 애매함을 지닌 요소들이다. 서로 비슷한 주제 의식과 세계관을 드러내는 시들이라고 하더라도 그것이 주는 분위기는 각기 다르다고 할 수 있다. 이 차이는 무엇보다도 시인의 감성이 다른 데서 기인한다. 서로 주제와 세계관이 다르더라도 그 시의 감성이 유사할 수 있다. 가령 우리 시사에서 '청록파'라는 이름으로 불리는 박목월, 박두진, 조지훈의 시에 드러난 감성은 그들을 이런 식으로 묶는 것이 정말로 지식에 기반을 둔 유형화의 산물이라는 것을 잘 말해준다.

이런 맥락에서 요즘 우리 젊은 시인들을 주제 의식이나 세계관에 입각해 하나의 유형으로 묶어서 이해하려는 경향은 일정한 위험성을 지닌다고 할 수 있다. 우리는 시의 주제 의식이나 세계관에 비해 감성에 대해서는 별다른 관심을 두지 않는 것이 사실이다. 우리는 흔히 어떤 시인을 보고 감성이 풍부하다든가 아니면 그렇지 못하다든가 하는 정도에서 감성을 이해하고 있다. 감성이란 시에서 기본이며, 그 기본적인 것을 굳이 이해하고 판단하여 체계화하는 것이 의미가 없다고 인식한 결과가 아니고 무엇이겠는가? 정말로 시인이 어떤 감성의 소유자이며, 어떤 식으로 그 감성을 즐겨 사용하고 있는지 이해하는 것이 의미가 없단 말인가? 어쩌면 이러한 이해 역시 유형화의 일종이기 때문에 그것을 행하는 것이 오히려 시의 감성을 훼손하는 것이라고 생각할 수도 있을 것이다. 하지만 우리는 어떤 시를 체험하고 이해하는데 분명히 감성이 중요한 역할을 한다는 것을 부정하지는 않을 것이다. 이것은 같은 문학이라고 하지만 소설이나 희곡이 가지지 못하는 시의 고유한 특성이라고 할 수 있다.

먼저 강정의 「남쪽 끝」(『한국문학』, 겨울호)이라는 시에 대해 이야기

해 보자. 이 시를 읽고 있으면 무언가 위로 솟구쳐 오르는 시인의 감성을 느낄 수 있다. 가령,

> 저문 길이 천지의 내통을 알린다
> 파도가 붉게 노한다
>
> 물의 이빨에 상한 길옆에서
> 사흘 굶은 고양이가 난산 중이다
>
> 손가락을 버린 담뱃불이 목젖을 뽑아 올린다
> 어두운 저승길, 편자로 삼을 지난 광태의 오욕들이여
>
> 다리에 힘을 주니
> 콘크리트 바닥이 어느덧 죄의 뻘밭,
> 처음 당도한 섬에 긴 이별의 낙인이 달빛을 간질인다
>
> …(중략)…
>
> 죽은 아이가 어미의 배를 가른다
> 허공에 둥그런 칼자루가 떠오른다
> — 강정, 「남쪽 끝」, 『한국문학』, 2010년 겨울호

에서 우리는 시인의 내면 저 깊고 어두운 곳에서 꿈틀거리고 솟구쳐 오르는 시인의 불의 감성을 느낄 수 있다. 불이란 원래가 위로 타오르는 속성을 가지고 있다. 이것은 불의 유래가 번개를 통해 내려와 다시 하늘

로 올라간다는 사실과 다르지 않다. 불은 뜨겁고 모든 것들을 다 태운다. 이런 점에서 불은 파괴와 창조(정화) 혹은 소멸과 생성이라는 이중적인 의미를 지닌다. 이 시에서는 파괴나 소멸(죽음)의 이미지가 강렬하게 드러나 있다. '붉게 노한 파도'가 그렇고, '사흘 굶은 고양이의 난산'이 또한 그렇다. 하지만 이 시에서 파괴와 죽음의 이미지를 가장 강렬하게 드러내고 있는 곳은 '죽은 아이가 어미의 배를 가른다/허공에 둥그런 칼자루가 떠오른다'는 대목이다.

죽은 아이가 어미의 배를 가르는 행위는 죽음이 생처럼 솟구쳐 오르는 이미지이다. 어머니의 뱃속에서 아이가 우렁찬 소리로 울면서 솟구쳐 오르는 생의 이미지를 구현하는 것이 일반적인 그림이지만 여기에서는 오히려 그 아이가 죽음의 이미지를 구현하고 있다. 죽음이 생처럼 솟구쳐 올라 전경화된 이미지가 바로 '허공에 떠오른 칼자루'이다. 불의 이러한 이미지는 '피'의 이미지를 연상시킨다. 불과 피 그리고 파괴와 죽음의 이미지가 결합하여 만들어내는 세계란 불안과 공포의 감성이라고 할 수 있다. 불의 솟구치는 감성은 그것이 무한정 그 상태를 유지할 수 없다. 불꽃이 활활 타오르다가 결국에는 사그라지고 말듯이 불은 극에 달하면 모든 것을 태우고 한줌의 재를 남길 뿐이다. 이 사실은 불의 솟구침이 극에 달하면 달할수록 그만큼 재로 표상되는 허무의 침전 또한 극에 달한다는 것을 의미한다. 시인이 이 시에서 구사하고 있는 불의 감성 혹은 불의 이미지는 '남쪽 끝'의 세계를 드러내기 위해 불의 감성 혹은 불의 이미지를 사용하고 있는 것이다. 우리는 이것을 통해 남쪽 끝이 지니고 있는 어둠과 죽음의 이미지로 가득 찬 세계와 만나게 되는 것이다.

강정의 시가 솟구치는 불의 감성을 지니고 있다면 김소연의 「이별하는 사람처럼」(『현대시』, 2월호)은 물의 감성을 지니고 있다. 물은 불과

달리 솟구치는 이미지보다는 하강하는 이미지이다. 물의 본질적인 속
성은 아래로 흐른다는 것이다. 아래로 흐른다는 것은 물이 자연의 순리
를 거스르지 않는다는 것을 의미한다. 물이 어떤 대상을 만나도 자연스
럽게 감싸거나 스며들 수 있는 이유가 바로 여기에 있다. 하늘을 향해
솟구쳐 오르는 불도 물을 만나면 사그라진다. 물의 이러한 속성은 외적
팽창이 아니라 내적 응축의 방향으로 흐르기 때문에 불과는 또 다른 어
둠과 죽음 그리고 생성의 이미지를 지니게 된다. 내적 응축의 방향은 그
것이 극에 달하기 전에는 고요하고 부드러운 이미지를 드러내는 경우
가 많다. 「이별하는 사람처럼」에서 시인은

　　이별하는 사람처럼
　　할 말을 조용히 입술 안에 담궜지

　　…(중략)…

　　나는 조용히 일어나
　　처음 해보는 것처럼 수족을 움직여
　　찻물을 끓였고

　　수저를 달그락거리며
　　너는 평생 동안 그래온 사람처럼
　　오래토록 설탕을 녹였지

　　해가 조금씩 기울었지
　　베란다의 장독들이

그림자를 조금씩 움직였지

선물처럼 심장에서 무언가를 꺼내니
내 손바닥엔 까만
돌멩이 하나
— 김소연, 「이별하는 사람처럼」, 『현대시』, 2011년 2월호

라고 노래한다. 시를 지배하는 어조가 잔잔하고 차분하다. 이별을 솟구치는 감정을 통해 격하게 드러내는 경우와 견주어 보면 이 시에서의 그것은 무심할 정도로 분위기가 가라앉아 있다. 하지만 찬찬히 음미해보면 이별의 강도가 결코 작은 것이 아니라는 것을 느낄 수 있다. 이별의 슬픔을 울음이나 말로 표현하지 않고 이 시에서는 그것을 침묵으로 표현하고 있다. '할 말을 입술 안에 담근' 채, 나는 '찻물을 끓이'고, 너는 '오래토록 설탕을 녹인'다. 나와 너의 침묵 속으로 시간이 스며든다.

　이러한 침묵의 결과물이 바로 '돌멩이'이다. 돌멩이란 내적 응축의 결정체이다. 너무나 잔잔하고 고요한 감정이 이 침묵의 공간에 흐르고 있고, 그것이 흘러 어디로 달아나거나 소멸하지 않은 채 나의 심장에 고여 있는 것이다. 그 감정의 고요가 얼마나 내적으로 격렬하게 진행되고 있는지는 알 수 없지만 그것의 결과물이 '까만 돌멩이'라고 하는 것을 통해 우리는 그것을 짐작할 수 있다. 나와 너의 감정이 침묵 속에 물처럼 흘러 돌멩이가 된 것이라면 '물'과 '돌멩이' 사이의 이 차이는 그대로 이별의 슬픔을 드러낸 것이라고 할 수 있다. 물처럼 부드러운 존재가 돌멩이처럼 딱딱한 존재가 될 수 있다는 것이야말로 이별 혹은 여기에서 비롯되는 감정을 이해하는데 더없이 좋은 예가 될 것이다. 시인이 이 시에서 구사하는 이러한 물의 감성은 물과 돌멩이를 통해 알 수 있듯이

세계에 대한 패러독스와 아이러니를 내포하고 있다.

시인이 보여주고 있는 감성은 마치 물이 위에서 아래로 흐를수록 그 수량이 커지듯이 후반부로 갈수록 감정이 모아지면서 그 정도가 점점 큰 흐름을 자연스럽게 이루고 있는 것이 사실이다. 감성이 이렇게 물이 흐르듯이 자연스럽게 모아지면 이 시를 읽는 이들은 시 속의 나처럼 '심장에서 까만 돌멩이 하나'를 발견할 수 있게 될 것이다. 시인이 시를 쓰는 이유가 바로 이 까만 돌멩이 하나 만드는 것이 아니고 무엇이겠는가? 특히 신인의 경우 이러한 견고한 까만 돌멩이 하나를 만들 수 있는 감성을 지니고 있다면 그보다 더 좋을 수는 없을 것이다.

사람이 살지 않는 곳이다
이곳은 따뜻한 성질을 지니고 있다
여기서 나는 밥을 먹고, 불을 피우고, 눈을 뜨게 된다

먼 곳에서 들리는 북소리, 거기에 끌려 여기에 온 것 같다

죽은 사람이 나를 보고 수인사하지만 나는 그를 모르고
그도 나를 모르겠지 이곳의 상냥함이
계속 나를 편안하게 만든다

…(중략)…

먹으면 몸이 따뜻해지니까, 나는 밥을 먹게 되고, 불을 피우게 되고,
눈을 감게 된다

죽은 사람과 밥 한 그릇도 나눠 먹어야지

이곳은 빛이 꺾여 들어오는 방이다
비가연성의 캄캄함이 겨울에도 내려온다
— 황인찬, 「목조건물」, 『2011 젊은시』, 2011년

이 시를 읽으면서 느낄 수 있는 것은 시인의 감성이 물을 닮아 있다는 사실이다. 시인이 상상하고 있는 '목조건물' 은 침묵 속에 있고, 이 침묵의 목조건물 속에 내가 놓여 있다. 나는 마치 물 속 깊은 곳에 있는 것 같은 편안함을 느낀다. '죽은 사람이 나에게 수인사를 한다' 는 사실을 통해 목조건물이 왜 물 속 깊은 곳에서 느낄 수 있는 침묵 속에 갇혀 있는지를 알 수 있다. 시인은 이곳이 '따뜻한 성질을 지니고 있다' 고 말한다. 이곳의 따뜻함은 불이나 햇볕 같은 물질적인 것보다는 나 자신이 느끼는 편안함에서 기인한다. 그렇다면 나는 왜 이곳이 편안하게 느껴지는 것일까? 이 물음에 대한 답은 이곳에서의 생활과 무관하지 않다. 이곳에서의 나의 일상은 '밥을 먹고, 불을 피우고, 눈을 뜨게 되는 것' 과 '밥을 먹게 되고, 불을 피우게 되고, 눈을 감게 되는 것' 이다.

이러한 일련의 일들은 누군가의 강요에 의해서가 아니라 나에 의해서 자발적으로 이루어진다. 이것은 '밥을 먹게 되고, 불을 피우게 되고, 눈을 감게 된다' 뒤에 어떤 말이 오는지를 통해서도 알 수 있다. 이 문장 뒤에 오는 것은 '자연스럽게' 라는 말이다. 따라서 이 문장은 이렇게 바꿀 수 있다. '자연스럽게 밥을 먹게 되고, 불을 피우게 되고, 눈을 감게 된다' 가 바로 그것이다. 우리는 흔히 '자연스럽게 밥을 먹게 되더라고' 아니면 '밥을 먹게 되더라고 자연스럽게' 라는 말을 한다. 여기에서 말하는 자연스럽게는 물의 감성을 드러내는 것이라고 할 수 있다. 일상의

모든 일들이 자연스럽게 물 흐르듯이 이루어지기 때문에 나는 편안함을 느끼는 것이다. 이 편안함으로 인해 나는 물의 본성을 닮아 가는 것이고, 그 결과가 '죽은 사람과 밥 한 그릇도 나눠 먹어야지' 라는 말이다. 물이 위에서 아래로 흐르듯 인간의 감성(감정)과 삶이 그것을 닮아 간다면 그 물은 나 자신을 넘어 타인에게로 흐를 수 있다.

어쩌면 세상은 천상의 높은 곳을 향하는 불의 감성과 지상의 저 깊은 곳을 향하는 물의 감성이 조화를 이룰 때 가장 아름다운 것이 만들어 질 수 있는 것이다. 물과 불은 대립적인 관계를 의미하지는 않는다. 물과 불은 동시에 나타날 수도 있고, 또 어떤 경우에는 그것이 동시에 은폐되어 있을 수도 있다. 이러한 물과 불의 감성을 시인이 어떻게 구현하느냐에 따라 시는 얼마든지 다른 모습을 할 수 있다. 시의 미학이란 감성에서 출발하는 것이다. 우리 시인들이 가지고 있는 불안 중의 하나가 바로 이 미학에 대한 관심의 부재이다. 미학은 저절로 생겨나는 것이 아니라 부단한 노력을 통해 만들어지는 것이라고 할 수 있다. 강정, 김소연, 황인찬의 시에 드러나는 불과 물의 감성은 순전히 이들의 노력의 대가라고 할 수 있다.

마음의 생태학

풍경이 아름다운 이유에 대해 생각해본 적이 있는가? 만일 풍경이 눈에 보이는 감각만으로 만들어진 것이라면 그 아름다움은 오래 지속될 수 없을 것이다. 이 감각은 쉽게 사라질 수밖에 없으며, 그것이 인지의 과정을 거쳐 이해와 판단으로 이어지지 않는다면 그것은 시간과 공간의 한계성을 노정할 수밖에 없다. 어쩌면 이 감각은 몸의 가장 외양, 다시 말하면 가장 표층에 위치하고 있는 것으로 풍경의 경우 그것은 눈에 보이는 세계를 지칭하는 것이라고 해도 과언이 아닐 것이다.

그러나 진정한 풍경의 모습은 이러한 감각 너머에 있다. 감각, 특히 눈에 보이는 시각만으로 풍경의 이면에 은폐되어 있는 형상을 온전히 드러낼 수 없다. 단순히 눈에 보이는 풍경의 외양을 넘어 그 이면에 은폐된 세계까지 드러내기 위해서는 감각을 넘어선 인식의 매체가 필요하다. 그것이 바로 '마음'이다. 마음이란 감각이 볼 수 없는 풍경의 심층까지 볼 수 있는 인식의 매체라고 할 수 있다. 마음의 눈으로 풍경의 이면을 드려다 본다는 것은 곧 마음이 풍경의 형상을 짓는다는 것을 의미한다. 그렇다면 마음이 짓는 풍경의 형상은 감각이 짓는 풍경의 형상과 어떻게 다른가?

우선 마음은 보는 것에 제한을 받지 않는다. 마음은 눈에 보이는 그것 자체(시간과 공간)를 벗어나 눈에 보이지 않는 세계까지도 볼 수 있기 때문에 시간과 공간의 제약을 받지 않는다. 이 사실은 마음에 의한 풍경의 형상 자체가 자유로운 상상과 표현은 물론 그 깊이와 넓이까지를 포괄하는 어떤 가능성을 지니게 된다는 것을 말한다. 마음의 눈은 눈에 보이지 않는 풍경의 저 어둡고 신비로운 세계를 들여다 볼 수 있다. 이런 점에서 마음의 눈으로 풍경을 본다는 것은 곧 마음의 생태학 혹은 마음의 생명학을 구현한다는 것을 의미한다.

마음이 컴컴해야 풍경의 저 어둡고 신비한 세계를 제대로 볼 수 있다는 것은 어쩌면 당연한 것인지도 모른다. 마음이 컴컴한 사람은 생태나 생명의 바탕 또한 컴컴하다는 것을 누구보다도 잘 안다. 생명은 컴컴한 데서 만들어진다. 마음이 컴컴한 사람이 풍경을 보면 그 컴컴한 만큼 무언가 새로운 것이 생성된다. 시인 중에서도 유독 마음이 컴컴한 사람이 있다. 그 컴컴한 마음으로 사물이나 풍경 속에 은폐된 세계를 탈은폐한다. 컴컴한 만큼 낯설고 또 신비로운 것 아닌가? 가령

사내가 칼을 빼어 눈의 장막을 쳤으므로 갈기가 일어선 흰 말들은 발굽을 들어 땅바닥을 두드렸고 채찍이 허공을 가르며 뻗치었다 쓸려가는 눈보라 아래로 눈빛이 붉은 삵이 걸어갔다 오랫동안 소식이 끊겼던 목소리가 삵의 종적을 따라가고 있었다 가루눈이 날아드는 동굴의 저 어 안쪽 바람의 끝이 겨우 가닿은 거기에 秘記숨겨져 있을 것이다 어둡기를 기다리는 눈의 결정들이 적설 속에서 빛나고 있었다
— 위선환, 「눈의 전설」 부분 인용, 『시현실』, 2010년 여름호, p.122.

라고 했을 때, 시인의 컴컴한 마음은 어떻게 눈 속에 투사되고 있는 것일까? 컴컴한 시인의 마음은 '칼을 빼어 눈의 장막을 치는 행위'로 나타난다. 이 행위는 곧 탈은폐의 행위에 다름 아니며, 이로 인해 장막 속에 은폐되어 있던 '갈기가 일어선 흰 말들'과 '눈빛이 붉은 삶'이 드러난다. 눈의 장막이 드러내는 고요함과 흰 말들과 붉은 삶이 드러내는 활기가 묘한 대조를 이룬다. 교요함과 활기 혹은 정과 동 등 서로 반대되는 세계가 일치하는 마술적이고 역설적인 현상이 발생한다.

왜 시인이 이 시의 제목을 '눈의 전설'이라고 명명했을까? 이 물음에 대한 답은 바로 '시인의 마음이 컴컴하기 때문'이다. 눈을 전설이라고 말하는 것은 그것이 투명한 눈目으로 해명할 수 없는 세계를 은폐하고 있다는 것을 의미한다. 눈을 전설의 세계로 보기 때문에 그 속에서 갈기가 일어선 흰 말들과 눈빛이 붉은 삶이 존재할 수 있는 것이다. 시인의 눈은 지금 '동굴의 안쪽 바람의 끝이 겨우 가 닿은' 곳을 향하고 있다. 밝음이 아닌 어둠 속으로의 끊임없는 하강을 통해 시인이 궁극적으로 도달하려는 세계는 '秘記가 숨겨져 있는 곳'이다. 이렇게 어둠 속으로의 하강은 반대로 보면 언어 혹은 시의 드러남이라고 할 수 있다. 시인의 눈은 '어둡기를 기다리는 눈'이면서 동시에 '적설 속에서 빛나는 눈'이다. 이 반대 일치 혹은 역설의 아름다움이야말로 시인이 눈 속에서 발견한 풍경의 한 원리이자 시의 한 원리라고 할 수 있다.

컴컴한 마음을 가진 시인의 눈은 언제나 이 역설의 시공이나 세계를 지향한다. 그것은 '눈'(위선환)이 아니라 '수련'의 경우에도 마찬가지이다. 배한봉은 「수련을 위하여」에서

주남 저수지, 새가 날아오르는 길에는 새벽과 아침 사이의 여운이 있다
수련꽃봉오리들이 옹알이하며 보드랍게 빨아먹는 뿌우연 젖, 자꾸 감추고

싫어 하는 물안개의 부끄러움이 있다, 그 사이에서

차츰 저수지를 더 웅숭깊게 하는, 촉촉하게 젖은 아침의 마알간 눈

— 배한봉, 「수련을 위하여」 부분 인용, 『시와 세계』,

2010년 여름호, p.33.

이라고 노래한다. 시인이 주목한 것은 수련이다. 하지만 시인은 수련 하나에만 초점을 맞춘 것이 아니라 그것을 둘러싸고 있는 시공에도 초점을 맞추고 있다. 시인이 보고 있는 수련은 '새벽'과 '아침' 사이에 있다. 이 사이란 어둠과 밝음 사이이다. 새벽과 아침 사이는 수련의 은폐된 세계를 더욱 부각시키는 그런 시간이라고 할 수 있다. 새벽이 가고 아침이 오면 우리 눈에 아침만 보이지만 새벽은 사라지는 것이 아니라 은폐되는 것이다. 수련이 은폐된 세계를 지니고 있다는 것을 알게 되는 것은 새벽에서 아침, 다시 말하면 어둠에서 밝음으로 바뀌는 순간을 통해서다.

그런데 수련의 은폐된 세계의 존재는 그것이 저수지를 만나면서 더욱 예각화되어 드러난다. 저수지 역시 새벽과 아침 사이에 존재한다. 아침이 되면 저수지는 모든 것을 다 드러낼 수 없다. 그것은 자신의 속살(뿌우연 젖) 때문이다. 모든 것을 다 드러내는 데서 오는 저수지의 부끄러움은 '아침의 마알간 눈'에서 비롯된 것이지만 오히려 그것 때문에 저수지는 더 웅숭깊어진다. 누구에게 보여지면 감추게 되는 것이 자연스러운 일이지만 그 감춤이란 내적인 깊이를 동반한다. 이렇게 되면 마음은 더욱 컴컴해지는 것이다. 이 컴컴함은 죽임이 아닌 살림의 의미를 지니고 있기 때문에 마음의 생태학 혹은 생명학을 토대로 하고 있는 시의 경우 더 홍성스러운 언어의 탄생으로 이어진다고 할 수 있다.

이러한 컴컴함은 저수지처럼 다른 존재들을 밀어내는 것이 아니라

안으로 끌어들인다. 이렇게 해야 마음의 생태학이나 생명학이 성립할 수 있다. 다른 존재들을 밀어만 낸다면 마음의 생태학이나 생명학은 스스로 소멸할 수밖에 없다. 서로 다른 존재들이 개체적인 생명을 유지할 때 거대한 생명 공동체는 이루어지는 것이다.

산 속이 답답했던지 능선을 기어 나온 종소리 하나가 강물을 휘고 있다

강물은 몸을 굽혀서 휠 때 휘어들고 꺾을 때 꺾는 춤사위 한 가락을 빚는다 이른바 線造主義공법이다

다섯 되를 되질하면 닷곱을 떼어가는 말강고 같은 삶이 고스란히 강물에 씻기고

거기 즐펀한 모래밭에 먼 길을 걸어온 신발 한 켤레를 벗어 놓고 모래무덤을 파는 사람이 있다

강은 다시 한번 황혼의 종소리에 여울져서 이 모습 안쓰러웠든지 몸을 비틀고 간다
— 송수권, 「강물과 종소리」 전문, 『현대시학』, 2010년 7월호

컴컴한 시인의 마음 속에 '산', '종소리', '강물', '사람'이 여울지면서 존재한다. 산 속이 답답해서 기어 나온 종소리가 강물을 휘고, 그 강에는 고통스러운 삶을 사는 사람이 모래 무덤을 파고 있고, 그것이 안쓰러워 강과 종소리, 다시 말하면 강물을 휜 종소리가 몸을 비틀고 가는 이 시의 흐름은 곧 마음의 흐름에 다름 아니다. 서로가 서로를 외면하지

않고 보듬으면서 흘러가는 마음의 강은 생태와 생명의 젖줄이다. 이것은 지극히 자연스러운 것이다. 이 사실은 마음의 강의 흐름이 자연스럽지 않으면 마음의 생태와 생명은 존재할 수 없다는 것을 말해준다. 자연스러운 마음의 생태나 생명은 거짓된 감정의 조작도 아니고 또 말초적인 감각의 과잉이나 이상 증세를 통해 얻어질 수 있는 것도 아니다. 그것은 마음의 컴컴함 속에서 자연스럽게 흘러넘치는 것이라고 할 수 있다.

하지만 누구나 이 마음의 컴컴함을 자연스럽게 흘러넘치게 할 수 있는 것은 아닐 것이다. 누구에게나 마음의 컴컴함은 있지만 그것을 발견하지 못하거나 아니면 망각한 채 살아가는 것이 사실이다. 이런 이유로 마음의 컴컴함을 발견하거나 그것을 깨닫기 위해 인간은 고행의 길도 마다하지 않는다. 이 과정에서 일어나는 끊임없는 회의는 어쩌면 당연한 것이라고 할 수 있다. 누구보다도 이 마음의 컴컴함에 예민한 이는 눈에 보이는 세계 이면에 은폐된 의미를 발견해야 하는 운명을 지닌 시인이라고 할 수 있다. 그래서 시인은

영산靈山이란 무엇인가, 있기나 하는 것인가.
히말라야를 떠올리는 경전의 몇 구절을 추스리면서 낮게 낮게 흘러
드는데
......
영산이란, 행선지가 달고가는 짐작의 끝에 있는 게 아니라
열광의 무게를 누르며 잠시 고고한 배경이 되어주었다 사라지는 그
런 것은 아닐지
어둠의 내부에서
우리들은 다시 허기진 입자로 골목 끝 산 아래를 흩어진다

— 박선옥, 「저녁의 히말라야」 부분 인용, 『현대시』,

2010년 7월호, pp.202~203.

라고 노래하고 있는지도 모른다. 히말라야라는 영산에 대한 회의는 시인으로 하여금 '어둠의 내부'를 보게 한다. 시인에게 히말라야는 자신이 도달하려는 컴컴함의 대상이라고 할 수 있다. 하지만 컴컴함의 대상인 히말라야는 쉽게 도달할 수 있는 곳이 아니다. 여기에 이르기 위해서는 회의가 전제되어야 한다. 회의가 깊어질수록 어둠의 내부도 깊어진다고 할 수 있다. 시인은 이러한 회의의 깊어짐과 여기에서 오는 고통을 '허기'라는 말로 표현한다. 허기지면 그것을 채우기 위해 노력하는 것은 당연하다고 할 수 있다.

저녁의 히말라야에서 시인이 발견하고 깨달은 것이 바로 이것이라면 그것은 마음의 풍요를 위한 허기에 다름 아니다. 허기진 자만이 풍요의 의미를 진정으로 깨달을 수 있는 것이다. 컴컴함으로 표상되는 마음의 생태학은 자연의 생태학 못지않게 중요한 이 시대의 화두라고 할 수 있다. 그러나 마음의 생태학이든 아니면 자연의 생태학이든 중요한 것은 둘 다 컴컴함을 토대로 하고 있다는 점이다. 우리는 지금 자연의 생태학의 위기에 대해 불안해하고 또 공포에 사로잡혀 있으면서도 마음의 생태학에 대해서는 이렇다 할만한 관심과 반성을 행하고 있지 않다. 시인은 마음의 생태(생명)주의자이다. 시인의 컴컴한 마음 속에서 탄생하는 언어는 죽어가는 인류 생명을 살리는 하나의 작은 씨앗이다.

미래파와 신서정

1. 미래파 혹은 서정의 미래

'미래파'[1] 논쟁이 점입가경이다. 이렇다할 만한 논쟁이 없어 적막하던 문단에 실로 오랜만에 찾아온 반가운 사건이다. 한 평론가의 다분히 정략적인 수사로 시작된 이 논쟁은 이론적인 정교함이나 문학사적인 맥락에 대한 깊이 있는 통찰을 갖추고 있지 못함에도 불구하고 우리 문단의 태풍의 눈으로 부상한 감이 없지 않다. 이것은 '미래파'가 '명명이냐 아니면 수사냐'[2] 하는 그런 차원에 대한 해명으로 그칠 문제는 아니라는 것을 의미한다. 명명이냐 수사냐 하는 것이 중요한 것이 아니라 그것이 이미 하나의 담론 차원으로 소통되고 있고 또 끊임없이 다양한 의미들을 생산하고 있다는 사실이 중요한 것이다.

논쟁의 과정은 정예주의적인 담론만이 아니라 정제되지 않거나 불투

---

1) 권혁웅, 「미래파-2005년, 젊은 시인들」, 『문예중앙』, 2005년 봄호.
2) 김수이, 「감정의 동료들, 아직 얼굴은 갖지 않은-김근, 황병승의 시」, 『세계의 문학』, 2006년 봄호, p.352.

명하고 예각화되지 않은 담론이 서로 교차하고 재교차하는 장이다. 여기에는 선택과 배제의 논리에 입각한 단성의 논리보다 포괄과 혼돈의 논리에 입각한 다성의 논리가 더 지배적인 양상으로 드러난다. 이런 점에서 볼 때 논쟁에서 중요한 것은 다양한 담론 주체들이 놓여 있는 위치와 입장이다. 담론 주체들의 위치와 입장은 하나의 중심을 형성하거나 전면적으로 노출되어 있는 것이 아니라 탈중심을 지향하면서 무의식화되어 있기 때문에 논쟁의 전체적인 면모와 전망을 가늠하기가 어렵다.

미래파 논쟁 역시 이런 맥락에 놓여 있지만 담론 주체들의 위치와 입장을 포괄하는 내적 문맥을 거느리고 있다는 점에서 주목에 값한다. 미래파 논쟁은 기성의 가치에 대한 부정의 변증법이라는 정략적인 차원의 산물이다. 미래파라는 명명 주체의 입장에서 기성 혹은 전통은 부정의 대상이고 이에 비해 신세대 혹은 미래는 긍정의 대상이다. 마치 우리 문학사의 한 속성으로 굳어져버린 '새것 콤플렉스'를 연상케 하지만 여기에는 그것을 넘어서는 담론 주체들의 욕망이 강하게 내재해 있다. 미래파 논쟁은 90년대 이후 등장한 신세대 시인들에 대한 입장의 차이에서 발생한 것이며, 이 과정에서 문제가 된 것이 바로 '서정'이다. 서정은 주로 순수와 전통의 차원에서 논의되어 왔다. '순수 서정시', '전통 서정시'처럼 늘 서정시 앞에는 '순수'와 '전통'이라는 수식어가 따라붙었다. 이런 식의 명명은 서정 혹은 서정시의 개념을 '순수'와 '전통'의 차원으로 범주화하고 또 해석하여 그것을 하나의 보편타당한 논리로 인식하게 하는 양식의 인습화 내지 관례화를 초래하기에 이른다.

'순수'라는 개념에 대한 이러한 인습화 내지 관례화의 이면에는 서정시는 세계의 자아화라는 동일성의 시학과 대화성보다는 고백과 독백성을 강조하는 단성성의 시학이 일정한 이론적인 토대로 작용하고 있는 것으로 볼 수 있다. '순수'에 비해 '전통'의 이면에는 시에 대한 역사적인 맥락이 강하게 자리하고 있다. 역사적 맥락에서 보면 우리에게 시는 지적인 영역으로서보다는 감성 혹은 정서의 영역으로 간주되어 온 것이 사실이다. 우리 시사에서 세계를 지적으로 노래한 시들을 찾아 보기가 힘들다. 대부분이 감성이나 감정을 노래(가락)의 형식에다 실은 개인적이고 주관적인 차원의 시이다. 우리 시의 서사시적인 전통이 없는 것은 아니지만 그것 역시 세계에 대한 객관적이고 지적인 인식 태도와 해석보다는 주관적이고 정서적인 차원의 태도와 해석을 더 많이 함축하고 있다고 할 수 있다. 특히 세계에 대한 객관적이고 총체적인 감각을 필요로 하는 리얼리즘 시에서도 주관적이고 정서적인 서정이 주를 이루고 있으며, 그것이 마치 삶과 현실의 리얼리티를 보장해주는 것으로 인식되어 왔다. 리얼리즘 시에서 강조한 것은 피, 땀 냄새나는 인간의 정서이고 객관적이고 총체적인 감각은 언제나 그 다음이거나 부재 그 자체였다.

리얼리즘 시인들이 전통적인 서정을 강조한 이유도 이러한 맥락에서 이해할 수 있을 것이다. 리얼리즘 진영에서의 전통적인 서정에 대한 옹호는 자연히 그와 대척점에 놓이는 모더니즘 진영에서의 그것에 대한 반대로 이어진다. 서정이 자아와 세계와의 동일성의 시학에 기초한다면 비동일성을 강조하는 모더니즘 진영의 반대는 당연한 것으로 이해되지만 그 반대는 반대를 위한 반대로 서정에 대한 진지한 모색 자체를 차단하는 부정적인 차원으로 드러난다는 점에서 문제적이라고 할 수 있다. 서정과 반서정은 서로에 대한 배제가 아니라 포괄의 논리 속에서 스스로의 정체성을 인정받을 수 있는 것이다. 서정은 전통주의자들이나 리얼리즘 계열에 속하는 시인들의 전유물처럼 인식되어 오면서 그것에 대한 진지한 모색이나 갱신을 위한 시도는 없었다고 할 수 있다.

하지만 미래파 논쟁을 계기로 서정의 문제에 대해 이들 모두 민감한 반응을 드러내면서 여기에 적극적인 태도를 보이고 있다. 전통이나 리얼리즘을 옹호하는 진영에서는 기존의 서정의 의미를 고수하면서 그것을 확대하려는 태도를 보이고 있고[3], 모더니즘이나 포스트모더니즘을 옹호 내지 긍정하는 진영에서는 기존의 서정의 의미를 해체하려는 태도를 보이고 있다.[4] 서정의 고수든 아니면 해체든 여기에서 중요한 것은 이들 모두가 '지금', '여기'에서 통용되고 있는 '서정'에 대해 불안을 느끼고 있다는 점이다. 그렇다면 무엇이 이들 모두에게 이런 불안을 느끼게 한 것일까? 이 물음에 대한 답은 기존의 서정이 유지해온 신성성에 대한 사유를 통해 해명될 수 있다.

서정은 세계의 자아화라는 동일성의 사유를 전제로 통용되어온 개념이지만 이때의 자아화는 불순하고 불온한 것이 제거된 순수 결정체로서의 의미를 지닌다. 여기에서의 순수는 타자 혹은 외부와의 경계를 공고히 하면서 넘나듦 자체를 허용하지 않음으로써 蘇塗(소도)와 같은 신성함으로 존재하게 된다. 서정이 이 타락한 세계(시대)에 마지막 남은 신성함의 보루로 인식되면서 그것에 대해 일정한 긴장을 유지하면서 반성적인 거리 개념을 가지는 것조차 불경한 것으로 인식되어 온 것이 사실이다. 서정의 신성성은 그것이 상실된 후기 산업사회를 유연하게 반영하거나 굴절시키지 못한 채 절대적인 심연을 드러냄으로써 텅 빈 기표로 존재해 왔다고 할 수 있다.

서정의 신성성은 소통의 단절에서 비롯된 외골의 자폐적인 이데올로

---

3) 유성호, 「한국시의 결핍과 과잉」, 『문학수첩』, 2005년 봄호.
　　고봉준, 「개인이라는 척도, 혹은 '나'라는 자폐적 이기성」, 『실천문학』, 2006년 여름호.
4) 권혁웅, 「미래파-2005년, 젊은 시인들」, 『문예중앙』, 2005년 봄호.
　　———, 「행복한 서정시, 불행한 서정시」, 『문예중앙』, 2006년 여름호.
　　———, 「미래파 2」, 『문예중앙』, 2007년 봄호.
　　이장욱, 「꽃들은 세상을 버리고-다른 서정들」, 『창작과비평』, 2005년 여름호.
　　김수이, 「시, 서정이 진화하는 현장」, 『문예중앙』, 2006년 여름호
　　신형철, 「문제는 서정이 아니다」, 『문학동네』, 2005년 가을호.

기만을 양산해 오히려 서정의 고갈이나 위기에서 비롯되는 불안을 불러일으키기에 이른다. 서정의 고갈이나 위기에서 비롯된 불안은 곧 시의 고갈이나 위기에 대한 불안으로 이어져 '반시' 나 '비시' 같은 용어들이 심심찮게 출현하는 계기를 제공한다. '반시' 나 '비시' 는 '반서정'이나 '비서정' 이라는 개념과 크게 다르지 않다는 점에서 서정이라는 개념이 얼마나 시의 정체성을 규정하는데 결정적으로 작용하고 있는지를 잘 알 수 있다. '시가 서정적이어야 한다' 나 아니면 '시가 반서정적(비서정적)이어야 한다' 나 모두 서정과의 관련 속에서 시를 규정하려고 한다는 점에서 서정의 권위를 반영한 진술이라고 할 수 있다.

'반서정' 이나 '비서정' 의 경우 서정 그 자체에 대한 직접적이고 발본적인 문제의식이나 반성적인 거리를 드러내는 것이 아니라 기존의 서정의 신성함이나 숭고함 혹은 권위에 대한 인식론적인 차이를 드러내고 있을 뿐이다. 이런 점에서 서정의 신성함이나 숭고함 혹은 권위에 대한 신성모독 같은 보다 전면적이고 발본적인 실천 행위가 필요한 것이다. 서정은 그 역사가 장구한 만큼 그것이 가지는 신성함이나 숭고함 혹은 권위 역시 견고한 것이 사실이다. 견고한 만큼 그것에 틈을 내고 그것을 근원부터 해체하는 문제의식이 절실하게 요구되는 것이다. 미래파 논쟁은 이런 점에서 주목에 값한다. 논쟁의 주체들은 신성함과 숭고함 그리고 권위로 견고한 성채를 유지해 온 서정에 대해 신성모독적인 발언을 본격적으로 시작한 것이다.

2. 행복한 서정과 서정의 진화

미래파 논쟁은 90년대 이후 출현한 황병승, 유형진, 장석원, 김민정,

김행숙, 김근, 이민하, 김언, 강정, 박상수 등 신세대 시인들의 시를 옹호하는 과정에서 발생한 것이다. 이들의 시에 대한 대표적인 옹호론자인 권혁웅, 이장욱, 신형철, 김행숙, 김수이 등이 내세운 논리는 '행복한 서정, 불행한 서정[5]', '다른 서정' [6] 그리고 '서정의 진화' [7]이다.

수사적인 차원에서 보면 '다른 서정' 보다 '행복한 서정, 불행한 서정' 이나 '서정의 진화' 가 훨씬 문제적이지만 그 이면을 들여다 보면 이야기는 달라진다. '행복한 서정, 불행한 서정' 은 미래파 논쟁에 불을 지핀 권혁웅의 논리이다. 그는 '주체의 자리가 거의 변하지 않' 고, '한 편의 시에서 말하는 이가 한 사람이며, 말들이 가지런하고, 그로써 드러나는 세계의 모습에 분열이 없' [8]는 시를 '행복한 서정시' 로 규정하고 있다. 이에 비해 '세계와 어긋난 자리에서 주체의 정념이 생겨나기 때문' 에 '주체의 자리가 불안정하' 고, '말하는 이의 자리가 온전치 않고, 말들이 주체와 엇갈리고, 그로써 드러나는 세계의 모습에 균열이 있' [9]는 시를 '불행한 서정시' 로 규정하고 있다.

이러한 구분은 서정시가 아니라 시 일반의 구분으로도 볼 수 있다는 점에서 서정시만의 독특한 특성을 드러내는 방식으로는 한계가 있다. 그의 논의에서 주목해볼 만한 부분은 '행복한 서정시' 와 '불행한 서정시' 를 정합적인 언어와 비정합적인 언어의 관점에서 해석하는 대목이다. 그가 말하는 '행복한 서정시' 와 '불행한 서정시' 의 구분 준거가 되는 정합적인 언어와 비정합적인 언어 운용의 원칙은 다음과 같다.

A. 첫째, 시어, 시행, 시련에 이르는 모든 차원의 반복. 반복을 통해서 서정시의 언어는 그 최초의 자리로 돌아온다. 우리 시에 특이한 구성 방법 가운데 하나가 수미상관首尾相關인데, 이런 언어는 대표적인 회귀성 언어이다. 둘째, 언어의 질감에 대한 배려. 언어가 가진 질료적 성격을

배려하면서, 곧 음운과 리듬을 통합하고 변용하면서 일관된 흐름을 유지하는 일. 이것은 고정된 주체가 언어의 세부까지 스며드는 방식이다. 셋째, 주체와 연계된 풍경들. 이로써 시의 풍경이 주체의 내면 풍경이 된다. 넷째, 회귀적인 시공간의 창출. 고정된 주체는 전변轉變하는 주체가 아니므로, 대상들이 주체의 주변에 배치된다. 유년(다른 기억을 허용하지 않는 닫힌 시간), 사랑하는 상태(다른 사람을 허락하지 않는 닫힌 시간), 가족(소수의 구성원만을 거느린 닫힌 공간), 소규모 공동체(사회 역사적 지형과는 절연된 공간) 등이 흔히 이런 주체를 둘러싼다.[10]

B. 첫째, 다른 시어, 시행, 시련과의 연관을 의도하지 않는, 모든 차원의 배제. 비정합적인 언어는 단일한 주체와 대상으로 수렴되지 않는 경우가 많다. 둘째, 언어의 질감이 아닌, 통사적인 구문에 대한 배려 : 언어는 음운 차원에서도 율격차원에서도 통일되지 않는데, 다만 비슷한 구문을 배치하여 전언을 통일한다. 구문의 통일은 주체가 세계와 자신을 매개하는 유일한 방식이다. 셋째, 주체와 분리된 채 대상에서 다른 대상으로 이행하는 진술. 이러한 진술은 주체와 세계의 불일치를 드러내는 데 유력하다. 넷째, 개방된 시공간의 창출. 주체로 수렴되지 않는 세계는 그 자체로 곤혹스럽다.[11]

A와 B에 드러난 차이는 크게 언어와 주체의 문제로 수렴된다. A에서

---

5) 권혁웅, 「행복한 서정시, 불행한 서정시」, 『문예중앙』, 2006년 여름호.
6) 이장욱, 앞의 글.
7) 김수이, 앞의 글.
8) 권혁웅, 앞의 글, p.45.
9) 권혁웅, 위의 글, p.48.
10) 권혁웅, 위의 글, p.45.
11) 권혁웅, 위의 글, pp.48~49.

그것은 '고정된 주체가 언어의 세부까지 스며든다' 는 말 속에 잘 드러나 있고, B에서 그것은 '비슷한 구문을 배치하여 전언을 통일하' 고 '구문의 통일은 주체가 세계와 자신을 매개하는 유일한 방식' 이라는 말 속에 잘 드러나 있다. 언어가 가지는 속성에 입각해서 보면 A에서의 주체는 구심적인 주체가 되고, B에서의 주체는 원심적인 주체가 되는 것이다. 구심적인 주체의 차원에서 보면 대상이나 세계는 고백이나 독백으로 수렴될 수밖에 없다. 이렇게 되면 주체의 욕망은 곧 타자의 욕망이 되어 주체와 세계 사이의 합일과 일치를 드러내게 되고, 안정과 질서, 균형 속에서 서정적 자아는 즐거움을 체험하게 된다. 구심적인 주체. 다시 말하면 정합적인 언어가 드러나는 서정 혹은 서정시를 읽으면 세계와의 동일성에서 비롯되는 마음의 평온함과 따뜻함 같은 것을 체험하게 되는 이유가 바로 여기에 있다. 서정시의 미감을 여기에서 발견하고 그것을 보편적인 논리로 확대하여 개념화해 온 것이 그동안의 지배적인 흐름이라고 할 수 있다.

이런 맥락에서 보면 B의 논리는 비주류적인 것이다. 이 논리가 문제적인 것은 서정시의 미감을 안정이나 질서, 균형 같은 것에서 찾는 것이 아니라 불안정, 무질서, 혼돈, 개방 같은 것에서 찾고 있다는 점이다. 이것은 주체와 대상, 주체와 세계를 동일성의 논리가 아니라 비동일성의 논리로 보려는 인식 태도라고 할 수 있다. 대상이나 세계로부터 주체가 분리되면 안정된 것으로부터의 일탈로 인해 불안을 느낄 수밖에 없고 또 '세계는 그 자체로 곤혹스러' 울 수밖에 없다. 하지만 이 불안은 낯선 영역으로의 탐색과 체험을 가능하게 한다는 점에서 그것은 단순한 즐거움을 넘어선다고 할 수 있다. 그것은 즐거움을 넘어서는 즐김의 세계를 드러내는 것이다. 서정적 주체의 즐김은 지금까지 서정이 행사해온 신성성, 숭고함 그리고 권위로부터의 결별을 의미한다는 점에서 또 다른 서정적 주체에 대한 탐색으로도 볼 수 있을 것이다.

권혁웅은 B의 차원으로 드러나는 서정을 '불행한 서정'으로 규정하고 있지만 이것은 기실 '행복한 서정'이 되는 것이다. '행복한 서정', '불행한 서정'이라는 개념이 '동일성을 전제로 한 자아의 상황에서 유래한 것'[12]이기 때문에 이러한 분류는 오류라는 비판이 제기될 수도 있지만 이 명명은 새로운 서정시(B)의 개념을 드러내기 위한 단순한 전략의 차원으로 이해하는 것이 좋을 듯하다. 동일성의 시학을 전제로 하면 B는 '불행한 서정'이지만 그 '불행'은 '행복'이라는 의미를 내포한 역설적인 명명이라고 할 수 있다. 여기에는 "불일치의 체험이 비극적인 정념의 기원"[13]이라는 미적 태도가 강하게 작용하고 있는 것으로 볼 수 있다.

'서정의 진화'는 강정과 박상수의 시를 해석하면서 김수이가 사용한 용어이다.

젊은 시인들은 이 세계가 부여하는 기성의 '얼굴'을 갖기를 거부하는 자들, 아직 생성중인 미정형의 얼굴을 가진 자들이다. 이들은 고정된 주체나 목적을 갖지 않으(려 하)며, 주체와 언어를 미분(微粉/未分)하고 탈각하고 재구성해 새로운 시적 시공간을 창출하고자 한다. 그 중심에 있는 것은 스스로 자기 존재와 내면의 기원이 되고자 하는 의지와 욕망이다. 돌발적이고 때로 난감하기까지 한 이들의 시는 '대상을 노래하지 않는 시들'이라기보다는, 시인 자신과 세계라는 대상에 대해 다른/다양한 시차(視差/時差/詩差)를 발휘하는 시들이다. …(중략) … 따라서 문제는 이 시차들이 불러일으키는 효과와 반향의 정체를 규명하는 일

---

12) 문혜원, 『문장』, 2006년 12월호.
13) 권혁웅, 앞의 글, p.52.

이 된다. 그 효과와 반향은 궁극적으로 하나의 초점을 향해 귀결되고 있다. 서정시의 본질과 정체성에 관한 질문 …(중략) … 서정시는 다른/다양한/새로운 서정을 향해 진화進化하고 있는 중인가, 동일한/단순한/낡은 서정의 과거를 추억하며 진화鎭火되고 있는 중인가?[14]

이 글의 요지는 '고정된 주체나 목적을 갖지 않는 주체가 대상에 대해 다른/다양한 시차(視差/時差/詩差)를 발휘하여 기존의 서정시와 다른 시를 생성해내고 있다'는 것이다. 그녀는 이들의 시가 기존 서정시의 '시적 주체 나와 세계의 함수'를 '인간과 우주/지구'로 수정한다고 보고. 이것은 '대상에 대한 시점(視點/時點), 즉 시차의 이동과 변경에 의해 이루어진다'[15]는 것이다. 그래서 서정은 '진화進化와 진화鎭火의 반복'을 통해 성립된다는 것이다. 시점을 '視點'괴 '時點'으로 겹쳐 읽는 것이 새롭기는 하지만 그녀의 해석은 기존의 서정시의 해석을 반복하고 있는 것으로 볼 수 있다. 오히려 그녀의 규정에서 문제적인 부분은 '서정이 진화한다'는 점이다. 과연 정서와 같은 인간의 감정이나 감성을 진화한다고 볼 수 있을까? 인간의 감정이나 감성은 생물학적인 차원의 문제가 아니라는 점에서 이것은 다분히 시적인 명명이라고 할 수 있다. 하지만 이러한 시적 논리가 과거(기존)의 서정에 비해 현재 혹은 미래의 서정이 낮다는 우열의 논리를 환기한다는 점에서 문제적이라고 할 수 있다.

---

14) 김수이, 앞의 글, pp.13-14.
15) 김수이, 위의 글, p.24.

3. 다른 서정과 시의 고도

이장욱의 '다른 서정'은 기존의 서정시와의 단순한 차이를 드러내는 수사는 아니다. 그가 문제삼고 있는 그 '다름' 혹은 '차이'는 미래파 논의에서 '가장 급진적이고 발본적인 것'[16]이다. 그는 '지금 다시 서정성의 위기를 말하는 것은 진부한 일'이라고 전제한 뒤, '지금 나타나고 있는 새로운 감각(들)이, 궁극적으로는 서정성의 '부정'이나 '해체'가 아니라 일종의 '내파' 방식일 수 있다는 심중을 전재로 삼는다, 서정시는 사라지지 않고, 다만 갱신된다.'[17]는 의미심장한 발언을 던진다.

그의 발언 중에서 가장 문제적인 부분은 지금 나타나고 있는 서정시의 새로운 감각을 '내파 방식일 수 있다'고 한 대목이다. '지금', '여기'에서의 서정성의 문제를 '내파' 혹은 '내적 함열'로 보는 것은 상당히 모던한 발상이다. 그것이 모던하다는 것은 그가 오늘의 삶과 세계를 내면과 외면, 안과 바깥 같은 이분법적인 차원에 입각해서 보고 있지 않다는 점에서 그렇다는 것이다. 그는 '오늘날의 삶과 세계는 전래의 서정적 어법으로는 보이지 않고, 들리지 않고, 만져지지 않는다'고 말한다. 그래서 '이제 후위後衛에 남은 서정시가 할 수 있는 것은 현대적 삶의 대립항으로서 마음의 도원桃園을 이루는 것 정도'라는 것이다. '마음의 도원'은 현대적 삶이 상실한 세계로 그것은 '전체이자 모든 것인 1인칭의 영혼으로 가득'차 있다. 서정은 바로 '만상을 1인칭의 내면적 고도高度에 걸어두는 방식'인 것이다.[18]

그가 말하는 '1인칭의 내면적 고도'는 고립되고 폐쇄된 세계가 아니

---

16) 신형철, 앞의 글, p.346.

17) 이장욱, 「꽃들은 세상을 버리고-풍자가 아니라 자살이다」, 『나의 우울한 모던 보이』, 창비, 2005년, pp.15-17.

18) 이장욱, 위의 책, p.17.

라 모든 것, 즉 만상들을 흘러들게 하고 또 통과시키는 그런 유연한 충만함으로 가득 찬 세계인 것이다. 이것은 세계의 자아화라는 고백이나 독백의 고립되고 폐쇄된 세계를 의미하는 것이 아니라는 것을 말해준다. 그렇다면 어떻게 이것이 가능할까? 그의 논리대로라면 이것은 '서정적 화자의 압도적인 지위가 돌이킬 수 없는 것이 될'[19] 때가 아니라 그 지위가 소멸할 때 가능한 것이다. 서정적 화자의 지위가 소멸하면 시인은 '현실의 불화에 대해 말할 때조차'도 그는 '어쩔 수 없이 하나의 가치와 체계로 밀폐된 서정적 우주 안에서 조화로울 수밖에 없'는 것이다.

서정적 화자의 권위의 소멸은 '소실점 자체의 삭제 혹은 소멸'을 통해 성립된다. 기존의 서정시는 '근본적으로 하나의 소실점을 설정'하며 흔히

> 서정시가 세계를 '주체의 표상'으로 변환한다고 말할 때, 이 '표상된 세계'는 단일한 시선의 단일한 소실점을 중심으로 구획된다. 그것은 이른바 '일점원근법'의 세계다. 이 일점원근법은 가공의 시간과 공간을 구축하며 서정적 자아의 단일한 시선을 중개한다. 중세적 자아의 시선이 '역원근법', 즉 신과 만상의 자리를 시선의 출발점으로 삼았다면, 그럼으로써 인간적 시선의 부재를 현현했다면, 근대 서정시들은 일점원근법이 관할하는 '시적 소실점'에 의해 운용된다.[20]

는 것이다. '시적 소실점'이 존재한다면 단일한 시전으로 인해 우주의 만상들은 서정적 감성이 유발하는 1인칭의 리듬을 통과할 수도 없고, 또 그것들은 자연스럽게 마음의 영원 속으로 흘러들 수도 없는 것이다.

---

19) 이장욱, 위의 책, p.20.
20) 이장욱, 위의 책, p.25.

이런 점에서 볼 때 새로운 감각은 '모든 것을 제 느낌과 깨달음과 전언에 귀속시키는 서정의 권위가 없'어야 그것이 가능한 것이다. 그는 이것을 ' 반서정이 아니라 다른 서정 '으로 명명한다. 그가 궁극적으로 겨냥한 서정은 ' 서정의 내부로 내려가 서정 자체를 넘어서' [21]는 것이다. 이러한 예로 그는 진이정의 「거꾸로 선 꿈을 위하여 2」(『거꾸로 선 꿈을 위하여』, 세계사, 1994년)를 들고 있다.

> 미안해, 나는 성욕을 딱 잃고 말았다
> 왜 사람들은 날 걱정할까
> 순두부처럼 살고 싶었다
> 말도 안돼
> 지금부턴 너를 독점하리라
> 랍비가 있는 풍경이 날 웃게 했다
> 공동번역 성서를 읽고 있는 평양의 인민들.
> 나는 수령이란 낱말을 찾아 레위기를 헤맨다
> 누가 내 몬 안에서 섹스를 하나봐
> 헐떡이는 소리, 세 살 이후부터 끊이지 않고 있다
> 나를 사랑하는 헬리콥터 조종사가 머리 위에서 붕붕거린다
> 그는 흑인이다
> 편견이 돋나다: 나를 버리기란…
> 그를 쫓아주세요 외국 군대에 언제까지 의지해야 하나
> 미국이 잘되는 이유는 리더스 다이제스트에 다 들어 있다
> 나는 불타고 있는데, 아무데도 맞불은 보이지 않아
> 미끼라도 물고 싶어

---

21) 이장욱, 위의 책, p.35.

결혼식장이 어물전 같아

비리지 않은 여자를 만나고 싶다

기고 싶다, 비비고 싶다, 까고 싶다

내 인생은 재즈라기보단 헤비메탈이다

내 서정의 목은 늘 쉬어 있다

그는 이 시의 언어에 주목한다. 그는 이 시를 '내면적 카니발리즘의 언어들' 이라고 전제한 뒤, 이러한 '들끓고, 들끓는 말들은 수평적 역학 관계 안에서 좌충우돌' 하고, '행과 행 사이의 저 좌충우돌을 통해 서정적 권위는 극단적으로 약화된다' 고 말한다. 또한 그는 이 시의 '모든 발화는 시인을 부정하는 타자의 언어가 되' 는데 여기에서 '타자의 언어라는 것은 정말 남의 말이라는 뜻이 아니라, 서정적 독백이 권위를 버린 말이라는 뜻' 이라고 밝힌다. 따라서 이 시는 '궁극적으로 표층의 말과는 다른 잠언, 다른 반성, 다른 정치학을 현시한다' 는 것이다.

이 시에서도 역시 그가 가장 강조하는 것은 서정적 화자의 권위의 상실이다. 그래서 그는 '요컨대 문제는, 서정 자체가 아니라 서정의 권위' 이며, '서정시가 마음의 도원을 버리고 진리를 버리고 결국 시인을 버린다는 것, 여기에 새로운 서정의 미래가 있' [22]다고 말한다. 그의 논리는 서정적 화자의 권위 상실을 강조하고 있다는 점에서 탈근대적인 미학을 겨냥하고 있다고 볼 수 있다. 다만 그 방식이 외적 함열이 아니라 내적 함열, 즉 내파를 문제 삼는다는 점이 기존의 범박한 논의에서 벗어난 그만의 독창성이라고 할 수 있다. 그런데 서정적 화자의 권위의 소멸 같은 그의 내파의 방식이 동양의 선적인 사유 방식을 강하게 환기하고 있다는 것은 주목에 값한다. '새로운 서정시의 미래' 가 '마음의 도원을

---

22) 이장욱, 위의 책, pp.37~38 참조.

버리고 진리를 버리고 결국 시인을 버릴 때 가능하다' 라는 진술은 無(무)가 有(유)를 낳고 공허가 충만을 낳는다는 광의의 존재론적인 문제를 넘어 '나' 의 자각, '나' 의 깨달음이라는 존재론적인 문제를 던져준다고 할 수 있다. 서정적 화자의 권위의 소멸과 '자기버림' 의 문제는 결국 '나' 에 대한 자각이라는 크나 큰 혹은 아주 난해한 화두를 던져준 셈이다. 그가 제시한 이 논리에 입각해 시를 쓴다는 것은 고도의 혹은 일급의 직관을 전제할 때 가능한 것이다. 이런 미래파 옹호론자들의 논리에 대해 난해성의 문제를 제기하고 있는 것이 결코 우연이 아닌 이유가바로 여기에 있다.[23] 혹시 그는 시에 대해 또 다른 고도를 기다리고 있는것은 아닐까?

4. 믿음의 고도와 서정의 순도

　미래파 논쟁에 참여한 담론 주체들의 서정에 대한 문제 제기에 대해많은 부분 공감한다. 우리 시사의 신성한 금기의 영역으로 존재하면서그 개념과 논리에 대해 이렇다할 만한 문제 제기조차 없었던 서정 혹은서정성에 대해 다양한 담론적인 실천이 행해지고 있다는 것은 의미 있는 일이라고 할 수 있다. 특히 이른 감이 없지 않지만 서정적 주체의 발본적인 존재 방식을 문제 삼고 있다는 것은 그 논리의 타당성이나 사유의 심화 정도를 떠나서 매너리즘과 패배주의에 빠져 있는 우리 시단에적지 않은 긴장을 불러일으키는 효과를 준 것이 사실이다.

　미래파의 시가 우리 시의 미래냐 아니냐 하는 문제는 그다지 중요하

---

23) 박수연, 「말할 수 없는 것과 말해야만 하는 것」, 『문예중앙』, 2006년 여름호.
　　하상일, 「비평의 소통과 미래」, 『애지』, 2007년 여름호.

지 않다. 이 논쟁의 이면에는 미래의 우리 시에 대한 기득권을 점하려는 음험한 정치적인 논리가 깔려 있다. 우리 시의 미래는 어떤 것도 될 수 있고, 또 어떤 것도 될 수 없다. 그것을 결정하는 것은 정치적인 논리가 아니라 시적 논리이기 때문이다. 미래파 논쟁을 놓고 보면 우리 시의 미래는 서정 혹은 서정성에 대한 담론 투쟁의 역사 속에서 결정될 것이다. 하지만 이 논의가 생각처럼 쉽지 않은 것은 서정이 진화하거나 진보하지 않는 개념이기 때문이다. 서정은 그것이 인간의 정서를 바탕으로 한 개념이기 때문에 과거나 현재나 미래에도 크게 달라질 성질의 것이 아니다.

서정은 어느 정도 순환되고 반복될 수밖에 없다. 따라서 서정의 절대성을 강조하는 것은 순수미학의 산물이자 엘리트적인 고급미학의 산물이라고 할 수 있다. 서정적 화자의 내파를 통한 서정의 갱신은 태양 아래 새로운 것을 찾으려는 한 우울한 모던 보이의 자의식으로 읽을 수도 있다. 내파가 '부정이나 해체가 아니'[24]라고 모던 보이는 항변하고 있지만 그가 보여준 시적 사유는 해체의 논리에 다름 아니다. 그가 앓고 있는 딜레마는 모더니즘과 포스트모더니즘 사이, 즉 창조와 모방, 깊이(심층)와 표면(표층), 주체와 타자, 총체성과 파편성, 동일성과 비동일성 사이의 딜레마라고 할 수 있다.

서정은 소멸할 수 없다. 그것은 끊임없이 반복, 재생산될 것이다. 이때 중요한 것은 반복과 재생산 속에서 차이를 인식할 수 있는 감각이라고 할 수 있다. 서정 혹은 서정성에 대한 '지금', '여기'에서의 논의 역시 이러한 역설과 모순에 대한 인식과 그것을 통한 갱신의 의지라고 할 수 있다. 서정 역시 현실과의 불화 속에서 생성될 수밖에 없는 운명을 지니고 있다. 현실과의 불화를 서정의 논리 속에서 충돌하고 겹치게 하

---

24) 이장욱, 앞의 책, pp.16~17.

여 새로운 세계를 생성해내는 것이 중요하다. 현실과의 불화 속에서 일정한 미적 성취를 이루는 길은 서정적 주체를 자살하게 하여 그 서정의 순도를 극대화하는 것도 좋은 방식[25]이다. 서정적 주체의 자살이 서정시를 거부하는 현실의 폭압에 저항하는 가장 강력한 방편이 된다는 역설의 논리야말로 '지금', '여기'에서 절실히 요구되는 시적 실천인지도 모른다. 현실과의 불화 속에서 서정적 주체로 하여금 자살을 감행하게 함으로써 죽음으로써 사는 역설적인 상황을 예각적으로 드러내는 것이다. 이처럼 서정적 주체의 자살은 서정의 순도를 높여 준다. 하지만 서정적 순도를 높이는 또 하나의 방식은 비순도의 순도라는 중층적인 미학에 대한 탐색이다. 자살의 방식은 순도 높은 시적 실천이지만 '지금', '여기'의 현실은 그 자살의 진정성마저도 외면하거나 의심하게 만든다. 이런 상황에서 중요한 것은 서정에 대한 '믿음'이라고 할 수 있다. 이것은 서정적 화자의 권위의 회복이라든가 서정 혹은 서정성에 대한 신성성 및 숭고성의 회복을 의미하는 것이 아니라 그것을 왜곡되게 받아들이거나 무조건적인 부정, 다시 말하면 부정에 대한 부정으로 받아들이지 않는 의미로서의 '믿음'을 말하는 것이다. 이 믿음이 하나의 고도를 이룰 때 비로소 서정의 순도 또한 결정될 것이다. '너희가 서정을 믿느냐', '믿음이 곧 너희를 구원해 줄 것이다.'

---

25) 이장욱, 위의 책, p.39.

이 도서의 국립중앙도서관 출판시도서목록(CIP)은 e-CIP 홈페이지
(http://www.nl.go.kr/ecip)에서 이용하실 수 있습니다.
(CIP 제어번호 : CIP2012000542)

우리 시대 43인의 시인에 대한 헌사

2012년 2월 8일 초판 1쇄 인쇄
2012년 2월 16일 초판 1쇄 발행

지은이 | 이재복
펴낸이 | 孫貞順
펴낸곳 | 도서출판 작가
          서울 서대문구 북아현3동 1-1278 (우-120-866)
          전화 | 365-8111~2 팩스 | 365-8110
          이메일 | morebook@morebook.co.kr
          홈페이지 | www.morebook.co.kr
          등록번호 | 제13-630호(2000. 2. 9.)

편집 | 손희 김가린 유정란
디자인 | 오경은
영업 | 손원대
관리 | 이용승

ISBN 978-89-94815-14-5 (03810)

* 잘못된 책은 구입하신 서점에서 바꾸어 드립니다.
* 지은이와 협의하에 인지를 붙이지 않습니다.

값 15,000원